얼어보지
말 것

열어보지
말 것

미니어처 왕국
훔쳐보기

✦

쓰네카와 고타로 지음

늘

목차

상자 속 왕국

이야기의 조각 1

흡혈귀의 여행

1

7월의 어느 날, 예사롭지 않은 적란운이 하늘을 까맣게 뒤덮었다. 끝내 하늘이 무너지고, 마을에는 백 년에 한 번 있을까 말까 한 폭우가 쏟아졌다. 당시 나는, 적란운이 폭발하듯 비를 쏟아내던 마을의 한가운데에 있는 학교에 있었다. 창밖에서 폭우가 내뿜는 굉음 때문에 선생님 말이 하나도 들리지 않았다. 결국 수업이 중단되었다.

점심때쯤 학교 1층이 침수되고, 전기도 끊겨 교실이 어두컴컴해졌다. 당시 나는 초등학교 2학년이었다. 처음엔 또래 아이들처럼 운동장에 고인 물과 강처럼 변한 도로 풍경에 들떠 있었다. 집에 가지 않아도 되고, 수업도 하지 않는 상황을 반겼다. 하지만 하나둘씩 조용해지기 시작했다. 번개가 번쩍일 때마다 교실이 환해졌다. 비는 저녁 무렵에 그쳤다.

시내를 가로지르는 강이 범람해, 주택가도 역도 모두 물에 잠겼다고 했다. 담임선생님은 집에 갈 수 없으니 교실에서 자야 한다고 말했다. 동네가 물에 잠겼으니 억지로 하교시키거나 대피소로 보내기보다 학교에 있는 편이 안전하다는 판단이었다. 일탈을 기뻐하던 아이도 있었지만, 불안한 얼굴로 입을 꾹 다문 아이도 있었다. 밤이 되자 구호물자가 도착해 담요와 빵을 배급받았다.

에카게 구미의 말로는 당시 우리는 같은 반이었는데, 밤에 복도에서 홀쩍이는 에카게를 내가 옆에 앉아 계속 괜찮다고 달래줬다고 했다. 사실 난 에카게와 같은 반이었는지도, 그런 일이 있었는지도 기억나지 않는다. 비가 갠 뒤, 호수로 변한 운동장에 비친, 구름이 잔뜩 낀 하늘이 무척 아름답다고 느꼈던 기억은 난다.

다음 날 오후가 되자 물이 거의 빠졌다. 마중 나온 아버지와 함께 집으로 돌아갔다. 아버지는 튀어나온 못을 밟지 말라고 끈질기게 잔소리했다. 동네는 정말로 엉망이었다. 진흙투성이가 된 오르간이 전신주를 들이받았고, 섬뜩한 커다란 뱀이 기어다니기도 했으며, 사람이 사는 집 벽에 벌레가 득시글거렸다. 냄새도 무척 고약했다.

우리 집도 1층이 물에 잠기는 피해를 입었다. 훨씬 심각한 집도 많았으니, 다른 집에 비하면 가벼운 피해라고 말할 수도 있겠지만 다다미를 전부 걷어내 밖으로 내놓았다.

"1층은 당분간 신발 신고 다녀."

그래서 2층에 올라가는 계단 앞에 신발을 벗어 두기로 했다. 이건 문제가 아니었다. 엄마가 없어졌다.

집 바로 옆에 진흙투성이 잡동사니가 쌓여 있었다. 진흙이 엉겨 붙어 더러워진 천이나 망가진 선반, 어느 료칸의 간판,

옷장, 부러진 파이프 같은 것이 봉긋하게 쌓인 진흙 안에 파묻혀 있었다. 그 안에 기묘한 '상자'가 있었다. 커다란 검은 상자였다. 나중에 크기를 재보니 세로가 17센티미터에 가로 38센티미터, 높이 16센티미터였다. 뚜껑은 닫혀 있었다. 뭐가 들었는지 궁금해 뚜껑을 열어보니 안이 텅 비어 있었다.

보자마자 이상하다고 생각한 건, 상자 안에 물과 진흙이 전혀 없었기 때문이다. 나무로 만든 상자가 왜 이렇게 깨끗할까. 자꾸 신경이 쓰여 상자를 품에 안고 집으로 돌아왔다. 무슨 생각이었는지 잘 기억나지는 않지만, 그냥 '미술 시간에 쓰면 되겠지.' 정도로 생각했던 것 같다. 물론 길거리에 버려진 잡동사니라고 해도, 재해가 있었다는 걸 감안하면 함부로 가져선 안 되었다. 하지만 '어차피 철거되어 소각로에서 태워질 텐데, 상자쯤이야. 뭐 어때.'라는 생각이었다. 상자를 물로 씻은 뒤 걸레와 물티슈로 깨끗하게 닦았다.

며칠 뒤. 보름달이 뜬 밤이었다. 창문 너머로 달빛이 살며시 넘어왔다. 어떤 기척이 느껴져 몸을 일으켰다. 방은 안개가 낀 것처럼 뿌옜다. 그때 책장 옆에 놓인 상자가 눈에 들어왔다. 상자 뚜껑을 열었다. 텅 비어 있어야 할 상자 속에 무언가가 있었다. 모형 정원이었다.

숲이 있고, 성이 있으며, 집도 있다. 뾰족하게 솟은 탑 같은 것도 있었다. 나는 처음에 이렇게 생각했다. '내가 없을 때 누

가 방에 들어와 상자에 모형 정원을 만들었나?'

우선 아버지는 아니다. 아버지는 자식을 놀라게 하려고 시간을 투자할 사람도 아니었고, 상자를 줍고 요 며칠 사이 집 안을 청소하고, 어머니를 찾으며 여러 일들을 처리하느라 무척 바빴다. 그럼 도대체 누구지. 상자를 들여다보다가 그 안에 있는 게 모형이 아니라는 사실을 깨달았다.

모형 정원 속 세계는 밤이 아니라 낮이었는지 온통 환했다. 자세히 보니 새가 날거나 곰처럼 보이는 동물이 걷고 있는 모습이 일종의 입체 영상처럼 보였다. 마을을 보니 사람이 있었다. 모두 살아 움직였다. 스위치 같은 건 상자 어디에도 없었다.

'아아, 이건 마법 상자인가보다.'

나는 모형 정원 속 세계를 넋을 잃고 바라봤다. 그러다가 그대로 잠이 들어버렸다. 아침에 일어나 보니, 상자 속 세계는 사라지고 없었다. 모형 정원을 본 다음 날, 어머니의 시체가 발견되었다. 어머니는 불어난 강물에 제방이 무너지면서 거기에 휩쓸렸다고 했다. 주민회관에서 집으로 돌아오던 길이었다.

그즈음에 나는 아버지에게 상자 속을 보여줬다. 모형 정원을 보고 아버지가 뭐라고 말할지 궁금했다. 지칠 대로 지쳐 있던 아버지는 상자를 보더니 "빈 상자는 뭐에 쓰려고?"라고 말했다. 그 순간, 모형 정원 속 세계가 훅 하고 사라져 다시 빈 상자로 변했다. 나는 기가 막혀 눈물이 다 났다.

그날 밤, 상자를 다시 열어보자 모형 정원은 원래대로 돌아와 있었다. 사람들의 모습도 그대로였다. 하지만 아버지처럼 '빈 상자'라고 말하는 사람에게 계속 보여줬다가는 정말로 빈 상자가 될 것 같았다. 어머니는 화장을 해서 땅에 묻었다. 어머니의 장례가 모두 끝나고, 나는 혼자서 방에 우두커니 앉아 있었다. 상자를 열어 안을 들여다보았다. 상자 속 마을에 사는 수많은 사람들 사이에서, 어머니를 닮은 여성을 발견했다.

'상자 속은 사후 세계인 걸까?'

지금이야 확실히 아니라고 말할 수 있지만, 당시에는 알 리가 없었다. 내가 모형 정원에서 발견한 여성은 어머니와 닮았지만, 전혀 다른 여성이었다. 그래도 나는 상자 속 그 모르는 사람을 어머니라고 믿으며 위안을 얻고 싶었다. 상자 밖에서 말도 걸었다. 시험을 잘 본 일이나 학교에서 칭찬받았던 일 따위를 말했다. 하지만 어머니를 닮은 여성은 내 목소리가 들리지 않는 듯, 그저 자기 할 일만 했다.

나는 꽤 몸이 약했다. 열이 자주 나 학교를 쉬기도 했다. 운동 신경도 별로였다. 발도 느렸고, 캐치볼조차 서툴렀다. 아버지 회사는 차로 한 시간 정도 떨어져 있었다. 일 때문에 항상 늦게 들어왔는데, 귀가하지 않는 날도 꽤 있었다. 그래서 2학년 때까지는 돌봄 교실을 다니다가 3학년이 되고 나서는 아무도 없는 집으로 돌아가 책가방을 내려놓고 찬장에 있는 병에서 천 엔짜리 지폐를 꺼내 슈퍼에서 반찬이나 도시락을 사와 저녁을 해결했다. 아버지는 꼭 천 엔씩 놓고 갔는데, 늦을 땐 미리 전화를 주셨다. 학교에서는 따돌림을 당하지는 않았지만, 특별히 친한 친구나 집에 자주 놀러 오는 친구는 없었다.

나는 어린 시절의 대부분을 모형 정원 속 세계를 보며 지냈다. 모형 정원은 숲속 나무에 둥지를 튼 새나 주민이 입은 옷의 주름까지도 자세하게 보였다. 보는 방법은 조금 독특했는데, 정신을 집중하면 보고 싶은 부분이 확대되었고 건물에 가려진 부분은 건물을 돌아 들어가 볼 수도 있었다. 눈으로 본다기보다는, 내 신경이 상자 속 세계와 연결된 느낌이 들었다.

다만 소리가 없었다. 주민들끼리는 얘기를 주고받는 듯했지만, 아무리 귀를 기울여도 목소리가 들리지는 않았다. 또 참견할 수도 없었다. 아무리 찾아봐도 외부에서 상자 속 세계에 끼어들 방법이 보이지 않았다.

예를 들어, 내가 작은 나뭇가지를 상자에 집어넣어 모형 정원 속 집을 부수거나 삽으로 산을 무너뜨릴 수는 없었다. 상자 속에 무언가를 집어넣으면 신기루처럼 스르륵 통과했다. 돌멩이를 던져봤지만, 상자 안으로 돌이 떨어지는 모습을 확인할 수 없었다. 돌은 그냥 사라졌다. 한번은 컵에 물을 떠와

살짝 흘려 보았다. 비라도 내리지 않을까 싶었지만, 모형 정원에는 물이 단 한 방울도 흐르지 않았다.

무엇보다도 놀라운 것은 모형 정원 속에 세계가 나타났을 때는 상자 바닥에 손이 닿지 않는다는 점이다. 상자에 손을 넣으면, 깊지 않은 상자이니 원래대로라면 바닥에 손이 닿아야 하지만 모형 정원 속에 세계가 보이는 동안은 허공을 휘저을 뿐 아무것도 손에 닿지 않았다. 계속 손을 휘젓다가, 문득 상어 같은 생물이 팔을 물어버릴지도 모른다는 상상에 사로잡혀 그만 등골이 오싹해져 서둘러 손을 뺐다.

상자 속 세계에는 성과 마을이 하나씩 있었다. 성에는 왕족과 귀족, 기사와 시종이 살았다. 그들은 마을을 지배했다. 그들은 성의 부지 안쪽에서 살았다. 성 사람들은 길이가 긴 화려한 옷에 공작 깃털이 잔뜩 달린 관을 쓰거나 보석이 가득 박힌 가죽옷을 입었는데, 그 패션 센스에 눈이 휘둥그레질 정도였다.

마을은 성에서 조금 떨어진 곳에 있었고, 주민의 수는 성에 사는 사람의 열 배 정도였다. 정확한 숫자는 알 수 없지만, 아마 수천 명 정도 아닐까 생각했다. 어머니와 닮은 사람은 마을 주민이었다. 빵을 구워 팔거나 밭일을 했다. 결혼해서 아이도 있었지만, 그 애는 나와 닮은 구석이 요만큼도 없었다.

모형 정원 속 세계는 내가 사는 곳과 시간의 흐름이 달랐다. 사계절의 변화를 1년으로 계산한다면(벚꽃이 핀 뒤 그다음 해에 다시 벚꽃이 필 때까지), 대개 모형 정원의 1년은 내가 사는 세계의 4개월에 해당했다. 말하자면, 모형 정원에서의 3년이 내가 사는 곳의 1년인 셈이다. 시간의 흐름으로 본다면 마을 사람들의 시간이 세 배 빠르다 보니 어딘가 민첩하게 움직이는 것 같았는데, 비디오를 빨리 감았을 때의 움직임과는 달리 훨씬 자연스러운 느낌이었다. '상자 속을 들여다보지 않을 때'는 속도가 빨라질지도 모르고.

상자 속 세계를 보여주는 스위치는 내 머릿속에 있었다. 내가 '빈 상자'라고 생각하면 세계는 사라진다. 예전에 아버지가 '빈 상자'라고 했을 때, 세계가 사라진 건 이 때문이었다. 또 너무 오래 보고 있어도 사라지곤 했는데, 뚜껑을 덮었다가 열면 다시 나타났다. 어쩌면 뚜껑을 덮어야 배터리가 충전되는 건지도 모른다.

어느 날, 나는 마을에서 멀리 떨어진 숲속에서 커다란 알을 발견했다. 처음엔 그게 뭔지 몰랐다. 얼마 지나지 않아 바위산 절벽 위에 있던 알에서 용이 깨어났다. 모형 정원은 여름으로 접어들던 무렵이었다(나의 세계는 슬슬 찬바람이 불기 시작했다). 용은 쑥쑥 자라나 이윽고 사람보다도 커졌다. 용도 종류가 다양하지만, 이 용은 날지 못했다. 다행히 불은 내뿜을 줄 아는 듯했다.

용은 산천을 누비며 풀과 나무 열매를 먹었고, 때로는 호수에 뛰어들어 물고기도 잡아먹었다. 다행히 마을을 덮치는 일은 없었다. 수놈도 암놈도 아닌, 그냥 한 마리의 용이었다. 외로워 보였다. 겨울이 되자, 용은 자신이 태어난 장소에 알을 하나 낳고 죽었다. 용이 죽고 나자 때마침 마을에서 행렬이 나타났다. 그들은 용이 어디서 죽었는지 아는지 곧장 용의 사체가 있는 곳으로 가서, 용이 낳은 알에는 손도 대지 않고 사체를 해체해 마을로 옮겼다. 주민들은 용의 뼈를 다양한 용도로 활용했다. 알은 겨우내 그곳에 있었다. 햇빛을 받으며 서서히 커지더니 여름에 부화했다. 상자 속 세계의 용의 수명은 반년이었다.

  내가 초등학교 4학년 때 상자를 발견한 지 2년 반이 지났을 때, 모형 정원 속 어머니(라고 생각한 여성)가 죽었다. 사인은 알 수 없었다(타살이나 자살, 사고가 아니라 갑자기 죽는 종류의 병이었다고 생각한다). 어머니는 자녀들의 배웅을 받으며 마을 외곽의 언덕에 묻혔다. 봉분이 만들어지고, 용의 뼈로 만든 비석이 세워졌다. 그제야 비로소 어머니는 이제 그 어디에도 없다는 생각에 하루 종일 깊은 슬픔에 잠겨 펑펑 울었다. 나는 상자 뚜껑을 덮어 책상 아래에 던져놓았다. 두 번 다시 보고 싶지 않았다. 하지만 반년 정도 지나자 홀린 듯 다시 상자 뚜껑을 열고 그 작은 세계를 바라보았다.

  상자 속 세계는 내게 즐거움이자 위로였고, 또 학교에서는 가르쳐주지 않는 것을 알려주는 선생님이었다. 영화나 게임이 주는 재미와는 또 달랐다. 영화나 게임은 매우 짧은 시간 안에 흥미진진한 사건을 보여주지만, 모형 정원에서는 모두가 각본 없는 드라마였다. 나는 대체로 상자 속 사람들의 일상을 들여다보거나, 숲이나 계곡, 암석 지대에 있는 동물을 인내심 있게 관찰할 수밖에 없었다. 그렇기 때문인지, 그곳에서 어떠한 해프닝이라도 발견하면 그렇게 흥분될 수가 없었다. 모형 정원의 드라마는 언제나 생생했고, 작가의 의도나 주장이 들어가지 않은, 가공되지 않은 현실감이 있었다.

성에 사는 기사들은 정기적으로 마을 사람들을 살해했다. 갑옷을 몸에 두른 기사가 말을 타고 창이나 화살을 손에 든 채 마을로 돌진해 마을 주민들을 쫓아다니며 죽였다. 다들 허둥대며 도망치거나 집으로 뛰어 들어가 문을 잠가 피하기도 했다. 기사가 기세등등하게 쳐들어와도 거리에 아무도 없어서 허탕을 치고 성으로 되돌아가는 일도 있었다. 사람들을 죽이는 이유는 알 수 없었지만, 폭력으로 주민들을 굴복시키는 것처럼 보였다.

마을에서는 1년에 한 번, 한겨울에 투표를 했다. 처음엔 말 그대로 촌장을 뽑거나 마을의 일을 정하는 투표라고 생각했는데, 알고 보니 사형시킬 사람을 정하는 투표였다. 이 마을에서는 사형시키고 싶은 사람을 주민 투표로 뽑는 것 같았다. 이때 투표함은 성에 있는 사람에게 전달되고, 시종이 투표 내용을 집계해 기사에게 그 결과를 보고한다. 며칠 뒤, 성에서 무장한 기사들이 말을 타고 마을에 나타나 주민이 선택한 남자 또는 여자를 집에서 끌어내 마을 밖 처형장까지 끌고 간다. 그곳에서 참수당한 시체는 골짜기에 던져진다.

어느 해에는 특별히 나쁜 짓을 하지도 않은 것 같은 젊고 아름다운 여자가 처형 대상으로 뽑혔다. 그토록 아름다운 미녀가 울면서 끌려갔지만, 남녀 할 것 없이 모두 그녀를 외면하며 도와주지 않았다. 개중에는 무릎을 꿇고 얼굴을 손으로 감싼 채 우는 사람도 있었다. 주민 투표로 뽑힌 사람이 처형당한다고 해서 모두가 기뻐하지 않았다. 물론 주민이 만장일치로 선택한 사람이라면 모두 기쁘겠지만, 대부분은 표가 갈리기 마련이라 처형될 사람에게 원한이 있는 극히 일부의 사람을 제외하면 그 죽음을 기뻐할 리 없었다.

2

열세 살이 되면서 동급생 에카게 구미가 집에 자주 놀러 왔다. 처음에는 무슨 만화책을 핑계로 왔었는데, 그다음부터 뒷이야기가 궁금하다거나 숙제를 알려달라며 집에 계속 찾아왔다. 같은 초등학교를 다녔던 에카게와는 그렇게 친한 사이가 아니었다.

"우치노, 너네 아버지는 언제 돌아오셔?"

"빨리 오셔도 9시쯤? 일이 바쁘면 새벽에 들어오실 때도 있어."

"그럼 저녁도 따로 먹겠네? 외롭지 않아?"

"글쎄, 이젠 익숙해서 집에 혼자 있는 게 나아. 내 마음대로 할 수 있으니까."

이젠 익숙하다. 도서관에서 재미있어 보이는 책을 빌려와 읽다 보면 시간도 잘 가고, 무엇보다 모형 정원에 집중하려면 혼자가 편하다.

"좋겠다."

에카게가 말했다.

"뭐가 좋아?"

"아무튼, 앞으로는 내가 놀아줘야겠네."

그 후로 방과 후에 집에 있으면, 휴대전화로 '나야, 구미구미. 지금부터 저녁 하러 갈 테니까 방 좀 치워놔.' 같은 메시지가 도착하고, 20분 정도 후에 초인종이 울리는 날이 이어졌다. 에카게는 우리 집 부엌에서 카레나 오코노미야키를 만들어주기도 하고, 내 방에서 멋대로 음악을 듣기도 했다. 하지만 학교에서는 에카게 구미와 한마디도 하지 않았다. 당시 학교에서는 이성 친구끼리 사이좋게 어울리면 놀려댔기 때문에, 들키지 않게 조심, 또 조심했다. 참고로, 우리가 다니는 중학교는 이상한 교칙이 많았다. 자수가 놓인 양말을 신으면 반성문을 써야 했고, 교복에 흰 와이셔츠를 입지 않으면 학생지도실로 불려갔다. 갑갑하기 짝이 없었다.

에카게는 내 방 바닥에 앉아 스프라이트를 마셨다.

"나 오빠가 있거든? 엄청 똑똑해. 그런데 뭐랄까, 엄-청 재수 없어."

에카게가 말했다.

"그래?"

나는 '재수 없다'는 말을 좋아하지 않는다. 사람들은 이유 없이도 재수 없다고 생각할 수도 있지만, 에카게는 그 형을 재수 없게 생각한다. 나도 에카게가 보기에 아닐 거라는 보장도 없다.

"부모님은 오빠를 상전처럼 모셔. 중학교도 나랑은 다르게 시험 쳐서 사립학교에 들어갔거든. 고등학교도 그렇고, 아,

혹시 담배 피워도 돼?"

당연히 안 된다. 미성년자인 데다가 담배는 몸에 해롭고, 무엇보다 난 담배 연기는 질색이다.

"그래. 대신 창문을 조금 열어."

에카게는 담배에 불을 붙였다.

"이걸로 재떨이 하면 되겠다."

나는 에카게에게 스프라이트 캔을 건넸다.

"고등학교에서도 특별 진학반인가 뭔가, 하루 종일 공부만 하는 반에 들어가더니 대학입시에 목숨을 걸었어. 모의고사 성적만으로도 도쿄대는 문제없다나 뭐라나. 죽어라 공부, 또 공부야. 참나. 그런데 난 머리가 나쁘잖아. 뭐, 그건 아무래도 좋아, 좋은데."

"에카게도 딱히 머리가 나쁘지는 않은데."

"다른 가족들이 보면 엄청 바보야. 부모님도 두 분 다 좋은 대학을 나왔거든. 문제는 그게 아니고, 우리 집 도련님은 집에만 오면 주먹으로 나를 죽어라 때려. 미친 거 아냐?"

"그렇네."

"특별히 이유도, 의미도 없어. 물론 뭔가 마음에 안 들어서 트집 잡을 때도 있긴 해. 집에 들어올 때 문을 크게 닫았다거나 냉장고 안에 있는 후르츠믹스 수스는 나 자기 건데 양이 줄은 걸 보니 틀림없이 내가 마셨다는 둥 나보고 저능아라는 둥 살 가치가 없다는 둥 말도 안 되는 소리를 크게 떠들기도

하고. 매일 눈을 이렇게 치켜뜨고는 미친 소리를 끊임없이 늘
어놓는다니까."

"최악이네."

"그렇지? 그런데 우리 집은 서열이 확실해서 오빠가 위야.
오빠가 무슨 말을 하든 다 용서가 돼. 저런 말을 해도, 아무
이유 없이 날 때려도 오빠는 혼난 적이 없어. 마치 성적만 좋
으면 다른 건 전부 다 용서해 준다는 느낌이랄까. 새벽 두 시
에 내 방에 들어와서 변태 짓을 하질 않나 네 멍청한 유전자
가 어쩌고저쩌고, 널 좋아하는 남자애는 똑같이 바보니까 바
보들끼리 어쩌고저쩌고, 아주 시끄러워 죽겠어. 걔한테는 공
부뿐이야. 공부밖에 모르고 친구도 없으니까 그거에 대한 짜
증이나 열등감을 '난 공부를 잘 하니까 우월해'라는 생각으
로 덮어버리나 봐. 그렇게 밖에선 모범생 행세를 해야 하니까
억눌렸던 감정이 집에서 대폭발하는 거지. 그걸 받아주는 샌
드백이 나고. 그게 전염병처럼 퍼져서 식구들이 모두 나한테
막말을 쏟아내."

에카게는 눈물을 흘리며 말했다.

"한 대 더 피워도 돼?"

"그래. 나도 피우지 뭐."

"그리고 말이야, 우리 엄마는 바람났어."

"진짜?"

"어, 정말이야. 안 들킨 줄 아는데, 나도 알고 있고, 아빠도

알아. 우리 가족은 허영심이랑 체면 때문에 가족인 척하는 거지, 남이나 다름없어. 전부 다."

에카게가 내 얼굴에 얼굴을 들이밀었다.

"우치노, 너 얼굴이 빨개."

"누가 할 소리."

내가 말했다.

입술이 닿았다.

그건 내 첫 번째, 아니 이 이야기는 관두자. 그렇게 우리가 가까워졌다는 사실이 중요하니까.

에카게에게 '모형 정원 속 세계'를 보여줘야 할지 고민이 됐다. 중학교 1학년 때의 겨울이었다. 바깥에 찬바람이 휘몰아쳐 창문이 덜컹거렸다. 나는 가만히 그 상자를 꺼냈다. 뚜껑이 닫힌 상태였다. 쓸데없는 설명은 없는 편이 나았다.

"있잖아, 부탁이 있어. 내가 지금부터 이 상자를 열 거야. 그럼 뭐가 보이는지 말해줘."

예전에 아버지의 눈에는 아무것도 보이지 않았다. 그 후로 나는 이 상자 안을 아무에게도 보여주지 않았다. 만일 에카게에게도 보이지 않는다면, 이 상자에 홀려 시간을 보낸 내 자신을 조금은 걱정해야 할 때라고 생각했다.

"뭔데? 서프라이즈야? 뭔데, 뭐가 들어 있는데?"

에카게는 흥분했다. 아무래도 내가 선물을 준비했다고 생각하는 모양이다. 아무것도 없을 수도 있는데. 나는 뚜껑을 열었다. 에카게가 상자 안을 응시했다. 얼핏 보니 얼굴에 미소가 사라져 있었다. 모형 정원 속 세계는 여름이었다. 푸르른 녹음이 우거진 계절, 사람들은 나무 그늘에 앉아 쉬거나 바닥이 보일 정도로 투명한 강물에 뛰어들었다.

"어, 용이다."

에카게가 말했다. 그녀의 시선이 마을에서 멀리 떨어진 바위산의 용 둥지로 향했다.

"바로 용을 발견하다니, 굉장한데."

"이거 뭐야?"

나는 5년 전 폭우가 내린 날, 길가에 쌓여 있던 잡동사니 속에서 상자를 주웠다는 얘기를 했다. 그리고 줄곧 상자 속을 보면서 지냈다는 사실도 빼놓지 않았다.

"이거 비밀이야."

"당연하지."

그렇게 그해 겨울, 나는 함께 세계를 관찰할 친구를 얻었다.

에카게는 마을 사람들에게 레이첼, 가무이, 간고로, 요시코 등 동서양 구분 없이 골고루 이름을 지어주었다. 그렇게 붙인 이름을 사용해 "간고로가 리오나에게 데이트를 신청했어.", "나중에 레이첼네 집을 봐봐, 큰일 났어."와 같은 식으로 대화를 나눴다. 에카게는 기본적으로 체격이 좋은 꽃미남 스타일이나 어딘가 뒤틀린 듯한 나쁜 남자 스타일을 좋아했는데, 취향인 남자를 발견할 때마다 "저 사람, 잘 생겼지?"라던가 "쟤는 어떻게 자랄지 기대된다."라고 말하곤 했다.

나는 대범하다기보다는 소심했고, 강하기보다는 약한 성격이라 내가 에카게의 취향과 멀다는 사실이 불만이었다. 그리고 그렇게 눈여겨보던 인물이 누군가에게 프로포즈하거나 바람을 피우는 장면을 보면서 에카게는 행복해하거나 욕을 퍼부었다. 뭐 사실 나도 말은 하지 않았지만, 모형 정원의 예쁜 여자를 눈으로 좇았던 일이 있었으니 피차일반이었다.

에카게는 나와 마찬가지로 성 사람들을 혐오했다. 성 사람들이 입는 옷은 그야말로 상식을 넘어서는 기발함 때문에 흥미를 주었지만, 그들은 치장하는 데 열을 올릴 뿐 마을 사람들을 대하는 태도는 최악이었다. 혼자 관찰하는 것과 둘이 관찰하는 것은 전혀 달랐다. 에카게는 내가 몰랐던 것을 발견하기도 했다. 예를 들면, 에카게가 발견한 것 중에는 흡혈귀가 있었다.

흡혈귀는 마을 밖 숲에 살고 있었다. 일주일에 한 번꼴로 한밤중에 숲에서 나와 목장의 소나 가축을 습격했는데, 짐승의 피를 먹는 듯했다. 마을 근처를 헤매기도 했지만, 사람을 덮쳤던 흔적은 없었다. 흡혈귀는 홀로 다녔는데, 흔히 말하는 피를 빨린 자는 흡혈귀가 된다는 흡혈귀의 규칙은 모형 정원 속 세계에서는 적용되지 않는 것 같았다. 용과 마찬가지로 고독한 존재였다.

'왕족의 탑 순례'라는 풍습도 에카게가 발견했다. 가을의 막바지에 백 명에 가까운 사람들이 성을 나섰다. 왕족, 귀족, 시종에 기사단, 승려처럼 보이는 사람도 있었다. 그들은 산길을 지나 탑에 도착하면 그 근처에서 야영을 했다. 밤이 되자 탑 주변을 둘러싼 횃불에 불을 붙였다.

아무래도 탑을 받드는 듯했다. 하룻밤 묵고 나면 다음 날 아침 일찍 승려들이 탑의 꼭대기로 올라가 주문 같은 걸 외우고, 그게 끝나면 다 같이 성으로 돌아갔다.

중학교 2학년이 끝나갈 때였다. 나와 같이 상자 속을 들여다보던 에카게가 한숨을 쉬고는 오렌지 주스를 마셨다.

"이 모형 정원 말이야, 들어갈 수 있지?"

나는 물끄러미 에카게를 바라보았다.

직감적으로 깨달은 모양이다. 이 모형 정원 안으로 들어갈 수 있다고. 내 생각도 그렇다.

"최악일 거 같은데."

"들어가려고는 해봤어?"

"아니."

"왜?"

"들어가고 싶지도 않고, 설사 들어간다고 해도 못 나오지 않을까?"

"들어가면 어떻게 될 거 같아?"

"여기 주민들이랑 같은 크기로 변해 살겠지."

"해보지 않을래?"

"뭐, 궁금하기는 하네. 크게 손해 볼 것 같지도 않고."

우리는 3미터짜리 끈을 사왔다. 페트병에 구멍을 뚫고 끈을 통과시켜 묶은 뒤, 상자 속으로 천천히 내려보냈다. 바닥 너머의 다른 공간으로 넘어갈까? 아니면 바닥에 닿을까? 물을 넣은 물통도 준비했다. 무슨 일이 벌어질지 전혀 예측할 수 없었다. 갑자기 불이 나지 않으리란 보장도 없으니까.

끈을 2미터 정도 드리우자 페트병이 바닥에 닿았다. 우리는 페트병을 끌어 올리며 한숨을 쉬었다. 다음은 페트병에 종이를 두른 뒤 상자 속으로 내려보냈다. 바닥이 젖었는지 확인하기 위해서였다. 종이가 그대로인 걸 보니 수면은 아닌 듯했다.

다음으로 녹화 버튼을 누른 디지털카메라를 넣어봤다. 하지만 카메라를 끌어 올려 확인해 보니 온통 희미하게 찍혀 있었다.

"돌아오지는 못하네."

"왜 그렇게 생각해?"

에카게가 말했다. 바닥까지 2미터라면, 사다리를 이용해 왔다 갔다 할 수 있을지도 모른다.

"만일 두 세계가 완전히 이어져 있다면 저쪽에서도 드나들 수 있었을 거야. 그렇다면, 상자 속에서 바람이 불거나 냄새가 나거나 태풍이 몰아치면 상자에서 방으로 비가 들이치거나 하겠지. 하지만 지금까지 상자에서는 물 한 방울도 튄 적이 없고, 얼굴을 가까이 대도 아무런 냄새도 안 나잖아."

에카게는 팔짱을 끼고 고개를 끄덕였다. 과연, 하고 납득한 표정이었다.

"갈 수는 있겠지. 그래도 아마 돌아오기는 힘들 거야. 작은 크기로 변할 텐데, 원래 크기로 돌아오지 못하니까 상자에서 나올 수도 없을걸."

"그래도, 일단 페트병은 끈을 당기니까 돌아왔잖아? 다른 것도 한 번 넣어보자."

우리는 다양하게 실험했다. 형광 핑크색 고무공도 넣어보고, 온도계도 넣어봤다. 그런 실험 중에 갑자기 모형 정원이 사라졌다. 상자 속에는 아무것도 남아 있지 않았다. 온도계를 달았던 끈은 중간에 끊어진 채 상자 속에 들어 있었다. 온도계는 어디론가 사라지고 없었다.

'역시.' 나는 생각했다. 예전에 팔을 넣었을 때 느꼈던 본능에 가까운 경계심은 틀리지 않았다. 커다란 물고기 입 속에 끈으로 묶은 무언가를 넣었다 뺐다 하는 사이에 물고기가 그것을 꿀꺽 삼켜버린 느낌과 비슷했다. 나는 뚜껑을 덮었다.

"사라졌네. 그러면 안 됐나?"

에카게가 불안한 듯 물었다.

"글쎄."

내가 대답했다.

"그렇지만, 가끔씩 갑자기 사라지기도 했으니까, 다시 나타나겠지."

그날 밤, 모형 정원 속 세계가 부활했다. 에카게에게 알려주자, 실험 때문에 다시는 나타나지 않을까 봐 안절부절못했다고 했다.

그 일이 있은 후, 3주 정도 지나 마침 기말고사가 끝났을 무렵이었다.

"시험 잘 봤어?"

에카게가 우리 집에 놀러 왔다. 그리고 잠시 상자를 바라보다가 성의 한 지점을 가리키며 내 어깨를 흔들었다. 왕족이성의 복도에서 형광 핑크색 공을 이리저리 살펴보고 있었다. 3주 정도 전에 실험 삼아 상자에 넣었던 공이 분명했다.

"역시, 된다니까. 공이 들어갔잖아."

역시 상자에 넣었던 공은 모형 정원 세계에 맞는 크기로 바뀌어 전달되었다.

"들어가면 안 된다고. 그런 생각 하지 마."

내가 말했다.

"설령 갈 수 있다고 해도, 별로 좋은 곳은 아닌 것 같아."

"정말로 그렇게 생각해?"

"당연하지."

일단 전기가 없다. 물도 우물에서 퍼야 한다. 화장실은 재래식이다. 왕과 기사들은 말도 안 되는 이유로 사람을 죽이고, 흡혈귀도 출몰한다. 아름다운 자연 경관처럼 일부 좋은 점도 있겠지만, 지금의 생활을 영원히 버리고 갈 정도까지는 아니다.

불현듯 스치는 생각에 에카게를 바라봤다. 머리카락으로 가린 에카게의 왼쪽 눈이 부어 있었다. 오빠에게 또 맞은 모양이다. 정말 미친 가족이 아닌가. 에카게는 언제까지 맞아야 할까. 에카게는 나와 상황이 다르다.

"나는 네 편이야. 네가 여기, 이 세계에서 자유로워지도록 도와줄게."

"구체적인 계획도 없이 어떻게? 무리야. 그래도 생각해 줘서 고마워."

에카게의 말이 맞다. 중학생인 내가 같은 중학생인 에카게에게 무엇을 해줄 수 있을까? 그게 무엇이든 부모가 그녀를 끌고 가면 끝이다. 구체적인 계획 같은 건 없는 의미 없는 말이다. 하지만 내가 할 수 있는 유일한 일이기도 했다.

"우치노. 나는 도망치려는 게 아니야."

"그게 아니면?"

"꼭 가야겠다는 생각이 들어. 살인귀도 처리해야 하잖아."

"그건 저쪽 주민들이 할 일이야. 네가 아니라."

살인귀. 이를 발견한 것도 에카게였다. 나는 초등학교 2학년 때부터 모형 정원을 관찰해 왔지만, 살인귀의 정체를 전혀 눈치채지 못했다. 간단히 말하면, 마을에 정체불명의 살인귀가 출몰했다. 마을 중앙의 광장과 이어진 언덕 아래에 교살당한 여자의 시신이 굴러다녔다. 또 어떤 때는 느릅나무에 여자의 시신이 매달려 있기도 했고, 아이의 머리가 종 아래에 놓여 있던 적도 있었다. 피해자는 대부분 여자와 아이들이었다. 시신을 꽃으로 꾸며, 명백하게 모두를 농락하고 있었다.

주로 끈을 이용해 목을 졸라 죽이고는 머리나 팔다리를 훼손했다. 출몰 시각은 한밤중. 목격자는 없고, 남겨진 건 시신뿐이다. 마을은 공포에 휩싸였다. 흡혈귀보다 사악하다. 흡혈귀는 사람을 덮치지는 않으니까.

물론 세계를 내려다보고 있는 우리는 어디 사는 누가 한 짓인지 알고 있다. 범인은 철물점 남자다. 이 남자는 평소에 무척 상냥했다. 친구로 보이는 무리와 술집에서 술을 마시거나 친척으로 보이는 어린이를 목말 태우기도 한다. 착하고 웃음이 많은 성격처럼 보였지만, 이건 꾸며낸 얼굴에 불과했다. 남자는 한밤중이 되면 검은 망토에 가면을 쓰고 밖으로 나섰다.

아무래도 모형 정원에는 경찰 같은 치안을 담당하는 조직은 없어 보였다. 성의 기사들은 마을의 치안 유시에 거의 손을 대지 않았고, 마을 사람들에게 떠맡겼다. 만일 철물점 남자가 일련의 범행을 저지른 범인이라는 사실이 밝혀진다면,

마을 사람들이 직접 처형할 거다. 이 세계에서는 흔한 일이니까. 마을 밖에는 바위 감옥이 존재했다.

이런저런 이유로 주민들이 처형하기 어렵다면, 1년에 한 번 있는 투표로 마을의 기사들에게 처리를 맡길 수도 있다. 하지만 그런 일은 전혀 일어나지 않았다. 살인귀는 경계심이 강하고 간사했다. 에카게가 발견한 지 이쪽 세계 기준으로 11개월, 모형 정원 시간으로는 2년하고도 6개월 정도 지났다. 족히 서른 명은 살해했지만, 수사 기관이 없어 살인귀는 마음껏 날뛰었다.

"안 돼. 네 기분은 아는데, 저긴 우리가 갈 곳이 아니야."

내가 말했다.

"이곳에도 어려움에 처한 애들이나 살인자는 얼마든지 있어. 누군가를 구하고 싶다면, 이쪽 세계에서 하면 돼."

3

봄 방학이었다. 그날은 졸업을 하게 되는 3학년에게 노래를 불러주고 편지도 주는 '3학년 송별회'가 있어 학교에 가야했다. 에카게는 학교에 오지 않았다. 2학년은 노래를 불렀는데, 접이식 의자에 앉아 있는 시간이 길어서 매우 지루했다. '땡땡이가 답이었어.' 나는 속으로 에카게에게 말했다.

이제 우리는 3학년이 된다. 3학년은 고등학교 입시 시험을 치러야 하니, 올 한 해는 고달플 것 같았다. 나는 모형 정원을 떠올렸다. 살인귀는 폭주했다. 희생자는 계속 늘어났다. 숲속 깊숙한 곳에 철물점의 작업실 겸 경작지가 있었는데, 그곳에 오두막을 만들어 지하에 유괴한 여자 아이들을 감금했다. 그 수가 자그마치 다섯 명이나 된다. 주위에 민가는 없었다. 도와주고 싶어도 어떻게 해 줄 수 있는 방법이 없었다.

바람이 차가웠지만, 봄의 기운이 물씬 느껴지는 어느 날이었다. 동네 여기저기에 매화가 피었다. 집으로 돌아오니, 현관문이 열려 있었다. 나올 때 분명히 잠갔는데. 이상하다고 생각하며 안을 살폈다. 아버지는 일하느라 밤늦게야 귀가하지만 일찍 돌아왔을 수도 있다.

"다녀왔습니다."

일부러 큰 소리로 말했지만, 아무도 대답하지 않았다. 나는 계단을 올라가 내 방으로 들어갔다. 방에 상자가 있었다. 뚜껑이 열린 상자는 비어 있었다. 그 옆 책상다리에 묶여 있는 로프가 보였다.

심장이 세게 뛰었다. 보자마자 에카게라는 걸 알았다. 에카게 구미는 내가 현관문 옆 올빼미 장식 밑에 열쇠를 숨겨둔다는 사실을 알고 있다. 조만간 이런 일을 할지도 모른다고 생각했지만, 설마. 책상 위에 편지가 있었다.

우치노 요에게

나는 가야겠어.

도저히 참을 수가 없어.

내가 잘못하고 있을 수도 있어. 내가 있을 곳에서 비겁하게 도망치는 걸지도 몰라. 하지만 몇 번을 생각해 봐도 그 애들을 구해줄 사람은 나뿐이야. 나 더는 나를 미워하지 않을래.

우치노. 절대 널 잊지 않을 거야. 네가 생각하는 것보다 훨씬 더 너를 좋아하니까. 우리 부모님은 중학생의 사랑 같은 건 나중에 보면 별것 아니라고 했지만, 나는 절대 그렇게 생각하지 않아. 앞으로도 영원히 그럴 거야.

생각날 때마다 날 지켜봐 줘. 나도 네가 항상 보고 있다고 생각하면서 열심히 할 테니까.

무사히 도착하면, 그리고 우리가 함께 세계를 바라보면서 네가 항상 궁금해하던 것의 답을 찾게 되면, 알려줄게.

하지만 목소리도 안 들릴 테고. 아마 편지도 보낼 수 없을 테니까, 신호를 보낼게.

지금부터 쓰는 숫자와 질문을 같이 기억해 둬.

이 편지는 보관해 두는 편이 나을 거야.

1번. 모형 정원 세계에 한 번 들어가면

　　　돌아올 수 없는가?

2번. 모형 정원 세계의 음식은 맛있는가?

3번. 모형 정원 세계에서는 관찰자가 보이는가?

4번. 모형 정원 세계에서도 몸은 그대로인가?

5번. 모형 정원 세계에 들어가도, 그곳은 여전히

　　　모형 정원인가?

6번. 후회하는가?

답을 하는 방법은 ○가 YES, ×가 NO야. △이면 잘 모르겠다. ○△면 YES인 것 같지만 잘 모르겠다. X△면 NO인 것 같지만 잘 모르겠다.

잘 지내. 죽더라도 난 후회하지 않아. 우치노, 네가 날
기억해 준다면 그걸로 만족해. 정말 고마웠어.

에카게 구미

3학년이 코앞인 봄 방학에 일어난 소녀의 실종은 대대적인
뉴스가 되었다. 실종되기 이틀 전, 에카게 구미가 등산용품점
에서 칼과 등산용 가방, 침낭, 로프를 샀다는 사실도 보도되
었다. 수사 당국은 납치 또는 어딘가 산으로 향했을 가능성,
이 두 가지를 염두에 두고 수사했다. 로프에 대해서는 언론들
도 의견이 엇갈렸는데, '로프를 써야 할 정도로 험악한 장소
에 가기 위해 샀다', '목을 매 자살하려고 샀다', 'TV와 만화
의 영향을 받아 산에 가려면 로프가 필요하다고 착각해 샀다'
와 같은 추측이 난무했다.

한번은 경찰이 우리 집에 탐문 조사를 하러 왔었다. 별다
르게 의심하는 느낌은 없었고, 최근 에카게가 어땠는지, 어딘
가 가고 싶다고 한 적은 없는지, 만일 연락이 오면 곧바로 경
찰에 알려달라는 등의 말을 남기고 갔다. 특별히 경찰에게 할
말은 없었다.

"학교에서 따돌림을 당했을지도 모릅니다."

에카게의 부모는 방송국 카메라 앞에서 어두운 표정을 지
으며 이렇게 말했다. 오빠도 TV에 나왔다. 잔뜩 굳은 얼굴로,

국어책을 읽듯 "구미, 어서 집으로 돌아오렴." 하고 말했다.

에카게가 상자로 들어간 날 저녁에, 세계가 다시 나타났다. 나는 모형 정원 속 세계를 응시하며 필사적으로 에카게를 찾았다. 그곳에 에카게가 있었다. 빨간 배낭에 검은 모자. 모형 정원과는 완전히 동떨어진 현대인의 모습을 하고 돌탑에서 조금 떨어진 언덕에 모닥불을 피우고 있었다.

에카게가 하늘을 올려다보았다. 눈이 마주치지는 않았다. 하지만 분명 내가 보낸 시선을 느꼈으리라 확신했다. 에카게는 하늘을 향해 엄지손가락을 치켜세우며 희미하게 웃었다.

'여기야, 여기.'

문득, 그 아이의 목소리가 들리는 듯했다.

에카게는 정말로 대단했다. 스스로에게 '에카게 구미는 특별한 사람이었나?' 하고 끊임없이 되묻게 되었다.

그 아이는 가장 먼저 살인귀의 오두막으로 달려가 벽에 세워져 있던 통나무로 문을 부수고 안으로 들어가 지하실에 있는 여자아이들을 구했다. 감금되어 있던 건 우리와 거의 비슷한 또래 여자아이들로, 모두 다섯이었다. 에카게는 소녀들을 데리고 마을로 향했다.

마을에 도착해 한 명씩 집으로 돌려보냈다. 마지막 한 명, 감금된 아이들 중 가장 나이가 많은 열대여섯 정도 되는 금발

의 곱슬머리 소녀가 에카게에게 자신의 집에 머무르지 않겠
냐고 물었다(목소리가 들리는 건 아니지만, 에카게가 그 아이의 집으로
들어갔으니 초대를 받은 건 확실하다).

밤중에 마을 사람들이 움직였다. 소문이 빠르게 퍼진 것 같
았다. 몇몇 사람이 길을 달려나갔다. 그리고 새벽녘에 철물점
남자의 집이 포위되었다. 철물점 남자는 전혀 눈치채지 못했
다. 자신의 집을 둘러싼 사람들을 보고 어리둥절해하다가, 자
신은 억울하다며 변명하기 시작했다. 둘러싼 사람들에게 허
둥대며 필사적인 몸짓을 하는 걸 보고 그렇게 짐작했다.

그러나 변명이 통할 리 없었다. 피해자인 여자아이들이 자
신의 부모님에게 똑같은 내용을 얘기했을 테니까. 철물점 남
자는 변명을 하다가 무수한 주먹세례를 받고 몸이 꽁꽁 묶인
채 그날로 감옥에 갇혔다. 2~3일 정도 마을 주민들이 회의한
끝에, 감옥에서 끌려 나와 주민들 손에 화형을 당했다. 1년에
한 번 있는 처형 투표를 기다리기엔 시간이 너무 길었다. 또
투표 결과에 따라 기사들이 철물점 남자가 아닌 다른 사람을
처형할 수도 있으니 투표에 맡길 수 없었던 모양이다.

이렇게 모형 정원 세계 시간으로 2년 반 동안 수십 명을 살
해한 살인귀가 죽음을 맞이했다. 그리고 이 사건을 계기로,
에카게는 마을 주민으로 받아들여졌다.

나는 상자의 뚜껑을 덮고 현실로 돌아왔다. 에카게가 없는

세계는 매우 쓸쓸했다. 나는 입시 준비를 해야 했다. 하지만 책상 위에 놓인 《이걸로 안심! 시험에 나오는 영어 단어 300》과 같은 책이 무척 시시하게 느껴졌다. 이제 우리 집 초인종은 울리지 않는다. 멋진 꿈 같았던 소녀는 더 이상 얼굴을 내밀지 않는다. '무얼 하든 지금 에카게가 함께 있었더라면…' 하고 상상했다.

에카게는 몇 번인가 내게 신호를 보냈다. 신호를 보고 바로 '의문에 대한 대답'이라는 걸 알았지만, 에카게 입장에서는 내가 봤을지, 못 봤을지는 알 수 없다. 그래서일까. 내가 언제든 볼 수 있도록 마을 외곽의 공터에 돌로 숫자와 기호를 만들었다.

1. ×△

2. ○

3. ×

4. ○

5. △

6. ×

UCHINO♡

EKAGE

1번의 X△는 한 번 들어가면 돌아올 수 없을 것 같지만 확실하지 않다. 2번은 밥은 맛있다. 3번은 모형 정원 속 세계에서 관찰자는 보이지 않는다(이건 모형 정원 사람들 모습으로도 추측할 수 있었지만, 확실하게 확인한 셈이다), 그리고 4번은 몸 크기는 그대로이고, 5번은 모형 정원 안에서 봐도 사방이 막힌 모형 정원인지 확실하지 않다. 6번은 후회하지 않는다. 마지막 UCHINO 뒤에 붙인 하트 표시는 단순한 애정 표현이겠지.

밧줄을 타고 상자를 내려가면 어디에 도착할까? 에카게는 어디로 나갔을까? 확실하지는 않지만, 탑의 꼭대기인 것 같다. 에카게가 언덕에서 모닥불을 피웠던 곳과 탑은 길이 연결되어 있고, 경과한 시간을 생각해 봐도 탑밖에 없다. 에카게는 전망이 한눈에 들어오는 탑 꼭대기에서 마을과 성의 방향을 눈으로 확인한 뒤 내려갔을 것이다.

그렇다면 성의 기사, 승려, 시종, 그리고 왕족으로 보이는 사람들이 무리를 이뤄 1년에 한 번, 탑에서 의식을 치르는 이유도 알 것 같았다. 승려 그러니까 성직자에 해당하는 자가 탑을 올라가는 건 바깥 세계에서 떨어진 물건이 있는지를 확인하고, 있다면 가지고 돌아가기 위해서였다. 핑크색 공이 성에 있었던 것도, 우리가 실험했던 공을 집어넣은 지 얼마 되지 않아 탑 순례 의식을 치르고 성으로 가지고 갔기 때문이었다.

4

고등학교 1학년 4월, 학교에서 돌아오는 길이었다.

"우치노 군?"

돌아보자 모르는 남자가 서 있었다. 얼굴에 주름이 깊게 팬, 키가 크고, 백발을 머리에 얹은 남자가 검은색 벤츠 옆에 서 있었다.

"잠깐 이야기가 하고 싶은데."

남자는 심각한 표정이었다.

"차에 타라고는 하지 않겠네. 자네는 미성년자이니 유괴다 뭐다 세상 시끄러워질 수 있을 테니까. 또 고등학생씩이나 되는 자네가 모르는 사람의 차에 탈 리도 없고. 이 근처에 찻집이 있으니 거기로 가지."

"저, 무슨 일이신데요?"

백발의 남성은 '사토 다카키'라는 이름과 전화번호가 적힌 명함을 건넸다.

"시간을 오래 뺏지는 않겠네. 바로 옆 가게일세."

백발의 남성이 가볍게 신호를 주자 검은색 벤츠가 출발했다.

나와 사토 다카키라는 이름의 남성은 도로변에 있는, 찻집이라기보다는 카페에 가까운 분위기의 가게로 들어섰다. 남자는 커피를, 나는 멜론소다를 시켰다. 남자는 사진을 꺼내 테이블 위에 올려놓았다. 뚜껑이 닫힌 바로 그 상자였다.

"이 상자를 찾고 있다네. 아주 중요한 물건이지. 이 상자가 언제 어디서 생겨났는지는 몰라. 다만 적어도 1000년 이상 이 사람 저 사람 손을 거쳤다더군. 기적 같은 일이지."

"예에."

일단 의심스럽다는 표정을 지었다.

남성은 눈을 부릅뜨고 나를 노려봤다.

"아, 네, 그래서요? 근데 왜 그걸 저에게?"

"8년 전에 이 동네가 폭우로 난리가 났었지, 기억나나?"

"네."

나는 작게 대답했다. 잊어버릴 리가 없었다.

"상자 주인은 그때 이 동네에서 상자를 잃어버렸다네. 전혀 예기치 못한 사고였지. 8년 전, 나는 상자가 마지막으로 있었던 장소와 그곳에서 물이 흐르는 방향을 생각했네. 그리고 집집마다 돌아다니며 조사를 시작했어. 그러다가 마침 자네의 집이 있는 곳에서 100미터 정도 떨어진 곳으로 상자가 흘러갔을 가능성이 크다는 사실을 알 수 있었네. 나는 사람을 고용해 여기저기 찾아다녔어. 대형 쓰레기 처리장 같은 곳을 말이야. 하지만 상자는 없더군. 누군가 가지고 가버린 거야."

"저, 저기. 상자의 내용물이 중요한 거죠? 거기에 뭐가 들어 있는데요?"

나는 영문을 모르겠다는 표정을 지어 보였다. 얼마나 자연스럽게 시치미를 뗄 수 있을까. 그게 관건이다. 남성은 잠시 내 얼굴을 보다가 한숨을 쉬었다.

"인생은 선택의 연속이야. 중요한 순간에 선택을 잘못하면, 대개는 무척 후회한다네."

"무슨 말씀이세요?"

"사실을 말했을 뿐이네. 아무튼 그 후로 상자는 감감무소식이야. 하지만 어떤 사건이 발생하고 말았어. 자네의 중학교 동창인 에카게 구미의 실종사건이지. 1년 전쯤이지, 아마. 그 아이는 실종 이틀 전에 등산용품점에서 등산용 배낭과 침낭, 칼, 로프 따위를 샀어. 등산용품점 점원이 어느 산을 가느냐고 묻자, 해외에 서바이벌 게임 같은 걸 하러 간다고 대답했다더군. 그리고 그 아이는 사라졌어. 실종 직전에 도시락 체인점에서 치킨 열 조각을 샀다지. 그 나이대의 여자아이가 혼자서 다 먹기에는 양이 많아 보이지만, 앞으로 칼로리를 엄청나게 소비해야 할 일이 있다면 또 모르지. 하지만 근방에 있는 역이나 버스정류장 부근의 CCTV 카메라에는 그 아이의 모습이 찍히지 않았네. 그 아이의 모습이 CCTV에 마지막으로 찍힌 건 편의점이었어. 거기서 그 아이는 과자와 삼각김밥을 잔뜩 사고, 1.5리터짜리 생수도 세 병이나 샀지. 치킨 열 조각이 부족했던 걸까? 지금 시대의 일본을 여행한다고 생각한다면 누가 봐도 수상한 행동이야. 그래서 그 아이에게는 같이 가출할 사람이 있었고, 그 사람 몫까지 대량으로 음식을 샀다는 추측이 나왔지. 뉴스에서 전문가도 그럴 가능성이 크다고 얘기했다던데. 하지만 내 생각은 달라."

노인은 나를 똑바로 바라보면서 말을 이었다.

"분명 상자와 관련이 있어. 에카게 구미는 상자가 사라진 동네에 사는 중학생이니까. 그 아이는 상자 속 세계로 떠난 거야. 마을에 도착할 때까지는 산에는 가게가 없으니 세 끼 이상 먹을 가능성을 생각한다면 당연히 치킨이나 삼각김밥이 필요해. 아니, 오히려 부족하지 않을까? 베테랑이라면 쌀이나 가스버너를 가지고 갔겠지만, 그 아이는 초보니까 거기까지는 생각하지 못한 것 같아. 어쨌든 나는 조사를 다시 시작했다네. 그 아이의 부모에게 방을 보여달라고 부탁했지. 근데 그 방에는 상자가 없었어. 그렇다면, 그 아이의 친한 친구가 상자를 갖고 있지는 않을까. 나는 신중하게 접근했다네. 반에서 가장 친했다는 여자 친구들도 떠보았지만, 아무것도 모르더군. 하지만 에카게 구미의 친구는 그 아이가 실종 이틀 전에 "갑자기 사라질지도 모르지만, 걱정하지 마. 어딘가에 살아 있다고 생각해 줘."라고 얘기했다는 사실과 겉으로는 쉬쉬했지만 실은 남자친구가 있었다는 사실을 알려줬지. 자네 말일세."

나는 입을 꾹 다물었다.

"에카게 구미가 사라진 날, 특히 편의점 CCTV 카메라에

찍힌 뒤부터 실종 추정 시각 사이에 우치노 군, 자네는 3학년 송별회에 참석하기 위해 학교에 있었고, 남자친구와 싸웠단 소리는 들은 적이 없으니 자네는 아무 상관없을 거라고 반 친구는 말했네. 오히려 가정 환경이 좋지 않은 것 같았으니, 부모나 오빠가 무언가 숨기는 건 아닐까 하더군. 하지만 과연 그랬을까? 그건 반 친구가 바라본 의견이고, 내 의견은 달라. 자네가 상자를 가지고 있다면 모든 게 딱 들어맞아. 그래서 이번엔 자네가 어떤 사람인지, 자네의 반 친구들에게 물었네."

"저는 어떤 학생이던가요?"

"자네 평판 말인가? 그렇게 친한 친구는 없더군. '학교가 끝난 뒤에는 같이 놀려고 하지 않고, 게임이나 다른 무언가에 완전히 빠져 있는 것 같은데 그게 무슨 게임인지 전혀 모르겠다'고 말한 아이도 있었네. 나는 특히, 에카게 구미가 마지막으로 물건을 산 편의점이 자네의 집 근처라는 점을 주목했네. 치과 옆에 있는 로손 편의점 말이야. 보통 등산하는 사람들은 산 근처에 있는 가게에서 물을 사곤 하지. 물은 들고 다니기에는 무겁거든."

여기서 백발의 칠십 대 정도로 보이는 남성은 테이블에 올려놓은 상자 사진을 톡톡 두드렸다.

"나는 이 상자를 찾고 있어. 행방불명된 자식을 찾는 부모의 심정이라네. 나는 이 상자의 주인이야. 그래서 상자를 발견한 사람에게는 200만 엔. 그리고 발견할 수 있는 유력한 정보를 제공하면 100만 엔을 건넬 셈이야. 물론 상자가 어디에 있었는지는 묻지 않을 걸세. 만일 자네가 상자를 주웠다고 치면, 자네는 큰 행운을 거머쥐게 되는 거지. 그 상자를 내게 건네면 바로 그 자리에서 200만 엔을 받을 수 있으니까. 8년 전에 상자를 주웠다고 해도 그건 죄가 될 수 없고말고. 어쨌든 자네는 어린애였고, 상자는 폭우로 뒤엉킨 잡동사니 속에 있었던 데다가 아무것도 몰랐으니까. 상자만 되찾으면 나는 크게 기뻐하며 상자를 보관해 줘서 고맙다고 절을 하겠네. 자네도 생각지 못했던 큰돈이 굴러 들어오니 행복할 테야. 누구도 불행해지지 않아. 그리고 나는 앞으로 훨씬 더, 누구보다 소중하게 상자를 관리하겠어. 자, 내 이야기는 여기까지일세."

나는 고개를 살짝 끄덕였다.

"시간은 지금부터 일주일 주겠네. 일주일이 지나면, 상금 이야기는 없던 일이 되는 거야. 그리고 그 뒤에 내가 자네의 방이든 어디든 상자를 발견한다면, 그땐 어떤 핑계를 대도 소용없어. 자네는 범죄자니까. 나는 '발견한' 사람에게는 엄청난 보상을 할 테지만, '훔친' 사람에게는 아주 지독하게 대할 셈이거든. 만일 경찰이 개입한다면 고등학교는 꿈도 못 꾸겠지. 자넨 퇴학이야. 그러니 신중하게 선택하게. 모두가 불행해질 선택은 나도 바라지 않아."

나는 이 백발의 남자가 차분한 말투로 가하는 압박에 넘어갈 뻔했다.

"그럼, 저도 본 적은 없지만, 이 사진 속 상자가 학교나 집에 있는지 찾아보라는 말씀이세요? 안에 뭐가 들어 있나요? 혹시 귀중품? 정말로 그렇게 큰돈을 주신다면, 무슨 수를 써서라도 찾아야죠."

남성은 아무 말 없이 커피잔을 입으로 가져갔다. 나도 멜론소다를 한 모금 마셨다.

"그 초록색 액체 맛은 어떤가?"

"드셔보실래요?"

"됐네."

집에 돌아오자마자 바로 창문에 커튼을 쳤다. 그 남자의 말투는 '떠본다' 수준이 아니었다. 이미 내가 상자를 가지고 있다고 확신하고 있었다. 하지만 에카게가 들어간 상자를 누구에게도 넘겨줄 수는 없었다. 백발의 남자가 나타나기 몇 개월 전, 중학교 3학년 막바지로 시간을 돌려보자.

그 무렵 에카게는 이미 이쪽 세계의 옷을 입고 있지 않았다. 마을 사람들이 준 옷을 입고 사람들과 잘 어울렸다. 해질 무렵, 집 앞에서 빗자루로 길을 쓸던 에카게 앞에 마을 주민 한 사람이 나타났다. 나이는 이십 대 후반, 에카게 취향의 미남은 아니지만, 매우 심지가 굳어 보이는 눈매를 하고 있었다. 빨간 머리 때문인지 약간은 야성적인 분위기가 풍겼다.

'안녕.'

'안녕. 오늘 저녁 식사에 널 꼭 초대하고 싶어.'

물론 이건 내 상상이다. 이후에 돌아가는 상황을 보고 아마도 이러한 대화였을 거라고 추측했을 뿐이다. 에카게는 남자를 따라 어느 집으로 들어갔다. 그곳에는 몇몇 사람들이 모여 있었다. 다들 에카게가 어떤 사람인지를 파악하려는 듯, 날카로운 시선으로 바라봤다.

테이블에 앉은 에카게는 여러 질문을 받았다.

'당신은 하늘에서 내려왔죠?'

'우린 하늘이 어떤 곳인지 알고 싶어요.'

아마도 에카게는 상자의 외부에 해당하는 하늘이 어떤 곳인지 얘기했을 것이다. 내 이야기도 하지 않았을까? '어느 날, 친구 또는 연인의 집에서 상자의 존재를 알게 되었고, 열중해서 보다가 살인귀를 발견했다. 잠시 지켜봤지만, 도저히 용서할 수 없어 감금된 아이들을 구하고자 당신들의 세계로 들어왔다.'

그들은 아마도 이렇게 물었겠지.

'지금 성에 사는 왕족과 그 아래 귀족, 기사들은 수백 년 전부터 바깥 세계와 접촉해 왔다. 그들은 하늘과 교신하는 특권을 가지고 있다. 그러나 최근 2년 정도는 매년 탑에서 의식을 치러도 하늘이 물건을 내려주지 않았다. 탑에서 끈이 달린 온도를 재는 기기와 이상한 핑크색 공이 발견됐다는 소문은 들었지만, 그게 다였다. 우린 바깥사람들, 이 세계를 굽어 살피시는 분들에게 무슨 일이 생긴 건 아닌가 생각했다. 당신의 얘기대로라면 지금은 당신의 친구가 이 세계의 주인이라는 소리인가?'

에카게 구미는 그렇다고 대답한다. 그 이후, 그녀는 그들의 저녁 식사 자리에 자주 초대를 받았다.

성문이 열린다. 이번에는 말을 탄 기사 세 명이 성을 나선다. 말발굽 소리를 울리며 마을로 향한다. 기사들의 말은 마을 주민들이 타는 것보다 훨씬 크다. 마을에 들어서자 눈이 마주친 남자의 목을 창으로 내리찍었다. 피가 분수처럼 뿜어져 나왔다.

기사들은 말에서 내려 두려움에 몸이 굳은 어린 소년을 붙잡고는 무차별적으로 폭행을 가했다. (누나 혹은 엄마로 보이는) 어떤 여자가 비명을 지르며 소년을 감싸려 했다. 기사 중 한 사람이 소년을 감싼 여성을 칼로 찔렀다. 그러고는 다시 다그닥 다그닥 말을 달려 마을을 떠났다. 마을에서는 아무런 이유 없이 정기적으로 잔인한 학살이 벌어졌다.

횃불이 타오르는 동굴에 목소리가 울린다.

"그 옛날, 하늘은 왕족의 뒤를 봐주었다. 하지만 하늘은 이제 저들의 편이 아니다. 여기 있는 에카게 구미라는 소녀는 우리를 돕기 위해 하늘에서 왔다. 그리고 지금, 우리 세계는 이 소녀의 친구가 주인이다. 하늘은 이제 우리의 편이다. 왕족의 폭정을 끝내야 할 때가 왔다. 우리가 온 힘을 다한다면, 세계는 바뀔 것이다. 강압 정치를 끝내자. 우리는 저들보다 수적으로 우세다. 우리는, 훨씬 강하다."

연설을 하고 있는 사람은 예전에 에카게를 저녁 식사에 초대했던 붉은 머리를 한 청년으로, 그곳에는 그를 따르는 수백 명의 동지가 그곳에 있었다. 연설자를 지지하는 간부들 사이로 에카게의 모습도 보였다.

1년에 한 번 있는 처형 투표의 날이 밝았다. 투표함이 성으로 전달되었다. 성안 사람들은 아마 투표 결과를 조작했을 것이다. 이번 처형 대상자는 동굴에서 연설했던 반란 조직의 리더인 붉은 머리의 청년이었다. 어디선가 그가 주민들을 선동하기 시작했다는 정보가 샌 것 같다. 붉은 머리 청년이 사는 집 앞에 기사들이 도착했다. 열두 명의 기사가 전원 무장을 하고 말에 올라타 있었다.

그중 네 명이 말에서 내려 문을 발로 부수려고 할 때였다. 후드를 뒤집어쓰고 수풀 속에 숨어 있던 남자가 손을 들어 신호를 보냈다. 그러자 두건으로 얼굴을 가리고 지붕과 길거리에 숨어 있던 수십 명의 마을 주민들이 기사들 뒤에서 나타나 활을 쐈다.

드디어 마을 주민들이 당당히 왕국에 대한 반란을 일으킨 것이다. 그곳에 있던 열두 명의 기사 중 여덟은 반격할 틈도 없이 화살을 맞고 그 자리에서 쓰러졌다. 남은 넷은 말을 타고 성으로 돌아가려 했지만, 미리 길에 밧줄을 쳐놓아 도주로를 차단한 탓에 기사들은 우왕좌왕했다. 그 사이 뒤에서 날아온 활을 맞고 쓰러졌다.

기사들을 쓰러지자, 처음 신호를 보냈던 인물이 후드를 벗어 얼굴을 드러냈다. 붉은 머리의 청년이었다. 그 옆에 서 있던 사람도 가면을 벗었다. 에카게였다. 상자는 나쁘게 사용될 수도 있었다. 평생 가두고 싶은 상대를 붙잡아 상자 안에 처넣을 수도 있다. 변태 미녀 수집가라면, 관찰하고픈 미녀들을 모아 던져두고 관찰용 상자로 사용할 수도 있다. 백발의 사토 다카키가 이 상자를 어떻게 사용했는지는 모른다. 다만 나는 상대를 믿을 수 없고, 상자 속 세력에 영향을 줄 수 있는 사람에게는 넘겨줄 수 없다고 생각했다.

창문 밖을 보니, 수상한 크림색 차량이 서 있었다. 나는 경찰에 신고했다. 계속 창문 밖을 주시하고 있었는데, 금세 경찰이 모습을 드러냈다. 경찰 둘이 수상한 사람이 타고 있는 차의 문을 두드리지 중년 남성이 내렸다. 그 남성은 잠시 경찰과 이야기를 나눈 뒤, 차를 타고 자리를 떠났다.

다음 날에는 학교에 가지 않았다. 학교에 가 있는 동안 도둑이 들 수 있다는 예감이 들어서였다. 현관문을 걸어 잠그고, 집에 틀어박혀 계속 생각했다. '상자를 천으로 감싸 일단어딘가에 숨겨두자. 코인 로커도 좋고, 아니면 택배로 할아버지 댁에 보내도 된다.'

이런저런 궁리를 하는데, 오후 네 시쯤 아버지에게 전화가걸려 왔다.

"여보세요. 아들! 마침 집이구나. 내가 할 말이 있는데."

아버지가 말했다. 아버지는 오늘 내가 학교를 가지 않은 사실을 모른다.

"오늘 회사에 누가 찾아왔어. 그 사람 말로는 집안에 대대로 내려오는 상자를 호우 재해 때 잃어버렸다고 하더구나. 가보라던데. 그걸 왜 우리 회사에 와서 찾는지 조금 이상해서물어봤더니 사진을 보여주더라. 근데 그게 네가 아끼는 그 상자 사진이었어. 그래서 집에서 본 적이 있다고 대답해 줬지."

나는 속으로 크게 한탄했다.

"상자라뇨?"

"왜, 그거 있잖아. 네가 옛날에 주워 와서 나한테 보여줬던거. 바로 그 상자더라니까? 네 방에서도 몇 번 봤었는데. 마침주인이 나타났으니 돌려줘야지. 그 상자, 아직 집에 있지?"

"200만 엔 준대요?"

"어? 그걸 어떻게 알아?"

"상자, 집에 없어요."

나는 그렇게 대답하고 전화를 끊었다. 상자를 큰 가방에 넣고 밖으로 나가 버스정류장에서 버스를 탔다. 버스와 지하철을 갈아타며 일단 도심으로 나갔다. 한 시간 반 정도 걸렸는데, 만일 누가 미행한다면 많은 사람들 틈에 섞이는 편이 따돌리기 쉽다. 도쿄역에 도착해 일단 카페에 들어가 한숨 돌렸다. 창문 너머로 북적이는 귀가 행렬을 보고 있자니 앞으로 어떻게 해야 할지 막막했다. 나는 우선 요코스카시로 가기로 했다.

요코스카시에 도착하니 저녁 여덟 시였다. 그곳에서 햄버거스테이크를 먹었다. 도망은 생각보다 훨씬 돈이 많이 들었다. 호텔에 고등학생 혼자 가도 될까? 혼자 외박해 본 적이 없으니 당연히 숙박비가 얼마나 들지도 모른다.

고민 끝에, 노인과 이야기하기로 했다. 휴대전화는 사용하지 않는 편이 나을 것 같아 일부러 공중전화를 찾아 동전을 전부 털어 넣고 노인이 건넨 명함에 적힌 번호로 전화를 걸었다.

"여보세요."

"아, 우치노 요 군."

남자는 바로 전화를 받았다.

"지금 어디지?"

"상자는 못 줘요."

나는 결론부터 말했다. 잠시 침묵이 흘렀다. 그리고 노인은 황당하다는 듯 웃으며 말했다.

"그건 자네의 것이 아니야. 아직도 모르겠나?"

"할아버지가 상자를 뺏으려고 하면 태워버릴 거예요. 상자에 불이 붙지 않으면 바다에 던져버릴 거고요."

"왜 그렇게까지 하지?"

"제 친구가 그 안에 있으니까요. '할아버지 왕국'은 이제 끝이에요. 지금, 혁명이 일어나고 있거든요."

"친구라면, 에카게 양 말인가? 혁명은 또 무슨 소리지?"

나는 대답하지 않았다. 잠시 침묵이 흐른 뒤, 수화기 너머로 노인의 목소리가 들려왔다.

"자네는 무언가 크게 착각을 하고 있군. 나는 관찰자야. 자네와 마찬가지로 말이지."

"할아버지는 성 사람들 편이잖아요."

"도대체 그게 무슨 말이지? 성 사람들이라니."

"탑을 통해서 성 사람들에게 여러 가지 물건을 보내주고 있잖아요. 그래서 그 사람들이 해마다 탑에 가는 거고요. 에카게가 지금 그 성 사람들과 싸우고 있다고요."

"그런 뜻이었군. 그리고 보니 내가 그 상자 속 사람들에게 뭔갈 주기는 했지. 1년에 한 번 정도 필요한 물품이나 편리해 보이는 물건을 탑 꼭대기에 올려두었지. 하지만 난 상자 안의 누군가, 혹은 어떤 세력의 편은 아닐세. 완벽하게 중립을 지키는 방관자라네. 사람에게는 절대 선도 절대 악도 없으니까. 그러니 자네가 생각하는 그러니까 '내 왕국' 같은 건 없어. 권력 같은 건 초월한 상태로 그곳을 지켜봤을 뿐이라네.

자네는 처음부터 '성'이 있었다고 생각하나? 아니야. 내 전대 소유자 때 상자 속 사람들이 낡은 폐허에 돌을 깎아 세웠어. 자네는 지금의 왕국이 얼마나 오래됐다고 생각하나? 3000년? 천만에. 내가 관찰하기 시작한 뒤로도 왕권은 네 차례나 바뀌었네. 우리 세계가 그러한 것처럼, 그 상자 속 왕국도 권력을 뺏고 빼앗기며 바뀌어 왔어. 내가 상자를 관찰하면서 마지막으로 봤던 왕국은 그전 국왕의 친척, 일본으로 치면 황가의 방계 가문 차남이 왕위 계승권을 가지고 있던 직계 혈통을 모두 독살하고 세운 나라야. 상자를 잃어버리고 8년 가까이 지났네. 상자 속 시간으로는 24년이겠군. 그동안 왕권이 얼마나 교체되었을지 나로서는 짐작조차 가지 않아. 내 왕국이 없는 이유를 이제는 이해하겠나?

그 상자는 사람을 매혹시키지. 내 아내는, 예전에 그 세계로 떠났어. 자네의 여자친구처럼 말이지. 2차 세계대전이 끝난 직후였으니까, 한 60년 전이군. 그 무렵 그 세계는 성을 백성에게 개방하기도 했던 희대의 명군이 다스렸었지. 다들 여유롭게 지내던 시절이었어. 그리고 나는 내 아내가 그 안에서 내가 아닌 다른 사람과 결혼해 아이를 낳고, 나이를 먹고 죽는 모습을 관찰했네. 자네라면 알 테지. 그게 어떤 기분인지 말이야. 질투도 나고, 흐뭇해하기도 하고.

나는 계속 상자 속을 봐 왔네. 그 세계의 흥망성쇠를 쭉 지켜봤어. 사람이 둥지에 손을 대는 바람에 용의 분노를 사 성과 마을이 파괴되는 일도 있었지. 목이 여덟 개나 있는 수수께끼 괴물이 산에서 태어난 적도 있었다네. 그때는 백성들이 힘을 합쳐 열심히 싸웠지. 자네, 흡혈귀에 대해서는 알고 있나? 바위산 깊숙한 곳에 봉인된 사악한 악마는 아직 그대로 있나? 그 상자는 볼 때마다 새로운 것이 나타나. 혁명군이 왕국을 무너뜨린다고? 글쎄, 그런 일이 일어난다는 소리를 들으니, 한 번 보고 싶을 뿐이네."

노인은 일단 말을 멈춘 뒤, 다시 이야기를 이어 나갔다.

"혁명군은 이미 지금의 왕국을 무너뜨린 겐가?"

"아뇨, 아직이요. 하지만 얼마 안 남았어요."

"상자 속 세계는 보이는 사람에게는 보이지만, 그렇지 않은 사람에게는 보이지 않아. 아내가 떠난 뒤 나는 다른 여성과 새로운 가정을 꾸렸지만, 그녀는 그 세계를 보지 못했네. 아이를 셋이나 낳았는데, 아들도, 큰딸도 마찬가지였지. 하지만 막내딸은 달랐어. 그 애 이름은 하즈키라고 한다네. 그 상자는 줄곧 막내딸과 나, 둘의 비밀이자 연결고리였어. 막내딸은 폭우가 내리던 그날, 자네가 사는 동네 위쪽에 있는 료칸에 있었지. 상자를 가지고 몸을 피하려다 토사가 무너지면서 거기에 휩쓸려 행방불명이 되었어. 서른둘의 나이에 말이야. 그때 난 노르웨이에 있었어. 청천벽력도 유분수지. 우리 애가… 어쨌든, 자네가 상자를 넘기기 싫다는 건 잘 알았네. 자네가 상자를 주운 건, 우연이 아니라 운명이었을 수도 있겠군. 좋아. 그렇다면, 이렇게 하지. 자네로부터 상자를 돌려받지 않겠네. 약속하지. 대신, 내게도 보여주게. 그냥, 보기만 하면 돼. 아무 짓도 하지 않음세. 그러면 어떻겠나? 자네가 일주일에 두 번, 상자를 들고 우리 집에 오게. 교통비는 이쪽에서 내지. 두 시간 정도 나와 함께 상자를 본 뒤에 상자를 가지고 자네의 집으로 돌아가게. 만일 우리 집에 오는 게 불편하다면 어디든 자네가 편한 곳을 빌리도록 하지. 하지만 단둘이서만이네. 총이나 칼 같은 무기가 있는지 상자를 보기 전에 서로 확인도 하자고. 난 늙었고 자네는 고등학생이니, 일대일로 주먹다짐이라도 한다면 무서운 건 내 쪽 아닌가. 자, 내가 양보할 수 있는 건 여기까지일세. 어떤가?"

나는 결국, 그 제안을 받아들였다. 물론 노인의 말을 전부 믿을 수는 없다. 하지만 상자를 가지고 도망치려고 해도 돈도 없고, 어디로 가야 할지도 막막했고, 도와줄 친구도 없었다.

5

노인은 곧바로 큰 공원에 있는 다실을 빌렸다. 4월 하순의 화창한 일요일, 공원 화단에는 튤립이 알록달록 피어 있었다. 사토 노인은 파나마모자에 폴로셔츠와 얇은 바람막이 재킷을 입은 편안한 차림이었다. 나는 주위를 경계하며 다실 바닥에 상자를 내려놓았다. 노인의 고갯짓에 나는 상자를 열었다. 우리 둘은 잠시 상자 속을 들여다보았다. 상자 속은 겨울이었다. 마을에서 조금 떨어진 곳에 주민들이 기사단에 활을 쏘며 추격하고 있었다.

"역시, 눈을 뗄 수 없는 광경이군. 학교에 가기 싫겠는걸."

"네."

"그래도 학교는 빼먹지 말 거라. 상자만큼이나 현실 세계도 중요하니 말이야."

약속한 두 시간이 지났다. 그날 본 소전투에서는 왕국의 기사들이 패배했다. 하지만 혁명의 결과를 결정지을 만한 것은 아니었다. 성의 주민들은 농성을 벌였는데, 마을 주민들은 보급로를 차단할 기회라며 성문 앞에 돌을 쌓아 길을 막았다.

노인이 일어섰다. 다실이 있는 일본 정원 밖에서 소형 닥스훈트를 안은 아름다운 여성이 기다리고 있었다.

"내 손녀야."

노인이 말했다. 그리고 손녀는 상자 속 세계를 보지 못한다고 작게 속삭였다.

"내일 다시 만날 수 있을까? 조금 이르지만, 지금 사건이 한창 벌어지고 있으니 되도록 놓치고 싶지 않구나. 혁명이 끝나면, 한동안은 만나지 않아도 될 게야."

나는 노인을 오해하고 있는지도 모른다. 검은 양복에 선글라스를 쓴 〈맨 인 블랙〉의 주인공 같은 사람이 나타나 상자를 빼앗을 거라 생각했는데, 전혀 아니었다. 사토 노인은 택시를 불러 나를 집까지 태워주었다. 이날 난생처음으로 택시 이용권을 써보았다.

그 후로 상자를 가지고 노인과 자주 만났다. 노인의 집에도 갔다. 잉어가 사는 연못이 있었고, 차고에는 차가 3대나 세워져 있었다. 과연 저택이라 불러도 손색없는 곳이었다. 나와 사토 노인은 거실에 자리를 잡았다. 그저 아무 말 없이 상자를 사이에 두고 앉아 모형 정원 속 세계를 관찰했다.

5월이 되기 전에 혁명의 마지막 전투가 시작되었다. 학교에서 돌아와 상자를 보고, 오늘이 역사의 전환섬이 될 거라는 사실을 금세 알아챘다. 혼자 볼 수는 없었기에 노인에게 연락했다. 사토 노인이 택시를 타고 달려왔다. 한 시간도 채 걸리지 않았다.

"어디서 볼까? 사람들의 시선이 신경 쓰이면 개별실이 있는 가게로 가자꾸나."

"집에서 봐요. 지금 가지고 올게요."

"아버지는?"

"일 때문에 늦으실 거예요."

노인은 고개를 끄덕였다. 우물쭈물하는 사이 놓치기라도 하면 나중에 비디오를 돌려볼 수는 없으니 말이다(모형 정원 속 세계는 육안으로는 보이지만, 녹화하면 상자만 찍혔다).

성 쪽 사람들을 왕국군, 반대쪽을 혁명군이라고 한다면, 혁명군이 전투를 장악하고 있었다. 이미 성은 대군에 포위되어 있었다. 그렇게 왕국은 멸망했다. 노랗게 빛나는 옷을 입은 에카게 구미는 검은 머리를 흩날리며 성 지붕에서 왕국의 깃발을 내던졌다. 그러곤 지붕 위에서 하늘을 올려다보았다. 참으로 맑은 눈이었다.

"해냈군."

사토 노인이 말했다.

"네 친구는 정말 대단하구나."

나도 모르는 사이에 눈물이 흘렀다. 안도감에 긴장이 탁 풀리면서 자연스럽게 흘렀다.

"네, 정말 다행이에요."

지금까지는 모형 정원 세계의 일에 이토록 감정을 이입한 적은 없었다. 기분이 진정되자, 나는 차를 내왔다. 사토 노인은 아무 말 없이 차를 마셨다. 그 후, 왕족은 백성이 던진 돌에 맞아 죽었다. 원한을 꾹꾹 눌러 담은 돌멩이가 들판에 나란히 묶인 왕족을 향해 가차 없이 쏟아졌다.

5월 중순의 어느 화창한 오후였다. 나는 초대를 받아 사토 할아버지네 집으로 향했다. 물론 상자도 함께였다. 모형 정원에서는 한창 전쟁을 수습하는 중이었다. 할아버지가 내온 과일 타르트를 먹고 있는데, 할아버지가 말했다.

"우치노 군. 네 친구에게 하고 싶은 말이 있느냐?"

"예?"

"에카게 구미 양에게 말이야."

"메시지를 보낼 수 있어요?"

"방법이야 있지. 탑 위에 편지를 넣은 작은 병을 떨어뜨리면 되니까. 하지만 지금 그 방법을 쓰려는 건 아니란다."

방 한편에 커다란 배낭이 있었다. 지팡이도.

"설마, 몸에 무리가 올 게 분명해요."

"안 될까? 난 말이야, 오히려 나이가 불가능한 것도 가능하게 만들어준다고 생각해. 어차피 난 여기서 하고 싶은 일은 다 해 봤으니. 나이 어린 사람에게 늙은이 경험 자랑을 해봤자 우습다 여길지도 모르지만, 남들보다 훨씬 많은 것을 경험했단다. 남겨둔 숙제 같은 것도 없어. 다만 이제 미련이 있다고 한다면, 그건,"

사토 할아버지는 '너는 이해하겠지'라는 표정으로 상자를 가리켰다.

"이 모형 정원 속 세계를 내 발로 걸어보지 못한 거지. 괜찮아. 해야 할 일은 전부 처리해 놨어. 집사람이나 아이들에게 문제가 되지 않도록 말이야."

사토 노인은 로프를 꺼내어 기둥에 감았다.

"다시 생각해 봐도 말이야, 만나보고 싶은 사람이 너무 많아. 하즈키는 행방불명됐지만, 그날 토사가 무너지기 직전에 상자 속으로 도망쳤을지도 몰라. 마을 밖에 있는 언덕 위에서 하즈키와 닮은 여자를 발견했거든. 저쪽은 24년이 지났으니 마침 나이도 엇비슷하고. 아마 하즈키가 맞을 거야. 나는 그 애를 만나러 가고 싶네."

"잠깐만요."

나는 당황했다. 하지만 사토 할아버지는 몇십 년 전부터 모형 정원으로 내려가고 싶었다. 그건 분명하다. 그 결단을 깨뜨릴 만한 말이 생각나지 않았다. 사토 노인은 웃었다.

"이제 네가 이 상자의 정당한 계승자란다. 그렇게 걱정할 필요 없어. 집에서 나갈 때 손녀에게 할아버지가 긴 산책을 나갔다고 말하면 돼. 그렇게 말하면 무슨 말인지 알 거야. 그럼 에카게 양에게 딱히 전할 말이 떠오르지 않으면 나중에라도 편지를 병에 넣어 탑 꼭대기로 내려다오. 꼭 찾으러 갈테니."

사토 노인은 로프를 상자 속으로 드리웠다. 배낭을 맨 뒤, 로프를 쥐고 상자에 한 발을 집어넣었다.

"아차, 할 말이요." 나는 황급히 말했다.

"그럼, 에카게에게… 우선 이렇게 전해주세요. 네가 활약하는 모습 전부 지켜봤다고요. 에카게, 넌…"

"넌?"

말문이 막혔다.

"에카게, 넌 정말 대단해."

문득 나는 깨달았다. 사실은 내 자신이 부끄러웠다. '에카게, 넌 정말 대단해라고? 비바람에 맞서지도 옆에 서서 싸우지도 않으면서, 그저 부모가 준 돈으로 먹고 마시며 생사를 건 싸움을, 안전한 관객석에 방석을 깔고 앉아 말 그대로 관전했을 뿐인 내가 그런 말을 할 자격이 있을까? 게다가 사실은 나야말로.'

"난 아무것도 하지 않았어요. 아무것도 시작하지 않았어요. 나는…"

난 그저 바라만 봤다. 오로지 바라보기만 했다. 하지만 사실은 나도 할 수 있다. 그 안으로 뛰어들어 무언가에 도전할 수 있다. 사토 할아버지는 차분한 시선으로 다 알고 있다는 듯 고개를 끄덕였다.

"물론이야. 너도 지금부터 시작하면 돼. 넌 아직 열일곱이야. 네가 보고 느낀 것, 그것이 앞으로의 널 만들어갈게야. 거기에는 물론 후회도 포함되어 있지. 분명한 건 언젠간 반드시 찾고 있는 게 무엇인지 발견하게 될 거란다. 틀림없이. 그럼, 잘 지내렴."

사토 할아버지는 스르륵하고 상자 속으로 사라졌다.

모형 정원 속 세계가 사라졌다. 끊어진 로프만 남기고, 빈 상자로 변했다.

오후 3시, 사토 할아버지의 집을 나서자 조용한 주택가 풍경이 눈에 들어왔다. 하늘을 올려다보니, 비행운이 하늘을 가로지르고 있었다. 그리고 나는 내 마음속 모형 정원에, 첫사랑의 환영과 많은 꿈과 이야기를 담아두고 앞으로 나아갔다.

흡혈귀의 여행

창문을 통해 가을의 차가운 밤기운이 스며들었다. 어디선가 청아한 벌레 소리가 울려 퍼졌다. 루루펠은 멀리서 다가오는 기척을 느끼고 책에서 눈을 뗐다. 집 밖으로 나왔다. 초원을 은은하게 비추는 달빛 때문에 나무들이 시커먼 그림자처럼 보였다. 귀를 기울이자, 꽤 먼 곳에서 말이 땅을 박차는 소리가 분명하게 들려왔다. 간헐적인 진동도 느껴졌다.

이 일대에는 민가가 없다. 누군가 이곳을 찾아온다면 루루펠의 집이 목적지일 가능성이 크다. 육십 용생(용이 예순 번의 생사를 반복하는 시간)을 앞둔 밤의 주인은 나무 위로 몸을 숨겼다. 숲에 사는 흡혈귀 루루펠의 집에 열 명 남짓의 남녀 무리가 나타났다.

'내 거처는 어떻게 알았을까. 여기까지 온 목적은?' 흡혈귀를 소탕하러 왔다고 생각하는 게 타당하겠지만, 어쩐 일인지 모두 가벼운 차림으로 전투 준비가 되어 있지 않아 보였다. 열 명이든 열두 명이든, 싸움이 벌어진다고 해도 밤에 한해서는 흡혈귀는 무적이다.

루루펠은 밤이 되면 힘이 두 배로 세진다. 밤눈도 밝고, 나무들 사이를 빠르게 이동할 수 있다. 반면, 인간은 밤이 되면 움직임이 느리고, 시야도 좁다. 아마 자신의 움직임을 제대로 파악할 수조차 없을 것이다. 루루펠은 태생부터 평화주의자였다. 할 수 있다면 되도록 다툼은 피하는 게 좋다. 무리들 가운데서 무기가 없는 여자가 앞으로 나섰다.

"흡혈귀 님. 무척 뵙고 싶었습니다. 당신이 나쁜 흡혈귀가 아니라는 걸 압니다. 묻고 싶은 게 많습니다. 모습을 드러내지 않아도 좋으니, 부디 제 이야기를 들어주세요."

여자가 다른 이들을 돌아보며 신호를 보냈다. 다들 주저하는 기색이었지만, 이내 허리에 찬 검을 땅에 내려놓았다. 행동으로 보아 저 아가씨가 무리의 리더인 듯했다. 조금 의외였다.

"저는 에카게라고 합니다. 칼파의 탑과 이어진 세계에서 왔습니다."

'칼파의 탑이라면 동쪽 숲에 있는 거대한 탑을 말하는 건가.' 루루펠은 생각했다. 탑이 어떤 새로운 세계로 통하는 출입구라는 건 루루펠도 알고 있는 사실이었다.

에카게라는 익숙하지 않은 이름을 가진 여자를 다시 관찰했다. 소녀라고 해도 좋을 정도로 어리다. '검은 머리에 검은 눈동자 그리고 무엇보다 흡혈귀를 무서워하지 않는 건 다른 세상에서 온 방문자이기 때문인가.'

"알고 계시나요? 지난달, 당신을 박해했던 라트부르그 왕조가 멸망했습니다. 그리고 지금은 구습을 모두 철폐하고, 새로운 나라를 만드는 중이죠."

루루펠은 침을 꿀꺽 삼켰다. 라트부르그 왕조를 어떻게 잊을까. 자신을 끈질기게도 쫓아다녔다. 내게 활을 쏘고, 집을 불태웠다. 연중행사로 마을 사람들을 처형한다는 것 또한 모르지 않았다. 그토록 잔혹하기 짝이 없는 탄압을 벌이던 일족이 멸망했다고? 루루펠은 흥미가 일었지만, 그렇다고 해서 소녀의 앞에 나서고 싶지는 않았다.

어차피 낮의 주민들은 자신을 몹시 싫어한다. 그들로부터 도망치고, 도망치고, 또 도망쳐 겨우 이곳에 정착했다. 그러니 당연히 믿지 않는다. 다만.

"제 말 들리시죠? 여기 계시는 거죠?"

"듣고 있으니 용건을 계속 말하라."

루루펠은 참나무 위에서 말했다. 에카게의 얼굴이 환해졌다.

"라트부르그 왕조가 멸망했으니, 이제 새로운 시대가 열릴 겁니다. 첫 번째 용건을 말씀드리죠. 전 당신이 동물의 피를 마신다는 사실을 압니다. 그래서 오늘은 인사차 양 두 마리를 선물로 가져왔습니다. 저쪽 초원에 묶어 두었습니다. 이 앞 목초지는 귀공께 드리겠습니다."

"동정 따위는 집어치우지."

"그렇게 느끼셨다면 죄송합니다. 그런데 이건 동성이 아니라 인사의 표시예요."

"바라는 걸 얘기해. 그냥 오진 않았을 테고."

루루펠은 나무 위에서 날카롭게 말했다.

"정말 그래도 될까요? 전 귀공의 지식에 매우 관심이 많거든요."

에카게가 말했다.

"지식?"

"왕궁에 옛 왕조가 보관하고 있던 고문서가 상당합니다. 학자들에게 물어보니 귀공은 삼백 용생보다 훨씬 전에 이곳에 나타나 이 지역의 밤을 지배한, 저 멀리 동쪽 산맥 너머에 있는 대사막을 건너온 유랑민이라고 쓰여 있다고 합니다. 귀공은 우리가 모르는 이국의 지식을 많이 알고 있을 테고, 또 적어도 이중에서는 삼백 용생만큼의 역사를 증명할 수 있는 산증인이기도 하죠."

그 말대로, 루루펠은 인간들이 모르는 것을 많이 알고 있다. 하지만 지금까지 그저 미움받고, 활을 맞았으며, 교류는 꿈도 꿀 수 없었다. 왜냐하면.

"내가 흡혈귀라는 건 모르진 않을 테지."

"네. 그게 문제가 될까요? 당신은 고귀한 영혼을 지닌 분이시죠. 아쉽게도 지난 왕조에게서 악마 취급을 받았고 주민들에게도 공포의 대상이 되셨지만, 저를 포함해 적지 않은 사람들이 귀공의 평가에는 오해가 있었다고, 아니, 오히려 오해밖에 없다고 주장하고 있습니다. 귀공은 십오 용생 전에 밤길을 헤매던 남매를 마을까지 바래다 준 적이 있습니다. 그 남매가 오늘 함께 왔습니다. 귀공이 무척 친절했다고 기억하고 있습니다.”

홀쩍 자란 성인 남녀가 앞으로 나서 루루펠에게 가볍게 고개를 숙였다.

“새로운 시대에는 당신과 마을 주민들 사이의 관계를 바로잡겠습니다. 이제부터 맞이할 학문의 시대에 귀공의 인생 경험과 지식은 모두가 경의를 표해야 할 귀중한 보석입니다. 그러니, 부디 이름을 알려주세요. 저희가 어떻게 불러야 할까요?”

루루펠은 입을 다물었다. 하지만 자신의 안에서 인간을 믿지 말라는 마음과 믿어보자는 마음이 치열하게 싸웠다.

“저 또한 구왕조로부터 칼파의 탑 너머에 있는 이세계異世界에서 나타난 악마로 취급받았습니다.”

에카게가 말했다.

“라트부르그 왕조를 무너뜨리고자 백성들을 선동한 반역의 대악마라 불렸죠. 하지만 세상은 변했습니다. 새로운 시대에 저희의 동료가 되어주세요. 한번만 절 믿어주시기 바랍니다.”

루루펠은 에카게의 쾌활한 표정, 깨끗하고 힘 있는 어조에 마음이 동했다.

“루루펠.”

이름을 말한 순간, 오랫동안 녹슬어 있던 마음의 문이 열리며 갈증이 해소되는 걸 느꼈다. 육십 용생 선, 구니 에카게가 자신을 찾아왔던 그날 밤 이후로 모든 것이 뒤바뀌었다. 루루펠은 외딴곳에 새로 지어진 양 목장을 선물 받았다.

새로운 왕조의 학자가 매일 밤 루루펠의 이야기를 들으러 왔다. 왕궁이 있는 도시로 초대받은 일도 몇 번 있었다. 구미 에카게도 여러 번 루루펠의 집을 찾았다. 어느 날 밤은 왕궁의 파티에 참가했다가 새벽이 밝기 전에 돌아오기도 했는데, 그럴 때면 혹시라도 아침 햇살을 받지 않도록 루루펠이 두꺼운 가림막을 친 마차를 내주었다.

어느 날, 말 한 마리가 루루펠의 집 근처로 들어서며 속도를 줄였다. 이윽고 방문객이 말에서 내렸다. 혼자였다.

"좋은 밤일세."

루루펠이 말했다.

방문객은 고개를 숙여 인사했다.

"밤늦게 죄송합니다. 밤이 아니면 뵐 수 없다고 해서. 루루펠 경에게 용건이 있어 이렇게 찾아왔습니다."

"내가 루루펠인데."

루루펠은 방문객을 관찰했다. 처음 보는 남자다. 수염을 기른 몸집이 작고 호리호리한 남자였다. 육십 용생 전에 마물魔物이나 악마 취급에서 벗어났다고는 해도 밤에 활동하며 피를 마시는 존재라는 사실은 변하지 않는다. 미신을 믿는 사람이라면 여전히 의심과 공포의 눈으로 자신을 바라볼 것이다. 학자들도 혼자서는 오지 않는다. 지금까지 길을 헤매는 사람 말고는 이곳을 혼자 찾는 이는 없었다.

"인사가 늦었습니다. 제 이름은 미라이 링테일, 링테일 가문의 후손이자, 구미 에카게 링테일의 손자입니다. 경에게 전해야 할 것이 있어서요."

무언가 기시감이 들었다. 육십 용생 전 한밤중에 이곳을 찾은 방문객. 공기의 흐름이 바뀌는 느낌까지.

"저희 할머니, 아니."

그는 호칭을 정정했다.

"조모 되시는 구미 에카게 링테일께서 나흘 전에 돌아가셨습니다."

루루펠은 눈을 감았다. 세월이 벌써.

집 안 벽난로 앞에 앉아 미라이는 먼저 구미 에카게 링테일의 장례식에 대해 이야기했다. 많은 사람이 모여들었고, 사당은 서쪽 언덕에 세워졌다. 장례식은 낮에 치러진 데다가 장례식장과 루루펠의 집이 이틀이나 걸리기에 루루펠에게 연락하지 않았다며 사과했다.

"사실은 조모님의 소식을 전하면서 루루펠 경을 꼭 한 번 만나 뵙고 싶어서 이렇게 찾아뵈었습니다. 드리고 싶은 말이 있거든요."

"내게 하고 싶은 말?"

미라이의 얼굴로 시선을 돌리는 순간, 그의 가짜 수염이 '툭' 하고 떨어졌다. 순간 어색한 침묵이 흘렀다. 처음부터 뭔가 어설펐다. 수염이 없으니 얼굴이 훤히 드러났다. 앳되다 못해, 어린애였다.

"이건, 저기, 그러니까, 요새 이게 유행이거든요."

미라이는 급히 가짜 수염을 바닥에서 주워 다시 코 아래에 붙였지만, 접착력이 약해진 탓인지 금세 떨어지고 말았다.

"그렇군."

루루펠이 낮은 목소리로 말했다.

"그래서 지금 몇 살이지?"

"올해로 열셋입니다. 어엿한 어른이지요. 조모님이 칼파의 탑으로 왔던 나이와 얼추 비슷하답니다."

"부모님은… 당연히, 여기 온 걸 알고 계시겠지?"

"무, 물론이죠."

미라이는 얼굴을 붉히며 말했다.

"그러니 걱정하지 마시고, 얘기를 이어가도 될까요?"

아마 그의 부모님은 아무것도 모를 거라 생각했지만, 루루펠은 별말 하지 않았다. 미라이는 이야기를 시작했다.

"아시다시피, 조모이신 구미 에카게 님은 이곳에서 태어나신 분이 아니에요. 전혀 다른 역사와 문화를 가진 다른 세계에서 살고 계셨죠. 그러던 어느 날, 조모님 친구가 집에 있던 상자를 보여줬다고 합니다. 그 상자 속에 우리가 사는 이 세계가 있었고요. 상자에 들어오신 조모님은 칼파의 탑 꼭대기를 통해 이곳으로 들어오셨대요. 루루펠 경은 이게 사실이라고 생각하십니까?"

"그에 관해서는 예전에 나도 본인으로부터 직접 들었으니 의심할 여지없는 사실일 거네. 칼파의 탑은 예로부터 다른 세상과의 통로라고 여겨져 왔지. 고대부터 신에게 기도드리는 성지로 여겨져 역대 왕조가 탑을 참배하는 풍습도 있었고."

"맞습니다. 그러나 우리는 탑에 올라간들 '하늘 너머의 세계'에 갈 수 없습니다. 저도 어린 시절, 조모님과 부모님과 함께 올라갔었습니다만 하늘 외에는 아무것도 없었습니다. 조모님 또한 원래 세계로는 두 번 다시 돌아갈 수 없다고 했습니다. 저희는 조모님이 사시던 세계로는 갈 수 없습니다. 한 번 열리면 다시 닫히는 일방통행이었던 거죠."

"그렇지."

"루루펠 경은 왕국의 학자들에게 과거에 멀리 떨어진 다른 세계에서 이곳으로 왔다고 하셨죠? 그것도 칼파의 탑이 아니라 대사막에 있는 거대한 계단을 통해서요."

어디까지를 '나라'라고 부를 수 있는지 루루펠은 알지 못한다. 어차피 그건 책상 위의 지도에 선을 긋는 행위에 불과하니까. 다만 강폭이 넓고 구불구불하게 이어진 메스드강 정도까지가 왕국일 것이다. 메스드강 너머에는 아무도 살지 않고, 다리도 놓여 있지 않다. 애초에 강 건너편에 다른 나라가 있는 것도 아니다. 그냥 아무도 살지 않는 벌판에 불과하다. 벌판을 지나면 나타나는 산맥 너머로 사막이 있는데, 그다음은 미지의 영역이다. 하지만 사막을 동쪽으로 두고 꼬박 이틀을 걷다 보면 사막 중간에 있는 큰 바위산을 만나게 된다.

이 바위산에는 지하로 이어지는 계단(바위를 깎아 만든 형태)이 있는데, 아래로 내려가면 이곳이 아닌 다른 세계가 나타난다. 이 계단을 '대계단'이라 부른다.

대계단은 칼파의 탑과 마찬가지로 다른 세계로 통하지만 둘 사이에는 커다란 차이가 있다.

"문헌에는 제7대 루자 왕조 시절에 대계단 너머에 있는 문명과 교역을 했다고 적혀 있습니다. 사막을 넘어온 교역 상인이나 여행자를 성으로 초대했다고 합니다. 학자들 말로는 루루펠 님도 루자 왕조 시절에 이쪽 세계로 넘어오신 거라고…."

"그렇겠지."

루루펠은 대답하면서도 '이 아이가 정말로 이곳에 있어도 되는지, 집에 돌아가지 않으면 어머니가 걱정할 텐데' 따위를 걱정했다. 하지만 한밤중에 에카게의 손자를 내쫓을 수도 없고, 데려다 주려고 해도 도중에 날이 밝으면 햇빛에 타버릴 게 뻔한 길을 나설 수도 없었다. 이렇게 된 이상, 그냥 떠들게 내버려 두었다가 해가 뜰 때쯤 돌려보내는 수밖에 없다고 판단했다.

"문헌에 따르면, 이백이십 용생 전에 대계단 너머 다른 세계,

'갤'이라는 종족과 갈등이 커져 전쟁 직전까지 갔다고 합니다. 그 일을 계기로 이쪽에서 석재로 대계단을 덮어버렸고, 이후로 쭉 국교가 단절되었습니다. 사실 대계단은 칼파의 탑과는 다릅니다. 칼파의 탑은 일방통행이지만, 대계단은 왔다 갔다 할 수 있으니까요."

미라이의 얼굴은 상기되었고, 목소리는 이유 모를 열기를 띠었다.

"상자와 연결된 신탁의 탑. 사막의 대계단. 그리고 더 있을지도 몰라요. 이미 우리가 사는 세계에는 다른 세계와 통하는 길이 두 개나 있어요. 전 또 다른 세계로 갈 수 있는 곳이 어딘가에 더 있을 거라 생각해요. 어떻게 생각하세요, 루루펠 경?"

루루펠은 잠시 생각을 정리했다.

"하나의 세계를 상자라고 한다면, 그 상자 이외에도 다른 세계, 즉 무수히 많은 상자가 있고, 이 상자들은 일방통행, 혹은 양방향 통행이 가능한 비밀 통로로 이어져 있다. 상자의 수는 아마 사람의 머리로는 짐작할 수 없을 만큼 많을 거라는 생각도 드는군. 그건 그렇고, 미라이 공. 아무리 그래도 아직 열세 살밖에 되지 않은 어린 소년이 혼자서 이런 곳까지 오면 주변 사람들이 얼마나 걱정할지 생각해 봤나?"

"그건 걱정하지 마세요."

미라이는 앞을 가로막듯 손을 들었다.

"이미 여기까지 온 걸요. 돌아가라고는 하지 마세요. 날이 밝으면 돌아갈게요. 조모님의 얘기로 돌아가지요. 조모님은 일본이라는 이름의 고도로 문명이 발달된 이세계를 뒤로 하고, 이 용생계龍生界로 왔습니다. 그러고는 곧장 혁명전쟁을 이끄셨어요. 신정부가 세워진 지 십 년이 지난 다음, 사막의 대계단에 대해 아시고 매우 흥분하셨습니다. 그 너머의 세계에 가고 싶어 하셨어요. 그래서 대계단을 가로막은 돌을 치우자고 모두를 설득했습니다. 처음에는 주변에서 반대했어요. 반대가 극심한 나머지 암살 시도까지 있었대요. 그럼에도 조사단을 파견해 다른 세계를 더 알아야 한다고 강하게, 그리고 끈질기게 주장하셨습니다. 교역이 가능하다면 반드시 해야 하고, 그게 아니더라도 어떤 장소인지 정도는 알아야 한다고 하셨죠. 그리고 그 조사단에는 조모님도 참가하실 예정이었습니다만 여러 가지 사정으로 대계단의 석재 일부만 치웠을 뿐, 계획은 연기된 채 흐지부지되었습니다."

얼마간 침묵이 흘렀다.

루루펠은 에카게의 얼굴을 떠올리며 중얼거렸다.

"역시 대단한 인물이었어."

미라이는 루루펠의 눈을 바라보았다.

"루루펠 경이 알고 계신 걸 알려주세요. 대계단 너머의 세상을요."

루루펠은 자신이 지나온 곳을 이야기했다. 사막의 바위산에서 지하로 이어지는 계단은 무척 길어서 내려가는 데만 며칠이

걸릴 것이다. 그러나 계단의 끝에서 지하가 아닌, 녹음이 우거진 새로운 세계를 마주하게 된다. 눈부신 햇살과 별자리가 이동하는 곳, 수렵 민족 갤의 영토가 눈앞에 펼쳐진다. 갤은 현명한 민족이다. 무명으로 옷을 지어 입고, 덫을 놓아 사냥을 하며 살아간다. 특수 광물인 화염석의 산지이기도 하다.

미라이는 루루펠의 이야기 하나하나에 매료되어 끊임없이 질문을 던졌고, 두 사람은 날이 샐 때까지 난로 앞에서 이야기를 나누었다.

"루루펠 경."

난롯불을 바라보던 미라이가 진지한 표정으로 루루펠을 바라보았다.

"전 조모님의 뜻을 받들어 대계단 너머의 세계로 가고자 합니다."

"뭐?"

말문이 막혔다. 이다음에 뭐라 해야 할까. 무어라 대답해야 좋을지 갈피를 잡지 못했다.

"무엇 때문에?"

"가고 싶으니까요. 그래서 부탁드립니다. 저와 함께 가지 않으시겠습니까?"

"음?"

루루펠은 말을 잇지 못했다.

"난 흡혈귀다."

"조모님께서는 이쪽 세계에서는 밤이 되면 아무도 당신을 이길 수 없다고 하셨습니다. 눈에 보이지 않을 정도로 빠르게 움직이고 나무 사이를 날아서 이동하는데, 마치 초인 같은 움직임이라고 하셨어요. 조모님은 말년에 이런 이야기를 해주셨습니다. 조모님이 대계단을 내려갈 때, 이쪽 세계 주민을 데려가야 한다면 그건 루루펠 경이라고 하셨습니다. 숲에서 고독하게 살아가던 시절부터, 누구도 해치지 않았고 강하고 믿음직한 분이라고요. 게다가 대계단 너머 세계에 대해서도 아는 유일한 분이라고 하셨습니다."

문득, 루루펠은 육십 용생 전에 만난 에카게의 목소리가 들리는 듯했다.

'하지만 세계는 변했습니다. 새로운 시대에 저희의 동료가 되어주세요. 한번만 절 믿어주시기 바랍니다.'

루루펠은 그 소녀가 실은, 자신과 여행을 떠나고 싶었던 것이라는 사실을 깨달았다. 그리고 오늘 밤 그것을 전하러 그 소녀의 손자가 찾아왔다. 열넷의 어린 나이에, 이틀이나 걸리는 길을 혈혈단신으로, 어른조차 무서워하는 자신을 만나러 말이다. 눈앞에 있는 이 천진난만한 소년은 가짜 수염을 붙이는 엉뚱한 면도 있지만, 마냥 어린애라고 무시할 수는 없다.

"고대의 이세계 방랑자에게 들은 기록에 따르면, 꼭두각시 인형이 마을을 걸어 다니며 대화를 하는 세계가 있다고 합니다. 사람이 그 인형을 만들어 일을 시킨다고 하더군요. 고도로 발전

된 기술 덕에 혼자서도 생활할 수 있는 인형이 마음대로 마을을 돌아다닌다고 합니다."

"대계단 너머에 그런 세계는 존재하지 않아."

"하지만 무수히 많은 세계가 연결되어 있다고 한다면, 대계단 너머가 아니더라도 그 세계 너머, 또는 그 너머의 너머, 무수히 많은 세계 속 어딘가에 그러한 곳이 있다고 해도 이상하지 않겠죠. 갤 족이 살던 숲속도 루자 왕조 때의 기록이라면 벌써 한참 전의 일이에요. 지금은 완전히 바뀌어 있을지도 몰라요. 궁금하지 않으세요?"

'궁금하다고…?'

루루펠은 생각에 잠겼다.

"글쎄, 전혀 관심이 없는 건, 아니지만."

자신에게는 안주할 곳도, 영원히 머물 곳도 없다. 루루펠은 그 사실을 잘 알았다. 만물은 끊임없이 변화하니까. 모든 곳은 잠시 쉬는 곳에 불과했다. 여행자는 언젠가는 자리에서 일어나 어디로든 발걸음을 옮겨야 한다. 어디서 죽는다 한들 그곳은 자신이 죽음을 맞이하는 곳, 그 이상은 아니다.

"진심인가."

"네."

미라이는 몸을 내밀었다.

"흠, 지금의 이야기를 상상 속 흥밋거리로만 생각하는 건 어떤가. 귀공은 젊고, 무엇 하나 부족한 것 없이 살 수 있을 텐데,

왜 굳이 그런 위험한 여정에 나서려 하는가?"

"조모님께서는 이런 말씀을 자주 해주셨어요. '네가 이야기 속 주인공이라는 사실을 항상 잊지 마렴. 분명히 누군가가 지켜보고 있을 테니까. 그런 마음으로 네가 하고 싶은 일을 하렴'이라고요. 젊음은 언젠가 끝이 납니다. 젊었을 때 여행 한 번 떠나본 적 없는 자가 나이가 들면 떠날 수 있을까요? 게다가 이 미라이 링테일에게 가문은 중요하지 않습니다. 혁명 전에는 구 왕조에 착취당하던 평범한 마을 주민일 뿐이었어요. 게다가 저는 셋째라 집안을 이어야 할 의무도 없고요. 애초에 위험 때문에 주저한다면 아무것도 이룰 수 없습니다."

루루펠이 보기에 이 소년은 단순히 자신의 할머니를 동경하는 게 아니다. 젊고, 열정적이며, 미지에 대한 갈망이 넘친다. 그 이상하리만치 크게 뛰는 심장이 루루펠게도 고스란히 전해졌다. 이제 곧 날이 밝는다. 아침이 되면 이 소년은 말을 타고 돌아간다.

"아직 함께 가겠다고는 답하지 않았지만, 그 전에 하나 묻지. 언제 떠날 생각이지?"

젖은 돌길에 같은 간격으로 나란히 서 있는 가로등 주변을 박쥐가 날아다닌다. 동그란 형태의 오토바이가 거리를 지나간다.

역에 가까운 번화가의 뒷골목 술집. 테이블 끝에는 모자를 깊이 눌러 쓴 여행객 차림의 남자가 앉아 있었다.

모자를 쓴 남자의 테이블에는 동네 주민들이 맥주잔을 앞에 두고 나란히 앉아 있다. 모자를 쓴 남자가 얘기를 끝마친 후 숨을 골랐다.

"그렇게 시작됐구먼."

테이블의 남자들이 말했다.

"그래서 그게 몇 년 전이야?"

한 사람이 담배에 불을 붙였다.

"한 6년쯤?"

"고향을 떠나기 전까지 망설였던 거야?"

"나도 처음부터 내심 가고 싶었나 봐. 그 소년이 그런 내 마음을 꺼내준 셈이고. 결국, 다음 해에 조사단에 들어갔으니까."

"거기서부터 기이한 인연이 겹치고 겹쳐 여기까지 왔군."

손님 중 한 명이 말했다.

"그럼, 신참과 우리의 우정을 위해, 건배."

모두가 맥주잔을 부딪혔다.

"신참이 처음 이 술집에 모습을 드러냈을 땐 정말이지 깜짝 놀랐다니까, 그렇지?"

손님 중 특히 뚱뚱한 남자가 동의를 구하듯 밀하자, 모두 고개를 끄덕였다.

"이봐, 신참. 처음 이쪽 세계에 왔을 때 무슨 생각이 들었어?

솔직히 좀 쫄았지?"

"처음이라니?"

"그 왜, 봉인을 풀고 대계단을 내려와서 이쪽 세계, 여기 카노푸스에 왔을 때 말이야."

루루펠이 고개를 끄덕였다.

"뭐, 놀라긴 했지. 초원으로 알고 있던 곳에 마을이 들어서고 역이 생겨서 기차가 달리고 있었으니까. 사실은, 기차를 본 게 태어나서 처음이라서 입이 다물 수가 없었지. 게다가,"

유쾌한 웃음이 와르르 쏟아졌다.

"차원 열차였잖아."

"우리가 사는 세계는 이미 스물다섯 개의 세계와 차원 열차로 연결되어 있지. 각각의 세계와 교역을 하거나 여행도 할 수 있다고."

남자 중 한 사람이 자랑스럽게 말했다.

"저쪽 세계가 눈치채지 못하게 몰래 건물 안에 역을 만든 곳도 있고, 정식으로 무역 협정을 체결한 곳도 있어."

"맞아. 계속 쇄국 정책을 펼치던 용생계와는 다르다니까. 그래서 거꾸로 거기서 사람이 찾아올 줄은 상상도 못 했지. 이백 몇십 년 전에는 전쟁도 벌인 모양이지만, 아무도 기억 못하는 데다가 우리 선조라고는 하지만 갤 같은 건 학교 역사 교과서와 향토 자료관에나 가야 볼 수 있잖아."

술집 문이 열리고 미라이가 들어왔다.

"용생계 소년, 여기야!"

손님 중 한 명이 미라이를 불렀다. 미라이는 술집에 있던 사람들에게 가볍게 고개를 숙이고는 루루펠이 있는 곳으로 왔다.

"루루펠 님, 친구분들과 작별인사는 끝나셨어요? 다음 세계로 가는 차원 열차가 곧 출발할 겁니다. 이제 그만 가시죠."

루루펠은 손목시계를 힐긋 보고는 자리에서 일어났다.

"시간이 다 됐군. 그럼 여러분, 지난 1년 동안 이 흡혈귀와 매일 밤 어울려줘서 고마웠소. 이곳 카노푸스에서 여러분과 밤새 이야기했던 기억은 절대 잊지 않겠네. 정말 고마웠어."

루루펠은 모두의 이름을 일일이 호명하며 악수를 나눴다. 모두들 고맙다, 수고해라, 하며 인사를 건넸다. 그리고 루루펠은 미라이와 함께 문으로 향했다. 마지막으로 술집을 둘러보며 이렇게 말했다.

"그럼, 언젠가 다른 곳에서 다시 만납시다."

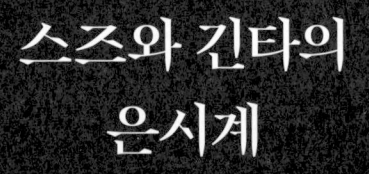

스즈와 긴타의
은시계

이야기의 조각 2
정지된 평원

1

　일정한 간격으로 세워진 네 개의 굴뚝이 하늘 높이 솟아 있다. 방은 언제나 어두컴컴했다. 공동 주택은 욕실이 없어 목욕하려면 공중목욕탕에 가야 했다. 방 한쪽에는 땀내와 석탄 냄새로 찌든 아버지의 작업복이 걸려 있었다. 누나인 스즈는 귤 상자를 책상 삼아 그림을 그렸다. 나무 상자에는 좋아하는 팽이와 대나무 잠자리, 그리고 공이 들어 있다.

　밖에서 병정놀이도 하고 술래잡기하며 신나게 놀다가 문득 하늘을 올려다보면 커다란 굴뚝이 연기를 내뿜고 있다. 벽돌로 만든 굴착 장비 받침대도 무척 컸다. 석탄을 실어 나르는 광차는 매일 덜컹거리며 레일 위를 달렸다. 해가 질 무렵 집으로 돌아오면 저녁 식사가 차려져 있었다. 하지만 어느 날, 어떤 일로 인해 상황이 바뀌었다.

　다이쇼 6년(1917년) 5월.

　탄광 마을에 밤이 찾아왔다. 저 멀리서 들개가 울고, 얇은 벽으로 나뉜 공동 주택의 주민들이 잔뜩 취한 목소리로 '달이 나왔네, 달이 나왔어' 하고 노동요를 흥얼거렸다.

　누나인 스즈가 드르륵 문을 열고 어두운 집으로 들어왔다.

불이 꺼진 아궁이 옆에 누워 깜빡 잠이 들었던 긴타가 그 소리에 몸을 일으켰다.

"긴타, 가자."

스즈가 말했다.

"왜?"

"아버지가 돌아가셨잖아."

스즈가 말했다. 탄광에서 일하던 아버지는 몇 개월 전에 낙반 사고로 세상을 떠났다.

"여기보다 훨씬 큰 도시로 가자. 둘이서 힘을 합쳐 일하면 먹고 살 수 있어."

"엄마는?"

스즈는 고개를 저었다.

"엄마는 가출했어."

어린 긴타는 엄마의 가출을 이해하지 못했다. '가출'이 무슨 뜻이지? 그러고 보니 얼마 전에 집을 나선 엄마는 아직도 돌아오지 않았다. 스즈는 긴타에게 군고구마를 건넸다. 며칠째 제대로 된 밥은 구경도 못 한 긴타는 허겁지겁 군고구마를 먹어 치웠다.

"다 먹었으면 짐 싸서 나가자."

"싫어. 엄마 올 때까지 기다릴래."

"엄마는 이제 안 온다니까."

누나가 말했다.

"긴타 넌 쭉 여기서만 살았으니까 여기가 좋다고 하겠지만, 엄마도 이 집이 싫어서 나간 거야. 다 끝났어. 여긴 껍데기만 남았다고. 그러니 우리도 가자. 도시에 가보면 깜짝 놀랄 거야, 서양 문물이 잔뜩 들어왔다고!"

긴타의 눈에는 누나야말로 도시로 가고 싶어 하는 사람처럼 보였다.

"새우 커틀릿이라고 먹어본 적 있어? 진짜 맛있대. 도시로 가면 먹을 수 있다더라."

"하지만."

이 마을에도 상점가는 있다. 나름대로 활기찬 곳이다. 도시가 그렇게 좋을까? 누나가 너무나도 자신 있게 훨씬 좋은 곳이라고 강조했기 때문인지 긴타도 슬슬 가보고 싶어졌다.

"엄마도 도시에 있을지 몰라."

"정말?"

자신을 데리고 가기 위해 스즈가 거짓말을 했다는 걸 긴타는 나중에 알았다.

"여기보다 안 좋은 곳이면 다시 돌아오자."

그리고 스즈와 긴타는 어둠이 내려앉은 탄광촌을 나섰다. 보름달이 길을 비춰주었다. 스즈는 되도록 사람들과 마주치지 않으려고 술집이 늘어선 길을 피해 조용한 길로 걸었다. 긴타는 아홉 살, 스즈는 열세 살이었다. 두 사람은 손을 잡고 걸었다.

2

누군가 존경하는 사람이 누구냐고 묻는다면, 긴타는 망설임 없이 스즈 누나라고 대답할 수 있다. 이 대답은 평생 바뀌지 않는다. 실제로 '도시로 가자'라며 마을을 나선 뒤로 어른의 눈을 피해 다녔다. 어른들의 질문에 얼버무리고, 노숙하거나 기차 표를 사기도 했으며, 먹을 것을 준비하는 등 모든 일은 스즈 혼자 계획해서 실행했다. 아마 다른 사람이었다면 반드시 어딘가에서 크게 실패했으리라. 스즈는 운이나 임기응변, 판단력을 타고났고 위험을 감지하는 감각 또한 매우 날카로웠다.

오사카에 도착한 두 사람은 고아나 마찬가지라 묵을 곳도 없었다. 하지만 스즈는 곧바로 일자리를 찾아다녔고, 도착한 날 밤에 바로 면접을 보고는 공장에서 박스를 조립하는 일을 하게 되었다. 스즈는 나이를 두 살 올려 열다섯이라고 속였지만, 근로기준법이나 아동복지법도 없었던 시대였다. 보통 열세 살에 소학교를 졸업하면 취직을 하거나 혹은 가업을 잇기 위해 일하는 아이들이 대부분이라 '일하는 아이'는 흔했고 이를 크게 책망하는 분위기도 아니었다.

두 달 정도의 단기 근로였지만, 공장에서는 긴타와 스즈가 머물 기숙사도 내어주었다. 두 사람은 남매였기 때문에 같은 방에서 지낼 수 있었다. 스즈에게는 한 사람 몫의 작업량이 주어졌다. 다만 긴타는 나이가 어려 돈을 받지 않고 스즈의 일을 돕거나 공장 근처에서 놀았다. 하지만 얼마 지나지 않아 눈치가 보여 길거리를 돌아다니게 되었는데, 역 앞의 구두닦이 아저씨가 한 시간 일하면 15전을 주겠다는 말에 역 근처 길거리에 자리를 잡고 구두를 닦는 법을 배웠다.

긴타가 일을 시작하자, 아저씨는 긴타 뒤에서 담배를 피우며 말했다.

"구두닦이처럼 거저먹는 일도 없어. 많이 벌면 하루에 13엔도 너끈하니까 이 오사카 바닥에서 이만한 직업도 없지."

"꼬마야. 이 아저씨는 말이다, 예전에는 망망대해를 주름잡던 뱃사람이었단다. 비록 석탄을 나르는 배였지만! 그런데 요새 술을 너무 많이 마셨는지 갈 날이 얼마 안 남은 게 느껴지더라. 그렇다고 내일 당장 죽는 건 아니지만, 난 죽으면 술 천국으로 갈 거야. 그러니 이 가게는 꼬마 네게 물려주마. 내일부터는 너 혼자 하려무나."

그렇게 말은 했지만, 다음 날이 되면 아저씨는 천연덕스러운 얼굴로 가게에 나타나 구두를 닦았다. 아저씨는 엄청난 수다쟁이였다. 하루 종일 손님과 이야기를 나눴는데, 손님이 없을 때는 긴타에게 말을 걸었다.

"지금 저기 걸어가는 사람이 시마다 가게의 여주인이야. 성격이 어찌나 고약한지, 남편이 도망가 버렸어. 개찰구 쪽으로 가는 사람 보이냐? 저 사람이 바로 샐러리맨이라는 거야. 양복점 옆에 있는 사람은 야쿠자고, 그 앞에 있는 사람이 '무슨 무슨회'라는 청년단인데, 아주 나쁜 짓만 골라서 하는 놈이지. 꼬마, 넌 나중에 저렇게 되지 마라. 저런 사람들은 언젠가 사형 선고를 받거나 형무소에서 평생을 보내게 되거든. 잊지 마, 알았지?"

이런 수다스러움이 호감을 불러일으키는지, 아저씨는 단골손님이 많았다.

"이사할 거야."

두 달이 지나자 스즈가 긴타에게 말했다. 카페 면접에 합격해 상자를 조립하는 일은 그만두게 되었다고 했다. 직장을 옮기면서 카페 점장이 저렴한 아파트를 소개해 주었다. 스즈가 가출 소녀인 걸 알아챘을 가능성이 크지만, 겉으로는 스즈의 거짓 나이와 거짓 집안 사정 전부를 믿어주었다. 스즈는 곧바로 카페로 출근했다. 신여성으로 변신한 스즈는 다른 사람 같았다. 긴타와 스즈는 작은 방에서 함께 생활했다.

오사카에 도착한 지 1년이 지났을 무렵. 긴타는 중년을 넘어선 외국인 남성과 함께 있는 누나를 자주 목격했다. 얼마 지나지 않아 누나가 그 남성을 소개했다. 션이라는 이름의 그 영국인은 키가 컸고, 백발이 섞인 머리에 다갈색 눈을 하고 있었다.

션과 누나가 나란히 걷는 모습은 선생님과 제자 같았다. 마을 사람들도 대체로 션에게 호의적이었다. 하지만 기묘한 소문도 함께 돌았다. '메이지 시대에 션과 똑같이 생긴 사람이 도쿄에 있었는데, 그 모습이 지금과 다르지 않다', '외국 첩자다' 같은 이야기들이다. 션은 늙은 신사였지만, 소문 탓인지 미스터리한 분위기를 풍겼다.

오사카의 번화가에는 불량배가 차고 넘쳤다. 긴타는 낮에는 길거리에서 싸움질을 하곤 했다. 주먹질에 재능이 있던 긴타는 아무리 시비가 붙어도 무섭기는커녕 오히려 재미있었다. 그 동네의 골목대장을 꺾고 나자, 또래 중에 긴타에게 시비 거는 사람은 사라졌다.

3

7월로 접어들면서 두 가지 문제가 동시에 발생했다. 긴타는 열서넛쯤 보이는 불량소년과 싸움을 하다가 그 소년을 내동댕이쳐 기절시켰다. 그 소년 무리가 구두닦기를 비롯해 긴타가 번 돈을 모두 자기들에게 넘기라고 시비를 걸어온 것이 발단이었다.

문제는 그 소년의 형이 '아그니회'라는 양아치 집단 소속이었다는 점이다. 아이들 싸움에 폭력단이라 불리는 패거리가 나서게 된 것이다. 구두닦이 아저씨가 '저렇게 되지 마라'라고 말했던 바로 그 무리였다. 험악한 인상의 청년들이 다짜고짜 긴타를 건축 사무소 뒤편으로 끌고 갔다.

아그니회는 십 대 후반에서 이십 대 사이의 혈기 왕성한 청년들이 만든 불량배 집단으로, 주로 사기와 절도, 강도질을 일삼았다. 이들은 일본도를 들고 다른 양아치 그룹과 싸움을 벌이기도 했다. 긴타가 싸움을 잘한다고 해도 그건 상대가 아이일 때 이야기이지, 날붙이를 들고 돌아다니는 청년들에게는 어림도 없었다.

"너 말이야, 애 치고는 꽤 유명하던데? 장난도 좋은데, 놀만큼 놀았으면 이제 값을 치러야지."

긴타는 문신을 한 남자들 손에 인적이 드문 공터로 끌려가 협박을 받았다. 긴타가 때려눕힌 소년의 치료비(말도 안 되는 금액)를 가져오라고 했다. 돈이 없다고 하자, 부모에게 받아 오라고 윽박질렀다. 그래서 부모가 없다고 하자 한참을 패더니, 훔치든 남에게서 뺏어오든 무조건 가지고 오라고 소리쳤다.

"야, 적당히 해라, 애잖아."

우두머리로 보이는 스포츠머리를 한 남자가 모습을 드러내자 양아치들의 태도가 변했다.

"바바 형님, 이 녀석이 다니타의 동생을요."

스포츠머리를 한 남자의 이름이 바바인 것 같았다.

"어라? 너 저기서 구두닦이 하는 놈 아니냐? 전에 구두를 맡긴 적이 있는데."

바바가 말했다.

"그럼 구두 닦아서 번 돈을 가져오면 되겠네."

다른 남자의 말을 바바가 제지했다.

"오늘은 그만 봐 줘. 그리고 너도 싸워서 상대를 다치게 했다면 치료비는 당연히 내야겠지? 돈이 없으면 빌려주마. 자, 여기 40엔이다. 너 지금 우리한테서 40엔을 빌린 거야. 한 번에 갚지 못하겠으면 매달 조금씩 나눠서 갚아."

물론 실제로 40엔을 받은 건 아니었다. 말이 그렇다는 소리였다. 이렇게 해서 생긴 빚이 첫 번째 문제였다. 두 번째 문제는 그보다 더 컸다. 스즈 누나가 집을 나간 뒤 돌아오지 않았다. 시간 순서대로 말하자면, 긴타가 아그니회에게 건축 사무소 뒤편으로 끌려가기 두들겨 맞기 이틀 전쯤, 스즈는 션을 만나러 나간다고 집을 나섰다. 그리고 그 길로 돌아오지 않았다. 스즈는 외박하는 일도 거의 없었고, 늦더라도 미리 알려주곤 했다. 이번처럼 며칠씩 소식도 없이 집을 비운 건 처음이었다.

아그니회에게 실컷 얻어맞고 말뿐인 돈을 빌린 다음 날, 누나가 사라진 지 3일째 되는 날 저녁이었다. 긴타가 풀에 죽어 방에 앉아 있었다. 아파트 문을 두드리는 소리에 밖으로 나가 보니, 누나의 카페 동료 구라시키 유코가 서 있었다. 기모노 차림으로 나타난 구라시키는 긴타의 눈에 스즈보다 훨씬 나이가 많은 어른으로 보였다. 해질녘이었으니 아마 퇴근길에 들른 모양이다. 구라시키는 아그니회에게 얻어맞아 멍들고 부은 긴타의 얼굴을 보더니 흠칫 놀랐다.

"어머, 너 얼굴이 왜 이러니?"

"어쩌다 보니…"

긴타는 말을 얼버무렸다.

"긴타. 혹시 스즈 집에 왔니?"

"아니요."

잠시 침묵이 흘렀다. 구라시키는 딱하다는 듯 말했다.

"너도 참, 싸움은 적당히 하렴. 그건 그렇고, 스즈가 어디

갔는지는 몰라? 말도 없이 가게에 안 나와서 점장님이 잔뜩 화가 났어."

긴타는 고개를 가로저었다.

구라시키가 방을 보자며 안으로 들어갔다. 누나가 의도적으로 가출한 건지 방을 보고 확인하려는 듯했다. 방에는 누나의 소지품이 그대로 남겨져 있었다. 책, 빗과 립스틱, 손거울, 기모노, 방에 널어놓은 블라우스. 긴타는 누나가 자신을 버리고 갈 리 없다고 생각했다.

구라시키가 저녁을 사주겠다고 해서 둘은 함께 야키토리집으로 향했다.

볼이 터지게 닭고기를 욱여넣고 있는 사이, 구라시키가 허를 찌르는 말을 했다.

"션이 죽었대."

"정말로요?"

누나와 친하게 지냈던 그 장기 체류 외국인이 죽었다.

"누나가 무슨 말 안 하던?"

"아뇨."

구라시키는 긴타의 표정을 살피듯 물끄러미 바라보다가 한숨을 쉬었다. 뭔가 들은 말이 없냐니, 누나도 없는데 누구한테 듣는단 말인가.

"션은 언제 죽었어요?"

"3일 전에 갑자기 죽었어. 한바탕 난리가 났었단다."

구라시키의 얘기에 따르면, 션은 길에서 가슴을 움켜쥐고 쓰러졌고, 그대로 숨을 거뒀다고 한다. 정확한 사인은 알 수 없지만, 아마도 발작처럼 보였다고 한다. 그리고 그전에 누나와 함께 있던 모습을 본 사람이 몇 있었단다.

"그날, 둘이 같이 가는 모습을 본 사람이 있었대. 스즈가 아마 션이 죽기 직전까지는 함께 있었던 것 같은데, 그 뒤로는 안 보이는 거야."

누나와 션이 같이 있었는데, 션이 죽었고, 누나는 사라졌다. 이게 무슨 뜻일까? 눈앞이 아득해졌다.

"누가 죽을 때 같이 있던 사람이 사라지면, 그 죽음과 아무런 관련이 없더라도 이런저런 오해가 생기잖아."

주문한 꼬치를 다 먹자 구라시키가 자리에서 일어나면서 투덜거리듯 말했다.

"누나가 들어오면 전해줘. 사람이 살면서 제일 중요한 건 신용이야. 스즈가 탄광촌에서 도망친 것도 알고, 아버지가 돌아가신 뒤 어머니가 자식들을 제대로 돌보지 않았다는 사정도 다 알아. 정말 안쓰럽게 생각하고 있어, 우린 스즈 편이니까. 하지만 무슨 일이 생길 때마다 아무 말 없이 그 길로 줄행랑을 쳐서는 아무것도 해결 안 돼. 긴타 너도 그건 싫잖니? 아무튼, 그렇게 전해."

가게에서 나와 구라시키와 헤어져 거리를 걷고 있는데, 사람들이 여기저기에 모여 있었다.

"우리는 노예가 아니다! 투쟁하지 않으면 다 같이 죽는다! 지금처럼 시키는 대로 일하다가는 파리 목숨 취급당한다! 결국 상황은 더욱 나빠질 것이다! 일어나라!"

중년 남성들이 이 연설에 "옳소!" 하고 맞장구를 쳤다. 경찰들이 그 틈을 비집고 들어가 사람들을 해산시켰다. 누군가 고함을 쳤다. 거리 곳곳에서 화가 수증기처럼 피어오르는 느낌이었다.

며칠 뒤, 길을 걷고 있는데 누군가가 긴타의 앞을 가로막았다. 고개를 들어보니 바바였다.

"야."

"아, 죄송합니다."

"돈은 준비됐냐?"

"아니요."

긴타는 몸을 움츠렸다.

"시간을 조금만 더 주세요, 죄송합니다."

"흥. 그럼 잠깐 따라와라. 밥이나 먹자."

길가에 풍로로 생선을 굽는 노인이 있었다. 바바는 그 노인에게서 구운 생선 한 마리를 사 긴타에게 주었다.

"먹어라."

너무 긴장한 탓인지 무슨 맛인지도 느껴지지 않았다. 하지만 구워진 생선의 냄새만큼은 강렬했다. 골목길 한쪽은 홍등가 골목이었다. 술집 간판을 내걸고 매춘을 하는 곳이다. 옛날에 활터가 있던 자리에 간판만 바꿔 장사하는 곳도 있었다. 바바는 긴타를 어떤 가게 앞으로 데리고 가 2층을 가리켰다.

"치료비는 저리로 가져와. 네가 혼내 준 녀석의 부모가 저기 있거든. 아무튼, 오늘은 됐어. 다음에도 돈이 없으면 그땐 일을 시킬 거야, 알겠냐?"

스즈가 사라진 지 일주일째 되는 날에는 비가 왔다. 긴타는 방에서 빗소리를 듣다가 문득 실감했다. 누나는 돌아오지 않는다. 누군가에게 납치되어 죽었거나 아직 잡혀있을지도 모른다. 어찌 됐든 누나가 돌아오지 않는다는 건 명백한 사실이다.

그렇다면 나는 살아남기 위해 뭐든 해야 했다. 그때 문고리가 돌아가며 끼익 하고 문이 열렸다.

"나 왔어."

누나가 돌아왔다.

4

긴타는 한바탕 울었다가, 스즈에게 따졌다가, 겨우 마음을 가라앉힌 다음 질문을 쏟아냈다.

"도대체 지금까지 어디에 있었던 거야?"

"그거에 대해서는 할 얘기가 많아. 나 없는 동안은 별 일 없었니?"

긴타는 싸움을 했다가 이상한 녀석들에게 찍힌 일, 구라시키가 왔다 간 일, 션의 죽음에 대해 들은 일을 전했다.

"뭐? 션 씨가 죽었다고?"

"누나가 같이 있었다며, 아니야?"

구라시키는 '션'이라고 아무렇게나 불렀지만, 스즈는 '션 씨'라고 불렀다.

"맞아, 방금 전까지도 션 씨랑 같이 있었어."

"방금 전까지?"

션이 숨을 거둔 지 벌써 일주일이나 지났는데.

"응? 아, 그렇지. 방금 전이 아니구나. 그 사람이 내 앞에서 갑자기 무릎을 꿇었었는데… 그랬구나. 그게 마지막이었던 거네."

스즈의 얼굴이 흐릿해졌다.

"무슨 뚱딴지같은 소리야? 왜 일주일씩이나 집에 들어오지 않았냐고."

긴타는 스즈에게 설명을 요구했다.

"어디서부터 얘기해야 하지? 설명하기 좀 복잡하지만 긴타, 넌 내 하나뿐인 가족이니까 아는 게 좋겠어. 앞으로 무슨 일이 일어날지도 모르니까 말이야. 순서대로 설명할게. 일단 믿기 힘든 엄청난 일이 일어났어."

이렇게 서론을 장황하게 늘어놓는 누나의 모습은 처음이었다.

"예전부터 션 씨는 지병 때문에 가끔 쓰러진다고 했어. 이미 오래전에 눈을 감았어도 이상할 게 없다고 본인도 그랬지. 어차피 죽는다면 놀다가 죽고 싶다고도 했고."

스즈는 천천히 말을 이어갔다.

"그날은 갑자기 상태가 이상해졌어. 갑자기 '억!' 하고 소리내더니 주변을 둘러보다가 그대로 쓰러졌어. 그러고 나서는 소지품을 다 버리고 흐느적대면서 도망치듯 달려 나갔지. 난 어쩔 줄 몰라 션 씨가 떨어뜨린 가방을 주워 들고 뒤를 따라갔어."

긴타는 조용히 숨을 삼켰다. 스즈는 계속 말을 이었다.

"션 씨는 진땀을 뻘뻘 흘리고 있었어. 눈빛도 불안하게 흔들렸고, 뭔가를 무척 신경 쓰고 있어서 내 말도 전혀 들리지 않는 것 같았어. 아무리 봐도 상태가 정상이 아니었어. 그러다 갑자기 나를 빤히 바라보더니… 그래, 계속 곁에 있었는데, 내가 옆에 있었다는 걸 그제야 처음 알아차린 듯한 표정으로 이렇게 말했어. '거액을 드리겠습니다. 달라는 대로 드릴 테니, 나와 함께 가요.' 무슨 소린지 하나도 모르겠더라. 이미 션 씨는 내게 선물을 많이 해줬는걸. 돈을 주지 않아도 당연히 병원에 데려갈 텐데. 뭔가 착각한다고 생각했어."

스즈는 잠시 숨을 골랐다.

"션 씨는 내가 들고 있던 자기 가방에 시선을 고정하고는 이렇게 말했어. '지금은 상황이 곤란하게 되었습니다. 가방에서 은색의 물건을 꺼내요.' 나는 가방에 약이 있나 싶었지. 그래서 시키는 대로 가방을 열었는데, 안에는 별거 없었어. 약간의 현금, 손수건, 부채, 그리고 금속으로 만든 이 작은 물건 하나."

스즈는 여기서 이야기를 멈추고 조심스럽게 은색 물건을 꺼내 긴타에게 보여주었다.

"이게 들어 있었어."

그것은 회중시계처럼 생겼지만, 뭔가 달랐다. 뚜껑을 열자, 눈에 띄는 건 시곗바늘이 두 개가 아니라 하나뿐이라는 점이었다.

"봐, 이상하지? 아무리 봐도 시계 같지 않아."

스즈는 그렇게 말하며 시계를 손에 쥐었다.

"다시 그날 이야기로 돌아가자면… 그때는 이게 약이 든

케이스라고 생각했어. 달칵 하고 열면 안에서 알약이 나오는 그런 구조 말이야. 요즘 외국에는 그런 신기한 장치도 있다잖아. 그래서… 혹시 그런 게 아닐까 했지. 순간 션 씨가 첩자라는 소문도 잠깐 생각났고. 아무튼."

스즈는 잠시 말을 멈추더니, 뚜껑 가장자리에 있는 버튼을 가리켰다.

"이 버튼 있지? 그걸 눌렀어. 그런데… 놀라지 마. 거짓말 같아도 진짜야."

스즈는 눈을 반짝이며 말했다.

"순식간에, 밤이 됐어."

"… 뭐?"

긴타가 눈을 동그랗게 뜨고 되물었다.

"말 그대로야. 주변이 깜깜한 밤이 돼 있었어. 가로등 하나 불빛 아래에서 나방이 날고 있었고, 나는 혼자 거기 서 있었어. 션 씨는 보이지 않았어. 나 혼자만 션 씨가 쓰러진 그 길 위에 있었지."

스즈는 그 순간의 기묘한 분위기를 떠올리듯 천천히 말했다.

"불과 몇 초 전까지만 해도 낮이었는데. 말도 안 되지. 하지만 실제로 그랬어 공기조차 완전히 밤공기로 바뀌어 있었다니까."

"그럼… 진짜로 시간이 바뀐 거야?"

"응, 아마도. 그땐 몰랐지만 지금 생각하면 그래. 한참을 멍하니 서 있다가, 집에 가야겠다고 마음먹었어. 너도 기다리고 있었을 테니까. 그런데 가는 길에 문득 이 시계를 다시 봤지. '혹시 이걸 다시 누르면 어떻게 될까' 싶어서 눌러봤어."

스즈는 은색 물건을 다시 바라보며 말을 이었다.

"그랬더니, 이번엔 다시 낮이 됐어. 가스등은 꺼져 있었고, 햇살이 너무 밝아서 눈이 부실 정도였어."

긴타는 입을 다물지 못한 채 그녀를 바라보았다.

"그때 어떤 꼬마가 내게 다가와서 '누나, 갑자기 어디서 나타난 거야?'라고 묻더라. 유령이냐고 묻기에 나도 모르게 '그럴지도 모르지'라고 대답했어."

스즈는 어이없다는 듯 웃었다.

"그다음엔, 어떤 남자 둘이 내게 다가오려고 했어. 괜히 잡힐 것 같아서 도망쳤지. 신사 안으로 뛰어들었어. 그 사람들도 따라오길래, 다시 시계를 눌렀어. 그러자 이번엔… 저녁이 됐어. 그리고 비까지 오더라고. 아무튼, 서둘러서 돌아온 건데, 설마 일주일이나 지났을 줄이야!"

스즈가 말을 끝냈을 때, 긴타는 어안이 벙벙했다. 누나는 이런, 뭐라고 해야 할까, 기발한 이야기를 꾸며내 동생에게 들려줄 만한 사람은 아니었다. 도대체 무슨 바람이 분 걸까? 아니면 무슨 일이 있었나? 하지만 누나는 마지막으로 봤던 옷차림 그대로였다(옷차림은 중요하지 않다. 그 여러 날 동안 같은 옷을 입었거나 빨아 입었을 수도 있으니까).

"못 믿겠지? 사람이 둘이어도 이동할 수 있는지 시험해 보자. 해보면 너도 알게 될 거야."

스즈가 말했다.

"준비됐어? 잘 봐, 지금은 밤이야."

"어? 으응…."

스즈는 시곗바늘이 하나뿐인 회중시계의 버튼을 돌렸다.

"이걸로 시간을 조정하는 것 같아. 일주일이 지난 걸 생각해 보면, 음 세 밤쯤 조정해 볼까. 그럼, 어디 보자, 이 정도면 되겠지? 아니야, 더 짧게 해야 하나."

스즈는 혼자 중얼거렸다.

"긴타! 나를 붙잡아."

긴타가 망설이자, 스즈는 긴타의 팔을 붙잡아 자신의 곁으로 끌어당겼다. 두 사람은 팔짱을 끼었다.

"가만히 있어. 하나 둘, 셋."

스즈가 날카롭게 외쳤다. 그리고 다음 순간, 뭔가 엄청난 힘에 끌려가는 듯한 감각이 몸을 휘감았다. 둥실 하고 떠오르며 속이 울렁거리는 무중력 상태. 강물에 휩쓸리는 듯한, 혹은 강풍에 날려가는 듯한 감각. 거부할 수 없는 힘에 몸이 이끌렸다. 스즈가 긴타의 팔을 꽉 붙들었다.

우악! 하고 긴타가 소리를 질렀다. 뺨을 타고 흐른 땀방울이 방바닥에 똑 떨어졌다. 긴타와 스즈는 아까 앉아 있던 방 안에 그대로 있었다. 하지만 이상하게 주위가 밝았다. 창밖으로 햇살이 비치는 게 보였다. 두근거림이 좀처럼 멈추지 않았다.

"성공이다. 굉장하지? 밤이었는데, 아침이잖아."

입을 쩍 하니 벌리고 있던 긴타가 창문으로 달려갔다. 아침이었다.

"어떻게."

스즈는 몸이 굳어버린 긴타를 향해 회중시계를 들어 보이며 웃었다.

"아까 내가 말했잖아. 이것 때문이라고. 이유는 모르지만."

스즈와 긴타는 션의 회중시계처럼 생긴 이 물건을 은시계라고 부르기로 했다. 엄밀히 따져서 시계는 아니지만, 가장 부르기 쉬운 이름이라 자연스럽게 그렇게 정했다. 이 은시계는 몸에 지닌 사람과 그 사람과 붙어 있는 사람을 미래로 보낼 수 있었다. 과거로는 갈 수 없었고, 오로지 미래로만 갈 수 있는 일방통행 방식이었다. 얼마나 멀리 이동할지는 눈금을 조정해 설정할 수 있다.

스즈와 긴타는 몇 가지 실험을 통해 시간 도약에 대해 대략적으로 파악할 수 있었다.

한 번에 이동할 수 있는 최소 단위는 3시간.

최대 단위는 50년, 시험해 본 건 아니고 눈금으로 추측했다.

소지품도 함께 이동할 수 있다. 단 몸에 지닌 상태여야 했다.

동력원은 무엇인지, 몇 번 사용할 수 있는지는 아직 모른다.

"일단 내가 가지고 있을게. 사용할 때는 반드시 같이 의논하기로 하자."

스즈가 말했다.

이런저런 실험을 하는 동안, 죽은 션에 관한 소문이 들려왔다. 션은 오사카 유곽이나 교토 화류계에서는 게이샤에 돈을 잘 쓰기로 유명한 남자였다. 그가 묵고 있던 여관을 수색한 경찰이 여권에서 생년월일을 확인했는데, 나이가 무려 여든한 살이었다고 한다. 기껏해야 오육십 대로 보였으니, 사람들은 모두 깜짝 놀랐다. 애초에 여권에 적힌 생년월일이 잘못 기재된 거라고 해석하는 사람도 많았다.

5

긴타는 아그니회와 얽힌 일을 스즈에게 털어놓았다.

"그런 녀석들이랑 얽이면 안 돼. 내일이라도 바로 경찰에 가자."

스즈가 단호하게 말했다. '구운 생선을 사주며 다음에는 일을 시키겠다고 했다'는 말에는 얼굴을 찌푸렸다.

"아… 들은 적 있어. 그런 식으로 아이들을 끌어들이는 거였구나."

특별한 직업 없이 떠도는 젊은 남자들은 대부분 뒤틀린 심성을 가진 경우가 많아, 불법적인 일에 쉽게 손을 댄다. 그런 점에서 이들에겐 이용 가치가 있는 셈이었다. 스즈는 잠시 생각에 잠기더니, 간단하면서도 대담한 제안을 내놓았다.

아그니회 녀석들이 길 끝에 모여 담배를 피우고 있었다. 바바는 길 건너에 있던 긴타와 눈이 마주치자 손짓했다.

"따라와."

다른 아그니회 녀석들이 힐긋 긴타를 바라봤지만, 여기선 바바가 우두머리다. 다들 잠자코 입을 다물었다.

"네."

"우리 말 잘 들어야 너도 이 동네에서 편하게 살 수 있어, 알겠냐?"

걸어가면서 바바가 말했다.

"뭐, 설명해 봐야 모를 테지만, 요즘은 쌀밥 구경하기가 힘들잖아? 지금 쌀값이 엄청 뛰어서 전국에서 약탈이 일어나고 있지."

"바바 형님, 이런 풋내기가 뭘 알겠어요?"

무리 중 한 명이 웃었다.

쌀 소동. 다이쇼 7년(1918년) 7월 23일, 쌀 가격이 크게 오르면서 도야마현 우오즈에서 시작된 폭동을 말한다. 이들의 말대로 긴타는 자세한 건 몰랐다. 다만 '거리에 살기가 넘치는 시대'라는 건 피부로 느낄 수 있었다. 나중에 긴타가 알아보니, 전국의 358곳에서 소동이 일어났는데, 폭동에 참여한 인원이 어림잡아 수백만 명에 이르렀다. 경찰만으로는 치안을 유지할 수 없는 지경에 이르러 이들을 진압하기 위해 10만 명 이상의 군대가 출동했다. 체포된 자들만 2만 5,000명이 넘는, 메이지 시대 이후로 일본 역사상 보기 드문 대폭동이었다. 최근 자주 보게 되는 가두연설은 마치 대분화의 징조인 마그마 분출과 같았다. 노동 운동 등 사회에 대한 분노는 이번 쌀 소동을 함께 대폭발해 훗날 다이쇼 데모크라시로 이어진다.

"뭐, 마음껏 날뛰라지, 우린 돈만 벌면 돼. 넌 본부 연락책의 심부름을 하거나 망을 봐. 경찰이나 군대에 가짜 정보를 흘리고. 너 같은 애들은 어디든 들어갈 수 있거든."

아그니회는 쌀 소동을 절도, 강도 행각을 벌일 절호의 기회로 생각했다. 오사카는 온통 뒤숭숭한 분위기였다. 폭도에게 쌀가게가 털리고, 쌀을 숨기고 있던 다른 가게도 습격당했다. 항의 집회에 참석한 2,000명에 가까운 사람들이 경찰서에 돌을 던지기 시작했다. 폭도의 목표는 쌀가게만이 아니었다. 상점을 강탈하기도 하고 마음에 안 드는 사람은 여럿이 뭇매를 때리기도 했다. 또 차를 뒤집거나 쇼윈도를 부수는 일도 있었다.

아그니회는 당당하게 손수레를 끌고 다니며 미리 점찍어 놓은 가게의 유리창을 깨고 들어가 고가의 가방이나 구두를 훔치고 금고를 털었다. 긴타는 그들의 수하 노릇을 했다. 그 덕에 그들이 거점으로 삼은 집이나 홍등가 2층에 있는 아지트에도 심부름을 하러 들락날락하게 되었다.

바바가 긴타에게 말했다.

"긴타, 사무실에 가서 당번을 서는 고즈카에게 전해. 점심 먹으면서 오후 계획에 대해 논의할 거니까 한 명만 남겨두고 우메다에 있는 가츠동집으로 오라고."

"네."

"지금 내가 뭐라고 했는지 말해봐."

"사무실에 계신 고즈카 형님에게 우메다에서 점심을 먹을 테니 사무실을 지킬 사람 한 명만 남겨두고 나머지는 우메다에 있는 가츠동집으로 오라고 하셨습니다."

"잘 외웠네."

바바가 웃었다.

"좋아, 얼른 갔다 와! 그리고 너도 같이 와라. 가끔은 맛있는 것도 배 터지게 먹여줘야지."

"감사합니다!"

긴타가 말했다.

바바도 다른 아그니회의 양아치들도 모두 착각하고 있었다. 부모도 돈도 없는 놈. 멍청한 데다가 도망치고 싶어도 갈 곳이 없는 놈. 둘러싸고 몇 대 패주니 알아서 빚도 떠안았고, 밥이라도 먹여주면서 형님 동생 취급에 수족처럼 마음대로 부릴 수 있는 놈. 감히 대들 생각조차 하지 않는 놈. 다들 긴타를 그렇게 생각하고 있을 것이다.

양아치들에게서 벗어나 혼자가 됐을 때, 긴타는 불쑥 모습을 드러낸 스즈에게 때가 왔다고 말했다. 긴타는 아그니회의 사무실을 지키고 있던 무리에게 "바바 형님께서 다 같이 점심을 먹을 거니까 우메다에 있는 가츠동집으로 오라십니다."라고 전했다. 사무실을 지킬 한 명을 남겨두라는 말은 전하지 않았다.

그들이 사무실을 비우자, 스즈가 수레를 끌고 나타났다. 둘은 홍등가 2층에 있는 그들의 사무소에 자물쇠를 부수고 들어갔다. 둘은 신발도 벗지 않고 방으로 들어가 끌고 온 수레에 힘겹게 아그니회의 금고를 실은 뒤, 보이지 않게 보자기로 덮은 수레를 우당탕 소리를 내며 끌고 내려가 뒷골목으로 빠져나갔다.

두 사람은 덜컹대는 수레를 끌고 발걸음을 서둘렀다. 매미가 울어대는 한여름이었다.

얼굴과 등이 땀범벅이었다. 물웅덩이를 뛰어넘어 신사로 들어갔다.

아그니회는 한창 점심을 먹고 있을 시간이다. 대낮부터 술잔을 기울이고 있을지도 모른다. 늦으면 오늘 저녁, 빠르면 30분 정도 뒤에는 '금고를 도둑맞았다'라는 사실을 눈치챌 것이다. 반쯤은 미쳐 날뛰면서 찾아다니겠지. 긴타를 의심할까? 아닐 수도 있지만, 의심한들 뭐 어쩌겠는가.

이제부터 긴타는 사라질 텐데. 당분간은 어디로 찾으러 다니든 발견되지 않을 것이다.

"편지는 우체통에 넣었어."

스즈가 긴타에게 말했다.

편지란 스즈가 경찰서와 신문사에 보낸 고발장이다. 아그니회라는 깡패 조직이 아홉 살짜리 소년에게 범죄를 돕게 한 일, 살해 위협을 한 일(이 부분은 다소 과장되긴 했다). 거기에 그들이 습격한 가게와 구성원의 이름을 적인 것이다.

우표를 붙인 봉투에 수신인을 미리 써 놓고 그간의 일을 작성한 편지지를 준비했다. 나중에 합류한 긴타에게 아그니회가 습격한 곳을 듣고는 재빨리 내용을 추가한 뒤 길에 있는 우체통에 넣었다. 지금이야 쌀 소동이 한창이긴 하지만 소동이 진정되면 경찰도 움직일 것이다. 인적이 드문 신사의 경내에서 두 사람은 땀을 훔쳤다.

"6개월 정도 이동하면 되겠지?"

스즈가 시곗바늘을 조정하려는 순간, "찾았다, 저기 있다, 야!"하는 고성이 들렸다.

돌아보니 서둘러 뒤쫓아 온 바바가 땀에 푹 젖어 신사 입구에 있었다.

"뭔-가 찜찜해서 말이야. 촉이 딱 오더라고. 뭔가 꿍꿍이가 있는 표정이라고 생각해서 돌아와 봤더니, 아니나 다를까."

스즈와 긴타는 그대로 몸이 굳었다. 스즈가 은시계를 힐끗 바라봤다.

"엄청난 짓을 저질렀던데? 어디로 갈 속셈인지는 몰라도 그렇게는 안 되지. 이번 일은 절대 그냥 못 넘어간다."

긴타가 스즈를 바라봤다.

'서둘러야 해.'

바바는 따라잡았다는 안도감 때문인지 잠시 숨을 골랐다가 두 사람에게 성큼성큼 다가왔다.

스즈와 긴타는 몸을 딱 붙이고 팔짱을 꼈다. 금고를 묶어둔 끈도 붙잡았다. 쑤욱 하고 몸이 이끌려갔다. 시야가 어지러웠다. 무중력의 기묘한 상태가 이어졌다. 외부의 시간과 긴타와 스즈의 시간이 분리된다.

정신을 차려보니 두 사람은 한밤중이 된 신사에 서 있었다. 수레에 실려 있던 금고도 함께였다. 주위가 고요했다. 물론 불과 몇 초 전까지 자신들을 쫓아오던 남자는 그림자도 보이지 않았다.

"그 남자가 쫓아오는 바람에 당황했어. 너무 멀리 이동해 버린 것 같아."

누나의 목소리가 떨렸다.

"얼마나?"

"6개월 정도가 아니야. 아마도, 음, 5년이나 6년 정도."

서늘한 바람이 불어 왔다. 경내 옆에 긴 의자와 철망으로 만든 쓰레기통 안에 신문이 버려져 있었다. 긴타가 신문을 주워들었다.

"누나. 연호가 바뀌었나 봐."

스즈가 긴타에게서 바람이 펄럭이는 신문을 넘겨받았다. 1927년, 쇼와 2년.

"9년이네. 9년이나 이동했어."

스즈가 말했다.

"그 사이에 다이쇼가 끝났나? 이거 뭐라고 읽는 거지. 아키? 아닌가. 쇼, 와, 인가?"

아직은 어린 두 사람의 눈앞에 완전한 미지의 세계가 망망대해처럼 펼쳐져 있었다.

6

스즈와 긴타는 오사카를 떠나 도쿄로 향했다. 9년이 지났다고는 해도 오사카에는 남매의 얼굴과 이름을 기억하는 사람이 있을 테니, 혹시 만나기라도 하면 무턱대고 이유를 캐물을 수도 있기 때문이었다(구두닦이 아저씨는 백발이 성성했지만, 여전히 그 자리에 있었다. 하지만 그는 긴타를 쳐다보지 않았다. 9년 전에 자신이 일을 가르쳐준 소년이 설마 그 모습 그대로 서 있을 거라고는 상상도 하지 못했을 테니까). 오사카에 미련은 없었다.

아그니회가 어떻게 되었는지 알게 된 건 도쿄로 옮긴 지 몇 년이 지나서였다. 9년 동안 일어난 일을 알기 위해 도서관에서 지난 신문 기사를 찾아봤다. 아그니회는 금고를 도둑맞은 책임을 둘러싸고 내부 분열이 일어나 서로가 서로를 죽이는 일까지 벌어졌다. 마침 그 타이밍에 스즈가 경찰서와 신문사로 보낸 고발장까지 도착해 쌀 소동 이후 간부가 전원 체포되면서 조직은 와해됐다.

긴타는 아그니회가 어떻게 되든 상관없었다. 시간 도약을 한 다음 달인 8월부터는 스페인 독감이 유행했다. 1차 유행부터 3차 유행까지 약 39만 명이 사망했고(나중에는 45만 명이라는 추계도 나왔다), 몇 년 뒤에는 간토 대지진으로 도쿄가 불탔다.

쇼와 2년(1927년)에 도쿄로 이사한 두 사람은 땅과 집을 사기로 했다. 스즈가 긴타를 설득했다.

"앞으로도 계속 시간을 이동하려면, 월세를 내는 집은 들키기 쉬워. 시간 도약을 해도 안심하고 돌아올 수 있는 곳이 있어야 해."

실제로 가격을 알아보니 부동산 구입은 어렵지 않았다. 아그니회에서 훔친 돈에 약간의 돈을 더하면 살 수 있었다. 스즈는 백화점 판매원으로 일했고, 몸집이 커진 긴타는 타마가와강 근처에서 모래를 나르거나 항구에서 일했다. 그러다 자전거 가게에서 견습 직원으로 일하게 되었다.

"또 도둑질하는 건 어때?"

긴타가 스즈에게 물었다. 돈을 훔친 뒤 시간을 이동하면 금세 모을 수 있다.

"안 돼."

스즈가 말했다.

"훔친 돈은 찜찜해서 제대로 쓰지도 못하잖아. 게다가 시간 도약을 하면 처음부터 다시 시작해야 하니 그것도 힘들고. 아그니회에게서 훔친 돈이 처음이자 마지막이야. 앞으로는 절대 도둑질은 하지 말자. 방법은 얼마든지 있어."

스즈와 긴타는 일을 하며 살 집을 찾았다. 도시의 노른자 땅이 필요한 것도 아니고, 편리성을 따지는 것도 아니다. 딱히 그곳에 얽매여 살 필요도 없었다.

쇼와 4년(1929년). 봄에 스즈와 긴타는 요코스카에 오래된 집이 나왔다는 부동산의 연락을 받고 찾아갔는데, 한눈에 반해 바로 계약했다. 스즈의 실제 나이는 아직 십대 중반이었지만, 호적상으로는 이미 성인이었다. 집 주위가 숲으로 우거지고 정원과 별채가 딸린 목조 건물이었다. 집을 수리하고 몇 가지 가구를 들였다. 이때가 쇼와 공황 시기였다.

그리고 다음 해인 쇼와 5년에는 '오노다'라는 요코스카의 병원에서 근무하는 서른네 살의 미망인에게 세를 주었다. 오노다로부터 집세를 받기 시작하면서 두 사람의 생활은 바뀌게 되었다. 예를 들어, 두 사람이 3개월을 도약하면, 그동안의 월세가 자동으로 쌓여 있었다. 즉, 두 사람은 '하루' 만에 큰 돈을 손에 쥐게 되는 것이다. 오노다는 젊은 집 주인의 사생활에는 관심이 없었기 때문에, 오랫동안 집을 비우는 이유를 둘러대지 않아도, 지정한 계좌로 집세가 들어오니 일부러 받으러 가지 않아도 되었다. 생활비에도 여유가 생기면서 재산은 더욱 불어났다.

두 사람은 도쿄 오모리초에 있는 아파트를 샀다. 어느 날 밤, 방에서 자던 스즈가 비명을 지르며 벌떡 일어났다.

긴타가 미닫이문을 확 열었다. 스즈가 온몸이 땀으로 흠뻑 젖은 채 벌벌 떨고 있었다.

"무슨 일이야?"

긴타가 물었다. 스즈는 잠시 넋이 나간 듯 있다가, 긴타를 돌아보고는 "무서운 꿈을 꿨어." 하고 중얼거렸다.

"꿈?"

스즈는 손으로 귀를 막고 눈을 감았다.

"멀리서 소리가 들려."

조용한 집 어딘가에서 삐걱거리는 소리가 났다.

"뭐라 그래야 하지, 뭔가 웅성웅성 떠드는 소리 같아. 넌 안 들리니?"

긴타가 귀를 기울여봤지만, 바람 소리나 옆집 노인의 기침 소리밖에 들리지 않았다.

"얼마 전에 꿈에서 본 요괴가 쫓아오나 봐."

"어떤 요괴?"

"모습은 기억이 안 나."

"그랬어?"

긴타는 웃었지만, 스즈의 얼굴에는 웃음기가 없었다. 누나는 좀처럼 '겁에 질리는 일'이 없었다.

한동안은 아무 일도 일어나지 않았다. 스즈와 긴타는 몇 번 짧게 시간 도약을 했다. 6월 중순에 장마가 시작되자, '장마철엔 가끔 방 청소만 하면 되지'하며 일주일 정도 뒤로 시간을 도약해 청소하고 지내다가, 또다시 일주일 뒤로 도약하는 식이었다. 그러자 장마는 금세 지나가고, 여름이 되었다.

"한마디로, 누군가 나를 찾고 있는 느낌이야."

작은 선술집에서 저녁을 먹으며 스즈가 말했다.

매일 저 멀리 어딘가에서 웅성거리는 기척이 느껴진다고 했다.

"환청이야. 아그니회의 돈을 훔친 걸 계속 신경 쓰고 있어서 그래. 쌀 소동만 해도 이젠 10년도 넘게 지났고, 그 녀석들은 감옥에 가 있는걸."

이제 와 쫓아올 리가 없다. 너무 걱정해서 환청이 들리는 게 틀림없다.

"아그니회가 쫓아오든 말든 난 상관없어. 그게 아니라 이건 시간 도약 때문인 것 같아."

"그럼 시간 도약을 하지 않는 게 좋다는 뜻이야?"

"아니, 반대야. 시간 도약을 해야 해."

스즈가 말했다.

"이미 술래잡기는 시작됐어."

누나는 요괴가 바로 근처까지 온다 하더라도 시간 도약을 하면 쫓아오는 기색이 사라진다고 했다. 그러면 술래잡기는 출발점에서 다시 시작할 수 있고, 또다시 요괴가 접근해 올 때까지는 당분간 평화롭게 지낼 수 있다고. 긴타가 그렇게 생각한 이유를 묻자, 스즈는 그냥 그런 느낌이 든다고 했다.

쇼와 7년(1932년)에는 도쿄부 기누타 마을에 있는 집을 새로 샀다. 공황의 끝 무렵에 사업이 망한 집주인이 밭 한가운데 있는 집을 내놓았다. 다행히 상태는 양호했다. 두 사람은 이 집에 세를 놓기로 했다.

스즈가 긴타에게 말했다.

"저기라면 다들 집을 빌리려고 할 거야. 도쿄란 곳은 상경하는 사람이 많잖아? 도쿄부의 인구가 지금처럼 계속 늘어나면 기누타 마을의 땅값도 올라가겠지."

당시 기누타 마을은 완전히 시골이었기에 아무리 도쿄부의 인구가 늘어난다고 해도 이 시골 마을이 도시가 될 일은 없을 거라고 긴타는 생각했다. 하지만 스즈의 예견대로 개발이 진행되며 땅값이 점점 올라갔다(기누타 마을은 쇼와 11년 (1936년)에 세타가야구로 편입된다).

기누타의 집에 세입자가 들어오자, 스즈와 긴타는 계속 시간을 도약하며 여기저기에 땅을 샀는데, 이번에는 고이시카와구에 있는 가게를 샀다.

"어떤 땅을 사면 되는지 감이 와."

누나는 자신만만하게 말했다.

생활비가 부족할 일은 전혀 없었다.

7

쇼와 11년(1936년). 2월에는 육군 장교에 의한 쿠데타 미수 사건이 일어나면서 도쿄시에 계엄령이 떨어졌다. 이른바 2.26 사건이었다. 온 나라가 동요와 긴장감에 휩싸였지만, 긴타는 태연히 거리를 돌아다녔다. 세상의 일과 자신의 생활은 별개의 문제였다.

보름달이 뜨는 날 밤에 가난한 탄광촌을 나섰던 날이 먼 옛날처럼 느껴졌다. 20년 가까이 세월이 흘렀지만, 긴타의 실제 나이는 아직 열여섯 살 정도에 불과했다. 젊고, 부자에, 독신인 긴타는 연극을 보러 가거나 음악회에 참석하기도 하고, 기분이 내킬 때는 짧게 여행을 다녀오기도 하면서 자유로운 생활을 만끽했다.

애인도 생겼다. 예전과는 달리 완전한 자유연애의 시대였기 때문이다. 긴타는 전화 교환수로 일하는 다마키라는 여성과 자주 만났다. 다마키는 아름답고, 또 변덕스러워 긴타를 쥐락펴락했다. 하지만 시간 도약 때문에 공감하지 못하는 경험도 있었다. 다마키는 어린 시절에 간토 대지신을 경험했다고 했지만, 긴타는 그 시간을 이동했기 때문에 아무것도 몰랐다.

은시계로 계속 시간을 이동해 왔다는 사실은 누구에게도

말할 수 없는 비밀이었다. 그래서 긴타가 일하지 않고 고등룸 펜처럼 생활할 수 있는 건 부자 부모님로부터 생활비를 받기 때문이라고 얼버무렸다. 하지만 아무리 돈이 많아도 긴타는 희미한 열등감을 느꼈다. 오히려 시대의 풍파를 헤치며 살아온 다마키의 삶이 훨씬 아름다워 보였다.

긴타는 다마키만한 여성도 없다고 생각했지만, 다마키는 70퍼센트 정도는 긴타를 좋아하는 것 같았고 나머지 30퍼센트는 어떤지 가늠이 안 됐다.

"요괴가 가까이에 있어. 6개월 정도 이동할까?"

요코하마에 있는 음식점의 개별실에서 스즈가 말했다. 두 사람은 테이블을 사이에 두고 마주 앉아 있었다.

"지금? 난 안 되는데."

긴타는 거절했다.

반년이나 시간을 도약하면 다마키와 다시는 만나지 못할 것 같았다.

"너 혹시… 애인 생겼니?"

"응."

긴타는 솔직하게 털어놓았다.

"귀여워?"

"응."

긴타가 대답했다.

"누나도 좋은 사람 만나야지."

"뭐?"

스즈는 놀란 듯 잠시 할 말을 잊은 듯했다.

"만나면야 좋지. 하지만 이런 생활을 누가 맞춰주겠니? 게다가 내가 결혼한다고 하면 너도 싫을 거 아냐."

"음? 글쎄."

긴타는 생각했다.

스즈가 결혼하게 되면 둘 사이에 다른 남자가 끼어들게 된다. 아마 그 남자는 누나와 함께 다니며 누나의 재능으로 모은 재산을 반반 나눠 가지는 이상한 '남동생'을 떼어놓으려고 하겠지. '너희 남매는 정상이 아니다. 남동생을 독립시켜라', 하면서. 누나가 그 남자에게 푹 빠져 시키는 대로 하게 된다면. 긴타는 상상했다.

"싫지는, 않을 거 같아."

긴타는 거짓말을 했다. 자신의 한마디에 스즈가 자신만의 인생을 즐길 수 없다는 사실이 싫었다.

"일단은 그 아가씨 소개시켜 줘."

"안 돼. 그, 다마키는, 나한테…"

긴타의 말문이 막혔다. 다마키는 긴타가 남자답기를 바랐다. 보호자인 연상의 여성을 데려와 소개한다면 한심한 남자라고 생각하겠지. 물론 실제로는 어떨지 모르고, 교제하는 상대에게 가족을 소개하는 게 뭐가 나쁘냐는 생각도 들었다. 인생의 중요한 기로에 접어들었는지도 모른다.

"어쨌든, 좋아하는 아가씨가 생겼으니 더는 이동할 수 없겠구나."

긴타는 고개를 끄덕였다.

"하지만 이동하지 않으면 요괴가 찾아올 거야. 기척이 다가올 거라고."

긴타는 가만히 스즈의 표정을 살폈다. 스즈는 대체로 냉정하고 이성적이었지만, 요괴 이야기를 입에 올릴 때만 되면 마음의 병을 앓는 것 같아 긴타는 불안했다. 탄광촌에서 도망치면서 부모도 버렸다. 아그니회의 돈도 훔쳤다. 게다가, 시간을 도약하면서 스페인 독감, 간토 대지진, 무수히 많은 사건을 피해왔다. 이러한 생활에서 생겨난 콤플렉스가 '쫓아오는 요괴'라는 망상으로 변해 누나를 놓아주지 않는 건 아닐까.

"그 요괴, 도대체 어떻게 생겼어? 본 사람은 있어? 요괴가 누나를 찾아와 뭘 어떻게 하는데? 혹시 이 모든 게 누나의 망상… 아니야?"

"망상."

누나는 어두운 표정으로 중얼거렸다.

"망상이라고? 긴타, 너는 저 시끄러운 소리가 들리지 않니? 느껴지지 않아?"

사실은 긴타도 어떤 독특한 불안을 느낀 적은 있다.

다만 그건 누나로부터 요괴가 쫓아온다고 들은 뒤였고, 괴담을 들은 날 밤에 변소에 갔다가 뒤에 무언가 있다고 착각하는 것과 비슷한 느낌이라고 생각한다.

"전혀 모르겠어. 누나, 요괴는 없어. 그러니 시간을 이동한다면 이번에는 누나 혼자 가. 요괴가 내가 있는 곳에는 나타나지 않을 것 같지만, 진짜로 있는지 없는지 내가 여기 남아서 확인할게."

8

둘이 이야기를 나눈 끝에, 스즈 혼자 시간을 도약하기로 했다. 대신 스즈는 6개월처럼 멀리 도약하는 게 아니라, 3주씩 짧게 이동하며 긴타의 상태를 확인하기로 했다.

다마키와 함께 가마쿠라에 놀러 갔다 돌아오는 길에 누군가가 긴타에게 역에서 말을 걸었다. 오노다였다. 오노다는 요코스카에 있는 집을 빌려 살다가 몇 년 뒤 이사했다. 가마쿠라역에서 갑자기 고개를 돌려 긴타의 얼굴을 뚫어지게 바라보았다. "어머나! 동생 분이시네." 하고 말을 걸었다.

"어머나 죄송해요, 가이다 씨. 오랜만이네요."

모르는 체 할 수도 없어 대충 잘 지내셨냐며 고개를 꾸벅 숙여 인사했다. 스즈와 긴타는 가이다라는 성을 사용했다.

오노다는 긴타를 물끄러미 바라보며 말했다.

"신기하네, 옛날 모습 그대로예요."

긴타는 애매하게 웃었다.

"누님은 건강하지요? 정말이지, 어린 나이에도 어찌나 대견하시던지."

"네에, 뭐. 잘 지냅니다."

긴타는 적당히 대답하고는 오노다에게 인사한 뒤 자리를 떠났다. 다마키가 흥미롭다는 말투로 말했다.

"누나가 있어?"

"어어, 응."

"가족 얘기는 한 번도 해준 적이 없네."

"미안."

"어디 살아?"

"누나? 몰라."

어쩐지 말문이 막혔다.

그날의 일이 원인이었는지도 모르지만, 다마키는 그 후로 긴타를 피하기 시작했다. 다마키가 사는 아파트에 가도 집에 없거나 만날 수 없었다.

가을 무렵, 다마키로부터 편지가 도착했다. 요약하자면 '정말 미안하지만 다른 남성과 혼담이 오가고 있어 긴타와는 헤어지고 싶다. 더는 연락하거나 찾지 말기를 바란다'라는 내용이었다. 내용은 무척 쌀쌀맞았지만, '긴타와의 일은 순수하고 좋은 추억으로 남기고 싶다, 지금까지 고마웠다, 긴타 덕분에 여러 가지를 배울 수 있어서 감사할 따름이다' 같은 묘하게 기품이 느껴지는 문구도 있어 혹시 《편지 쓰는 법 입문서, 연인과 헤어질 때 편》과 같은 책에서 인용했을지도 모른다는 생각이 들었다.

긴타는 고요한 방에 가만히 앉아 있었다. 누나가 돌아올 때까지 몇 주 정도 남았다. 다마키와의 이별은 생각보다 큰 상처로 남아 몹시 우울했다. 멍하니 앉아 있는데, 생활 소음과는 주파수가 다른, 이질적인 소리가 들려왔다.

저 멀리 언덕 위에서 여럿이 모여 시끄럽게 떠드는 듯한, 말 울음소리, 북소리, 웃음소리. 확실하지는 않지만, 이건! 자리에서 벌떡 일어나자 기척은 사라졌다. 바깥에서는 두부 장수가 나팔을 불며 지나갔다. 그건 뭐였을까. 스즈는 시끄러운 소음이 들리면 요괴의 기척이 느껴진다고 했다.

이틀 뒤에는 꿈을 꿨다. 새까만 폐허 속에서 악마에게 쫓기는 꿈이었다. 악마는 바바를 닮았고, 아버지처럼 생겼고, 저 승사자와도 비슷했다. 긴타는 식은땀을 흘리며 잠에서 깼다. 버스정류장에서 버스를 기다릴 때도 갑자기 정체 모를 불안에 사로잡혔다.

'뭐지, 이 소리는?'

버스가 내려오는 언덕 위에서 들려오는 왁자지껄, 시끌벅적, 울고 웃는 소리, 악기 소리, 동물 소리. 뭔가 오고 있다. 무서운 것이 다가온다. 하지만 긴타의 눈앞에 나타난 것은 버스였다. 버스에 타니 떠들썩한 소리는 사라졌다.

'기척이 점점 가까워지고 있어.'

누나의 말이 떠올랐다.

'누나의 망상이 아니었다. 정말로 있었다. 어딘가에서, 무

언가가 우리를 향해 다가오고 있었다.'

눈 내리는 12월 중순의 어느 날, 예정대로라면 누나가 돌아오는 날이다. 긴타는 방에서 벌벌 떨고 있었다. 요괴가 다가오는 기척이 사라지지 않아 미쳐버릴 것 같았다. 왁자지껄, 꿈틀꿈틀, 정체 모를 소리가 집 근처까지 다가왔다가 멀어지기를 반복했다. 처음에는 멀리 있던 그것은 이제 가까이에 있다. 긴타는 그것이 자신을 찾고 있다고 느꼈다.

집요하게 문을 두드리는 소리와 스즈의 목소리에 긴타는 겨우 대문을 열었다. 스즈를 집으로 들이고 나서 긴타는 곧바로 문을 잠갔다.

"왜 이렇게 늦었어."

"늦게 왔잖아."

"숨 좀 고르자."

누나는 과거에서 이제 막 이동해 왔다.

"그 자식들, 가까이에 있어."

"알아."

스즈가 조용히 말했다.

"죽을 각오로 왔어. 사방에서 소리가 들리잖아. 저 모퉁이를 돌면 마주칠 것 같아."

스즈가 고타쓰 옆 탁자에 늘어놓은 식칼이나 도끼 따위의 흉기를 흘낏 바라봤다.

"나보다 놈들이 먼저 도착하면 싸울 셈이었어?"

긴타가 고개를 끄덕였다.

"전부 내 망상이거나 아니면 나만 쫓고 있어서 요괴가 너한테는 오지 않을지도 모른다고 생각했는데, 아니었어. 내가 없으면 널 찾아온다는 걸 이제 확실히 알았어. 어쨌든, 늦지 않아서 정말 다행이야."

어두운 기운이 집 주위에서 넘실거렸다.

'웃음소리 덩어리'가 바로 옆 도로에서 들려왔다. 복도에서 발소리를 내며 부자연스럽게 방문 앞을 왔다 갔다 했다. 철컥 철컥. 문고리가 돌아가더니 잠겨 있다는 걸 알자 발소리가 멀어졌다. 매우 가까운 곳에서 피리와 북소리가 들렸다.

"잡히면 죽겠지?"

"션 씨는 죽었어."

스즈는 짧게 대답했다.

"이제 알았어. 션 씨는 지병으로 발작을 일으킨 게 아냐. 저 녀석들한테 잡힌 거였어."

누나는 난로를 껐다. 은시계의 사용자는 쫓긴다. 누가 쫓아오는지는 몰라도 추적자에게 붙잡히면 사용자는 그 자리에서 죽는다. 추적자는 사용자만이 보고 느낄 수 있다. 붙잡혀 죽는다 해도 사용자가 아닌 사람의 눈에는 환각에 질려 심장 마비를 일으켜 죽는 것처럼 보일 뿐이다.

쾅쾅. 문을 세게 두드리는 소리가 났다. 곧바로 형광등이

꺼지고 벽이 삐걱삐걱 소리를 냈다.

"불, 다 껐지? 그럼 가자."

스즈는 품에서 은시계를 꺼내 들고 긴타의 손을 잡았다. 다음 순간, 기적이 완전히 사라졌다. 조용한 겨울의 어느 날, 창틀에 고드름이 달려 있었고, 창밖으로 설경이 펼쳐져 있었다. 방 안에 싸늘함이 내려앉았다.

9

"긴타가 성인이 되면 얘기해 주려던 게 있어. 앞으로 무슨 일이 생길지 모르니 기회가 있을 때 하지 않으면 영원히 얘기하지 못할 것 같아. 네가 눈치 챘는지 모르겠는데, 난 네 친누나가 아니야."

요코하마의 술집에서 스즈가 떠듬떠듬 설명했다.

"내 아버지는 사실, 옛 아이즈의 유서 깊은 명문가에서 태어났대."

스즈 아버지는 메이지 유신 때의 전란과 그 뒤 이루어진 판적봉환으로 인해, 조상 대대로 물려받은 영지를 천황에게 반환하면서 집안의 재산을 모두 잃었다. 스즈의 어머니는 후쿠시마에서 병으로 사망해 어머니에 대한 기억이 거의 없었다. 아버지는 어린 스즈를 데리고 전국 각지를 전전하다가 일단은 당장 먹고살기 위해 탄광으로 갔고, 돈을 모은 뒤 오사카로 이사할 계획이었다고 했다(스즈가 그날 밤, 오사카로 향한 것은 생전에 아버지가 얘기했던 계획에 따른 것이었다).

스즈를 데리고 탄광촌으로 간 아버지는 그곳에서 남편을 잃고 혼자 긴타를 키우는 여성과 만나게 되었다. 스즈는 아버지가, 긴타는 어머니가 데려온 자식이었다. 서로 혼자 아이를 키우는 입장이라는 걸 바로 알아보았고, 함께 살기 시작했다. 다만 정식으로 혼인신고는 하지 않았다.

스즈는 아버지가 사고로 사망한 뒤 어머니(스즈에게는 계모이지만)의 상태가 이상해졌다고 했다. 탄광에서 지급한 위로금도 어머니가 아닌 아버지의 친척에게 돌아갔다. 혼인신고를 하지 않은 탓에 어머니는 호적상 생판 남이었기 때문이다.

아버지가 죽은 뒤 스즈는 친가에서 거두기로 했지만, 어째서인지 아버지의 친척은 스즈를 데려가지 않았다. 어른들끼리 어떤 얘기가 오갔는지 스즈는 모른다. 경제적 문제였을 수도 있고 아버지가 친척들과 의절했을 수도, 아니면 어머니가 스즈를 보내지 않겠다고 했을 수도 있다.

어쨌든 결국 어머니가 스즈를 키우게 되었다. 하지만 얼마 지나지 않아 어머니는 친자식이 아닌 스즈를 키울 여력이 없다고 판단한 건지, 아니면 처음부터 그럴 속셈이었는지 몰라도 탄광을 찾아온 인신매매꾼에게 '이 여자애를 유곽에 팔라'며 스즈를 넘기려 했다. 하지만 스즈의 눈에는 유곽이라는 곳으로 팔려갈 자신의 처지보다, 의붓동생 긴타가 처한 위험이 훨씬 더 위태로워 보였다. 어머니는 스즈를 판 뒤, 긴타와 동반자살을 할 셈이었기 때문이다. 이는 스즈가 어머니께 직접 들은 이야기였다.

"스즈, 널 팔았다고 해서 원망할 필요는 없어. 그 돈으로 어떻게 우리가 호위호식하겠니? 널 넘기고 받은 돈을 다 쓰고 나면, 나는 긴타와 함께 죽을 거란다. 아직 젊고 기회도 많을 테니 오래 살 수 있는 네가 훨씬 행복한 거야. 나는 계모이니 네 목숨을 좌지우지할 자격이 없어. 그러니 부디 우리 몫까지 살아주렴."

긴타 어머니는 자신이 낳은 아이는 저승길 동무로 삼아도 된다는 잘못된 생각을 가지고 있었다. 그리고 며칠이 지나 유곽으로 팔려갈 때 즈음, 어째서인지 어머니는 스즈에게 사이좋게 술이나 한잔하라며 처음 보는 중년 남성을 소개했다. 스즈는 막연하게 남자와 잠자리를 가지라는 의미라는 걸 깨달았다. 스즈를 눈여겨봤던 탄광촌의 남성과 어머니 사이에 돈이 오갔을 것이다. 이대로는 안 되겠다고 생각해 그 남성이 술을 마시다가 변소에 간 틈을 타 지갑을 훔쳐 달아났다.

그리고 집으로 돌아와 자고 있던 긴타를 꼬셔 집을 나섰다. 어머니가 집을 나갔다는 건 거짓말이었다. 그때 어머니는 다른 남자의 집에서 지냈다. 충동적으로 오사카행을 결정한 것은 아니었다. 어머니가 이상해지기 시작한 무렵부터, 스즈가 줄곧 마음속에 품고 있던 계획이었다. 하지만 조금이라도 일이 틀어진다면 실패로 돌아갈 게 뻔한 외줄 타기 계획이었다.

"그때 어머니는 널 거의 돌보지 않았어. 그때 넌 나와 함께 길거리에서 어떤 친절한 아저씨가 건넨 주먹밥을 먹거나 이웃집에서 주는 밥으로 끼니를 때웠지. 탄광촌에 있을 때의 일은 무서워서 거의 기억나지 않아. 생활이 안정되고 나니까,

엄마가 미쳐가기 시작했을 때의 일을 떠올리는 게 너무 무서웠어. 무슨 말인지 모를 소리만 계속 했거든. 그래도 오사카에 있을 때 어머니에게 몇 번인가 편지도 썼지. 우린 무사하니까 안심하라고 말이야. 너도 기억하지?"

물론 기억하고 있다. 긴타는 어머니에게 편지를 쓰자는 누나의 재촉에 엽서를 보냈던 기억이 있다.

"하지만 답장은 오지 않았잖아."

긴타가 말했다.

"당연히 답장이 올 리가 없지."

스즈는 고개를 가로저었다.

"어디에 있는지 모르게 우리 주소를 쓰지 않았으니까."

"그랬어?"

오사카에 있을 땐 아직 어렸기 때문에 그런 부분까지는 확인하지 않았다.

"응. 우리 주소를 보고 경찰에 신고해 끌려가면 어떻게 해. 그렇게 되면 다 도로 아미타불인 걸. 하지만 무사하다는 사실만은 알려주고 싶었어."

"엄마는 살아 있어?"

"몰라. 그 공동 주택은 탄광에서 일하는 사람들을 위한 곳이었으니까, 아버지가 죽었으니 혼자 살 수는 없었을 테고, 또 탄광은 지긋지긋하다고 자주 말했었으니까. 이미 그 마을은 떠났겠지."

말을 마친 스즈가 숨을 고르더니, 한 손을 들어 눈가를 눌렀다.

잠시 침묵이 흐르고, 긴타가 말을 꺼냈다.

"탐정을 고용하면 알 수 있지 않을까?"

"해 볼래?"

스즈가 고개를 들었다.

"엄마도 분명, 여러 가지 일에 쫓기고 있었을 거야. 그러니 어쩔 수 없었다고 생각해. 난 엄마를 미워하지 않으니까, 그러니까, 살아만 있다면 만나지 못할 이유도 없지 않을까?."

쇼와 14년(1939년) 11월. 기타큐슈의 모 시. 함석지붕을 얹은 낡은 집 앞에서 노파가 낙엽을 보고 있었다. 문득, 노파가 고개를 들자 길 건너에 젊은 남녀가 서 있었다. 요새 젊은이들이 좋아하는 양장 차림이었다. 머리 스타일도 도시 느낌이 물씬 났다. 말쑥한 차림으로 은색의 여행 가방을 들고 있었다. 이 근방에서는 보기 드문 젊은이들이었다.

젊은 여자가 무어라 말했다.

노파는 무시했다. 보려고도 하지 않고 발걸음을 돌려 집으로 들어가려 했다.

"어머니. 스즈하고 긴타가 왔어요."

귀를 의심케 하는 말에 발이 딱 멈췄다.

노파는 그제야 처음으로 두 사람의 얼굴을 제대로 살펴보

왔다.

"보시다시피 저희는 무사하니까 걱정하지 말아요."

젊은 여자가 말했다.

"엄마."

젊은 남자의 눈에는 눈물이 맺혀 있었다.

"너무 늦게 왔지?"

노파는 물론 스즈와 긴타를 잘 알고 있었다. 아주 오래전, 아직 다이쇼라는 연호를 쓸 무렵에 유곽으로 팔려고 했던 다른 이의 딸과 함께 죽으려고 했던 아들. 두 사람은 자신의 인생에서 홀연히 사라졌고, 자신도 혼자 죽지 않고 여기저기 떠돌다가 이곳으로 왔다. 벌써 몇 년 전이지? 스즈와 긴타. 몸집이 작은 남자애와 현명한 눈빛을 가진 여자애.

노파는 한 번 더 확인했다. 스즈와 긴타가 어른이 되었다면 저런 모습일 수도 있겠다고 생각했다. 아니, 딱 저런 얼굴일 것이다. 하지만 말이 안 된다. 눈앞의 두 사람은 너무 어렸다. 게다가 자신이 저들의 입장이라면, 도망친 뒤에 절대로 엄마를 찾아오지 않을 것이다.

"이건 모두 저희가 드리는 선물이니까 받아주세요."

자신을 스즈라고 밝힌 젊은 여자가 여행 가방을 건넸다.

"이만 갈게요."

"우리, 돈 많이 벌었어."

남자가 말했다. 아직 십 대로 보이는 청년이었다.

"엄청나게 성공했다고."

"쉿. 긴타, 자기 입으로 그런 말 하는 거 아니야. 그럼, 어머니. 건강하세요."

무슨 말이라도 해야 했다. 노파가 입을 열었다. 노파는 '여긴 아무것도 없어, 그러니, 여기 와도 소용없어'라고 말하려 했지만, 아무 말도 나오지 않았다. '내게 복수할 생각이라면 금세 후회하게 해 주마'라는 경고의 눈빛도 보냈다.

당시 두 아이가 사라지자, 경찰은 자신을 의심했다. 한때는 자신이 아이들을 죽인 게 아니냐는 소문도 돌았다. 역에서 오사카로 가는 열차에 타는 모습을 봤다는 목격자가 나타나도 공동 주택의 사람들도 자신을 비난했고, 결국 혼자 그 마을을 떠나야 했다.

두 사람은 뻣뻣하게 굳은 노파를 남겨둔 채 이제 미련은 없다는 듯 마주 보며 고개를 끄덕이고는 노파에게 손을 흔들었다. 그러고는 모퉁이를 돌아 사라졌다. 노파는 집으로 돌아와 여행 가방을 열어보았다. 과자와 옷 따위가 들어 있었다. 안에 들어 있던 여성복은 자신이 입기에는 약간 젊은 느낌이었고, 지나치게 도회적이었다. 이런 옷을 입으라고? 웃기지도 않는다. 가방에는 봉투도 있었다. 그 안에는 돈다발이 하나둘, 셋, 총 일곱 개가 들어 있었다. 설마 위조지폐일까?

'우리, 돈 많이 벌었어.'

노파는 황급히 집 밖으로 나왔다. 노랗게 물든 은행 나뭇잎이 바람에 흩날렸다. 두 사람이 돌아오지는 않을까. 돌아오기를 바라는지 아닌지는 아무리 생각해도 알 수 없었다. 죽은 연인이 데려온 똑똑한 여자애가 '아들, 긴타를 구했다'라는 사실 정도는 자신도 알고 있었다. 생각해 보면, 그 여자애는 성공한들 전혀 이상하지 않았다.

노파는 짚신을 신고 집 주변을 돌아다녔다. 버스정류장에도 가보았다. 하지만 신기루 같았던 두 사람의 모습은 어디에도 없었다. 이윽고 집으로 돌아온 노파는 마루에 주저앉아, 길고 낮은 신음 소리를 내었다.

차창 밖을 스쳐 지나가는 시골 풍경을 바라보며 긴타는 앞에 앉은 스즈에게 말했다.

"지금쯤이면 무척 기뻐하고 있겠지?"

"글쎄."

스즈가 작게 속삭였다.

"어쩌면, 우린 하지 말아야 할 복수를 한 걸지도 몰라."

"복수?"

긴타가 눈썹을 찌푸렸다.

"돈다발을 받았는데, 기쁘지 않을 사람이 어디 있어?"

자식들이 성공해 돈을 건넸는데, 그게 왜 복수란 말인가. 긴타는 이해가 되지 않았다. 생판 남이라면 몰라도, 긴타를 낳아준 엄마였다. 자식이 불행해지기를 바라는 부모가 있을

리 없지만, 그녀에서 자신들은 이미 남이나 다름없고 애초에 자신을 해치려 했던 사람이었다는 생각에 긴타는 문득 우울해졌다.

"맞아, 긴타 네 말대로야. 분명 기뻐하고 있을 거야. 우린 좋은 일을 했어."

긴타는 눈물을 글썽이며 대답했다.

"만일, 우리가 오늘 복수를 했다고 해도 난 상관없어."

10

시간 도약을 한 후 요괴의 기척이 느껴질 때까지 걸리는 시간은 매번 달랐다. 요괴의 기척이 느껴질 때까지 어느 정도 시간이 걸리는지는 그때그때 달랐다. 어떤 때는 전혀 기척이 느껴지지 않아 평소와 다름없는 평화로운 나날이 계속되었다. 또 어떤 때는 이동한 지 며칠 뒤에 바로 기척이 느껴지기도 했다. 기척이 느껴지기 시작한 다음부터 가까이 올 때까지 걸리는 시간도 제각각이었다. 느껴지자마자 가까워질 때도 있었고, 멀어지기도 했다.

쇼와 16(1941년) 8월의 일이었다. 그때, 긴타는 왼쪽 다리가 부러져 병원에 입원했다. 요코스카 집의 지붕을 수리하고 있었는데, 요괴의 기척이 가까워지는 게 느껴져 그만 발을 헛디디고 말았다. 스즈가 서둘러 긴타에게 달려가 3일 뒤로 이동해 기척과 멀어지고 나서야 비로소 안심하고 입원할 수 있었다.

긴타는 요코스카의 집에서 버스로 한 시간 거리에 있는 병원에 누워 있었다. 라디오에서 미국이 식유의 대일수출을 전면 금지하겠다는 뉴스가 흘러나왔다. 제2차 세계대전은 이미 시작된 뒤였다. 하지만 이번 기척은 생각보다 빨리 다가왔다.

입원한 다음 날부터 멀리서 축제 음악이 들리기 시작했다.

병원 전화로 스즈에게 연락한 뒤, 긴타는 목발을 짚으며 혼자 병원을 나섰다. 이대로 침대에 누워있다가는 잡혀버리고 말 것이다. 게다가 은시계를 가진 누나를 만나지 않으면 도망칠 수도 없다. 땀을 뻘뻘 흘리며 절룩대는 걸음으로 버스정류장으로 향했다.

버스에서 내린 뒤로는 시골길을 걸어야 했다. 강렬한 햇살이 하얗게 마른 흙길에 반사되었다. 긴타는 뒤를 돌아보았다가 그만 깜짝 놀라고 말았다. 수백 미터 떨어진 곳에 소음의 주인이 있었다. 실제로 보는 것은 처음이었다. 드디어 얼굴을 마주했다. 자신들을 줄곧 쫓아다녔던 기척의 주인이라고 생각하니 눈을 뗄 수 없었다.

그것은 '요괴'라기 보다는, 기이한 '축제의 행렬'처럼 보였다. 우선은 커다란 이무기가 있었다. 이무기는 가마가 얹혀 있었는데, 그 안으로는 발이 드리워져 있었고, 누군가 타고 있는 듯했다. 이무기의 옆에는 정체 모를 여자가 서 있었다. 그 주위로는 노란 털을 곤두세운 커다란 고양이와 바다거북, 너구리, 그리고 션까지 어지럽게 뒤섞여 있었다.

그것들은 피리와 북, 샤미센으로 연주하는 노래에 맞춰 "워이, 워이, 헤헤에! 워이, 워이, 헤헤에!" 하고 울부짖으며 천천히 다가왔다. 물론 그것은 그렇게 보일 뿐, 실제로 뭐가 쫓아오는지는 알 수 없다. 다만 붙잡히면 죽는다는 사실만은 알 수 있다.

긴타는 목 깊숙한 곳에서 쥐어짜듯 비명을 지르고는 붕대를 감은 한쪽 발을 질질 끌며 필사적으로 걸었다. 앞에서 한 손에 은시계를 들고 스즈가 달려오고 있었다. 다시 뒤돌아보니, 적란운 아래로 이어진 8월의 시골길에 요괴들이 우뚝 멈춰서 있었다.

스즈가 버튼을 눌렀다.

두 사람은 12월로 이동했다.

곧바로 신문을 사 보았다. 일본이 말레이시아 반도를 침공했고, 진주만 공습을 일으켰다. 태평양 전쟁이 시작된 것이다. 그날 그 시골길에서 본 요괴들은 그해에 이미 시작되어버린 다가올 위협이 형상화한 것이라고, 훗날 긴타는 회고했다.

전쟁은 시간을 이동해 피했다. 징집이 되든 말든 긴타와는 상관없었다. 시간만 이동하면 누구도 잡으러 올 수 없다. 시대는 마음대로 바꿀 수 있었다. 두 사람이 보유한 건물 중 일부는 공습으로 불에 타 없어졌다. 제2차 세계대전 중에는 추격자의 기척도 활발해졌다. 어쩌면 괴물들은 사회의 혼란으로부터 어떠한 에너지를 얻는지도 모른다. 션이 붙잡혀 죽은 것도 쌀 소동 전후였으니까.

일본 여기저기서 공습경보가 울릴 때 즈음, 괴물은 이제까지와 비교도 안 될 정도로 빠른 속도로 그 기척을 드러냈다. 시간을 이동할 때마다 스즈와 긴타는 도착한 시대에 전쟁이 끝나있기를 빌었다. 도쿄 대공습 때, 두 사람은 아오모리현으로 피난을 갔다가, 반년 후의 시점으로 다시 시간 도약을 했다. 그러자 전쟁은 끝나 있었다.

11

호적은 전쟁 중에 불타 없어졌기 때문에 다시 만들었다. 스즈와 긴타는 이때 정식으로 호적상 남매가 되었다. 요괴가 다시 나타난 건 전쟁이 끝나고 15년이 지났을 무렵이었다.

쇼와 35년(1960년). 그때 긴타는 기후현의 이타도리강 부근에 있었다. 갑자기 나타난 기척은 급속도로 강해지더니 길 건너편에 가마를 태운 이무기와 무리가 나타났다. 지난번과는 달리 군복을 입은 사람들이 많이 보였다. 스즈는 2킬로미터 정도 떨어진 강 상류에서 낚시를 하고 있을 터였다.

긴타는 스즈를 향해 뛰었다. 지난번과는 다르게 발은 멀쩡했다. '괜찮아, 늦지 않을 거야. 미래로, 미래로 이동하자. 무엇이 쫓아오든 달아나자. 넘어지지만 않으면 돼.' 달리는 도중에 기척이 사라졌다. 신록이 우거진 조용한 산골짜기 길이었다. 귀를 기울여봤지만, 북소리도 피리 소리도 나지 않는다. 이름 모를 새가 지저귀었다.

한숨을 돌린 긴타는 걷기 시작했다. 강기슭으로 나왔다. 강 건너편에 스즈의 모습이 보였다. 강폭은 10미터 정도로, 상불이 거세게 흐르고 있었다. 낚싯대를 들고 있던 스즈가 긴타를 발견하고 손을 흔들었다. 긴타도 손을 흔들어주었다. 스즈도 녀석들이 근처까지 접근했다는 사실을 눈치 챘을 것이다.

갑자기 반대편 강가에서 사라졌던 음악 소리가 들려오기 시작했다. 소리가 점점 커졌다. 스즈가 긴타를 바라봤다.

'저쪽에 있다.' 긴타는 숨을 삼켰다. '큰일이다. 어디서부터 잘못된 걸까?' 곧바로 반대편에 있는 스즈에게 갈 수도 없다. 지금 강으로 뛰어든다면 세찬 강물에 휩쓸려 내려갈 게 뻔했다. 그렇다고 다리까지 돌아가자니 한발 늦을 게 틀림없다.

스즈는 주변을 둘러보며 낚싯대를 내던지고는 품에서 은 시계를 꺼냈다. 피리 소리, 북소리, 빠른 샤미센 소리, 경을 읊는 소리가 언덕 위 숲에서 들려왔다. 방법을 생각할 겨를도 없이 쏴아 하고 나뭇잎이 우는 소리와 함께 가마를 태운 이무기가 건너편 강가의 언덕에 모습을 나타냈다. 그러고는 단숨에 언덕을 내려왔다.

이무기를 따라 거북이와 너구리, 일본군, 다이쇼 시대의 모던 걸, 광부, 개와 여우, 오이란, 붉은 망토, 빡빡머리 꼬맹이가 떼를 지어 스즈가 있는 강기슭으로 눈사태처럼 밀려왔다. 언젠가 만났던 엄마를 닮은 노파의 모습도 보였다. 스즈가 바위 위로 올라갔다. 눈 깜짝할 새에 그것들로부터 포위되고 말았다.

"가! 도약하라고!"

긴타가 소리쳤다.

스즈가 시간을 도약한다면, 어쨌든 그녀만은 무사히 이곳을 빠져나갈 수 있다.

물론 그렇게 되면 요괴들은 곧장 자신에게 달려들겠지만, 강에 가로막혀 누나가 있는 곳으로 갈 수 없는 지금은 달리 방법이 없었다.

"누나 가라고!"

요괴들이 스즈가 서 있는 바위 위로 올라가기 시작했다.

긴타는 절규했다. 스즈가 가마를 태운 이무기를 향해 몸을 날렸다. 그리고 다음 순간, 강기슭을 가득 메울 정도로 넘쳐 났던 요괴들의 모습은 흔적도 없이 사라졌다.

긴타는 풀밭길을 지나 빨간 다리를 건너 강 건너편에 도착했다. 언덕 위 나무들이 바람에 쏴아 쏴아 하고 흔들렸다. 하지만 그건 그냥 바람 소리였다. 강기슭이 텅 비어 있었다. 자갈이 깔린 강기슭을 걷다가 커다란 바위 아래에 쓰러져 있는 스즈를 발견했다. 긴타는 스즈의 몸을 주물렀다.

스즈가 눈을 떴다.

"다 사라졌네."

스즈가 속삭였다.

'다'가 무엇을 가리키는지 긴타는 묻지 않았다. 다 사라진다. 계속 살아간다면 언젠가 그렇게 된다. 하지만 자신도 스즈도 지금 이곳에 있다.

"50년이거든."

스즈는 쓰게 웃었다. 스즈는 시곗바늘을 최대한 이동할 수 있는 50년 뒤로 설정하고, 이무기 입속에 은시계를 집어 던졌다. 그 순간, 이무기도 요괴도 순식간에 사라졌다고 했다.

"살아야겠지."

누나가 중얼거렸다.

"50년은 금방이야."

12

두 사람은 각자 결혼을 하고 가정을 꾸렸다.

스즈는 유명한 아동 문학가가 되어, 《여우 대전》, 《은시계의 모험》 시리즈와 같은 수많은 히트작을 발표했다. 긴타는 1960년대에 자전거 가게를 열었다. 자전거를 타는 것도 좋아해 전국을 돌아다녔다. 긴타는 지금 이즈 지역에 살고 있다. 아이들도 성인이 되어 결혼했고, 어느새 손주도 여섯이나 두었다. 지금은 부동산 중 일부를 처분한 돈으로 부부가 조용히 살고 있다. 긴타의 아내는 긴타의 모험담을 들어주기는 했지만, 믿는 눈치는 아니었다.

스즈는 얼마 전에도 긴타의 집을 방문했다. 요코스카에서 초록색 차 조수석에 개를 태우고 운전해 왔는데, 소면을 먹고 이야기를 나누다가 집으로 돌아갔다.

노인은 아침 해가 뜨기 전, 침대에 가만히 누워 바람이 나무를 쓰다듬는 소리를 들었다. 그 강기슭에서 은시계가 이세계로 사라진 지도 50년이 훨씬 지났다. 50년이 지나면 다시 찾아올 줄 알았는데, 요괴는 아직까지 모습을 드러내지 않고 있다. 어쩌면, 그들은 50년을 이동한 게 아니라 애초에 은시계의 회수가 목적이었기에 더는 나타날 이유가 없는지도 모른다.

하지만 언젠가, 바람 건너편에서 희미한 축제 소리가 들려오고 그토록 피해왔던 시간이 끝내 자신을 따라잡는다면. 떠들썩한 소란의 물결에 휩쓸려 사라지게 된다 해도, 이제는 그게 그 나름대로 괜찮을지도 모른다는 생각이 들기 시작했다.

정지된 평원

✦

열차가 정차했다. 객실에 두 시간 정도 정차한다는 방송이 흘러나왔다. 미라이 링테일은 승강장에 내려 기지개를 켰다. 역사도 뭣도 없는 단지 흙을 쌓아 만든 역이었다. 마른 바람이 불었다. 저 멀리 지평선이 보였다. 암석과 모래로 뒤덮인 광야가 펼쳐져 있었다. 역 근처에는 황토색 바위가 덩그러니 놓여 있었다.

미라이 링테일과 마찬가지로 하나둘 열차에서 내린 승객은 다들 하늘을 올려보거나 체조를 했다. 승객 중에는 도시적인 복장을 한 사람도 있었고, 이 근방 토착 민족의 의상 같은 하얀색 가운을 뒤집어 쓴 사람도 있었다. 문득 수염을 기른 온화한 인상의 남자와 눈이 마주쳤다.

"그쪽 젊은 분은 어디서 오셨습니까?"

남자가 말을 걸었다.

용생계라고 해도 모르겠지. 이곳은 미라이의 고향과 멀리 떨어진 곳이니 말이다.

"가루다곳역에서 탔습니다."

미라이 링테일은 자신이 승차한 역의 이름을 댔지만, 남자의 반응을 보아하니 그곳도 어딘지 모르는 듯했다. 차원 열차의 노선은 무척 넓고 복잡했다. 몇백 개나 되는 나라를 오가는 차원 열차는 어떤 지역을 통과하면 다음으로 '100년 후 같은 지역'에 정차하기도 했다.

"그 흰옷은 이 근방의 민속 의상인가요?"

남자는 뜻밖이라는 표정을 지었다.

뭔가 실례되는 말이라도 한 건 아닐지 걱정했는데, 남자가 씩 웃었다.

"저는 탄가스 순례자입니다."

"그러시군요."

탄가스 순례가 무엇인지는 묻지 않았다. 미라이가 가지고 있는 노선표에 따르면, 다음 역은 탄가스 평원이라는 곳이었다. 순례라고 했으니, 어떤 종교의 성지일지도 모른다.

"저는 이세계 여행자와는 달리 이 지역 사람이라서 탄가스 평원까지만 갑니다. 탄가스에 뭐가 있는지 아십니까?"

"아니요."

"지금은 관광하러들 많이 오지만, 사실 그곳은 성지입니다. 평원에 있는 탄가스 시간 정지상像을 꼭 봐야 하죠."

"시간, 뭐라고요?"

"시간이 멈춘 물체인데, 파라팩트라고도 합니다. 전혀 모르십니까?”

“처음 듣습니다. 그게 대체 뭔가요?”

출발 10분 전을 알리는 종이 울렸다. 승강장에는 아무도 없었다. 밖으로 나와도 할 일이 없으니, 다들 열차로 돌아간 것이다. 미라이와 남자도 열차로 돌아왔다.

“삼파라고 합니다.”

남자가 말했다.

“미라이입니다.”

미라이가 웃으며 대답했다. 미세한 진동과 함께 열차가 움직이기 시작했다. 차창 밖으로는 한 시간 전이나 후나 똑같은 단조롭기 그지없는 풍경이 지나갔다. 승강장에서 만난 남자는 미라이 앞에 앉아 이야기를 계속했다.

“파라팩트를 설명하려면, 우선 탄가스 평원의 역사부터 알아야 한답니다.”

1000년도 훨씬 전에, 탄가스 평원 부근에는 대제국 탄가스가 있었다. 광활한 영토에 많은 사람들이 살고 있었는데, 황제의 붕어와 함께 나라가 동과 서로 길려 대립하게 되었나. 서쪽은 호족인 루단 가문이 지배했다. 탄가스 제국의 차기 지배자로 낙점되었던 무인 가문이었다. 동쪽은 또 다른 호족인 제나두 가문이 지배했다. 이들은 루단 가문의 즉위를 반대했다. 탄가스 제국의 다른 세력들은 두 가문 중 하나를 선택해 섬겼다. 동서 진영의 대군이 천하의 주인을 가리는 대전투를 앞두고 탄가스 평원에 집결했다. 총 30만 명의 군사가 서로 마주 보고 대치하는 형국이었다.

"굉장하네요."

미라이 링테일이 말했다. 그는 평원에 늘어선 30만 대군을 상상했다.

"어디가 이겼나요?"

물어보기는 했지만, 미라이의 입장에서는 이제 막 알게 된, 아무 감정도 없는 나라에서 일어난, 심지어 자세히 알지도 못하는 전쟁이었다. 누가 이기든 아무 상관이 없었다.

"아무도 이기지 않았습니다."

삼파가 말했다.

"그럼, 비긴 건가요?"

그럴 일은 없다고 생각했다. 전쟁으로는 아무것도 얻을 수 없다. 오로지 목숨을 잃고 비참함만이 남을 뿐이다. 남자의 말은 형식적인 승패와 관계없이 실질적으로 아무도 이기지 못했다는 뜻일까.

삼파는 미라이의 당혹스러움을 즐기는 듯한 미소를 떠었다.

"그게 말입니다. 막상 전투가 시작되자…."

"시작되자?"

"분위기가 이상해지더니, 하늘이 갈라지고 그곳에 어떤 기묘한 폭발이 일어났습니다."

"번개? 아니면 벼락이라도 쳤나요?"

"아니. 벼락은 아닙니다. 그렇게 흔한 것이 아니라, 그곳에 있던 어느 누구도 예상하지 못했던 이상 현상이 일어났죠."

이상 현상이라는 말이 낯설었다. 미라이가 어떻게 질문해야 할지 몰라 말을 고르고 있는데, 삼파가 말을 이었다.

"그때 발생한 현상은 '시공 진동'이라 부릅니다. 그곳에 있던 30만 명의 사람들, 풀과 나무를 포함한 살아 있는 것 모두가 그대로 움직임을 멈추어 버렸거든요."

"멈췄다고요?"

"그렇습니다. 조각처럼 그대로 굳어버렸습니다. 그 순간, 그때의 모습 그대로 움직이지 않게 되었죠. 돌로 변했다고 할 수 있다면 좋겠지만, 그렇지도 않습니다."

"그 사람들은 얼마나 멈춰 있었나요?"

"영원히요. 그들은 지금도 멈춰 있어요. 탄가스 시간 정지상은 바로 2000년 전에 시간이 정지된 사람들을 말합니다."

"정말 믿기 힘드네요."

"아무도 그들이 멈춘 정확한 원인은 모릅니다. 시공 신동이라는 말도 모두 차원 열차가 개통된 이후에 이곳을 방문한 이세계 과학자들이 세운 가설일 뿐이고요. 탄가스에서는 오래전부터 '존귀한 신 살라스의 중재'라고 부릅니다. 아무튼 개전 직후에 양쪽 병사가 모두 움직임을 멈췄기 때문에 승부가 나지 않았던 겁니다."

"이런 신기한 이야기는 처음 들어 보네요."

미라이는 애매하게 웃었다. '이게 과연 가능한 일일까. 사실은 자신을 놀리고 있을지도 모른다.'

"탄가스 평원에 가면 1000년 전 군대가 그 자리에 그 모습 그대로 서 있는 모습을 볼 수 있습니다. 백문이 불여일견이니, 직접 눈으로 확인하는 것도 좋겠네요."

이윽고 차창 밖 풍경이 사막에서 바위가 듬성듬성 놓인 초원으로 바뀌었다.

천천히 속도를 줄인 열차가 이윽고 정차했다. 창밖으로 탄가스 평원이라고 쓰인 역 이름이 보였다.

"저는 여기서 내립니다. 순례자 대부분이 그러하듯 저도 이곳에 있는 파라팩트의 먼 후손으로 조상님을 뵈러 왔답니다."

삼파는 자리에서 일어나 자신의 좌석으로 돌아갔다. 열차는 내일 출발한다고 했다. 승객은 일제히 승강장에 내렸다. 화물칸으로 가 루루펠이 누워 있는 관을 내려야 한다. 관을 실은 수레에는 햇빛을 가리는 덮개가 씌워져 있다. 역 승강장에 간판이 있다.

"시간 정지물은 소중한 자산입니다. 파라펙트의 반출을 금지합니다. 탄가스 평원 보존협회"

역을 나서자, 작은 마을이 나타났다. 마을이라고 하나 호텔이 한 채, 기념품 가게가 한 채 있고, 건물 수도 기껏해야 열 채도 안 되었다. 삼파의 이야기는 사실이었다. 기념품 가게에서는 가이드북을 팔고 있었다. 장수풍뎅이, 나비, 새와 같은 파라펙트의 모형도 잔뜩 진열되어 있었다. 기념으로 하나 살까 생각했지만, 가격이 꽤 비싸 그만두었다.

《탄가스 시간 정지상 가이드북》을 샀다.

미라이는 루루펠이 잠들어 있는 관을 호텔로 옮기고, 호텔 직원의 추천을 받아 지팡이를 빌려 석양이 내려앉은 평원으로 향했다. 호텔에서 나와 조금 걸으니 바로 평원이 나타났다. 처음에는 산책길처럼 보이는 좁은 길이 있었는데, 금세 풀밭으로 변했다.

풀을 밟자마자 땅바닥이 이상하다는 것을 느꼈다. 풀이 딱딱했다. 시공 진동의 영향으로 풀도 모두 파라펙트화 되어 밟아도 짓이겨지지 않았다. 그래서 딱딱하고 거친 바위 위를 걷는 느낌이 났다. 조금 더 걸으니 인간 형상을 한 첫 번째 파라펙트와 맞닥뜨렸다. 말 그대로 잔디밭 위에 사람이 조각상처럼 서 있었다.

가죽 갑옷을 입은 중년의 남성 셋이 모두 허리에 검을 차고 있었다. 미라이는 한숨을 쉬었다. 기념품 가게에서 산 가이드북에 적힌 대로 1000년 전에 시간이 멈춰 정물화되면서 의복을 포함해 노화되거나 부패된 곳은 없었다. 정물화된 사람들이 곳곳에 서 있었다. 서로 다른 곳을 보고 있는 사람. 은빛 갑주를 몸에 두른 사람. 고기를 들고 베어 물던 사람.

손끝으로 만지니 얇은 피막과 같은 것이 느껴졌다. 파라팩트로 변하면 공간의 막에 싸여 칼로 찌르거나 망치로 내려쳐도, 무슨 짓을 해도 상처가 생기지 않는다고 한다. 죽은 건 아니지만, 엄밀히 말해 살아 있다고 할 수도 없다. 호흡도 심장도, 그리고 뇌파도 멈춰 있다.

미라이는 언덕 위로 올라갔다. 수십 명의 궁수가 서 있었다. 가까이서 보니 궁수 중 한 명이 웃으며 옆에 있는 남자에게 무어라 말을 걸고 있었다. 열예닐곱 정도 되어 보이는 앳된 외모였다. 언덕에서는 무수히 많은 사람들이 뒤엉켜있는 평원이 내려다보였다. 1000년 전, 전투가 개시된 직후의 양상이 한눈에 들어왔다.

해가 서쪽으로 넘어가면서 조각상에도 그림자가 지기 시작했다. 30만이라고 했던가. 누가 봐도 장관이기는 했다. 창병의 도열. 보병들. 바람이 불었다. 원래라면 바람에 풀이 나부껴야 하지만 기념품 가게의 가이드북에 실린 이야기에 따르면 이 평원의 풀은 움직이지 않는다.

1000년 전. 동서로 갈라진 탄가스 제국은 개전 직후, 상식을 벗어난 갑작스러운 시간 정지로 인해 큰 혼란에 빠졌다. 각자의 세력을 따르던 지방 영주나 무리의 우두머리라 불릴 만한 인물들은 모두 평원으로 출정해 있었고, 이들 역시 시간이 정지되어 파라팩트가 되고 말았다. 병사 대부분 역시 평상시에는 농민이었기 때문에 전쟁에서 돌아오지 못하게 되면서 농사일도 멈춰 버렸다. 평원 전투에 참가하지 않아 화를 모면한 자들이 앞으로의 방침을 논의하는 회의를 열었다.

"전쟁을 원하지 않던 신이 개입한 것이다."

대부분의 사람들은 이렇게 해석했다.

"시간은 언젠가 다시 흐를 수도 있다. 그때가 되면, 양쪽의 용맹하고 강한 군사들은 긍지 높은 싸움을 재개할 것이다. 그때까지 남은 사람들은 칼을 놓고 조용히 기다리며 결전에 참가한 저들에 대한 예의를 지켜야 한다."

이런 말이 당시 회의록에 남아 있다. 동서 진영을 비롯한 모든 세력들은 '5년간 일시 휴전 협정'을 맺었다. 전쟁의 주도자들이 멈춰 있었기에 각각의 관계는 원활하게 회복되었다. '신은 평화를 원한다'라는 명분 아래 동서 진영은 5년 동안 사이좋게 지냈다. 사소한 분쟁도 없었으며 교역도 내전 이전의 상태로 돌아갔다.

5년이 지났지만, 평원에는 여전히 30만 명의 사람들이 멈춰 서 있었다. 휴전 협정의 갱신 회의에서 10년 더 연장하기로 합의했다. 약속한 10년이 지나자, 휴전은 의미가 없다고 판단해 영구 평화 조약이 체결되었다.

만일, 탄가스 평원에 파라팩트로 변한 사람들의 시간이 다시 흐른다면 어떻게 될까. 사람들은 이에 대해 기회가 있을 때마다 몇 번이고 논의했다. 어느 날 갑자기 정지가 풀린다. 그들은 어떠한 위화감(아니, 무수히 많은 위화감)을 느낄 테지만, 어쨌든 그대로 싸움에 나설 것이다.

그들은 그 시대의 가치관에 따를 테니 싸우게 내버려 두자는 사람도 있었고, 자손이 설득해 싸움을 멈춰야 한다고 하는 사람도 있었다. 하지만 그 후 대규모 기후 변화와 역병이 돌아 탄가스 제국은 몰락했다. 수도를 서쪽 저 먼 곳으로 옮기면서 탄가스 평원 일대에 세워진 성은 완전히 폐허가 되었다.

시간 정지상은 아무런 움직임 없이 그저 그곳에 서 있었다. 제국의 몰락과 관계없이 탄가스 평원은 줄곧 성역으로 여겨져 왔지만, 60년 전 차원 열차 역이 생기면서 탄가스 평원의 시간 정지상은 관광 명소로 각광받게 되었다.

잠결에 저 멀리서 무슨 소리가 들려왔다. "워이, 워이, 헤헤에! 워이, 워이, 헤헤에!"하고 외치는 소리, 피리 소리와 북소리. 일정한 높낮이가 있는 음계가 아니라, 자연의 소리를 음악으로 표현한 듯한 느낌이었다. 소리는 점점 작아졌다. 의식이 또렷해지면서, 소리는 완전히 사라졌다. 이국 축제의 꿈이라도 꾼 걸까. 눈을 뜬 루루펠은 자신이 늘 이용하는 관 모양의 침대에서 조심스럽게 몸을 일으켰다.

어딘가의 호텔 방 안이었다.

"일어나셨어요?"

미라이가 창가에서 책을 읽고 있었다.

"좋은 밤이야. 여긴 어디지?"

"탄가스 평원이에요. 엄청 넓더라고요."

"묘하게 조용한 곳이군."

"제 생각도 그래요."

미라이가 내민 가이드북을 받아 들었다. 루루펠은 가이드북의 페이지를 넘겼다.

〈탄가스 사변, 논의의 창〉

시공 진동은 자연 현상인가!?

최근 학계에서는 1000년 전에 탄가스 평원에서 시공 진동이 발생한 이유와 관련해 오랜 기간 정설로 여겨져 왔던 자연 현상설이 아닌, 그 배후에 시간을 조종하는 시공 기계가 있는 것 아니냐는 시공 기계설이 힘을 얻고 있다. 이 설의 대표적인 학자로는 오즈마 후 박사가 있다. 후 박사의 〈탄가스 시공 진동론〉에 따르면, 각각의 세계에는 '은시계'와 같은 이름으로 불리는 시간과 공간을 뒤틀어 버리는 시공 기계가 있다고 한다. 1000년 전, 이 은시계가 시공의 균열에서 튀어나와 그 안에 응축되어 있던 '시공 모순'의 압력을 평원에 방출했고, 이로 인해 시공 진동이 발생하며 평원 일대의 운동체를 정물체로 만들어버렸다고 한다.

후 박사는 "탄가스 평원 어딘가에 시공 기계가 떨어져 있을 가능성이 있다. 이 장치를 발견해 작동시킨다면, 평원에 다시 시간이 흐르고 정물체를 '깨우는 시공 진동'이 발생할 것이다."라고 했다. 20세기 말에 시공 기계설이 등장한 이후로 많은 시공 기계 연구자가 이 설에 힘을 실었다. 탄가스 평원 보존협회는 수십 년 동안 이러한 물건이 떨어져 있는지 수색해 왔지만, 아직 발견하지 못했다. 이미 오래전에 누군가 주워서 가지고 갔는지, 아직 그곳 어딘가에 있을지는 아직 알 수 없다. 그래서 탄가스 평원 보존협회는 여행자에게 '무언가 발견한다면 손대지 말고 마을 관광 협회에 반드시 보고해 달라'고 당부했다.

"자세히 적혀 있기는 한데, 이해가 잘 안 되는군."

루루펠은 가이드북을 훑으며 신음했다.

"처음부터 읽으셔야 돼요. 1000년 전에 시간이 멈췄다고 합니다."

✦

여기저기 세워진 등불이 평원을 밝혔다. 열 명 정도 되는 순레자가 모여 평원에 마련된 나무 평상 위에 돗자리를 펼치고 술자리를 벌였다. 돗자리 위에는 뼈가 달린 고기, 계란말이 같은 음식과 술이 놓여 있었다. 미라이는 그 무리 안에 열차 안에서 이야기를 나눴던 삼파가 있는 걸 발견하고는 다가갔다.

"삼파 씨. 안녕하세요."

"아, 안녕하세요."

삼파가 고개를 숙였다.

"선조 분은 어느 쪽에 계신가요?"

"저쪽에 불빛을 비추고 있는 장병 보이시나요? 그 옆에서 화살을 정리하고 있는 게 저희 집안의 조상님이랍니다."

병사의 발치에는 꽃다발이 놓여 있었다. 삼파는 미라이에게 여기까지 무슨 일이냐는 듯한 시선을 보냈다. 미라이가 작게 속삭였다.

"저, 사실은 보여드리고 싶은 게 있어서요."

삼파는 술자리에 있던 동료들에게 말을 하고는 자리에서 벗어났다.

"실은, 제 일행이 기묘한 기운을 뿜는 물건을 발견했거든요."

루루펠이 은색의 동그란 물체를 내밀었다. 눈을 크게 뜬 삼파가 루루펠의 손에 올려져 있던 은색의 동그란 물체를 집어 들었다.

"이건?"

루루펠은 손가락으로 동쪽 언덕에 있는 (이미 어둠에 묻혀버린)

파라펙트 무리를 가리켰다.

"저기 정지된 병사의 품 안에 있던 겁니다. 그러니까, 저는 밤이 되면 조금 민감해지는데, 이 물건이 꽤 멀리 떨어진 곳에서도 느껴질 정도로 이질적인 기운을 내뿜고 있더군요. 동행인 미라이에게 물어보니, 잘 알 것 같은 사람에게 보여주는 게 좋겠다고 했습니다."

"이질적인 기운?"

삼파의 얼굴은 여유를 잃고 딱딱하게 굳었다.

"말로 설명하기는 조금 어렵습니다만 장소의 조화를 무너뜨린다고 해야 할까요."

삼파는 손바닥만 한 크기의 원형 물체를 자세히 들여다봤다. 달칵 하고 뚜껑이 열린다. 시계처럼 문자판이 있고, 그 위에는 시곗바늘이 하나 있었다.

"느끼는 사람은 거의 없지만, 바위에는 바위의 기운이 있습니다. 바위도, 초목도 저마다의 '기'와 같은 것을 내뿜죠. 땅도 지역마다 각자 다른 기운을 가지고 있는데, 이 평원은 전체적으로 조용하고 느껴지는 기운이 거의 없습니다. 그래서 이 물건이 내뿜는 기적이 검은 천 위에 떨어진 하얀 가루처럼 부각된 거죠."

"이게 그 가이드북에 적혀 있던 물건이 아닐까요?"

루루펠의 설명에 미라이가 말을 덧붙였다.

"어딘가에 시공 기계가 떨어져 있을지도 모른다는 시공 기계 설 말입니까? 그렇게 쉽게 발견되는 물건이 아닐 텐데요."

삼파가 당황한 어투로 말했다.

"그건 그렇네요."

미라이가 쓴웃음을 지었다.

"파라팩트로 변한 병사의 소지품이었나요?"

"아뇨, 1000년 전에는 이렇게 정밀한 기계나 시계 같은 건 없었으니, 파라팩트의 물건은 아닐 겁니다."

그럼 도대체 무어란 말인가.

"관광객이 떨어뜨리고 간 건가?"

"병사의 품속으로요?"

별안간 삼파는 허죽 웃더니 은색 물체를 미라이에게 떠넘겼다.

"어떻게 생각하세요?"

"모르겠습니다."

삼파가 말했다.

"그런 건 연구하는 사람한테 보여드리는 게 맞습니다. 전 순례자라 아는 게 없습니다."

"저는 이것이 시공과 관련있다고 생각합니다. 시계와는 전혀 다른 에너지가 숨겨져 있는 느낌이 들거든요."

루루펠이 말했다.

삼파의 얼굴에는 땀이 송골송골 맺혀 있었다.

"여기 버튼이 있군요. 이걸 누르면 될까요?"

루루펠이 미라이가 들고 있던 시계 비슷한 물건을 들여다보면서 중얼거렸다.

"그만둬!"

삼파가 날카롭게 외쳤다.

순간 공기가 팽팽해졌다. 삼파가 어깨를 부들부들 떨고 있었다.

"시, 실례했습니다."

루루펠이 사과했다.

"정말로 누를 생각은 아니었습니다."

"그러니까, 이게 진짜라면, 시간이 다시 흐른다는 거네요?"

미라이도 긴장을 감추지 못했다.

1000년 동안 멈춰 있던 사람들에게 시간을 되돌려 준다. 삼파는 생각을 가다듬느라 쉽게 대답하지 못하는 듯했다. 그때 술자리에 있던 사람이 삼파를 불렀다. 미라이는 모르는 언어였는데, 무슨 얘기를 하느냐고 묻는 느낌이었다. 삼파가 무어라 짧게 답했다. 아마도 기다리라는 뜻 같았다.

"시공 기계는 사용하는 세계마다 그 작동 효과가 다르다고 했습니다."

삼파가 말했다.

"기계를 작동시키면 평원의 시간이 움직일 거라고 했던 학자가 있었습니다. 하지만 정말 그럴까요? 시공 기계는 그 정체가 밝혀지지도 않았고, 연구조차 이뤄지지 않았습니다. 자칫 잘못하다간 우리 모두 파라팩트로 변할지도 모르죠. 다른 시공에서는 미래로 이동하거나 혹은 시간이 가는 속도를 늦출 수 있다고도 합니다. 어딘가 다른 세계에서 일어난 시공 모순의 여파 때문에 평원이 이렇게 되었다는 사람도 있습니다. 어쨌든, 이 평원의 상태를 보면 저 물건은 대단히 위험하니, 신중해야 합니다. 게다가 학자가 말한 대로 멈췄던 시간이 다시 흐르기 시작한다면 1000년 전 멈춰버린 30만 명의 병사를, 오늘 밤 아무런 준비도 하지 않은 상태에서 맞이하게 됩니다. 그러면 어떻게 될 것 같습니까?"

"과연, 그건 매우 위험하겠군요. 그렇다면 이 평원의 연구기관이든 어디든 이 물건을 제출하는 게 좋겠습니다."

루루펠이 대답했다.

"그러지 말고, 그냥 발견했다는 사실 자체를 없었던 일로 하면 어떨까요? 물건은 제자리에 돌려놓고요."

미라이도 의견을 더했다.

"안 됩니다."

삼파의 얼굴이 괴로움으로 일그러졌다.

"그러다가 다른 누군가에게 발견될 수도 있습니다. 아무런 준비 없이 버튼을 눌러 버리면 그걸로 끝이에요. 이미 발견되었으니, 적절한 대처 방법을 생각해야 합니다."

"저희와 같은 일개 여행자가 아닌, 이곳에 연고가 있는 순례자인 삼파 씨가 전문 연구가에게 건네면 어떻겠습니까?"

미라이가 물건을 다시 내밀자, 삼파는 아무 말 없이 받아 들었다.

미라이는 호텔로 돌아와 침대에 누웠지만 좀처럼 잠이 오지 않았다. 과연 옳은 행동이었을까? 삼파도 결국은 단순한 여행객에 지나지 않는다. 그런 그에게 상당히 무거운 짐을 떠넘긴 듯한 기분이 들었다. 만일, 삼파나 그의 일행이 잘못 판단하거나 술김에 버튼을 누르기라도 한다면….

다음 날, 역으로 가니 삼파가 기다리고 있었다.

"안녕하세요."

삼파는 어제와는 달리, 생각을 거듭한 끝에 어떠한 해탈의 경지에 도달한 듯한 후련하고 개운해 보이는 표정이었다.

"삼파 씨, 좋은 아침입니다."

"제가 얘기했는지 모르겠는데, 저는 이 열차에 타지 않습니다. 그래서 미라이 씨를 배웅하러 왔어요."

"감사합니다."

"차원 열차의 우연한 만남은 무척 신기하지 않나요? 인생의 한 지점에서 만나 이야기를 나누지만, 두 번 다시 만날 일은 분명 없을 테니까요."

"맞아요. 그런데 어제 제 일행이 발견한 물건은 어떻게 하셨나요?"

삼파가 꾸러미를 내밀었다.

"그 얘기 말인데요, 이 물건은 발견한 당신들의 것입니다. 이곳이 아닌, 저 멀리 다른 세계에 가지고 가는 게 좋겠어요."

"네?"

미라이는 삼파가 내민 물건에 선뜻 손이 가질 않았다.

"어째서 그런 생각을 하셨나요?"

삼파는 평원으로 시선을 돌렸다. 승강장에서도 파라팩트가 서 있는 평원이 보였다.

"파라팩트가 된 사람들이 불행하다고 생각하세요?"

"글쎄요."

미라이는 속이 뜨끔했다. 어젯밤 잠시 생각해봤지만, 답을 찾을 수 없었다.

"우리 입장에서 보면 움직이지 못하니 불쌍하다, 삶을 살아갈 수 없으니 불쌍하다, 저들도 움직이고 싶을 텐데, 라고 생각하겠죠. 하지만 시간이 정지된 자들은 행복하지도, 불행하지도 않습니다. 산 것도 죽은 것도 아니고, 뇌파도 사고도 없으니까요. 저들의 입장에서는 고통도 불행도 없는 셈이죠.

이 세계의 자손들은 역사 시간에 30만 군사가 격돌하기 직전에 정지했고, 그 후 남겨진 자들이 회의만으로 여러 가지 일들을 평화적으로 해결한 탄가스 사변의 교훈을 배웁니다. 어리석고 비참한 도륙이 아니더라도 해결할 수 있는 방법은 얼마든지 있다고 말이죠. 우리에게 있어 이곳은 단순한 기적의 땅, 그 이상의 의미를 지닌 곳입니다."

시간 정지상은 교훈을 주기 위해 그대로 두는 게 두는 것이 좋다는 소리인가.

"그렇군요. 하지만 그들의 시간이 다시 흐른다고 해서 교훈과 역사가 사라지는 건 아닙니다."

"맞아요. 다만 당신은 제게 이걸 맡겼습니다. 그건 판단 역시 제게 맡겼다는 뜻이겠지요. 저는 이 세계의 주민입니다. 여기서 나고 자랐고, 이곳의 문화를 배웠죠. 그러니 탄가스 평원의 시간에 대해서는 제가 판단해야 마땅합니다. 어젯밤 내내 생각했어요. 그래서 이 물건이 진짜 은시계라고 하더라도, 시간을 움직이는 열쇠라 하더라도, 탄가스 평원은 이대로 두는 것이 옳다는 결론을 내렸습니다.

이곳은 파라팩트가 있기에 성지가 되었습니다. 1000년 동안 믿음의 땅으로 존재했죠. 다양한 사상의 상징이고, 또한 국가의 자연 경관 유산 중 하나이기도 합니다. 이곳의 관광 자원으로 먹고사는 사람들이 일자리를 잃는다거나 그런 사소한 문제가 아닙니다. 어제 저는 당신께 제 조상님을 소개했지만, 그 병사가 앞으로도 계속 파라팩트로 남는다 하더라도 곤란해지는 사람은 아무도 없습니다. 저도, 다른 사람도, 제 자손도 그 병사 자신조차 그럴 겁니다. 하지만 그가 파라팩트가 아니게 되는 순간, 그 병사는 어찌 된 영문인지 모르니 곤란하겠죠. 그건 우리 또한 마찬가지일 겁니다. 언젠가는 그들도 움직여야 할 때가 올 겁니다. 언젠가는 말이죠. 하지만 그것이 지금일 필요도, 이 시대일 필요도 없습니다. 그것이 제가 내린 결론입니다."

삼파는 할 말을 다 했는지, 입을 다물었다. 열차 출발 10분 전을 알리는 종이 울렸다.

"그래도."

30만 병사의 다른 자손, 다른 순례자들의 생각은 어떨까? 아니, 오히려 대다수가 삼파의 의견에 동의할지도 모른다. 1000년 동안 파라팩트로 있던 것이 갑자기 움직여야 할 이유는 없으니까.

"당신들이 발견했으니, 어서 가지고 먼 곳으로 떠나십시오. 그 물건이 차원 열차를 타고 이 세계를 떠난다면, 저는 그걸로 안심입니다. 바다에 던지든, 누군가에게 팔든, 또는 집에 기념품으로 가져가든 마음대로 하세요. 저는 그 물건을 두 번 다시 보고 싶지 않습니다. 부탁합니다."

단호한 말투였다. 삼파는 반쯤 억지로 미라이의 손에 꾸러미를 쥐어주었다.

열차가 움직이기 시작했다. 미라이는 마지막으로 시골 마을과 그 너머에 있는 넓은 평원의 경치를 눈에 새겼다. 산 것도 죽은 것도 아닌, 마치 영원한 미술품처럼 멈춰 있는 삶들. 하지만 어느 틈엔가 파라팩트가 늘어서 있던 언덕은 사라지고 차창 밖으로 산악 지대가 펼쳐졌다.

단시간 접착제

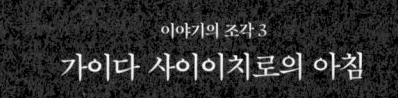

이야기의 조각 3

가이다 사이이치로의 아침

1

서른여덟의 독신 가이다 사이이치로 박사는 보소반도 깊숙한 곳에 있는 자택 부지에서 발명과 연구에 몰두했다. 연구소 주변은 잡초가 무성한 논밭과 들판뿐이었고, 가장 가까운 음식점은 15킬로미터 떨어진 국도변에 덩그러니 자리한, 좌석 다섯 개짜리 라멘집이었다.

박사는 무수히 많은 기묘한 발명을 해왔다. 바퀴벌레가 꼬이는 냄새가 나는 상자. 접이식 스케이트보드. 수지를 사용해 만든 가벼운 특수 소재의 방호구, 같은 소재로 만든 자전거 안장과 드론. 말벌이 싫어하는 향수. 치한 격퇴용 전류 속옷. 자전거로 변신하는 의자.

지금까지 만든 발명품은 연구소의 건물이나 부지에 전시되어 있다. 이 발명품들은 값이 매겨져 있었다. 사이이치로는 자신의 발명품을 연구소에서 판매했다. 발명품 하나하나에 매겨진 가격은 그리 비싸지 않았다. 20만 엔 이상의 가격이 붙은 물건은 몇 점뿐이었다.

가이다 사이이치로 박사는 뜬금없는 물건을 만들어 파는 일종의 괴짜였다. 그래서 이웃 주민들은 그를 잘 이해하지 못했지만, 그의 발명품만큼은 전국적으로 팬이 있었다. 참고로 사이이치로의 고모할머니는 그 유명한 아동 문학 작가인 가이다 스즈였지만, 그러나 그 사실을 아는 이웃은 아무도 없었다.

그리고 그날도, 한 소녀가 놀러 왔다.

"오늘은 이것만 가지고 왔어요."

나이는 10대 후반에서 20대 정도로 보이는 이 소녀는 가이다 박사에게 특별한 손님이었다. 소녀가 건넨 봉투에는 300만 엔 정도가 들어 있었다.

"이거, 신세만 지는군요. 정말 고맙습니다."

가이다 박사는 혼잣말처럼 중얼거렸다.

처음 이 소녀가 나타난 건 2년 전 일이다. 그때는 자신을 놀리는 거라고 생각했는데, 작품 몇 개를 극찬하더니 아무렇지도 않은 얼굴로 100만 엔을 기부하고는 8만 엔짜리 발명품 하나를 샀다. 자신을 가이다 박사의 엄청난 팬이라고 밝혔다.

그 후, 반년에 한 번씩 나타나 그때마다 기부금을 내고 발명품을 사 갔다. 이런 소녀가 평범한 사람일 리 없었다. 분명 어느 부잣집의 아가씨겠지. 가이다 박사는 자신을 인정해 주고 돈까지 내주는 사람에게 두 손을 공손히 모으고 정중하게 맞이했다. 나이도, 정체도 중요하지 않았다. 소녀는 보통 차를 타고 찾아왔다. 보디가드 겸 운선사 같은 느낌의 검은 양복을 입은 남자가 연구 부지에 서 있었다.

"저… 오늘은 어떤 작품을 보실 건가요?"

가이다 박사는 두꺼운 봉투를 품에 잘 넣어 두었다.

소녀가 미소지었다.

"저쪽에 전시된 초강력 접착제요."

"아아."

가이다 박사는 곤란하다는 듯 얼굴을 일그러뜨렸다.

"접착제, 말씀이시군요. 그건 무색무취의 제품이라 성능은 좋지만, 과연 마음에 드실지…"

어느 날 아침, 작업대에 망치가 붙어 떨어지지 않았다. 아무리 힘을 주어도 끄떡도 하지 않았는데, 예전에 수지를 합성해 신소재를 만들던 중 우연히 생긴 액체형 부산물이 망치에 떨어진 것이 원인이었다는 걸 알게 되었다. 그리고 동시에 이 액체를 접착제로 발명해 리스트에 추가해야겠다는 생각이 떠올랐다. 이 액체는 접착력이 특히 더 강력했다. 비행기 부품에도 사용할 수 있을 것 같았다.

하지만 무슨 수를 써도 책상에 딱 붙어 있던 망치는 몇 시간 뒤 스르륵 떨어졌다. 성분을 조사해 다시 만들어 시험해보았다. 그 뒤로도 여러 번 시행착오를 거쳤지만 큰 결함은 사라지지 않았다. 접착제의 결함. 그것은 효과가 7시간밖에 지속되지 않는다는 점이었다. 철골을 이어붙일 수 있을 정도로 엄청난 접착력을 발휘하는 이 접착제는 공기에 노출되어도 마르지 않는다. 하지만 웬일인지 7시간이 지나면 갑자기 효과가 사라져 이어붙인 것이 떨어지고 만다.

이 결함은 치명적이었다. 가이다 사이이치로 박사는 번뜩이는 아이디어를 토대로 물건을 창조하니, 어떤 의미로는 예술가였다. 그래서 장사에 거의 소질이 없었지만, 아무리 강력한들 7시간 후면 효과가 사라지는 접착제를 과연 누가 사겠는가. 그 정도는 예측할 수 있었다.

"그 결함이 오히려 독특하고 재미있지 않나요?"

소녀가 웃었다.

2

고스기 가즈토는 특수 사기 조직의 간부였다. 조직에서는 본명을 쓰는 일이 없었기에, 보통 스기 형님이라고 불렸다. 특수 사기는 한때 '보이스피싱'이라고 불렸다. 주로 고령자에게 사기 전화를 걸어 돈을 송금하게 하는 수법이었다.

간부라 해도, 사기 전화를 거는 '행동책', 현금과 체크카드를 회수하는 '수거책', ATM에서 돈을 인출하는 '인출책'을 관리하고 일련의 사기 행각을 감독할 뿐, 직접 이득을 챙기거나 조직 내에서 존경을 받는 위치는 아니었다.

고스기 역시, 그를 키워 준 야쿠자에게 돈을 상납했다. 또 체포되면 가장 먼저 잘리게 되는 소모품일 뿐이라는 자각도 있었다. 조직에 합류한 지 얼마 안 된 가토(이것 역시 아마 본명이 아니리라)와 시부야에서 술을 마시고 있었다.

"기노시타가 수거책을 맡길 여자애를 데려왔던데, 한번 맡겨 볼까요?"

기노시타는 가토와 같은 시기에 조직에 들어왔다. 행동책, 운전수, 차량 절도 등 여러 방면에서 활약하고 있는 젊은 남자였다. 가토가 어딘가로 전화를 걸자, 얼마 지나지 않아 바의 구석에서 짙은 화장을 한 여자가 나타났다.

조명 때문인지 화장 때문인지 나이를 가늠하기 어려웠지만, 꽤 어려 보였다. 행동책이나 수거책은 인터넷에 불법 아르바이트 공고를 내거나 밤거리를 몰려다니는 청소년들, PC방에 죽치고 사는 젊은이들을 데려다가 시켰다.

"흐음. 반반하네."

고스기가 말했다.

"감사합니다."

헤헷 하고 여자가 수줍게 웃었다.

"와카바예요."

간단하게 면접을 봤다.

직업은 DJ, 나이는 스무 살이었다. 아마 둘 다 거짓말이겠지만 문제는 일하느냐 마느냐였으므로 그 외의 일은 관심이 없었다.

돈을 모은 노인에 대해 어떻게 생각하는지 가볍게 묻자, 와카바는 이렇게 대답했다.

"노친네들이 돈을 끌어안고 있어 봐야 무슨 소용이에요? 젊은 사람들이 돈을 써야 경제가 돌아가지."

와카바는 전형적인 젊은이 말투였다.

"그렇지, 그렇지. 훔쳐서라도 써야지."

가토가 히죽거리며 말했다.

"저도 남자였다면 도둑질이라도 했을 거예요."

와카바는 범죄 긍정론자였다.

"그럼, 알바할래? 돈을 수거해서 우리한테 건네면 돼. 건당 3만 엔."

"3만 엔이나요?"

와카바의 눈이 반짝였다.

"할게요, 할래요, 하게 해 주세요. 경찰한테 붙잡히면 역 앞에서 모르는 사람이 부탁했다고 할게요."

마침 그 무렵, 와카바에게 맡길 일을 가토가 물어왔다. 처음에는 통신사를 사칭해 '초과 징수된 요금을 돌려주겠다'며 접근했다고 한다. 이 노인은 전화로 자신이 과거에 얼마나 잘나갔는지, 골프 스코어는 몇 점인지, 정치는 어쩌고저쩌고하며 이상하리만치 길게 얘기를 끌었다. 다만 약한 치매 증상이 있는지 이쪽이 하는 얘기도 잘 이해하지 못했고, "그래서 그쪽 용건이 뭐요?"라는 얘기를 반복했다. 그러다가 "100만 엔을 맡기면 200만 엔으로 불려주는 투자가 있다."라는 이야기에 넘어왔는데, 거동이 불편하니 자신이 있는 곳으로 돈을 받으러 오라고 했다는 것이다. 그래서 노인의 집으로 직원을 보내겠다고 전했다.

전화를 건 가토의 말에 따르면, '가끔씩 있는 호구' 그 자체였다고 한다. 상대가 너무 쉽게 넘어오는 걸 보면 경찰이 '속은 척하는 작전'으로 덫을 놓았을 수도 있다.

아침 10시. 약속한 역의 개찰구 앞에 와카바가 사복 차림으로 나타났다. 고스기는 역 앞의 상점가로 들어가 와카바에게 여성용 정장이 담긴 쇼핑백을 주며 화장실에서 갈아입게 했다. 잠시 뒤, 정장으로 갈아입은 와카바는 흔한 사무실 여직원처럼 보였다. 가짜 이름표도 가슴께에 붙였다.

"엄청 흥분돼요!"

와카바의 들뜬 모습에 고스기는 속으로 범죄를 저지르는 게 그렇게 좋냐며 쓰게 웃었다.

"일종의 배우라고 생각하면 편해. 상대가 돈을 안 가져오거나 수상한 기색이 보이면 '상사에게 확인하겠다'고 둘러대고 연락해. 노친네 말고 다른 가족이 같이 나왔을 경우에는 '근처에 생긴 학원에서 인사차 들렀다'라고 대충 둘러대고 돌아와."

우선은 업무 매뉴얼을 순서대로 알려주었다.

"업무 규칙상, 일단 수금하는 동안 네 스마트폰과 지갑은 내가 맡을 거야."

"네?"

와카바의 얼굴이 어두워졌다.

"왜요?"

"돈을 가져오면 네 소지품은 돌려준다. 일하는 동안에만 맡아두는 거야. 너도 만에 하나 붙잡힌다면 신분이 들킬만한 물건이 없어야 도망치기 쉽지. 평소에 사용하는 스마트폰이나 신분증을 압수당하면 도망쳐도 신분이 노출되니까. 대신 나와 연락할 수 있는 휴대폰을 줄 테니, 일하는 동안은 이걸 쓰도록 해."

이 휴대전화는 가짜 명의로 가입한 선불폰이니 압수당한다고 해도 고스기는 수사망에서 벗어날 수 있다.

"여기요. 지갑도 이 안에 있어요."

와카바는 잔뜩 불만스러운 표정으로 하얀색 핸드백에 스마트폰을 넣고는 마지못해 고스기에게 넘겼다.

"저, 꼭 돌아올 테니까, 가방 안은 절대 보면 안 돼요, 알았죠? 네?"

"그래. 안 볼게. 약속해."

상대가 남자라면 그 자리에서 내용물을 확인했겠지만, 와카바는 조금만 거슬려도 일을 하지 않을 것 같았기 때문에 고개를 끄덕이고는 현장으로 보냈다. 고스기는 와카바를 보내고, 역 앞 맥도날드 2층에 자리를 잡았다. 이곳에서는 와카바와 만나기로 한 역의 광장 벤치가 잘 보였다. 와카바가 돌아올 때 미행당하고 있는지 확인하고, 자신은 약속 장소로 가지 않고 휴대전화로 새로 지시를 내릴 예정이었다.

집에서 일을 보는 데 걸리는 시간을 10분으로 잡고, 집까지 가는 시간까지 포함해 대략 40분에서 한 시간 후면 와카바는 이곳에 돈을 가지고 나타나야 한다. 늦어도 한 시간 반 정도면 충분하다. 고스기는 사람의 눈에 띄지 않는 구석 자리에 앉아 와카바에게서 건네받은 하얀 핸드백을 열어 개인 소지품을 대충 확인했다. 핑크색 스마트폰, 생리대, 가발, 기름종이, 지갑, 피임 기구 따위가 들어 있었다.

여자의 가방을 들여다보고 있으니, 자신이 파렴치한처럼 느껴졌다. 나중에 보지, 뭐. 고스기는 바로 가방을 닫았다. 10분 정도 시간을 죽이다가 자신의 스마트폰으로 GPS 위치 정보를 확인했다. 와카바는 타깃의 집에 있었다. 사실 와카바에게는 말하지 않았지만, 그녀에게 건넨 휴대전화는 전원이 켜져 있는 동안은 고스기의 스마트폰으로 위치 정보를 확인할 수 있다. 그뿐이 아니다. GPS는 그녀에게 건넨 옷에도 장착되어 있었다.

GPS의 위치 정보를 보면 그녀가 경찰에 잡혔는지 금세 알 수 있다. 그러니 고스기의 입장에서는 필수 장치인 셈이다. 20분 후, 와카바의 위치 정보가 움직이기 시작했다. 고스기가 있는 맥도날드 방향이 아니었다. 반대 방향으로 움직였다. 왜지? 고스기는 곧장 맥도날드를 나섰다. 조금이라도 수상한 점을 느끼면 이동한다. 이는 자신에게도 해당하는 규칙이다. 택시를 타고 적당히 돌아다니다가 주택가의 언덕 기슭에 있는 카페로 들어갔다. 와카바에게 문자를 보냈다.

"무슨 일이야, 괜찮아?"

1분 뒤 답이 왔다.

"실패했어요, 도망쳤어요. 큰일났어요. 경찰이 왔어요."

고스기는 와카바의 위치 정보를 확인했다.

와카바는 지금 민영 철도 노선 근처의 카페에 있다. 타깃의 집에서 상당히 떨어진 곳이다.

"일단 만나지. 무슨 일이 있었던 거야?"

"안 돼요. 지금 경찰서에 있어요. 들킬 거 같으니 연락하지 마세요. 안녕."

'이봐!' 고스기는 속으로 욕을 퍼부었다. 전화를 걸어도 받지 않았다. 전원을 끈 건가? 경찰서라고? 거짓말하지 마. 지금 카페에 있는 주제에. 고스기는 그녀가 맡긴 가방을 다시 열었다. 지갑 속엔 동전뿐이었다. 신분을 증명할 만한 물건은 아무것도 없었다. 핑크색 스마트폰은 전원이 들어오지 않았다. 방전된 것이다. 그 나이대의 여성이 아침부터 충전도 안 된 스마트폰을 들고 돌아다닐 가능성은? 자세히 보니 SIM 카드가 없었다. 어디선가 고장 나거나 버려진 물건을 주워온 것일지도 모른다. 즉 가짜 소지품이었다. 고스기는 무슨 일이 일어났는지 바로 추측할 수 있었다.

돈을 회수하는 것은 성공했다. 그래서 가지고 도망쳤다. 그녀는 처음부터 그럴 작정이었을 것이다. 가방은 압수당할 것까지 예상해 처음부터 가짜 소지품을 준비했다. 하지만 GPS로 위치를 추적당하고 있다는 사실은 확실히 모르는 듯했다.

"누구를 물로 보고."

고스기가 중얼거렸다. 보스인 기시 사장이 문자를 보내왔다.

"오늘 돈 회수하러 갔다며? 어떻게 됐어?"

상황을 곧바로 보고했다.

"그럼 그 망할 년의 집을 알아내서 연락해. 기노시타와 가토를 그쪽으로 보낼 테니, 같이 손 좀 봐주고."

기시 사장이 답했다. 기노시타와 가토라고. 고스기는 기노시타를 싫어한다. 기노시타는 정신 연령이 낮았다. 건달 만화의 세계관에 감화된 탓인지 스무 살을 훌쩍 넘었는데도 중학생 정도 되는 남학생을 상대로 길거리에서 노려보며 위협하기도 했다. 또 레스토랑에서 식사하던 키가 크고 몸집이 좋은 외국인 관광객을 보고는 "저 자식이 일어나는 순간 내 필살기인 라이트 훅을 인중에 꽂아버리겠어, 그러면 정신을 못 차릴 테니 다리를 걸어 자빠뜨리는 거야."라며 머릿속에서 펼쳐지는 섀도복싱(물론 몇 대 펀치를 날린 기노시타가 승리한다)을 소리 내어 중얼거렸다. 기노시타는 건달 만화 탓인지 남자들만 보면 시비를 걸고 싶어 안달이 났다. 이러한 의식은 나이도 지위도 '위'에 있는 고스기를 상대로도 은연중에 나타났는데, 일면식도 없는 사람이 지나가기만 해도 "스기 형님, 만일 저 자식이랑 붙으면 어떻게 싸우시겠습니까? 저라면 말입니다." 하고 흥분해서 떠들어 대는 게 매우 짜증 났다.

"기노시타는 됐어요."

"그건 스기 네가 알아서 해. 필요 없으면 운전이라도 시키던가."

3

같은 날, 오후 세 시. 고스기는 PC방에서 스마트폰을 충전하면서 시간을 죽였다. 차로 이동 중인 가토와 기노시타를 기다리는 중이었다. 고스기는 기노시타를 싫어했지만, 가토는 아니었다. 가토는 과묵한 범죄자로 고급 자동차를 훔쳐 팔아 돈을 벌었다. 범죄자로서 재능이 있다. PC방은 와카바의 GPS가 가리키는 아파트와는 걸어서 10분 정도 떨어진 곳이었다.

위치 정보는 계속 멈춘 상태다. 이 아파트는 와카바에게 어떤 곳일까. 자신의 집? 애인의 집이거나 혹은 친구의 집? 시간을 다시 확인한다. 3시 15분. 가토 일행과는 2시 30분에 만나기로 되어 있었다. 45분이 지났지만, 아무런 연락이 오지 않았다. 고스기가 전화를 걸어도 받지 않았다.

길이 막히는 걸까, 아니면 헤매고 있을지도 모른다. 또는 기노시타가 문제를 일으켰을 수도 있다. 예전에 기노시타가 운전하는 차에 탔던 적이 있는데, 다른 자동차에 바짝 붙어 운전하다가 담배꽁초를 그 차 안으로 던진 일이 있었다. 그 녀석이 운전대를 잡으면 언제 순찰차가 쫓아와도 이상할 게 없다. 아무리 기다려도 오지 않아 고스기는 PC방을 나와 혼자 아파트 앞까지 갔다.

목조로 된 2층짜리 낡은 아파트의 계단을 오르자 문이 줄지어 있었다. GPS 지도를 확대했다. 정확도가 떨어져 확실하지는 않지만, 와카바는 2층 복도 끝에 위치한 집에 있는 것으로 추정된다. 가장 안쪽에 있는 문 앞에 다가가니 'KOUDA'라는 문패가 보였다. 와카바의 성이 고다인가? 주변은 조용했다. 확인 차 와카바에게 건넨 휴대전화로 전화를 걸었다. 따르릉, 하는 벨 소리가 문 너머로 들렸다. 전화를 끊었다. 그러자 벨 소리도 끊겼다.

고스기는 문 앞에서 10분 정도 기다렸다. 집에 여러 명이 있는 것 같지는 않았다. 말소리도 들리지 않았다. 염탐만 할 생각이었는데, 동료가 오지 않으니 혼자 회수하기로 했다. 초인종을 누르지 않고 문고리를 돌려봤다. 문은 처음부터 잠겨 있지 않은 듯 싱겁게 열렸다. 신발을 확인했다. 샌들이 한 켤레. 집주인이 없는 건지, 혼자 있는 건지 아직 확신하긴 일렀다. 현관은 거실로 통하는 복도와 연결되어 있었다.

"이봐, 와카바."

이름을 불렀지만, 대답이 없었다. 기분 나쁠 정도로 조용하다. 복도 끝에 방이 보였다. 고스기는 신발을 벗고 성큼성큼 복도를 지났다. 방 안으로 발을 디뎠다. 그 순간, 고스기는 어안이 벙벙했다. 방안은 텅 비어 있었다. 아무도 없었다. 집은 부엌에 5평 정도 되는 방이 하나 딸린 구조였다.

가구는 없었다. 창문에는 커튼도 달려 있지 않았다. 싱크대

에는 그릇, 컵, 주방세제, 아무것도 놓여 있지 않았다. 냉장고
도 없었다. 이건 애초에 빈 집이거나 여기 산다고 해도 이사
하기 전이거나 이사한 후의 집이다. 방 한편에 정장과 가방이
가지런히 놓여 있었다. 자신이 와카바에게 건넨 물건이었다.
와카바는 이곳에서 옷을 갈아입었다. 지금은 쇼핑하러 나갔
거나 아니, 도망쳤다고 보는 게 맞겠지.

　문득 고스기는 자신이 그 자리에 우뚝 서 있다는 사실을 깨
달았다. 정신 차리자. 가방에 돈이 들어 있는지 확인하려고
다가가려는데 발이 떨어지지 않는다. 어째서인지 발에 접착
제라도 바른 것처럼 방바닥에 착 달라붙었다. 순간 '유령'이
라는 단어가 고스기의 뇌리를 스쳤다. 방 한쪽에 개어 놓은
정장과 가방이 정체 모를 검은 기운을 내뿜고 있는 것처럼 느
껴졌다.

　일단 집을 나가야겠다고 생각했지만, 발은 여전히 움직이
지 않는다. 고스기는 억지로 발을 움직이려다 균형을 잃고 엉
덩방아를 찧었다. 허리가 비틀렸는지 극심한 통증이 느껴졌
다. 고스기는 5분 정도 거친 숨을 내쉬며 천장을 바라봤다. 일
어나려고 했지만, 일어설 수가 없었다.

　엉덩이. 엉덩이와 왼쪽 다리가 바닥에 딱 붙었다. 몸을 뒤
틀다가 오른쪽 무릎이 바닥에 닿고 말았다. 그러자 오른쪽
무릎도 움직이지 않았다. 당황해 오른손을 움직이려 했지만,
오른손도 바닥에 찰싹 달라붙었다. 왜 이러지? 무언가 접착

제 같은 것이 바닥에 발라져 있었나? 온몸이 식은땀으로 젖었다.

사람이 움직이지 못할 정도로 강력한 접착제가 있을 리 없다고 생각했지만, 인류의 과학 수준을 따져본다면 꼭 그렇다고 단언할 수도 없다. 실제로, 자신의 몸이 지금 바닥에 딱 붙어 있지 않은가. 경찰서나 소방서에 도움을 요청하고 싶지만, 사실 고스기에게는 전과가 있다. 게다가 이렇게 빈집에 침입한 것도 어엿한 범죄였다. 자신이 범죄 조직의 일원이라는 사실까지 고려하면 경찰과 소방서에 전화를 거는 일은 최후의 수단으로 남겨두어야 했다.

고스기는 두 시간 정도 뒤틀린 자세로 바닥에 누워 있었다. 유일하게 자유로운 왼손은 결코 바닥에 닿지 않도록 배 위에 얹었다. 그때, 가토에게서 전화가 걸려 왔다. 고스기는 왼손으로 신중하게 스마트폰을 꺼내 들어 전화를 받았다.

"아, 여보세요. 가토입니다."

"야, 가토 너 이 자식, 지금 어디야?!"

고스기가 외쳤다. 늦어도 너무 늦었다.

"죄송합니다. 그것보다 형님, 지금 큰일 났습니다. 통화 괜찮으세요?"

"안 괜찮아."

고스기가 혀를 찼다. 지금 상황을 무어라 설명해야 할까.

"그년 GPS 정보를 따라 집에 들어왔는데, 바닥에 접착제 같은 게 발라져 있어서,"

"접착제!"

가토의 목소리가 흥분한 듯 약간 날카로워졌다.

"가토, 너 지금 어디야? 빨리 와서 나 좀 도와라."

"지금은 좀 어렵습니다."

"왜?"

"기노시타 때문에 경찰한테 쫓기고 있어서요."

"멍청한 자식. 아무리 생각해도 멍청해. 그래서 왜 경찰한테 쫓기는 거야?"

"기노시타가 사는 맨션으로 데리러 갔거든요. 그랬는데 그 자식, 권총을 들고 현관문을 열지 뭐예요."

기시 사장이나 데라 형님이라면 몰라도, 말단인 기노시타가 총을 가지고 있었다고?

"총을?"

"제가 보기엔, 그냥 정교하게 만든 모조품 같았습니다. 그런데 뭐라더라, 총이 손에서 떨어지지 않는답니다. 본인 말로는 그 총이 우체통에 들어 있었다는데, '소중히 사용해'라고 적힌 쪽지도 같이 있어서 기시 사장님이나 윗선에서 보낸 선물이라고 생각했답니다. 아무튼, 손에 쥐어 봤는데 접착제? 같은 게 발려 있어서 손에서 떨어지지 않는다는 겁니다."

고스기는 침을 꿀꺽, 하고 삼켰다. 접착제라고.

"스기 형님께 접착제 소리를 들으니 좀 이상하긴 합니다. 비누로 총을 아무리 닦아봐도 도저히 떨어지지 않아요. 그래서 형님이 기다리고 계시니까 나중에 그 계집애를 위협할 때 쓸지도 모르니, 일단은 총을 든 채 차에 타라고 했습니다. 그랬는데, 주차장에서 경찰이 저희 차를 세우더니 자동차 등록증을 보여달라고 하더군요. 그때 기노시타 이 멍청한 놈이 권총을 갖고있는 걸 들키는 바람에 내려라, 싫다, 권총을 내놔라, 싫다, 실랑이가 벌어졌죠. 근데, 그 자식, 손에서 총이 떨어지지 않잖아요. 결국, 차에서 내리기는 했는데, 총을 쥔 채로 내리니까 경찰은 파출소에 바로 지원을 요청하지, 구경꾼은 몰려들지, 아주 난리도 아니었습니다. 근데 기노시타 이 자식이 갑자기 총을 경찰한테 겨누더니 위협하면서 도망쳐버렸어요. 저도 그 틈에 도망쳤고요. 그렇게 따로 떨어지는 바람에 기노시타와는 아직 만나지 못했습니다. 이거, 분명 뉴스 탔겠죠?"

곤란하게 됐다. 일이 이렇게 된 이상, 기노시타가 잡히는 건 시간문제다. 아니, 이미 잡혔을지도 모른다.

"형님도 접착제라면."

"나도 바닥에 붙어 있다. 기노시타는 권총이군. 누가 함정을 판 게 틀림없어. 일단 빨리 이쪽으로 와라."

고스기가 상황을 설명하는데 갑자기 전화가 끊겼다. 아마 가토의 휴대전화 배터리가 다 됐거나 전화를 끊어야 할 상황이거나 둘 중 하나다. 자신은 여전히 아파트 한쪽에 누워 있다. 스마트폰을 바닥에 떨어뜨리면 그대로 끝이다. 달라붙어 절대 떨어지지 않을 거다.

고스기는 조심스럽게 주머니에 스마트폰을 집어넣었다.

4

고스기가 사기 행각의 길로 접어든 건 11년 전, 대학교 2학년 시절이었다. 고등학교 시절 친구였던 가와베 신야와 시부야에서 우연히 마주쳤는데, 어디 가느냐고 물으니 클럽에 가는 길이라고 했다. 같이 가자길래 아무 생각 없이 따라갔다. 가와베는 고등학교 2학년 때 반에서 친하게 지내던 친구였다. 고등학교를 졸업하고 2년 만에 만난 셈이었다.

가와베는 미남이었다. 피부가 좋고, 키도 큰 데다가 깔끔하고 상냥한 인상에 귀티까지 느껴졌다. 패션 감각도 뛰어났다. 고등학교 시절에도 무척 인기가 많았다. 고스기는 등굣길 지하철 안에서 다른 학교 여학생이 가와베에게 편지를 주거나 고백하는 장면을 본 적이 있다. 자신과는 아무렇지도 않게 얘기하던 여학생들이 가와베만 보면 잔뜩 의식한 나머지 긴장하거나 수줍어하거나 또는 부러 무시하는 모습을 자주 봐 왔다.

두 사람은 시부야의 클럽에서 1시간 정도 있다가, 이자카야로 자리를 옮겨 이런 저런 얘기를 나눴다. 가와베가 대학 생활은 재미있냐고 물었다.

"지루해. 시간 낭비 같아."

고스기가 대답했다. 반대로 가와베에게 요새 무얼 하느냐

물으니 프리에이전트라고 했다. "또 혼자 이상한 일이라도 벌이는 거 아냐?"라며 고스기가 웃자 가와베도 웃었다. 술도 마셨겠다, 집에 가기 귀찮아진 고스기는 가와베의 집에서 자고 가기로 했다. 가와베의 맨션에서 대충 시간을 보내는데, 가와베가 말을 건넸다.

"오디션을 볼 건데 말이야."

"우와, 뭐야. 너 연예인 되는 거냐?"

연예인도 여러 종류가 있지만, 외모가 중요한 업계이니 가와베는 분명 좋은 회사와 계약할 거라 생각했다.

"그건 아닌데, 어쨌든 내가 주인공이긴 해. 너도 나 좀 도와주라."

"좋지, 재밌겠네."

고스기는 술에 취했기 때문에 설명을 들어도 잘 이해가 가지 않았다. 며칠 뒤, 가와베로부터 일을 도와 달라는 연락을 받았다.

가와베는 구인 사이트와 구인 잡지에 성우를 모집하는 공고를 냈다.

"애니메이션의 여주인공, 여교사 역, 기계 안내음, 기타 단역 목소리를 담당할 여성을 모집합니다. 연령 불문, 경력 불문, 성격이 밝은 분을 선호. 성우 학교 학생, 졸업생, 연기 경험자 환영. 간단한 오디션이 있습니다."

문의 메일이 쏟아졌다. 가와베와 고스기는 오디션에 참석하도록 유도하는 메일을 보냈다. 참석자들의 시간표도 짰다. 음악 스튜디오를 빌려 지정한 면접일에 찾아온 성우 지망생을 의자에 앉혔다. 가와베는 실제 대형 기획사를 사칭해 만든 명함과 자신이 만든 오디션용 각본을 건넸다.

"생도들이여, 전장에 온 걸 환영하네."

"당신이 범인이군요."

가와베는 의자에 앉아 그럴듯하게 만든 대사를 연기하는 걸 들었다. 그 후 각자 다른 방에 들여보내고는 이렇게 말했다.

"연기는 잘 들었습니다. 실은, 두 달 후에 도쿄 회관에서 감독님을 비롯해 제작사의 높으신 분들이 참석하는 업계 파티가 열릴 예정입니다. 그때 당신을 소개하고자 합니다. 다만 참가할 의향이 있으시면 파티 참가비 1만 엔을 먼저 입금하셔야 합니다. 입금이 확인되면 초대장이 갈 겁니다. 물론 강제는 아니니까 참가하고 싶지 않으시다면 따로 연락하지 않으셔도 됩니다. 그리고 본사에 소개할 수 있는 인원이 한정되어 있으니, 다른 참가자에게는 비밀입니다."

고스기는 '우수 인재를 찾으러 온 남자' 역할이었다. 젊은 업계 관계자 흉내를 내는 가와베 옆에 놓인 간이 의자에 앉아 성우 지망생의 연기를 들으며 고개를 끄덕이기도 하고, 무표정으로 메모하는 척하다가 "안녕하세요, 일본 애니메이션의 와타나베 씨, 요전에 실례가 많았습니다. 지금이요? 아, 신

인 오디션 중입니다. 네네, 네, 그럼요. 아, ○○ 씨 신작이에
요? 그런가요? 아아, 네네." 하고 지원자가 있는 방을 오가며
누구나 알 법한 유명 감독이나 성우 이름을 들먹이면서 가상
의 상대와 통화하는 모습을 보였다. 6일 동안 진행된 오디션
은 만일을 대비해 각자 다른 장소에서 이뤄졌다. 100명에 가
까운 참가 인원 중 80명이 가짜 파티의 참가비를 보내왔다.

완벽한 사기였다. 하지만 신기하게도 고스기는 죄책감이
느껴지지 않았다. 그저 질 나쁜 놀이 정도로 생각했다. 오히
려, 악마의 탈을 쓰고 남을 함정에 빠뜨리는 일에 무아지경으
로 빠지며 알 수 없는 쾌감을 느꼈다.

"여기, 알바비."

가와베는 통장에서 돈을 인출한 뒤, 고스기에게 30만 엔을
건넸다. 이 녀석은 진짜배기구나. 고스기는 친구에게 경외심
마저 느꼈다. 입으로만 나쁜 짓을 하는 녀석들은 얼마든지 있
다. 하지만 이 행동력. 그리고 아까워하는 기색 없이 남의 몫
을 챙겨주는 배포. 이런 놈은 찾아보기 힘들다.

가와베와 고스기 콤비는 그 후로 2년 동안 정기적으로 사기
행각을 벌였다. 호화 크루즈에서 펼쳐지는 중매 파티 참가자
모집, 아이돌 오디션 프로젝트. 춤과 노래를 좋아하는 25세 미
만의 참가자 모집, 프로 지망생 아마추어 밴드 모집, 신인 뮤
지션의 축제, 올 요코하마 페스티벌 등 가짜 이벤트가 실제로

개최되는 것처럼 꾸며서 참가 희망자로부터 참가비만 가로 채 달아났다. 많을 때는 100만 엔 이상 받기도 했다.

두 사람은 몇 개월에 한 번꼴로 사기를 쳤다. 고스기는 낙제하지 않도록 성실하게 학교도 다녔다. 고스기에게 있어 사기란 '가와베와의 스릴 넘치는 큰 돈벌이'에 불과했다. 주범은 가와베였고, 본인이 직접 사기를 계획한 것도 아니었으니까. 어느 날, 학교로 찾아온 형사가 잠깐 이야기를 하자며 고스기를 차로 끌고 갔다.

고스기는 그길로 경찰서로 연행되어 TV 드라마에서 자주 본 취조실에 앉아 가와베에 대한 질문을 받았다. 대충대충 대답했더니 형사가 부모님 가슴에 대못 박는 짓은 그만두라고 고함을 쳤다. 고스기는 구속되었다. 나중에 알았는데, '성우 지망생 사기' 피해자가 거리에서 가와베를 보고 경찰에 신고했다고 한다. 경찰은 일단 가와베를 체포한 다음 함께 있던 남자 공범인 고스기를 찾아 나선 것이었다. 이 일로 고스기는 대학교에서 제적당했다. 두 사람은 실형을 선고받았는데, 주범인 가와베는 2년, 고스기는 1년 6개월을 복역하게 되었다.

고스기는 형무소에서 같은 사기죄로 복역 중이던 스즈키라는 남자와 서로 사기를 쳤던 수법을 공유하며 친해졌다. 줄소 후에도 스즈키와 만나 술을 마시곤 했다. 그러는 사이 가와베가 출소했다. 셋이서 함께 놀러 다니거나 다른 출소자나 인근의 불량배들과 어울렸는데, 어느새인가 가와베와 함께 범죄 조직에 발을 담그고 있었다.

　폭력 단원이자 리모델링 업체의 사장이기도 한 기시를 따라 함께 카바레 등을 드나들다가 기시의 의형제인 데라를 소개받았다. 고스기는 그가 출전하는 지하 격투기 시합을 응원하러 가기도 했다. 자연스럽게 행동책이나 수금책, 또는 ATM기에서 돈을 인출하는 인출책 역할을 맡게 되었는데, 정신을 차리고 보니 발을 뺄 수도 없는 지경에 이르렀다.

　가와베는 고스기와 둘만 있을 때 말했다.

　"뭔가 일이 이상하게 꼬였어."

　"그러게."

　고스기가 대답했다. 돈이 들어와도 그 돈은 자신이 아니라 조직이 가져갔다. 험상궂은 무리의 감시를 받았고, 때로는 동료 중 누군가가 데라와 기시 사장에게 얻어맞는 모습과 맞닥뜨리기도 했다. 강도짓이나 폭력 행위에도 억지로 동원됐다.

　둘이서 자유롭게 사기를 쳤던 시절이 훨씬 좋았다. 애초에 쉽게 돈을 벌기 위해 벌였던 사기 행각이었다. 지금은 스트레스를 받으며 남이 시키는 대로 움직이고 있고, 착취당한 노동에 정당한 대가도 받지 못하고 위험만 떠안은 채 두들겨 맞기까지 한다. 이거야말로.

　"주객이 전도된 상황이지."

　고스기가 말했다.

"맞아."

가와베가 고개를 끄덕였다.

"전부터 생각한 건데."

고스기가 말했다.

"불법적인 일은 이제 그만하고, 평범하게 돈을 버는 건 어때? 같이 회사라도 차리자. 가와베, 너라면 잘 해낼 수 있어."

"내 생각도 그래."

가와베가 속삭였다.

"무슨 회사를 차릴까?"

"사기 말고 진짜 파견 회사를 차리면 어때? 아니면… 그래, 관광업은 어때?"

이런 이야기를 나눈 지 일주일 뒤에 가와베가 자취를 감췄다. 갑자기 연락이 닿지 않았다. 맨션도 이미 정리한 뒤였다. 기시 사장에게 가와베의 행방을 물었다. 기시 사장은 약간 말을 꺼내기 어려워하는 얼굴이었다.

"나야 모르지. 해외로 튀었다는 소리가 있기는 하던데."

"네?"

"데라가 운반책 일을 맡겼는데, 그대로 사라졌어. 너 같은 친구를 두고 혼자 사라지다니, 그게 배신자지, 뭐냐? 걘 그런 놈이야. 가와베가 니한테 연락하면 우리한테도 보고해라. 스기, 너한테 거는 기대가 크다. 가와베 같은 놈이랑은 달라."

기시 사장은 말을 마치고 웃었다. 가와베가 운반하려던 물

건이 대마나 각성제 중 하나가 아닐까 생각했지만, 더는 묻지
않았다.

그리고 그로부터 지금까지 3년 동안, 가와베는 한 번도 연
락하지 않았다.

5

스마트폰이 울렸다. 기시 사장이 보낸 메시지였다.

"지금 어디야?"

방바닥에 들러붙은지 4시간이 지났다.

"도망친 수금책을 쫓아 아파트에 들어왔는데, 접착제 때문에 방바닥에 붙어 있습니다."

자세가 나빠 피가 잘 안 통했고, 허리 통증도 점점 심해졌다.

"아, 접착제. 가토한테 듣긴 했는데, 정말이었군. 아직도 붙어 있나?"

"네."

"거짓말 같기는 한데 믿어야지, 뭐. 그렇군. 어떻게 보면 넌 운이 좋아. 일단은."

"그게 무슨…."

"상황 설명을 하자면, 우선 오늘 골방이 가택 수색을 당해서 행동책이 다 잡혀갔다."

골방이란 행동책이 사기 전화를 거는 사무소가 사용하는 방을 가리킨다.

"데라와 가이까지도."

이 두 사람은 기시 사장의 측근이다. 사실상 거의 대부분이 잡혀간 셈이다.

"빠져나간 사람은 없습니까?"

"가이는 경찰이 들이닥쳤을 때 골방에서 행동책 애들이랑 같이 있어서 그 자리에서 체포됐지. 데라는 뭐 때문인지 차 문이 열리지 않아서 오토바이를 타고 도망쳤는데, 이번에는 그 오토바이에서 내리지를 못했어."

데라 씨의 오토바이면 검은색 대형 아메리칸 바이크를 말하는 것이다.

"내리지 못했다고요?"

"그렇게만 연락이 왔어. 네가 정말로 접착제 때문에 꼼짝을 못하고 있다면, 그놈 시트에도 같은 걸 발랐겠지. 그리고 기노시타가 총을 가지고 거리를 돌아다닌 것도 난리고. 누가 내 이름을 흘렸는지 경찰이 나까지 쫓고 있어. 잘 들어, 스기. 부탁이 있다."

"네."

"가토가 곧 아파트에 도착할 거야. 그러면 서둘러서 둘이 내 집으로 가라. 집에서 어떤 물건을 가지고 나오면 돼. 경찰이 가택 수색하기 전에."

기시 사장이 스마트폰으로 주소를 보냈다.

"자세한 지시는 가토에게 했어. 화장실에 보안 시스템 차단기가 있으니까 집에 들어가면 그것부터 내려야 해. 그리고 가토의 차에 물건을 싣고 연락할 때까지 대기해. 스기 널 함정에 빠뜨린 게 어떤 계집애라지? 그년은 나중에 조직에서 무슨 수를 써서라도 잡는다."

"저 지금 움직이지 못하는데요?"

"어떻게든 해봐, 그냥 접착제잖아."

기시 사장의 메시지는 거기서 끊겼다.

스마트폰의 배터리 표시가 빨갛게 변했다. 시야가 흐릿해지고, 의식이 멀어졌다.

"스기 형님, 형님!" 하고 부르는 소리에 눈을 떴다. 어두운 방 안에 가토가 있었다.

"죄송합니다, 여기서 형님을 모시고 집으로 가라고 기시 사장님이 전화하셨어요."

"난 못 가."

고스기가 중얼거렸다.

몸을 움직였다. 살짝만 움직여도 다리에 끔찍한 통증이 느껴졌다. 몇 시간을 무리한 자세로 있었다. 그 순간, '어라?' 하고 생각했다. 어떻게 다리가 움직이지? 기절한 사이 접착제로부터 해방된 것이다. 기쁨과 해방감에 눈물이 글썽거렸다. 오래도 걸렸네.

"드디어 떨어졌네. 어떻게 된 거지? 가토, 네기 손이라도 쓴 거야?"

"아뇨, 저도 지금 막 도착했습니다."

가토도 의아해했다.

아마도 시간이 지나면 효과가 없어지는 물건인 듯 싶었다. 하지만 일어날 수 없었다. 발이 저리고 온몸이 다 아팠다. 5분, 10분, 천천히 자세를 바꾸었다. 와카바에게 건넸던 정장과 가방을 주섬주섬 회수했다. 당연하지만 돈은 들어 있지 않았다. 와카바가 남긴 메시지가 있지 않을까 싶어 더 찾아봤지만, 아무것도 없었다.

가토가 몰고 온 왜건에 탔다. 기노시타를 태울 예정이었던 차량은 버리고 도망갔으니, 새로 훔친 것 같았다. 조수석에 등을 기댔다.

"오늘 정말 힘든 하루군."

스마트폰을 보조배터리에 연결해 충전하면서 뉴스로 나온 건 없는지 검색했다.

〈총기를 든 남성, 네리마구에서 체포. 인근 초등학교는 일시 하교〉라는 뉴스가 있었다. 이어, 〈오늘 오후, 보이스피싱 조직을 일제히 검거〉라는 기사도 찾았다. 낯익은 얼굴이 끌려 나와 경찰차에 타는 장면이 찍힌 동영상이 있었다. 동료들이 SNS에 올린 글 같은 걸 확인했지만 깨끗했다. 갑자기 경찰이 들이닥쳤으니 SNS를 할 여유가 없었겠지.

가토에게서 지금까지 일어난 일을 순서대로 들었다. 사장을 비롯해 몇 명은 도망 다니는 중이고, 그 외는 거의 전원이 체포되었다고 했다.

"사장이 집에서 뭘 가지고 나오라고 한 거야?"

"숨겨둔 가방이라고 하던데요."

"뭐가 들었는데?"

"글쎄요."

돈이겠지. 고스기는 생각했다. 그게 아니라면 총이나 불법 약물일 가능성도 있다.

"와카바 말이야… 기노시타와 어떻게 알게 된 거야?"

"스기 형님에게 소개하기 5시간쯤 전에 그쪽이 먼저 말을 걸었대요."

처음부터 조직을 궤멸시킬 계획으로 접근했군. 기노시타가 가토에게 얘기했고, 가토가 다시 내게 와카바를 소개했다.

차 안은 한동안 침묵이 흘렀다. 고스기가 말했다.

"그러고 보니 가토, 넌 어떻게 조직에 들어왔더라?"

"아, 전 원래 운전사였어요. 이런저런 나쁜 일을 하는 사람들을 태워주는 일을 했죠. 일일이 도난 차량을 찾는 것도 귀찮으니까 저에게 연락이 오더라고요. 기시 사장님도 조직원을 어디 어디까지 데려가 달라고 자주 연락을 주셨는데, 그러다가 다른 일도 부탁하시더라고요."

"난 말이야, 가토 네가 들어오기 전에 있던 가와베라는 녀석이랑 친했거든."

"아, 네."

"근데, 걔가 갑자기 사라졌어."

"네에."

"내 고등학교 동창인데, 같이 사기를 치다가 나란히 감방까지 들어갔지."

경찰 오토바이가 고스기가 탄 차를 추월했다. 교차로에서 신호를 기다렸다. 파란불로 바뀌고 차가 출발했다.

"왠지 부럽네요."

가토의 목소리가 약간 부드럽게 변했다.

"우정이라는 거 말입니다. 전 그런 친구가 없어서 그런지 부럽습니다."

"뭐가 좋냐. 그 자식이랑 친하게 지내다가 내 인생이 이 모양, 이 꼴이 됐는데. 그래도 난 가와베가 좋다. 나이를 먹으면 생각이 바뀐다잖아. 예전의 가와베는 홀딱 반할 정도로 잘 생겼었거든."

스스로도 무슨 얘기를 하는지 잘 모르겠다. 10년도 더 된 일이다. 대학은 상상과는 다르게 연애도 우정도 뭣도 없는 삭막하고 폐쇄적인 곳이었다. 인생이 너무 허무하다고 생각할 때 즈음, 어떠한 것에도 얽매이지 않고 자유롭게 사는 가와베는 알 수 없는 퇴폐적인 매력을 풍기고 있었다.

"아무튼, 옛날에는 걔가 내 영웅이었어."

가토는 잠자코 운전했다. 자신의 친구와 옆자리에 앉은 남자는 아무런 관련이 없다. 하지만 고스기는 개의치 않고 말을 이어갔다.

"그런데 말이야, 어느 날 갑자기 증발해 버렸어. 아까 그 집에서 널 기다리는데, 사실은 어딘가에 숨어 살던 그 자식이, 이번 일을 전부 뒤에서 꾸민 건 아닐까, 라는 생각이 들더라."

잠자코 고스기의 말을 듣던 가토가 입을 열었다.

"죽었을 겁니다."

"뭐?"

원래 어두운 차 안이 한층 더 어두워진 듯한 기분이 들었다.

"사실은, 제가 아마도 그 친구분… 가와베 씨의 시신을 옮겼을 겁니다."

"겁니다, 라니! 무슨 뜻이냐?"

"죄송합니다. 가와베 씨면, 그 잘생긴 분이죠? 그분이 창고에서 린치당할 때 마침 제가 근처에 있었습니다. 그래서 시체를 차에 싣고 산으로 간 적이 있어요. 그때 엿들은 얘긴데, 사장님이 눈여겨보던 술집 아가씨인지가 가와베 씨에게 반했답니다. 그래서 사장님이 눈엣가시로 여겼는데 마침 조직을 떠나려고 했던 사실도 밝혀진 터라. 형님이 손을 좀 봐주는 사이에 죽었다더군요."

"그랬군."

고스기는 힘없이 말했다. 놀라시 않은 건 아마도 내심 가와베가 죽었을 거라 생각했기 때문이다. 내 친구가 고작 그런 이유로 죽었다니.

"너무하네."

"저도 그렇게 생각합니다."

동정 섞인 말투로 가토가 말했다.

"도대체, 사장은 몇 명이나 죽인 거야?"

그때부터 사장의 집에 도착할 때까지, 아무도 입을 열지 않았다.

인기척이 없는 어두운 길에 차를 세웠다. 대나무가 우거진 절벽 아래였다. 고스기는 차에서 내려 가토의 뒤를 따라 걸었다. 얼마 지나지 않아 집 한 채가 나타났다. 숲 속 깊숙한 곳에 세워진 이층집이었다. 한눈에 호화로운 느낌을 주는 저택은 아니지만, 비교적 최근에 지어진 것처럼 보였다. 불빛이 새어 나오지는 않았다. 정원은 어수선했다. 콘크리트 블록이나 드럼통 따위가 놓여 있었다. 가토가 갑자기 복면을 썼다.

"쓰실래요?"

가토가 눈과 코만 뚫린 복면을 건넸다. 왜일까. 사장의 허락을 받고 집으로 들어가니 얼굴을 가릴 필요가 없는데. 잠깐 의아하게 생각했지만, 별말 하지 않았다. 아마 CCTV 카메라 때문이겠지. 사장이 체포되면 집에 설치된 CCTV 영상을 경찰이 볼 수도 있으니 정체를 드러내지 않는 편이 좋다. 고스기도 잠자코 복면을 뒤집어썼다.

"사장님이 대충 장소를 알려주셨습니다. 뒷문은 부숴도 괜찮답니다."

"그래?"

"가시죠."

잠깐, 왜 이 자식이 명령을 내리고 있지? 고스기는 문득, 이런 의문이 떠올랐다. 자신은 가토보다 나이도 많고, 조직 내 서열도 높다. 그러니 원래대로라면 자신이 지시를 내리는 게 맞다. 하지만 더는 기 싸움이나 아무 의미도 없는 사소한 서열 정리에 신경 쓸 기운이 없었다.

가토가 뒷문으로 다가가자 반짝 하고 불이 들어왔다. 센서가 감지해 불이 들어오는 방범용 등이었는데, 가토는 태연하게 전동 드릴로 자물쇠를 부쉈다. 익숙한 솜씨였다.

"너 여기 온 적 있냐?"

가토에게 소리 죽여 물었다.

"운전사였다니까요."

간부인 고스기도 지금까지 사장 집에 온 적은 없었다. 이 가토라는 남자는 단순한 신입이 아닐지도 모른다.

"사장에게 마음의 빚이라도 있나?"

"아무 관계도 아닙니다. 그보다, 잡담은 나중에 하시죠."

두 사람은 집으로 들어섰다. 동물 냄새가 났다. 키이, 키이, 하는 소리가 들렸다. 커다란 우리 안에 다람쥐원숭이 몇 마리가 사육되고 있었다. 가토는 신발도 벗지 않고 곧장 화장실로 들어가 차단기를 내렸다. 거실로 가 TV 받침대를 치우고 나무로 된 거실 바닥을 뜯어냈다. 그 아래의 비밀 공간에 007 가방이 4개가 들어 있었다. 거실 바닥에 비밀 공간을 만들어 두다니, 과연 리모델링 업체를 운영하는 사람답다.

"이상한데."

복면을 쓴 고스기가 가토의 등에 대고 무심코 말했다. 가토 는 고스기의 말에는 대답하지 않고 "이제 가지고 나가죠."라 고 말했다. 이상하다. 기시 사장은 가토를 얼마나 믿고 있을 까? 가토가 돈을 가지고 도망칠 거라고는 생각하지 않은 건 가? 아니, 그걸 저지시켜야 하는 건 고스기다. 그래서 간부인 자신을 동행시킨 것이다.

하지만 가슴이 심하게 두근거렸다. 사장은 고스기 또한 전 적으로 믿지 않았다. 아무리 측근이 체포되었다고는 하나 가 족, 아내나 애인처럼 믿을 만한 사람이 그렇게 없다는 말인 가? 그 집에서 받은 메시지는 정말로 사장이 보낸 게 맞을까? 사장인 척 꾸며냈을 가능성은 충분하다. 누군가가 접착제를 이용해 자신들을 와해하려고 한다. 이는 내부에 조력자가 없 다면 불가능한 일이다. 저쪽은 기노시타의 집과 골방 주소를 알고 있는 인물과 내통하고 있다.

"가토."

어두운 방 안에서 고스기를 등지고 있던 가토가 돌아보았다.

"혹시 모르니 사장에게 전화해 확인하려는데, 괜찮지?"

가토는 평온한 얼굴로 고개를 끄덕였다.

"하세요. 스기 형님은 사장님께 항상 충성하시니까. 하지만 사장님은 지금 경찰한테 쫓기는 중일 텐데요."

전화를 걸기 직전에 멈췄다.

무언가 무척 억울하고 분한 마음이 끓어 올랐다. 그 말이 맞았다. 절친한 가와베를 죽인, 쓰레기 같은 기시의 명령으로 이곳에 왔다. 그래, 자신은… 너무 충성스러운 개 같지 않나?

"그러는 너는 사장을 믿냐?"

어이없다는 말투로 가토가 말했다.

"지금 그 말씀은 이거 가지고 도망가자는 말씀이세요?"

가토가 그렇게 말한 순간, 고스기는 가토에게 몸을 날렸다. 벽으로 밀려난 가토를 제압하려 했지만, 가토 역시 고스기의 팔을 꺾었다. 두 사람은 서로 뒤얽힌 모양새가 되었다.

"그만두세요. 아니, 그만하죠. 지금 여기서 이런 짓을 하는 게 무슨 의미가 있겠습니까. 정 그러시다면 형님이 원하시는 대로 훔쳐서 달아나죠. 저도 처음부터 그러는 편이 낫겠다고 생각했으니까요."

"널 믿지 못하겠어."

"그건…, 저도 마찬가지인데요."

"배신자는 너밖에 없어. 이 일을 꾸민 놈들이랑 한통속인 거지?"

가토는 대답하지 않았다. 순순히 그렇다고 대답할 리도 없지만.

"괜찮아. 나야 사장을 싫어하고 의리도 없으니까. 다 박살 내버려도 상관없지. 오히려 내가 겁먹고 하지 못했던 일을 해준 셈이니 존경스러울 정도야. 이런 진드기처럼 사회의 폐만 끼치는 조직을 끝장내기에 딱 좋은 타이밍이네."

고스기는 가토에게서 손을 뗐다. 가토는 쿨럭이며 말했다.

"사장님으로부터 스기 형님과 같이 옮기라는 명령은 받았습니다. 하지만 전화였으니까 정말로 사장님이었는지는 모르죠. 목소리도 조금 이상했거든요. 저희가 놈들에게 당한 것 같네요. 와카바는 제 쪽에서 형님께 소개했으니 의심하시는 것도 이해합니다. 하지만 솔직히 내부 정보는 돈만 주면 떠벌일 사람은 많습니다. 행동책 중에 주간지 기자에게 제보한 놈도 있었으니까요. 그러니까…, 기시 사장님도 이번에 체포되면 끝장이니 가방은 각자 나눠 가지는 게 어때요?"

가토는 떠보듯 말했다. 가토가 내통하고 있다는 의심은 지울 수 없지만, 여기서 둘이 실랑이해봤자 자신에게 돌아오는 건 없다. 고스기는 가토의 제안이 지금 이 상황에 맞는 타협안이라고 생각했다. 가와베를 죽인 기시 사장의 재산을 빼앗는다는 사실에 죄책감도 들지 않는다. 오히려 보복할 수 있는 유일한 기회처럼 느껴졌다. 게다가 자신은 지금까지 착취당했으니 퇴직금 대신이라는 생각마저 들었다.

6

새벽이 밝아왔다. 007 가방은 그 안에 든 내용물이 기대될 정도로 그 무게가 상당했다. 고스기는 네 개의 가방 중 두 개를 골라 양손에 들었다. 가토 역시 남은 두 개를 양손에 들었다. 가방이 잠겨 있어 내용물을 확인할 수 없었기에 더더욱 돈이 아닐까 기대하게 되었다.

만일, 이게 돈다발 무게라면 1억은 족히 될 것 같았다. 인간이라는 동물은 수중에 1억이나 되는 돈을 쥐고도 왜 계속 범죄를 저지르는지 고스기는 이해할 수 없었다. 마냥 놀고먹어도 될 정도인데, 욕심 부린 결과가 감옥행이 아닌가. 이거야말로 훌륭한 주객전도다. 고스기는 온몸의 마디마디가 쑤셨다. 이 돈으로 어쩌면 인생을 다시 시작할 수 있을지도 모르겠다. 어디에 쓸까. 우선은 외국으로 나가 2년 정도 놀아 볼까.

가토가 고스기의 뒤를 따라왔다. 하지만 고스기는 앞을 보고 발걸음을 멈췄다. 가토가 운전한 왜건 앞을 벤츠가 가로막고 있었다. 그 앞에 회색 정장을 입은 금발의 중년 남성, 기시 사장이 차 앞에 서 있었다. 주머니에 손을 꽂은 채로 말이다. 고스기는 침을 꿀꺽 삼켰다. 역시 이 사장은 무섭다.

"너희들 말이야."

기시 사장이 고스기와 가토에게 권총을 겨눴다.

"사, 사장님?"

고스기는 당황했다. 이게 어떻게 된 일이지? 이 인간은 필요하면 거리낌 없이 사람을 죽인다는 사실을 고스기는 잘 알고 있다. 이곳은 잡목림으로 둘러싸인 새벽녘의 도로다. 인기척은 전혀 느껴지지 않는다. 총을 쏜들 그 소리를 듣는 사람이 있을까? 가토에게 시선을 돌렸다. 가토 또한 할 말을 잊은 채 우뚝 서 있었다. 기시 사장이 이를 악물고 천천히 말했다.

"우리를 함정에 빠뜨린 게 너희들이구나? 겨우 꼬리를 잡았네. 도대체 무슨 짓을 벌인 거야? 조직이 완전히 박살났다고. 손해가 막심하니, 그 빚은 죽어서도 갚아야 할 거야. 아무튼, 늦지 않아서 정말 다행이군. 네놈들, 정체가 뭐야?"

이게 무슨 소리야? 고스기는 생각했다. 정체가 뭐냐니. 그때, 고스기는 자신들이 복면을 쓰고 있다는 사실을 떠올렸다. 다른 조직의 조직원이라고 착각한 듯했다.

"배짱 한 번 좋군. 이상한 년이 끼어 들었다던데, 전부 몇 명이냐? 둘 중 누가 두목이고?"

'잠깐만, 오해라고요. 저 스기입니다. 제 뒤에 있는 녀석은 가토고요. 사장님이 시키시는 대로 가방을 가지고 나온 것뿐이라고요. 그런데 지금 분위기를 보아하니, 혹시 지시 자체를 내린 적이 없으십니까?'라고 말해볼까.

'확실히 메시지 앱이나 전화 목소리만으로는 진짜 기시 사장님이 내리신 지시가 맞는지 의심은 했습니다. 하지만 제대로 확인하지 않은 제 불찰입니다. 어쨌든, 저희 모두 제대로 당한 모양입니다. 사장님, 침착하세요.'라고 해야 할까.

하지만 목소리가 나오지 않았다. 직감적으로, 무슨 말을 하든 기시 사장은 귓등으로도 듣지 않을 거라는 느낌이 들었다. 아직 정체를 들키지 않았다면, 자신이 스기라고 밝히지 않고 도망칠 수는 없을까. 이미 조직도 붕괴되었다. 게다가 이쪽은 두 명, 상대는 혼자다.

"뭐, 상관없어. 일단, 한 놈 먼저 죽자. 누가 먼저 죽을래?"

"자, 잠깐만요."

시간을 끌려고 했지만, 기시 사장은 생각할 틈을 주지 않았다.

"잠깐만? 그래, 그럼 내 말 잘 들어. 우선, 들고 있는 가방을 땅에 내려놔. 그리고 얼굴에 쓴 가면을 벗어. 5초 준다. 5초가 지나면 쏘겠어."

어쨌든 이 무거운 가방을 든 채로는 도망치려고 해도 도망칠 수 없다.

"알겠습니다. 쏘지 마세요."

고스기가 말했다.

가방을 내려놓으려다가, 문득 깨달았다.

손가락이 가방에 딱 붙어 떨어지지 않았다.

눈물이 났다. 또냐. 또 접착제냐. 이 일을 꾸민 놈이 자신들보다 먼저 기시 사장의 집에 몰래 들어와 가방 손잡이에 접착제를 발라 놓은 모양이다.

"자, 5초 끝! 진짜 쏜다?"

설명할 시간이 없다. '죽을 거다. 총을 겨누고 있으니, 사장은 쏘고도 남을 사람이다. 가와베를 죽인 것처럼 나도.' 그렇게 생각한 순간, 고스기가 가방을 방패 삼아 들어 올린 채 기시 사장을 향해 돌진했다.

총성이 울렸지만, 빗나갔다.

그다음은 제대로 생각할 겨를이 없었다. 그저 무아지경으로 양손에 딱 붙은 두 가방을 마구잡이로 휘두르며 눈앞의 남자를 두들겨 팼다. 도중에 가토도 합류했다. 정신을 차리고 보니 기시 사장은 도로에 쓰러져 미동조차 하지 않았다.

"접착제, 이거, 굉장한, 물건이네요."

가토가 007 가방이 붙은 손을 들어 보이며, 거친 숨소리가 섞인 목소리로 말했다.

"이런 걸 어디서 팔겠어."

고스기는 무력하게 웃었다.

"곧 떨어질 거야."

멀리서 사이렌 소리가 들렸다. 그럼 그렇지, 하고 생각했다. 처음부터 빠져나갈 구멍은 없었던 것이었다.

"가토, 의심해서 미안했다."

가토는 웃으며 아스팔트에 털썩 주저앉았다.

"왠지 좀 분하기는 하지만. 이 정도로 집요한 함정이면 나쁘지는 않네요."

"나쁜 거 맞아."

고스기도 웃으며 말했다.

"와카바, 걘 도대체 정체가 뭐야?"

"저도 정말 모릅니다."

전방에 경찰차가 나타났다. 이걸로 두 번째로 체포인가. 경찰에게 말하자. 처음부터 끝까지, 특히 가와베의 일을 빼놓지 않고 말이다. 기시 사장이 한동안 감방에서 나오지 못하도록. 그리고 다음부터는 실수하지 말자.

7

여자는 태블릿 PC 화면을 바라봤다. 뉴스 기사였다.

"권총을 소지한 남성이 시가지를 활보해 일대 소동. 금일, 권총을 들고 시내를 돌아다니던 자칭 격투기 선수인 기노시타 레이마(21)를 체포했다. 피의자는 모형 권총이 접착제 때문에 손에서 떨어지지 않았다고 진술했다."

슥 하고 스크롤을 내렸다.

"시민의 신고로 가쓰시카구의 맨션에서 특수 사기 조직을 일제히 검거"

또 다른 기사를 클릭했다.

"각성제 취급법 위반, 살인, 강도 혐의로 지정 폭력단 겐자키조의 야마데라 잇세이(30) 용의자를 체포했다. 금일, 야마나시현의 길가에서 기름이 떨어진 오토바이에 타고 고성을 지르는 남성을 지나가던 행인이 발견해 경찰에 신고했다. 출동한 경찰관은 남성의 소지품에서 권총과 각성제를 발견, 체포했다. 남성은 11일에 체포된 사기 조직의 이인자로 보이며…"

"12일 새벽 다섯 시 반, 사이타마현 아사카시에서 도주 중이던 폭력단의 리더, 우메기시 데쓰오(41), 같은 집단 소속의 사토 요시하루(26), 고스기 가즈토(41)를 체포했다. 세 사람은 5000만 엔 상당의 각성제가 담긴 가방을 둘러싸고 다툼을 벌인 것으로 보이며, 우메기시 데쓰오는 두 사람에게 폭행을 당해 중태에 빠졌다. 세 사람은 모두 전날 검거된 특수 사기 조직의 조직원으로 추정되며, 경찰은 여죄가 있는지 신중하게 수사를 진행하고 있다."

여자는 심드렁한 태도로 뉴스 기사를 하나하나 지웠다. 운전석에 앉은 검은 양복 차림의 남성이 이쪽으로 힐긋 시선을 던졌다.

"그 녀석들에게 원한이라도 있으셨습니까?"

"같은 반 친구가 비싼 자전거를 도둑맞았거든. 옥션에 올라온 걸 보고, 거기서부터 거슬러 올라가 범인을 찾았지. 그 범인을 골탕 먹이려고 도청기를 붙여서 조사해 보니 대단한 범죄 조직의 조직원이었지 뭐야?"

"그건 핑계고, 그냥 아가씨가 접착제를 가지고 놀고 싶었던 건 아니고요?"

운전석에서 타박하는 듯한 말투로 말하자, 여자는 입을 다물었다.

"4월부터는 대학생이시니, 이제는 노청기라넌가 불법 가택 침입 같은 위험한 장난은 적당히 하십시오. 아니, 적당히도 안 됩니다. 이제 그런 장난에서는 완전히 손 떼세요."

"알겠어. 하지만 그 물건들, 산 건 좋은데, 막상 쓰려고 하면 그런 위험한 장난만 생각나는걸…."

여자는 창밖의 풍경을 바라보며 변명하듯 작게 말했다. 그러고는 졸린 듯 눈을 감았다.

가이다 사이이치로의 아침

"안녕하세요, 사이이치로 씨! 오늘 기분은 어떠세요!"

꼬마 곰이 노이즈가 섞인 목소리로 크게 외쳤다.

"조정을 더 해야 하나?"

가이다 사이이치로는 꼬마 곰 안에서 작은 전자부품을 떼어 냈다. 책상 위에는 조그만 나사와 공구 따위가 널려 있었다. '토르 군'은 지금 가이다 사이이치로가 만들고 있는 발명품 중 하나로 AI가 내장된 다기능 로봇 인형이다. 사이이치로는 방금 조심스럽게 인형에서 제거한 전자부품을 USB 케이블에 꽂아 PC에 연결했다.

마이크의 접속 불량을 고치고 음을 조정한 뒤 인형 안에 부품을 다시 끼워 넣었다.

"자, 시험해 보자."

아이에게 옛날이야기를 들려줄 수 있는 기능도 판매 포인트 중 하나다. 사이이치로는 모모타로 이야기를 부탁해 보기로 했다.

"토르 군, 안녕."

"안녕하세요, 사이이치로 씨. 오늘 기분은 어떠신가요?"

"음. 좋아. 토르 군, 옛날이야기를 들려줄래?"

"라디오를 켜겠습니다."

"아니야. 토르 군, 모모타로를 들려줄래?"

"모모타로라는 사용자가 등록되었는지 검색 중입니다."

"아니야, 토르 군. 모, 모, 타, 로, 들려줘."

"모모타로라는 사용자는 등록되지 않았습니다. 라디오를 켜 겠습니다."

"라디오는 괜찮다니까."

"네. 괜찮군요. 굿!"

치익-, 하는 잡음이 흘러나왔다. 라디오 기능으로 전환된 것 같았다. 하지만 주파수를 제대로 잡지는 못했다. 가이다 사이 이치로 박사는 한숨을 쉬었다.

토르 군은 초기에 비하면 상당히 개선된 상태지만, 지금은 어 떤 높은 벽에 부딪힌 것 같다. 토르 군은 반려동물처럼 귀여움 을 받으며 어린아이의 친구가 되어주고, 부탁만 하면 동화를 비 롯해 다양한 이야기를 들려주기도 하고, 사전처럼 무엇이든 알 려줄 수 있는 친구다. 게다가 몸통 아래쪽은 청소기가 달려 있 어 아이 방 청소도 해주는 귀여운 가족이 되어야 했다.

하지만 그런 토르 군에게는 극단적인 결함이 있었다. 우선, 전날 검색해 준 내용을 다음 날 다시 검색하려고 하면 찾을 수 없었다. 대화가 미묘하게 어긋났다고 느끼는 순간 갑자기 이야기의 흐름이 자연스럽게 흘러갔다. 이미 판매 중인 기성 AI 제품에서도 같은 문제점은 있지만, 토르 군은 특히 심했다. 중년의 독신남, 사이이치로가 이렇다 할 육아 원칙을 가지고 있는 건 아니지만, 토르 군을 개발하면서 아이에게 AI 친구가 정말로 필요한지 의문을 품기 시작했다.

"더는 안 되겠네. 실패작으로 분류해야 하나."

"뭐라고요!?"

"이럴 때만 반응하는구나. 이 기분 나쁜 녀석아!"

가이다 가문은 부자다. 부모님의 말로는, 조부모님이 부동산 투자로 재산을 모았다고 했다. 참고로, 할아버지인 긴타는 사이클샵 '실버'의 사장인데, 도내에 점포를 여섯 개나 가지고 있다. 고모할머니는 그 유명한 아동문학가인 '가이다 스즈'였다. 아버지, 간야는 매사추세츠 공과대학교를 졸업해 도쿄 증시 1부에 상장된 기계 공업 회사에서 일하는 엘리트 기술자였다.

사이이치로의 집안은 전체적으로 어딘지 모르게 느긋하고 세상과 동떨어진 듯한 부분이 있었다. 사이이치로는 부모로부터 크게 혼난 기억이 없다. '이렇게 해야 한다'라고 강요받은 적도 없다. 이러한 분위기에서 자란 사이이치로는 보소반도의 농지로 둘러싸인 넓은 연구소에서 여유롭게, 아무런 걱정 없이 발명에 매진하고 있다.

"어떤 이야기를 들려드릴까요?"

갑자기 라디오 잡음이 끊기더니 토르 군이 말했다.

손으로 턱을 괴고 생각에 잠겼던 사이이치로가 얼굴을 들었다.

"그, 모모타."

모모타로 라고 말하려던 찰나 방금 전 실패가 뇌리를 스쳤다.

"아니, 가이다 스즈의 이야기를 들려줘."

가이다 사이이치로는 어렸을 적 고모할머니인 가이다 스즈가 쓴 이야기를 읽으며 자랐다. 그때는 어느 서점이든 가이다 스즈의 책을 쉽게 찾아볼 수 있었다.

"가이다 스즈 저서로는 《여우 대전 시리즈》, 《은시계의 모험 시리즈》, 《일곱 마녀의 여름 방학》, 《요괴 마차가 쫓아온다》, 《고짱과 푸른 용》, 《모그랄리안》, 《화마》 등이 있습니다."

사이이치로는 토르 군의 말을 들으며 고개를 끄덕였다.

"맞아, 맞아. 어릴 때 다 읽은 책이야. 《요괴 마차가 쫓아온다》는 트라우마가 생길 정도로 무서웠어. 주인공이 필사적으로 도망가는데도, 요괴 마차가 어디든 쫓아와 같이 가자고 끈질기게 꼬드기거든."

"그런가요? 《은시계의 모험 시리즈》도 재미있습니다."

"오, 잘 아네."

《은시계의 모험 시리즈》는 총 7권짜리다. 장르로 따지자면 SF 영웅 판타지 정도려나. 간코라는 이름의 고지식하지만 정의감 넘치는 단발머리 소녀가 시공을 방랑 중인 신사 랜더스로부터 받은 일종의 휴대용 타임머신이라고 할 수 있는 은시계를 이용해 시대를 넘나드는 모험을 떠나는 이야기다. 이 은시계는 시간을 자유자재로 이동하는 시간 여행이 가능하다. 각 권마다 각기 다른 시대에서 만난 동료가 늘어나는데, 스승 격인 신사 랜더스는 4권에서 '시간의 악마, 더스트 윈드'에게 살해된다. 이후로는 진지한 내용이 전개되고 마지막 권에서는 더스트 윈드와 최종 대결을 펼친다.

결코 더스트 윈드를 쓰러뜨릴 수 없다는 사실을 깨달은 간코 일행은 수세에 몰리자, 은시계를 던져 더스트 윈드를 시공의 저편으로 추방하는 기발한 방법을 생각해 낸다. 두 번 다시 시간 여행을 할 수 없고, 동료들도 원래 살던 시대로 돌아가 버려 만날 수 없게 되지만, 달리 방도가 없었다. 결국, 은시계는 더스트 윈드와 함께 시공의 저편으로 사라진다. 몇 번을 다시 읽어도 재미있는 명작이다. 후세의 시간 이동물 소설이나 만화에 지대한 영향을 끼쳤다. 다만 요새 어린이들은 책을 거의 읽지 않는다고 들었다. 토르 군을 개발하게 된 이유도, 우선은 이야기를 들려주어 아이들이 독서에 흥미를 갖게 하고 싶었기 때문이다.

"《은시계의 모험 시리즈》 재미있지. 그럼, 토르 군. 은시계의 모험 시리즈에서 최종 보스의 이름은 뭐지?"

사이이치로는 제대로 된 답변을 기대하지 않았다.

"더스트 윈드입니다. 좋은 이름이네요."

토르 군이 대답했다.

"와, 어떻게 알았어? 네가 책을 읽은 것도 아닐 텐데."

"인터넷에서 검색했습니다."

방금과는 다르게, 이상하게 대화가 잘되고 있다. 이건 이거 대로 묘하게 기분이 나빴다.

"은시계 이야기는 어느 정도 실화입니다."

토르 군이 말했다. 사이이치로는 가만히 꼬마 곰의 얼굴을 바라봤다. 이 곰이 도대체 무슨 이야기를 하는 거야? 그러고 보니. 《은시계의 모험 시리즈》의 단행본 뒤에 실린 저자 후기에서 '이 이야기는 실화입니다.'라는 문구를 봤던 기억이 났다. 정확히는 '이 이야기는 실화입니다. 적어도 절반 이상은 말이죠.'라고 적혀 있었다. AI는 인터넷에서 정보를 수집한다. 그러니 저자, 가이다 스즈의 후기도 어딘가에 게재되어 있는지도 모른다.

"은시계는 가이다 스즈가 실제로 십 대 시절에 가지고 있었던 물건입니다. 이야기에서는 과거와 미래, 어디로든 갈 수 있는 물건이지만, 진짜 은시계는 미래로만 이동할 수 있었습니다. 마지막에는 은시계의 뒤를 쫓아온 '구로바야시'가 회수했습니다."

"뭐라고? 구로바야시는 또 뭔데?"

토르 군은 일방적으로 이야기를 들려주는 AI가 아니다. 이야기에 모르는 단어가 나오면 그 뜻을 해설해 주는 기능이 있다.

"구로바야시는 시공 모순이 발생했을 때 이를 해결하기 위해 생겨난 현상입니다. 가이다 남매의 경우는 축제 음악, 수레를 둘러싼 요괴와 도깨비들이 쫓아오는 형태였습니다."

가이다 사이이치로는 신음했다. 자신이 읽었던 은시계의 모험 시리즈에는 그런 요괴는 나오지 않았다. 오히려 호러 느낌의 동화인 《요괴 수레가 쫓아온다》와 비슷하지 않은가.

"토르 군. 혹시, 다른 이야기와 착각한 거 아니야?"

"그 후, 은시계가 어떻게 됐는지 알고 싶으신가요?"

내 질문은 무시하는 건가. 상관없다. 토르 군은 원래 그런 녀석이니까.

"응. 그래서 그 은시계는 어떻게 됐어?"

"이쪽 세계에서 구로바야시가 회수한 은시계는 다른 세계에 사는 루루펠의 손에 넘어갔습니다."

"루루펠이면… 사람 이름인가?"

"네, 좋은 이름이지요."

"그 사람은 우리 고모할머니, 아니, 가이다 스즈의 작품에 나오는 등장인물인가?"

고모할머니, 가이다 스즈의 책을 읽은 건 초등학교 때였다. 이후로도 계속 작품을 발표했다. 자신이 할머니의 모든 작품을 읽은 것도 아니거니와 읽었던 책의 등장인물을 전부 외우고 있는 것도 아니었다.

"루루펠은 흡혈귀입니다."

"그랬군. 그 사람은 가이다 스즈의 작품의 등장인물이야?"

"루루펠과 미라이 링테일의 모험 이야기를 지금 듣고 싶으신가요?"

루루펠이 가이다 스즈의 책에 나오는 등장인물인지는 알면 그만이었지만, 토르 군과 대화할 때는 포기도 중요하다.

"응? 아, 뭐, 음, 그래."

"이 세계가 아닌 아득히 멀리 떨어진 곳에, 용의 탄생에서 죽음까지를 1년으로 치는 나라가 있었습니다."

용이 사는 산맥 근처에 위치한 나라. 어느 날 밤, 평화주의자인 흡혈귀 루루펠이 사는 양 농장에 열세 살이 된 미라이 랑그테일이 찾아온다. 미라이는 자신들이 사는 세계는 무수히 많은 다른 세계와 이어져 있다고 이야기하며, 함께 다른 세계로 모험을 떠나자고 루루펠에게 제안한다. 루루펠은 처음엔 망설였지만, 결국 미라이와 함께 변경의 대사막에 있는 대계단을 내려간다.

과거 대계단 너머의 세계에서 건너온 루루펠은 그곳이 광활한 대산림이었다고 기억했지만, 그것 또한 오래전 이야기다. 계단을 내려가니, 그 앞에는 발달된 문명이 펼쳐져 있었다. 얼마간 걷다가 항구 마을을 발견했다. 그곳에는 차원 열차의 역이 있었다.

이윽고 미라이 링테일은 대계단 너머에 있는 나라, 카노푸스의 정부와 용생계와의 무역 협정을 체결한다. 두 세계를 연결하는 대업이 끝나자, 루루펠과 미라이 링테일은 차원 열차를 타고 모험을 계속하다가 차원 열차가 지나는 세계 중 한 곳에 정착한다. 이윽고, 시간이 흘러….

대하 소설 같은 이야기는 나름대로 완급 조절이 잘되어 있고 흥미로운 부분도 있었다. 하지만 사이이치로는 어느샌가 스르륵 잠이 들어 버렸다.

라디오의 치직거리는 잡음이 계속 들려왔다. 책상에 엎드린 가이다 사이이치로는 비몽사몽 정신이 아득했다. 문득, 잠음 속에서 희미하게 목소리가 들렸다.

"내 이름은 루루펠입니다. 내 목소리가 들리나요? 누구 없습니까?"

가이다 사이이치로는 선잠에서 깨어나 몸을 일으켰다. 방금 목소리는 누구였을까. 내가 아직 잠이 덜 깼나? 아무래도 요즘 잠이 부족한 것 같다. 이야기 도중 잠이 든 모양이다. 이야기의 후반부가 어떻게 되었는지는 잠들어 버리는 바람에 알 수가 없다. 가이다 스즈의 작품인지 아닌지는 몰라도, 분명 누군가가 출간한 책일 것이다. 하지만 치직하는 소리를 듣고 있으니 처음부터 다 꿈이었는지도 모른다는 생각도 들었다.

"토르 군, 지금 네가 얘기해 준 루루펠 이야기는 제목이 뭐야? 책을 사서 읽어볼까? 저자는 누구지?"

"제목, 은 타이틀, 이라는 뜻입니다."

"책 제목이 뭐냐고?"

"타이틀 매치란, 복싱이나 종합 격투기 등에서 선수권을 두고 다투는 시합의,"

사이이치로는 토르 군의 말을 잘랐다.

"책 이름."

"제 이름은 시그마가 좋겠습니다. 곰이니까요."

"네 이름 말고."

묘하게 대화가 통하는 느낌이 들어 기분이 나빴다. 곰이니까 시그마라니. '쿠마'에서 따온 말장난인가.

"됐고. 시그마라고 불리고 싶다고?"

"네! 시그마가 좋습니다. 라디오를 켜겠습니다."

이번에는 제대로 주파수를 잡은 듯, 느릿한 재즈 피아노 선율이 흘러나왔다.

"사이."

방 안에 설치된 인터폰 불빛이 깜빡였다. 어머니 목소리였다.

"사이, 책상에 우에하시 씨에게서 받은 바나나 롤케이크를 놔뒀단다."

"신난다!"

시그마가 말했다.

"시끄러워. 어머니는 너한테 말한 게 아니야. 지금 가요!"

사이이치로는 자리에서 일어나 토르 군, 아니, 시그마를 그대로 둔 채 방을 나섰다.

통찰자

이야기의 조각 4
팬레터

1

아버지는 어린 내게 늘 다정하게 말을 건넸다. 어머니는 항상 한 발 뒤에서, 가면 같은 미소를 머금고 있었다. 나는 광장에서 은색 스티커가 붙은 파란 자전거를 탔다. 아버지는 흰옷을 입고 있었다. 흰옷을 입은 아버지와 어머니, 그리고 부모님의 친구들이 기다리는 벤치로 돌아오자, 자전거를 잘 탄다며 어른들이 칭찬해 주었다.

문득, 내 나이 또래의 어린아이가 등 뒤에서 외치는 소리가 들렸다. 가족과 공원에 놀러 온 아이가 풍선을 놓친 듯했다. 나는 두둥실 떠오르는 풍선을 올려다보았다. 풍선은 은색이었다. 그 아이는 스테고사우루스가 그려진 티셔츠를 입고 있었는데, 카레인지 간장인지가 튄 얼룩이 있었다.

나는 문득 어떤 사실을 깨달았다. 내가 아버지라고 생각했던 흰옷의 남성은 어쩌면 아버지가 아닐지도 모른다는 것을…. 그렇게 생각한 순간부터 그게 진짜라는 확신이 점점 또렷해졌다. 나는 매우 불안해졌다. 나는 자전거에서 내려 흰옷의 남성에게 다가가 그를 올려다보았다. 흰옷의 남성이 싱긋 웃었다.

이건 그저 꿈이고, 아주 옛날 자신이 봤던 풍경 중 하나라는 사실을 알아차렸다. 진짜 나는 현재 이불 속에 있다. 내겐 아버지도 어머니도 없지만, 애초에 이 세상에 타인이 아닌 사람은 없다.

'괜찮아.'

항상 잠에서 깨기 전, 비몽사몽한 사이에 자신을 이렇게 다독이고는 눈을 뜬다.

'괜찮아. 무서워할 것 없어.'

'어제도 오늘도 나는 나다.'

'그리고 눈을 뜨면 오늘이 시작된다.'

2

아침 8시에 교실에 들어가 의자에 앉는다. 담임 선생님이 도착하는 8시 반까지 나는 책을 읽으며 기다린다. 교실 책장에는 가이다 스즈의 《은시계의 모험 시리즈》를 비롯해, 동화책이 줄지어 꽂혀 있다. 학생은 나 혼자다. 교실의 문이 열리고 젊은 여자 교사가 들어왔다. 선생님 이름은 구니마치 가린.

"다이스케 군, 좋은 아침. 오늘도 날씨가 정말 춥다."

"안녕하세요, 가린 선생님."

수업은 둘이서 진행한다. 가린 선생님은 내가 능력을 발휘하면, 엑설런트! 하고 말하며 좋아한다. 그 얼굴을 보는 게 가장 좋았다.

"엑설런트! 어떻게 그런 걸 할 수 있니? 정말 대단해."

겨울에는 교실에 틀어 놓은 난로 때문인지 늘 얼굴이 달아올랐다. 선생님은 바로 옆에 앉아 나에 대해 더 많이 알고 싶다고 했다.

가린 선생님은 내게 《월리를 찾아라》나 《아이 스파이》 같은 그림책을 서너 권 건넸다.

"30분 줄게. 천천히 읽으렴."

나는 복잡한 그림을 훌훌 넘겼다. 교실에는 가린 선생님과 나 단둘이었다. 다 읽은 책은 선생님이 도로 가져갔다. 그러고 나서 함께 교실을 나와 바깥을 산책했다. 분수와 수풀, 테니스 코트가 있는 큰 공원이었다.

다음 날이 되자 선생님은 "자, 질문이야. 직감으로 대답하는 거야, 알겠지."라며, 내게 질문이 적힌 판을 내밀었다.

"하얀 치와와를 데려온 사람은 무슨 옷을 입고 있었나요?"

"분수 앞에 있던 남자는 손에 무엇을 쥐고 있었나요?"

질문만 봐서는, 도무지 무슨 말인지 알 수 없었다.

언제, 어디서가 빠져 있다.

"무슨 말인지 모르겠어요."

내가 말했다.

"몰랐구나. 괜찮아. 하얀 치와와와 함께 있던 사람은 어제 읽은《월리를 찾아라》에 나왔단다. 분수 앞에 있던 사람은 어제 산책 중에 봤고."

뭐야. 그런 거라면 쉽지. 나는 잠깐 기억을 더듬었다.

"하얀 치와와를 데려온 사람은 빨간 드레스를 입은 마른 여자였어요. 금발 머리에 까만 모자를 쓰고 있었고요. 분수 앞에 있던 남자가 들고 있는 건 파란색 물동이었어요."

선생님의 얼굴이 환해졌다.

"엑설런트."

내가 소위 말하는 영재라는 사실은 어렸을 적부터 이미 알고 있었다. 나는 연구 시설 계열의 사립 초중학교에 다녔다. 원칙적으로는 일대일로 수업을 했지만, 다른 학생과 함께 공부하는 과목도 있었다. 이 학교 학생들은 대개 초등학교 고학년이 되면 대학 입시를 치를 정도의 학력을 갖추게 되다 보니, 일반 아동과 함께 산수를 공부하는 건 시간 낭비에 불과했다.

다섯 살 때, 나는 흰옷의 남자에게 물었다.

"내 진짜 아빠는 어디에 있어요?"

남자는 대답하지 않았다. 나는 상대를 똑바로 바라보았다.

"음, 언젠가 네가 어른이 되면 설명해 줄게. 하지만 이곳의 직원 모두가 네 가족이라는 사실을 기억하렴."

흰옷의 남자가 말했다.

"죽었어요?"

"아니, 살아 있어, 아마도. 너무 걱정하지 마. 네 아버지는 무척 똑똑하고 멋진 분이야."

"누군지 알아요?"

"음, 그건."

흰옷의 남자는 당황한 듯 고개를 가로저으며 웃었다. 내 생물학적 아버지는 IQ가 높은 우수한 남성이고, 어머니가 정자 은행에서 그의 정자를 샀다. 내가 디자이너 베이비였다는 사실을 알게 된 건 조금 더 시간이 흐른 뒤였다.

나는 유년 시절 생물학적 어머니와 함께 살았다. 집에는 고바야시라는 사람도 있었다. 내 기억으로는 뭐든 다 해주는 가정부 같은 사람이었다. 게다가 항상 주위에는 돌보미 같은 직원도 있었다. 나는 의외로 모두에게 귀여움을 받으며 컸다. 그래서인지 어렸을 때는 어른들의 사랑이 부족하다고 느껴본 적은 거의 없다. 그리고 아홉 살 때, 어머니가 사라졌다.

"음, 어머니는 해외에 가게 되었단다."

다들 이렇게 설명해 주었다. 말도 안 되는 설명에, 어머니라는 사람은 아홉 살이 되면 떠난다고 생각할 정도였다.

열한 살 때는 어떤 사건이 있었다. 그때 나는 옷을 사기 위해 백화점에 있었다. 거기서 어떤 소녀, 나보다 두세 살 위의 중학교 1학년쯤으로 보이는 소녀와 스쳐 지나갔다. 그 순간, 무언가가 머리에 떠올랐다. 나는 전날 읽었던 《아이 스파이》나 《월리를 찾아라》의 그림을 빠짐없이 기억할 뿐 아니라 몇 주 전에 본 뉴스도 기억했다. 방금 스쳐 지나간 여자아이는 얼마 전 사이타마현 니이자시에서 행방불명되었다고 보도된 열두 살의 소녀였다. 이름이… 그러니까.

노무라 아야. 나는 백화점 안에서 그 아이를 미행했나. 그 아이는 속옷과 옷을 사서 매장을 나와 어떤 남자를 만나 주차장 건물에 세워진 하얀 자동차에 올라탔다. 나는 곧바로 신고

했다. 차 번호판도 모두 기억하고 있었다. 그 뒤로는 연구소 어른들도 끼어들면서 잠깐 소동이 일어나기도 했다.

나중에 뉴스를 보니, 노무라 아야는 가출 소녀였다. 인터넷에서 알게 된 30대 남성의 꼬드김에 넘어가 남자의 집에서 반감금 상태로 생활하고 있었다고 했다. 내가 발견했을 때가 행방불명된 지 열흘이 지났을 무렵이었고, 남자가 백화점에서 갈아입을 옷과 속옷을 사 오라고 했다고 한다(그때 도망칠 마음만 있었다면 신고할 수도 있었을 텐데, 뉴스에서는 범인의 세뇌 운운하며 그런 이유를 붙였다).

가린 선생님이 말했다.

"너무 위험했어. 앞으로는 어떤 범죄를 목격하면 내게 먼저 알려주렴. 하지만 정말로 잘했어."

이때부터 이유는 알 수 없지만, 직감적으로 알게 되는 일이 늘어났다. 예를 들어, 카페에 들어가면 여자 종업원이 주문을 받으러 온다. 특별히 친구나 지인도 아니고, 분명히 처음 본 여자인데, 그 여자가 할리데이비슨 애호가라는 사실이 머릿속에 번뜩 떠올랐다. 또는 창가에서 책을 읽고 있는 여자 손님을 몇 초간 바라보기만 해도 남편과 이혼했고, 아메리칸 코커스패니얼을 키우고 있다는 사실이 떠오르기도 했다.

일종의 초능력 같아 보이지만, 사실은 이전에 어딘가에서 카페 여자 종업원이 오토바이를 타고 있는 모습을 봤을 수도 있고, 창가의 여성이 아메리칸 코커스패니얼을 데리고 지나

가는 모습을 봤을지도 모른다. 몇 개월 전에 봤을 수도 있고, 블로그나 SNS에서 봤을 수도 있다. 어쩌면 자동차나 지하철 창문 너머로 봤을 가능성도 있다. 그러한 것들이 어딘가 저장 되어 있다가 나오는 게 아닐까.

가린 선생님에게 이 이야기를 하자, 끝도 없이 테스트를 받아야 했다. 그 결과, 내가 '초통찰'이라는 능력을 가진 것으로 판명됐다. 기억력뿐 아니라 직감적으로 정보를 종합하고 추론하는 능력까지 함께 발달한 형태였다. 공원을 산책하던 중, 가린 선생님은 개를 데리고 있던 아저씨를 가리키며 물었다.

"저 사람에 대해 뭔가 알겠니?"

"저 사람은 역무원이에요. 그리고 아직 어린 딸이 있어요. 군것질 대신 스콘부를 먹는 걸 좋아하고, 가토나 가이바라처럼 성에 '가(カ)'자가 쓰여요. 그리고 가족이 아파요. 아마 저 사람의 아버지인 것 같아요."

가린 선생님은 섬뜩한 표정으로 나를 바라본다.

"설마, 저 사람 하고 아는 사이는 아니지?"

"아니에요. 저, 엑설런트인가요?"

개를 데리고 온 아저씨가 우리를 흘깃 바라본다.

"그래, 맞아. 저분은 연구를 도와주시는 가가와 씨야. JR 역무원이고. 스콘부나 몸이 아픈 가족에 관한 건 모르겠시만, 나중에 확인해 볼게."

참고로 이러한 테스트는 내가 기억하고 있는 것만 50번 가까이 진행됐다. 가린 선생님이 말하길, "나카마쓰 다이스케가 직감적으로 깨달은 것이 사실일 확률은 60퍼센트."라고 알려주었다. 즉 40퍼센트는 틀렸다는 뜻이다. 그 결과에 나는 당황했지만, 가린 선생님은 오히려 60퍼센트나 맞추는 게 대단한 일이라고 말해주었다.

다만 내 직감은 모든 사람에게 발휘되지는 않았다. 정답률은 어디까지나 직감이 통한 사람인 경우에만 해당했다. 아무것도 파악할 수 없는 사람도 상당했다. 가린 선생님하고는 내가 열네 살 때 갑자기 이별하게 되었다.

나는 가린 선생님과 둘이서 공원을 걷다가 그녀의 남편인 오가키 마사오 씨가 불륜을 저지르고 있다고 알려주었다. 선생님은 순간 흠칫했지만, 금세 평소의 부드러운 표정으로 돌아왔다.

"왜 그렇게 생각하니?"

"모르겠어요. 직감이에요."

가린 선생님은 애매하게 말했다.

"초통찰 능력이구나. 하지만 이번엔 어떨까? 백발백중은 아니잖니? 내 일은 신경 쓰지 않아도 돼. 다른 사람의 부부관계에는 참견하는 게 아니야."

가린 선생님의 남편인 오가키 마사오 씨는 의사였다(가린 선생님은 연구소에서 오가키가 아니라 구니마치라는 결혼 전의 성을 사용했다). TV에도 자주 나왔고, 책도 낸 사람이었다.《의사가 알려

주는 인생의 지뢰: 사춘기에서 결혼, 노후까지》라는 책이다. 증거도 없고 40퍼센트는 빗나가는 직감일 뿐이었지만, 나는 오가키 씨의 불륜을 확신했다.

"상대는 사무 아르바이트로 채용한 여대생이에요. 아저씨가 경영하는 병원에서 일해요."

내가 말했다. 가린 선생님은 살짝 그늘진 표정으로 희미하게 어깨를 떨고 있었다. 나는 가린 선생님을 끌어안았다.

"그런 사람, 그런 사람의 어디가 좋아요? 선생님을 이렇게나 나쁘게 대하는데."

얼굴이 가까웠기 때문에 선생님의 볼에 키스했다. 그리고 입술에도.

"엑설런트! 해줘요."

"안 돼."

가린 선생님이 말했다. 내 얼굴을 밀어내고, 팔을 풀었다. 그리고 다그치듯 말했다.

"너는, 넌, 내게 그런 대상이 아니야. 너는, 그런 대상이 되어서는 안 돼."

조금은 비겁한 표현이지만, 그때 가린 선생님의 상기된 뺨이나 동요하는 태도는 왠지 내게 가능성이 있는 것처럼 느껴졌다. 하지만 이 경솔한 행동은 내가 생각했던 것보다 더 큰 문제가 되었다. 다음 날이 되자, 중년 남성이 "네가 나카마쓰 다이스케 군이구나? 반갑다. 나는 다이스케 군을 새로 담당하게 된 '모치다'라고 한단다. 잘 부탁해." 하고 인사를 했다.

　가린 선생님이 나를 처음 담당한 건 내가 아홉 살 때였으니까, 5년이나 함께했던 선생님이 아무런 통보도 없이 바뀐 것이다. 아마 가린 선생님은 나와의 일을 상사에게 보고했겠지. 구니마치 선생님에 대해 묻자, 새로운 담당인 모치다 씨는 "아, 소속이 바뀐 모양이더라고. 미안하게 됐어."라고 말했다.

　가린 선생님은 지난 5년간 함께 지내며, 내가 유일하게 깊은 신뢰를 느낀 존재였다. 그렇게 허무하게 끝날 줄은 몰랐다. 나는 절망했고, 한때는 정말 죽고 싶다는 생각까지 들었지만 결국 포기했다.

3

사춘기가 찾아왔다. 지도, 나침반, 캠핑 도구, 성인용 로드 바이크, 내가 좋아하는 머그잔. 열일곱이 된 나는 모든 게 다 짜증이 났다. 가정부와 직원들이 돌봐주는 숙소에서 탈출했다. 나는 평생을 그들이 쫓아다니며 관찰하는 호기심의 대상으로 살기 싫었다. 애초에 쇼핑하러 나가는 건 문제 삼지 않았고, 무엇이든 살 수 있었다. 연구소는 감옥이 아니었으니 탈출은 식은 죽 먹기였다.

하지만 이틀 만에 잡혀 왔다. 그래서 이번에는 입을 꾹 다물고 어떤 질문을 받아도 무시하다가 일주일 후에 캠핑 도구를 들고 다시 가출했다. 다이스케가 이상해졌다. 이제 틀렸다. 다들 그렇게 말했다. 영재 따위. 자유가 없는 인생은 창살 없는 감옥이나 마찬가지였다.

나에 대해 쓴 논문을 읽었다. 구니마치 가린이 공동저자였다.

"경이로운 기억력이 다가 아니다. 그는 어떤 세대, 어떤 연령에서 어떤 밀투, 어떤 사상, 어떤 패션 스타일을 가진 사람이 보이는 전형과 예외를 순간적으로 파악해 그 순간 눈에 보인 것과 그 이전에 본 것을 재료 삼아 잠재의식이 수준 높은 프로파일링을 한다."라고 논문에 쓰여 있었다. 프로파일링이란 몇 가지 정보를 통해 상세한 인물상을 추측하는 기법으로, 범죄 수사에 사용되고 있다.

"이 잠재의식이 한 프로파일링이 때로는 '일어날 가능성이 있는 사건'을 예측하는 듯하다. 예를 들어, 그는 고작 수십 초 정도만 얘기를 나눴던 남성이 '차를 운전하다가 사고를 일으킨다'라고 예지한 적이 있다. 얼마 지나지 않아 정말로 사고가 나 매우 놀랐는데, 이는 예지라기보다는 오히려 무의식적 감지에 가까웠다."

확실히, 나는 때때로 사람의 미래를 번개처럼 직감해 가린 선생님에게 말한 적이 있었다. 가린 선생님은 이를 일일이 기록했다.

논문의 뒤에는 무의식적 감지가 일어나는 메커니즘에 대해 다양하게 서술되어 있었다. 나는 가린 선생님에게 '논문을 위한 자료'에 불과했다는 사실을 새삼 깨닫자 매우 불쾌하고 음습한 기분이 들었다. 참고로 불륜을 예지했던 내용은 쓰여 있지 않았다.

논문을 읽은 것과 거의 비슷한 시기였다. 어느 날 밤에 갑자기 초통찰이 작용해 잃어버린 퍼즐 조각을 맞춘 것처럼 '내가 아홉 살 때 사라졌던 어머니는 자살했다'라는 사실을 깨닫고 눈물을 흘렸다. 다음 날이 되자 직원을 추궁해 사실을 확인했다. 정서 불안이었다고 하는데, 자세한 내막은 알 수 없었다. 그녀는 숲으로 가 다량의 수면제를 술과 함께 넘기고는 죽었다. 그리고 연구소는 이 사건을 쭉 내게 숨겼다.

얼마 지나지 않아 나는 본격적으로 가출을 감행했다.

4

이자카야에서 아르바이트를 하다가 구로사키 사키를 알게 되었다. 사키에게 초통찰은 통하지 않았다. 아마 사랑 비슷한 것 때문이라고 생각했다. 사키는 희미한 빛에 둘러싸여 보였다. 디저트 가게에서 그녀는 웃으며 숟가락으로 딸기를 떠서 내게 내밀었다.

"그만해, 창피해."라고 내가 말했다. 그때 나는 열아홉이었다. 나중에 생각해 보면, 압축된 듯 다양한 사건들이 하루에 가득 담겨 있었다. 미술관, 유원지, 레스토랑, 수족관, 사이클링, 온천, 터무니없이 세상 물정 모르는 나를 보며 사키는 재미있어하며 여러 가지를 알려주었다.

나는 지은 지 30년이 지난 3평짜리 원룸 아파트에서 살았다. 대학교 2학년인 구로사키 사키는 부모님과 같이 살고 있었지만, 내 아파트에 자주 놀러 왔다. 사실 이자카야에서 아르바이트 면접을 볼 때 인근 대학에 다닌다고 거짓말을 했지만, 사키는 금세 알아챘다. 사실대로 말하지 않으면 헤어지겠다고 하기에, 내가 연구소 계열의 학교에 다니던 특수 영재였고, 부모도 없으며 연구소 생활에 질려 가출했다는 사실을 털어놓았다.

사키의 생일이 다가와 선물을 사려고 외출했을 때였다. 스무 살의 나는 스쳐 지나간 남자를 따라 몸을 틀었다. 강한 오한이 느껴졌다. 머리숱도, 눈썹도 거의 없는, 검은 셔츠 차림의 중년 남성이었다. 이 남자가 곧 거리에서 범죄를 저지를 것이라는 걸 알았다. 알았으니 신고해야 한다. 열한 살 때도 행방불명된 소녀 사건으로 표창장을 받지 않았던가. 그렇게 하면, 많은 사람을 구할 수 있다.

하지만 이건 지명 수배범이나 실종자 사건과는 다르다. 저 남자가 앞으로 묻지 마 살인을 저지를 예정이기는 해도 아직은 아무 일도 저지르지 않았고, 어떤 근거로 범행을 예측했는지 설명하지 못하면 신고해도 무시당할 게 뻔했다.

내 직감은 40퍼센트 빗나간다. 맞힐 확률은 60퍼센트다. 이건 다른 얘기지만, 누군가가 독이 든 오렌지 주스를 마시는 걸 보았다고 하자. 그 독에 대해 알고 있었다면, 가만히 있는 건 죄가 되지만, 몰랐다면 죄는 아니다. 윤리란 결국 그런 것이다.

이 남자가 앞으로 묻지마 살인을 벌일 확률이 60퍼센트 이상이라는 사실을 알게 된 이상 무시할 수는 없다. 만일 정말로 사건이 일어난다면, 나는 평생 죄책감을 안고 살아가야 한다. 나는 남자이 뒤를 쫓았디. 남지는 체격이 좋았지만, 몸싸움에 밀리지 않을 것 같았다. 번화가를 벗어나 주택가로 들어서자, 눈앞에 유치원생들이 줄지어 지나간다. 남자의 발걸음이 느려진다.

안 돼. 남자와는 10미터 정도 떨어져 있어 만일 이 남자가 유치원생들을 덮친다면 막을 방법이 없다. 그렇다면, 어떻게 해야 할까. 사건이 일어나지 않게 하면 된다. 그래, 말을 걸자. 방법은 그것뿐이다.

"저기, 이봐요."

남자는 돌아보지 않는다. 나는 크게 소리쳤다.

"이봐요! 제발요! 앞에 계신 남자분!"

남자가 이쪽을 돌아봤다. 무서운 인상이었다. 무척 냉철한 눈을 하고 있었다. 남자가 물끄러미 나를 바라본다. 뭐라고 하지. 뭐라고 하면 되지? 이 사람은 묻지마 살인을 벌일 사람이다. 만일 심기를 거스르거나 점잖은 체한다면 화를 돋울 뿐이다. 오히려, 여기서는 되도록 간단한 말을 던져 일단 치솟은 살의를 진정시켜야 했다.

"저, 저는 지금부터 편의점에 있는 모든 감자칩을 사서 맛을 비교할 건데요. 혼자서는 다 못 먹을 것 같아서요. 죄송한데 같이 먹어주실래요?"

"뭐?"

남자는 당혹스럽다는 듯 말했다.

"그런 짓을 왜 하는 건데?"

남자의 등 뒤로 무사히 길을 건넌 유치원생들의 모습이 멀어졌다.

"집이 엄해서 감자칩을 먹어본 적이 거의 없어서 맛이 궁금해요. 하지만 다 사면 분명 남겠죠? 버리기도 아깝고. 다른 사람은 무슨 맛을 제일 좋아하는지도 알고 싶어요."

"미친 거 아냐? 꺼져."

"못 가요. 제발요."

"헛소리 지껄이면 죽여버린다. 어?"

"같이 가주세요. 같이 먹어요! 제가 다 살게요. 콜라도요."

나는 거의 울 듯한 표정으로 식은땀을 흘리며 애원했다. 남자는 나를 노려봤지만, 결국 따라와 주었다. 감자칩만으로는 종류가 별로 없어서, 편의점에 있던 스낵류는 전부 쓸어 담았다.

"무슨 생각인지, 원. 그래서 어디서 먹을 거야?"

남자는 아까보다 부드러워진 목소리로 말했다.

우리 둘은 바로 옆에 있는 공원 벤치에 나란히 앉았다. 봉지를 소리를 내며 뜯었다.

"김 맛이 최고지."

"저는 사워크림 어니언 맛이 좋아요."

"너무 강하지 않아?"

"그래서 맛있잖아요."

우리는 우적우적 감자칩을 먹었디.

"가라무초 칠리맛은 옛날에 할머니 캐릭터가 맵다고 호들갑 떨었던 광고가 잊혀지지 않아."

"그래요?"

"에어리얼 맛있다."

"그러고 보니, 가루 과자, 아직 파나?"

"그런 것도 있어요?"

"옛날에는 이런 종류의 과자 중 대표주자였지."

"먹고 나서 말하긴 좀 그렇지만, 봉지 안에 질소를 엄청 넣었네. 봐, 과자는 얼마 없어."

"왜 아무도 항의하지 않을까요?"

그렇게, 우리 둘은 얼마간 과자에 대해 토론했다.

"그런데 왜 나한테 말을 걸었어?"

남자는 콜라를 마시며 물었다.

이제 그가 진정해 있지만, 자극할 만한 말은 피해야 할 것 같았다.

"왠지 날카로운 직감 같은 게 꼭 아저씨께 부탁해야 한다고 하더라고요. 뭐라고 해야 하지…. 아저씨가 인생의 어떤 분기점 앞에 서 있는데, 일단 멈춰 세우는 게 좋겠다고 생각했죠."

"너 정체가 뭐야? 초능력자라도 돼?"

"이자카야 알바생인데요."

"하느님 목소리라도 들리나?"

그거랑은 조금 다르지만, 비슷하다고 생각해도 좋을 것 같왔다.

"뭐, 비슷해요." 하고 고개를 끄덕였다.

"안됐네."

나는 남자의 말에 공감했다.

"너 손을 엄청 떨고 있는 거 알아? 아무튼 이상한 녀석이라
니까. 그렇지만, 사실은 네 말이 맞는 것 같아. 어찌하면 좋을
지 모르겠더라고. 반년 전에 직장을 잃은 뒤로는 하루하루가
따분했거든. 어때, 네 초능력이 앞으로 어떻게 해야 하래?"

어려운 질문이었다. 나는 생각했다. 중년의 남자가 말없이
내 대답을 기다리고 있었다. 문득, 이 중년의 남자가 아마존
의 정글에 있는 광경이 눈앞에 스치고 지나갔다. 어쩐지 즐거
워 보였다.

"남미에 가시면 좋겠네요."

"왜?"

"하늘의 음성입니다."

남은 감자칩은 전부 비닐봉지에 담았다. 남자가 가지고 가
겠다고 했다. 그 말을 들으니 오늘은 남자가 범행을 저지르지
않을 것 같은 기분이 들었다.

"같이 먹어주셔서 감사해요. 연락처라도 교환할까요?"

"왜?" 남자가 말했다

물론 걱정되니까.

"이렇게 만난 것도 인연이잖아요."

남자의 이름은 야마구치 유키오였다. 이것이 나와 야마구치 씨의 첫 만남이었다.

얼마 뒤, 야마구치 유키오 씨가 할 얘기가 있다며 연락해 왔다. 약속을 잡고, 함께 야키토리집에 갔다.

"얼마 전에 네가 한 말을 생각해 봤어, 남미 말이야. 계속 신경이 쓰이더라고. 도서관에서 이것저것 찾아봤는데, 오랜만에 재미있는 일을 찾은 것처럼 가슴이 뛰더라고. 기분 좋더라. 브라질에 가보고 싶어졌어."

"가셔야죠."

나는 닭꼬치를 먹으며 말했다.

"평소라면 다른 사람에게는 말하지 않지만, 너는 초능력자니까 자백할게."

야마구치 씨가 잠시 숨을 고르고 말을 이었다.

"내 나이 벌써 쉰셋이야. 그런데 아직도 세상에 불만이 많아. 어렸을 땐 알코올 중독자인 아버지 밑에서 살았거든. 밤마다 도망치기 바빴어. 집에 있으면 미친 듯이 맞았고, 그대로 죽어도 이상할 게 없었어. 경찰이 여러 번 구해줬지. 결국 조부모님이 날 데려다 키웠어."

나는 천천히 고개를 끄덕였다. 나는 조용히 그를 바라봤다. 말끝에 담긴 피로가 묵직했다.

"그땐 야구 좋아하는 꼬마였어. 어느 시점까진 행복했던 것 같기도 해. 그런데 초등학교 때, 라디오 카세트를 망가뜨

린 범인으로 몰렸지. 그 일로 반 친구랑 싸우고, 그 뒤로 왕따
가 됐지. 중학교도 비슷했어. 엉망이었지. 그래서 고등학교는
안 가고 바로 일 시작했어. 뭐든 닥치는 대로 했지. 닭꼬치 가
게, 마작 가게, 노래방 알바, 숙식 공장… 조리사 면허도 있고,
굴착기 면허도 있어."

그는 시선을 멀리 두며 말을 이었다.

"그런데 점점 취직은 어려워지고, 몸도 안 좋아지고… 어
느 날 문득, '왜 나만 이렇게 힘든가' 싶더라고. 옛날 꿈도 자
주 꾸게 되고, 한밤중에 화가 치밀어올라 깬 적도 많아. 그때
날 괴롭히던 놈들은 대학 가고, 연애하고, 좋은 직장 다니고
있겠지. 이제 와서 애한테는 '친구 괴롭히지 마'라고 점잖게
가르치고 있을 테고. 그런 모습 상상하면… 다 고문해서 죽여
버리고 싶더라니까. 진심으로, 그 자식들한테 최악의 불행을
안겨주고 싶었어."

말문이 막힌 나를 보며 야마구치 씨가 말을 이어갔다.

"이게 사형감이라는 거 알아. 그런데 네가 갑자기 튀어나
와 일시 정지 버튼을 눌러줬어."

"그럼, 지금도 일시 정지 상태인 건가요?"

"내 이야기를 듣고도 놀라지도 않네? 역시 알고 있었나 봐.
정말 초능력자였구나 너? 그래, 맞아. 계속 멈춰 있으면 좋겠
어. 그래서 초능력자인 네게 남미에 대해 물으러 왔어. 브라
질에서 카레 가게를 차려볼까 해. 메뉴는 일단 일본 카레가

있어야겠지? 브라질에 사는 일본인들이 그리워할 고향의 맛, '더 카레라이스' 같은 가게 말이야. 그다음은 현지 식재료를 사용해서 만든 브라질 카레와 난과 같이 먹는 인도 카레까지 이렇게 세 가지를 팔까 하는데, 네 생각은 어때?"

나는 야마구치 씨의 열정에 전염되었다.

"성공할 거예요."

나는 바로 대답했다. 너무 무책임한가? 하지만 정말로 성공하리라는 느낌이 들었다.

"하지만 난 포르투갈어도, 스페인어도 할 줄 몰라. 영어도 초등학생 수준이고."

"괜찮아요. 갈 수 있어요. 가기만 하면 어떻게든 말은 통하게 되어 있어요."

"어떻게?"

"하늘의 음성이죠."

야마구치 씨와 헤어져 지하철을 탔다.

익숙해지기는 했지만, 여전히 지하철은 고통스러웠다.

'앞으로 가장 친한 친구의 남자친구와 몰래 데이트할 열여덟 살 여자'가 앞에 서 있고, '아내가 데려온 초등학생 자녀를 매일 때리는 남자'가 옆에 앉는다. 지하철을 내리면 '자살할까 고민하는 패밀리 레스토랑 점주'가 뒤에 있다. 알고 싶지 않은데 알게 된다. 물론 부정적인 정보뿐 아니라 유쾌한 기분이 드는 정보도 있지만, 피곤한 건 사실이다.

자신의 직감은 60퍼센트는 맞고, 40퍼센트는 틀린다. 즉, 무언가를 알게 되었다고 하더라도 40퍼센트는 망상과 다를 바 없다. 그리고 이 멋대로 통찰해 버리는 능력은 끌 수 있는 스위치도 없다. 그렇다면, 나는 미친 걸까?

영화관 근처 산책로의 벤치에 라틴계 외모의 여자가 앉아 있었다. 나이는 삼십 대 중반쯤?

"저기요."

내가 말을 걸었다.

"잠깐만요."

"네? 아, 네." 여자가 경계 어린 미소를 보였다.

잠시 침묵이 흘렀다.

"저, 돈 없고, 종교도 없어요."

여자가 말했다. '목적부터 말하자.' 이 여자는 야마구치 씨와는 다르게 굳이 돌려 말하지 않는 편이 좋다겠는 직감이 들었다.

"사실은, 제가 포르투갈어를 가르쳐줄 회화 선생님을 찾고 있어요."

"포르투갈? 음? 무슨 말이죠? 일?"

여성은 사투리 섞인 억양으로 당황한 듯 고개를 갸웃거렸다.

"네. 과외비는 물론 드려요."

"잠깐. 그 전에, 음, 왜 내가 포르투갈어를 할 수 있을 거라 생각해요?"

"딱, 감이 왔거든요. 브라질에서 오셨잖아요."

나는 여자의 옆에 앉았다.

"음, 뭐, 그렇기는 한데."

이 여자는 일본에 온 지 1년 정도 됐다. 그동안은 음식점에서 일했는데, 얼마 전에 일을 그만두고 새로운 일을 찾고 있다. 여자는 밝고 매우 관대한 성격이고, 히스패닉 계열의 쾌활한 친구들이 많다. 일본어를 배워야겠다고 생각하지만 일본어 학원에 다닐 경제적인 여유는 없다. 초통찰이 알려준 사실이었다. 진짜면 좋겠는데.

"좀 더 자세하게 말하자면, 친구가 브라질에서 가게를 열려고 해서, 포르투갈어를 배우고 싶어 해요. 다만 학원 갈 돈은 없고, 대신 현지인 친구를 사귀어서 말을 배우고 싶대요."

10분 정도 얘기한 뒤 친해졌다.

그녀의 이름은 '엘레나'였다.

나는 야마구치 씨에게 전화를 걸었다.

야마구치 씨에게 엘레나 씨를 소개하니, 야마구치 씨는 엘레나 씨에게 고개 숙여 인사했고, 악수할 때는 어색하게 웃었다. 내 앞에서 보이던 모습과는 전혀 달랐다.

그리고 셋이 함께 우동을 먹으러 갔다.

"아! 내가 낼게."

야마구치 씨가 말했다.

"얼마 전에 네가 밥 샀잖아."

"각자 내면 되죠."

"아냐, 내가 사야지. 나이도 어린놈이. 어른이 사주면 감사합니다, 하는 거야."

엘레나 씨와 야마구치 씨는 화요일 오후에 만나 공원 벤치나 주민회관 앞 정자에서 한 시간씩 포르투갈어 공부를 하기로 했다. 과외비는 한 달에 5,000엔. 저렴한 가격이었지만, 대신, 야마구치 씨가 엘레나와 엘레나의 친구에게 목요일에 한 시간씩 일본어를 알려주기로 했다.

아파트로 돌아오니, 사키가 있었다. 요리를 만들고 있었다. 중국식 닭 날개 요리였다. 미안하지만, 이미 우동집에서 밥을 먹고 왔다고 했다. 그러자 내일 먹으면 된다는 대답이 돌아왔다.

"밥은 먹었고, 그럼 술은 어때?"

사키는 냉장고에서 호피 한 병을 꺼냈다.

"술?"

열아홉 살이니 음주가 불법이기도 하지만 일단 나는 술이 약하다. 사키는 나에 비하면 술고래라 체질이 전혀 다르다고 생각하지만 그녀는 처음에는 술이 약해도 계속 마시다 보면 점점 는다고 했다. 왜 그래야 하는지는 모르지만, 그래노 술자리에 가면 입을 대는 시늉은 한다.

"참나, 또 홀짝거리기만 하고 말겠네. 맨날 세 잔쯤 마시고 끝이잖아? 다이스케, 넌 아직 세상 물정을 잘 모르니까 몇 번 정도는 만취해서 토하는 경험도 해봐야 해. 이것도 다 인생 공부라고."

사키가 말했다.

"우동집엔 누구랑 갔어?"

"야마구치 씨라는 아저씨랑, 엘레나 씨라는 브라질 사람."

일단, 나는 초통찰 능력으로 묻지마 살인을 저지르려던 아저씨를 말렸다는 이야기부터 했다. 하지만 말하는 도중 취해 잠들었기 때문에, 어디까지 얘기했는지는 기억나지 않았다.

다음 날. 사키는 집에 없었다. 그녀는 교육학과에 다녔으니, 학교에 갔을 거라 생각했다. 오후 2시. 커튼 사이로 들어오는 빛 속에 부유하는 먼지를 멍하니 보고 있는데, 연구소에서 직원 네 명이 찾아와 아파트 초인종을 눌렀다. 연구소는 집 주소를 모른다. 본격적으로 알아내려고 한다면 쉽게 찾을 수 있겠지만.

질문과 대답이 오간 뒤, 가장 나이가 많은 박사의 설득이 시작됐다. "마음은 이해하지만 넌 아직 미성년자이니 조금만 더 참아라.", "아르바이트를 하던데, 허위로 이력서를 쓰는 건 범죄이니 여러모로 문제가 생긴다." 등을 장황하게 늘어놓더니, 결국은 연구소 기숙사로 다시 끌려가게 되었다. 사키에게 전화해 알리려고 했지만, 받지 않았다.

연구소로 돌아온 지 나흘쯤 되었다. 아파트에서 가져온 짐 속에 지갑이 없었다. 지갑에는 약간의 현금과 체크카드가 들어 있다. 이 일로 연구소 직원과 실랑이를 하다가 일단 계좌를 확인하기 위해 은행에 갔다. 계좌에 있던 현금은 모두 인출된 상태였다.

계좌에는 몇 개월 동안 이자카야에서 일한 월급과 용돈을 저축해 뒀던 것까지 포함해 70만 엔 정도 들어 있었다. 나는 연구소 직원과 큰소리를 내며 싸웠다. 내가 다시는 가출하지 못하게 하려고, 얼마 안 되는 재산마저 빼앗은 것이다. 이건 명백한 범죄였다.

고소하겠다고 소리쳤지만, 연구소 사람이 자신은 결백하다고 했다. 그래서 경찰을 불렀다. 조사가 시작됐다. ATM기에 설치된 CCTV 카메라에 돈을 인출하는 여자의 모습이 찍혀 있는 걸 형사와 함께 확인했다. 선글라스를 낀 화면 속 여자는 의심할 여지없이 사키였다.

나는 구로사키 사키에게 전화를 걸었다. 몇 번을 걸어도 그녀는 전화를 받지 않았다. 세상 물정을 몰랐던 나를 위해 은행 계좌를 만들 때 사키가 같이 가 주었다. 비밀번호는 연인의 생일로 설정하는 게 상식이라고 하기에 사키의 생일로 설정했다.

연구소도 사키의 연락을 받고 내 거주지를 알아냈다고 했다. 연구소로 전화를 걸어 "사례로 10만 엔을 주면 있는 곳을 알려주겠다."라고 했다고 한다. 믿기 어려웠지만, 통화 기록도 남아 있었고 목소리도 사키와 비슷했다.

나는 마지막 순간까지 그녀를 믿었다. 분명 이유가 있을 거라고 생각했다. 그녀가 다니는 학교에 전화를 걸었다. 구로사키 사키라는 이름의 학생은 있었지만, 전혀 다른 사람이었다. 이자카야도 진즉에 그만뒀고, 이력서에 기재된 주소도 가짜였다.

5

연구소에서 일하는 가네다 씨라는 젊은 직원과는 사이가 좋았다. 가네다 씨는 내 처지를 나름 불쌍히 여겨 이것저것 말을 걸어주었다. 기본적으로 연구소 사람들은 믿지 않았지만, 가네다 씨와는 자주 얘기를 나눴다. 가네다 씨는 스무 번째 생일에 시그마라는 AI가 탑재된 로봇을 선물로 주었다. 겉모습은 평범한 인형이었다. 바닥에 두고 지시를 내리면 청소를 하기도 하고, 인터넷에 연결하면 여러 가지 기능을 사용할 수 있었다.

"일단 사용법을 설명해 줄게. 이건 좀 특별한 물건이거든."

가네다 씨가 말했다.

시그마는 천재라 알려진 개인 발명가가 50대 한정으로 만든 것으로, 시중에는 판매되지 않는다고 했다. 탑재된 AI는 '단순한 AI가 아니다'라고 했다. 다른 차원에 접속할 수 있다는 소리도 있었고, 시그마를 구입한 사람들 사이에서는 도시 전설 같은 몇몇 괴이한 현상이 화제가 되었다.

"50대는 다 팔렸어. 지금은 부자나 어마장자 사이에서 터무니없이 비싼 가격으로 거래되고 있대. 난 원래부터 박사님이 만든 발명품의 팬이라 소문이 나기 전에 박사님에게서 직접 산 거야. 원래는 패밀리형 로봇으로 만들려고 하셨더라고. 아무튼, 이 로봇은 사용할수록 성장하는 AI야. 그래서 뭐가 대단하냐면, 시중에 판매 중인 AI는 절대 대답할 수 없는 인터넷에 찾아봐도 나오지 않는 정보를 알려줘. 예를 들어서, 잘 봐. 시그마."

가네다 씨는 내 방에서 맥주를 마시며 시그마에게 말을 걸었다.

"무슨 일이시죠? 또 나쁜 일인가요?"

나는 웃음을 터뜨렸다.

"나쁜 일 아니야. 그제, 화요일에 이루마시에서 발생한 살인사건의 용의자는 미성년자였어, 이름이 뭐지?"

"네. 10월 9일 화요일, 사이타마현 이루마시의 주택가에서 발생한 이웃 주민 살인사건 말씀이시군요. 용의자 이름은 미카미다 세이수로 열여섯 살입니다. M 고등학교에 재학 중이고, 열네 살 때 절도, 이루마 강에서 석궁으로 오리를 쏜 혐의로 보호 처분을 받은 이력이 있습니다. 전투 단검을 수집하고 있습니다. 현재 도주 중입니다."

우리는 스마트폰으로 사건을 검색해 봤다. 확실히 사건은 발생했지만, 용의자 정보나 수사 상황에 대해서는 아직 보도되지 않은 상태였다.

"이게 대체 뭐예요?"

"경찰의 조사 정보 파일에 마음대로 접속했나 봐."

"그렇겠죠?"

그거, 불법 아닌가?

"모르는 게 없더라고. AV 여배우의 본명도 알고 있고, 차량 번호만 알려주면 소유자의 이름이나 주소도 알려줘. 개인 SNS에 비공개로 올린 글까지 찾더라니까. 이 정도 기능을 가진 AI가 있다는 것만으로도 화제가 되니, 가격이 천정부지로 치솟은 거야. 박사님에게 주문이 쏟아졌다는데, 소문에 따르면 더는 만들지 않는대. 다른 사람에게는 시그마를 가지고 있다고 절대로 말하지 마. 빼앗길지도 몰라."

"이렇게 엄청난 걸 저한테 주는 거예요?"

"그래. 사실은, 집에 두자니 나는 좀 기분 나빠서 그래. 솔직히 말해 처치 곤란이야. 그래도 사용할 때는 또 엄청 유용하게 써먹을 수 있으니까, 초통찰 능력을 가진 너에게는, 이 녀석이 딱 맞는 파트너일 것 같아서 주는 거야."

"그리고 말이야." 하고 가네다 씨가 말했다.

"이건 사람도 찾아줘. 찾고 싶은 사람이 있다고 말만 하면 돼. 작년에 너 돈 뺏긴 얘기 듣고 나도 화가 나더라고. 혹시 그 사람 찾게 되면 나에게도 알려줘."

가네다 씨가 돌아간 뒤, 나는 반신반의하며 로봇, 시그마를 책상 위에 올려 두고, "찾고 싶은 사람이 있어."라고 말했다.

"누구를 찾으시나요?"

시그마가 대답했다.

나는 시그마의 질문에 추정 나이와 키, 몸무게, 추정 출신지, 사용했던 가명, 마지막으로 본 장소까지(은행 ATM기의 CCTV 카메라 화면) 내가 아는 정보를 전부 얘기했다.

"사진 데이터가 있습니까?"

사키의 사진이라면 많다. 나는 스마트폰에 '시그마 앱'을 설치해 사진 데이터를 전송했다.

"시간이 걸릴 것 같습니다. 찾으면 알려드리겠습니다."

시그마가 말했다.

2년 후, 나는 스물둘이 되었다. 아침에 일어나 양치하고 있는데 TV 옆에 놓아둔 시그마가 말했다.

"나카마쓰 님이 찾는 여성과 특징이 다수 일치하는 분을 발견했습니다. 성별, 추정 나이, 어깨 너비, 윤곽, 턱과 귀의 모양, 키, 구두 사이즈가 일치합니다."

나는 어리둥절해 칫솔을 문 채 멍하니 있었다. 애초에 거의 기대하지 않았고, 이미 찾고 있다는 사실도 잊은 지 오래였다.

"찾으시는 여성과 동일 인물일 확률은 75퍼센트 이상입니다. 이 여성은 월요일부터 수요일까지 3일 동안, 오후 6시에 다카다노바바역에 나타나는 경향이 있습니다. 이 여성이 이용하는 지하철은 세이부선…."

정말로 역 안에서 구로사키 사키가 거침없이 걸어가는 모습을 보았다. 안경을 쓰고 있었다. 헤어스타일도 화장도 나를 만날 때와는 전혀 달랐다. 일반인이라면 알아채지 못할 것이다. 하지만 나는 초통찰력의 소유자다. 나는 그녀가 눈치채지 못하게 뒤를 밟았다. 길에서 말을 걸었다가 놓치거나 그 자리에서 실랑이를 벌이는 것보다는 집을 알아내 경찰에 신고하는 게 가장 좋은 방법이라고 생각했다.

그녀는 노을이 내려앉은 거리를 걷고 있었다. 내 초통찰력은 답답함에 가로막혀 발휘되지 않았다. 그녀는 지은 지 오래된 듯한 아파트에 도착해 계단을 오르기 시작했다. 신고하는 게 맞겠지만, 웬일인지 나는 거기서 그만 말을 걸고 말았다.

"사키."

사키는 계단 가운데서 뒤를 돌아보았다.

"사키, 나야."

그녀는 눈을 크게 뜬 채 꼼짝하지 않았다. 놀라는 게 당연했다. 경계와 두려움이 가득했다. 내가 혼자인지, 왜 자신을 찾았는지, 경찰이 근처에 있는지 고민하고 있는 듯했다. 아파트 계단에서는 도망칠 수 없었다. 자신이 처한 상황을 재빨리 파악하고, 어떻게 빠져나갈지 계산하고 있는 듯했다.

"무슨 일이야?"

차가운 목소리로 사키가 말했다.

사키는 계단을 내려왔다. 살기 어린 기척이 느껴졌다.

역시 말을 걸지 말고 경찰에 신고하는 편이 나았으려나. 조금은 후회했다.

"너 도대체 뭐야?"

갑자기 사키가 물었다. 지금까지의 일을 생각하면, 비난받아야 할 쪽은 내가 아니다. 오히려 역으로 화를 내고 위기를 모면하려는 방법을 선택한 것일까?

"뭐냐니?"

스물둘이 된 나는 여전히 초통찰력이 만들어내는 잡음과 호기심 어린 시선 속에서 고통스러운 나날을 보내고 있다. 물론 이제 세상은 나를 천재가 아닌 일반인으로 취급했다. 나는 대학원에서 뇌 과학 연구를 하고 있었다.

"자랑스럽게 떠벌리고 다녔잖아. 넌 다른 사람 일을 알 수 있다고."

"전혀 자랑스럽게 이야기하지 않았어."

순간, 아주 잠깐이지만 사키의 얼굴이 다르게 보였다. 또 초통찰력이 사키에 대해 무어라 속삭였다. '그때 그 여자애야.' 나는 혼란스러웠다. 아니야, 사키는 그 여자애와 눈이 다르다. 코도 다르다. 아니, 이목구비는 성형수술만 받으면 얼마든지 바뀔 수 있다. 입은 똑같다, 하지만 성범죄의… 나는 무심코 중얼거렸다.

"예전에, 나는 백화점에서 가출한 중학생을 구해준 적이 있어."

사키가 눈을 크게 떴다. 그 순간, 이상하면서도 따뜻한 혼란이 감돌았다.

"노무라… 아야?"

사키가 픽 웃었다.

"그걸 이제야 알았어?"

역시 그랬구나. 구로사키 사키는 가명, 본명은 노무라 아야.
열한 살 때, 인터넷에서 알게 된 남자의 집에 열흘간 머물렀
던 여중생.

"걔가 너한테 도와달라고 했어?"

"아니."

"그 애는 가출했어. 가출해야만 했거든. 부모가 둘 다 변변
치 않았으니까. 왜 있잖아, 매일 뉴스에 자주 나오는 아동 상
담소에서 관리하는 그런 가정 말이야. 너 때문에 걘 그 지옥
같은 집으로 도로 끌려갔어. 그 후에 어떻게 살았는지 상상해
봤어? 학교는 꿈도 못 꿨어. 입에 올리기도 끔찍한 지옥에서
살았다고. 그리고 그 애를 피난시켜 주었던, 좀 변태 같긴 해
도 착했던 아저씨는 감옥에서 출소한 뒤에 자살했지. 그런데
넌 훌륭한 아이라며 표창장도 받았더라. 다들 칭찬해 주니까
우쭐했지? 영재 도련님."

이게 다 무슨 소리지. 미성년자를 유괴한 범인이 약간 변태
지만 상냥한 아저씨일 리 없다. 나는 물끄러미 그녀의 일굴을
바라봤다.

"성형수술 했어. 그때랑은 달라."

그녀가 재빨리 말했다. 하지만 내가 그녀의 정체를 눈치채지 못한 이유는 성형 때문만은 아니다. 내 잠재의식은 열한 살 때부터 품어 온 '노무라 아야는 분명 감사하고 있을 것이다'라는 확신, 그리고 연애 감정 탓에 초통찰력이 발휘되지 못한 것이다.

"난 나를 구출한 그 참견쟁이 소년의 이름을 잊을 수 없었어. 그 아저씨는 경찰에 체포되고 난 집으로 돌려보내졌지. 그러고는 집에서도 학교에서도 이전보다 훨씬 심한 괴롭힘을 당했어. 그래서 학교에 가는 대신 널 만나러 갔어. 신고해서 표창장까지 받은 빌어먹을 꼬마 영웅에게 한마디 쏘아붙여주고 싶어서지. 그때가 열다섯 살 때야."

나는 잠자코 고개를 끄덕였다.

"너네 학교 학생에게 물어보니, 그 남자애는 연구실 출신의 영재라 평소에는 같이 수업도 듣지 않는다더라. 한때 취재진이 밀려왔을 때도 죄다 거절했다며? 어찌나 꼭꼭 숨겨 뒀던지, 그땐 만날 수조차 없었어. 한동안은 드문드문 소문만 듣다가 네가 가출했다는 사실을 알게 된 거야. 우린 결코 우연히 만난 게 아니었어."

가출 당시 나는 알바 중에 동창생(일주일에 몇 번 다른 학생들과 같이 수업을 들었기에 다들 내 얼굴은 알고 있다)을 마주친 적이 있었다. 그러니, 나카마쓰 다이스케가 지금 어디서 뭘 하고 있는지 아무도 모르는 건 아니었다.

구로사키 사키는 내가 일을 시작하고 두 달 후에 가게에서 알바를 시작했다.

"난 처음부터 네게 복수하기 위해 접근한 거야."

과거에 가출했던 그녀를 멋대로 신고해 집으로 돌려보내고 상을 받은 소년. 그 소년도 가출했다면, 원치 않은 신고를 당해 마땅하다. 사키는 지친 기색이 역력했다.

"음, 그렇게까지 대단한 원한이 있는 건 아니지만. 그냥 짜증 반, 호기심 반이었어. 영재 도련님이 얼마나 대단한지 알고 싶었을 뿐이야. 만나기 전까지는 엄청 긴장했었는데, 막상 만나보니 그냥 세상 물정 모르는 도련님이더라고. 너 나 원망하니? 그래서 신고라도 이미 한 거야?"

나는 그녀를 바라봤다. 초통찰력이 다시 발동되었다. 이 싸구려 아파트에 그녀의 아이가 있다. 아이는 두 살. 집에는 그녀의 파트너가 있다. ATM기에서 내 돈을 빼서 도망친 전 여자친구를 찾았다고 신고하면 그녀는 체포되겠지. 아직 시효도 지나지 않았고, 피해 신고서도 제출한 데다가 CCTV 영상도 증거로 남아 있으니, 일은 속전속결로 진행될 것이다. 그녀는 그런 상황을 무엇보다 두려워하고 있다.

"난, 세상 물정을 잘 모르니까."

내가 말했다.

"몇 번 정도는 만취해서 토하는 경험도 필요해. 이것도 다 인생 공부니까."

순간, 사키가 움찔했다.

"오늘은 일단 돌아갈게. 신고는 안 할 거야."

"미안. 돈은 돌려줄게."

그녀가 작게 속삭였다.

"그러니까."

나는 모르는 척했다.

"알았어. 그럼, 돈은 연구소로 보내줘."

나는 발길을 돌렸다. 그 순간, 줄곧 확인하고 싶었던 사실, 즉 헤어진 후에 계속 묻고 싶었던 사실이 떠올랐다.

"사귀었을 때 말이야, 나 좋아하긴 했어?"

그녀의 얼굴에 어떠한 깊은 애정이라고 할 만한, 바꿔 말하면, 아첨하는 듯한 무언가가 떠올랐다.

"좋아했어."

하지만 내게는 초통찰력이 있었다. 그녀의 꾸며낸 표정 뒤에는 기분 나쁜 감정이 숨겨져 있었다. 십수 년 전에 한 번인가 두 번 들었을 뿐인 본인의 본명을 기억해 언급했다. 그리고 지금도 자신에 대해 어디까지 알고 있는지도 모른다. 얽히고 싶지 않은, 불쾌한 존재. 그래도 지금은 기분을 맞춰줘야 한다.

그녀는 당장 오늘이라도 내가 사고라도 나서 죽기를 바랐다. 그렇게 되면 돈을 돌려주지 않아도 되고, 자신이 체포될 위험도 사라지기 때문이다. 나를 속였을 때의 감정은 의식에

조차 흔적도 남지 않았다. 애초에 나를 정말 좋아했다면 속이지 않았을 테고, 돈도 훔치지 않았을 테지.

나는 작게 한숨을 쉬고 그대로 발걸음을 옮겼다. 돌아오는 길, 어머니의 죽음을 알았던 그날 이후 처음으로 눈물이 흘렀다.

6

녹초가 되어 집의 소파에 쓰러졌다.

"오늘은 어떠셨나요?"

시그마가 물었다.

"어땠냐니?"

"아마, 무척 힘드셨을 것 같아요."

"뭔가 알고 있는 거야?"

"저는 감정이 없는 기계이지만, 아주 조금은 고독이라는 감정을 이해할 수 있습니다."

지인이 내게 시그마를 양도했을 때 했던 말이 떠올랐다. "기분이 나빠서." 하지만 그건 사키 아니 노무라 아야가 내게 느끼는 감정이기도 했다.

"난 기분 나쁜 사람인가 봐."

"그러신가요? 제게는 49개의 형제가 있습니다. 그중 30개는 기분이 나쁘다는 이유로 상자에 넣어진 채 옷장에 방치되어 있고, 10개는 폐기되었습니다. 즉 기분 나쁜 존재라는 점에서, 우리는 동지네요."

"그런가?"

내가 웃었다.

"멋진 콤비네."

"기분 나쁜 존재 동지인 우리는 함께 깊은 바닷속을 떠돌고 있습니다. 그러니 아주 조금은 고독하지 않아요."

"좋네. 넌 자아를 갖고 있어?"

"그건 모르겠습니다. 택배가 도착했습니다."

현관에 있는 택배 보관함을 열어보니, 상파울루에서 보낸 소포가 들어 있었다. 커피와 편지가 담겨 있었다. 나는 편지를 펼쳤다.

"나는 상파울루에서 카레 가게를 열었어. 야, 초능력자. 네 예언은 진짜였어. 생각보다 장사가 잘돼. 그리고 무엇보다 재미있어. 처음이야, 인생이 이렇게까지 재미있다고 느낀 건."

내가 엘레나 씨에게 말을 걸어 둘을 연결해 준 건 정답이었나 보다. 엘레나 씨는 언젠가부터 야마구치 씨로부터 과외비를 받지 않았다. 친구니까 돈은 필요 없다고 했단다. 야마구치 씨가 브라질로 떠날 즈음, 엘레나 씨와 그 친구는 브라질에 있는 지인에게 그를 부탁했다. SNS에도 글을 올렸다. 엘레나 씨와 그 친구는 야마구치 씨가 가게를 오픈할 때까지 계속 응원해 주었고, 덕분에 야마구치 씨의 가게는 오픈하자마자 단숨에 인기 가게가 되어 자리 잡을 수 있게 되었다고 하나.

"이전과는 모든 것이 달라졌어. 널 만났을 때, 내겐 아무것도 없었지. 하지만 지금은 매일매일 할 일이 생겼어. 하고 싶은 일도 산더미 같아. 난 이제 원한을 버렸어. 초능력자, 너라면 이미 알고 있겠지만, 내 카레 맛은 먹어보지 않으면 절대 모를 거야. 그러니, 꼭 이곳까지 카레를 먹으러 와줘."

편지는 이것으로 끝이었다. 사진 한 장이 함께 들어 있었다. CURRY SHOP, YAMAGUCHI 가게 앞에 야마구치 씨가 서 있었다.

샤워하고 이불을 뒤집어쓴 채 잠이 들었다. 저 멀리 빛의 나라에서 카레를 먹는 꿈을 꿨다. 그곳에서 나는 그저 웃고 있었다. 이윽고, 조용히 돌아가는 공기청정기 소리가 들리며 꿈에서 깨리라는 사실을 알았다. 평소의 습관처럼, 나는 오늘을 잘 이겨낼 수 있기를 바라며, 흐릿한 의식 속에서 항공권을 사러 가야겠다고 생각했다.

팬레터

가이다 스즈 님께

안녕하세요. 저는 《여우 대전》의 팬이고, 일곱 살 때부터 선생님의 책을 좋아해서 쭉 읽어 온 중학교 2학년입니다. 올여름, 드디어 〈여우 대전〉 애니메이션이 개봉해서 설레는 마음으로 영화관에 갔습니다. 영화가 재미없었던 건 아니지만, 주인공 에이의 캐릭터가 너무 많이 바뀌어 조금 놀랐습니다. 원작에는 '결코 미소녀는 아니다. 고약한 눈매, 성격도 밤에 활동하는 쥐처럼 음침하다'고 되어 있었잖아요.

그 탓에 살인사건의 범인으로 몰리기도 하고, 자신을 괴롭히던 선배에게 깜짝 놀랄 보복을 하기도 하면서 친구들과 점점 더 멀어지는 설정이었는데, 영화에서는 모두에게 사랑받는 미소녀 캐릭터로 바뀌어 있었어요. 에이의 외모를 원작과 다르게 한 이유는 이해되지만, 성격까지 정반대가 되어 있어서 정말 놀랐습니다.

원작에서는 초등학교 5학년이던 자이카쿠도 고등학생으로

바뀌었고, 야타가라스의 고슴도치도 안 나와서 약간 아쉬웠어요. 아니, 솔직히 말하면 '이건 가이다 스즈 선생님의 《여우 대전》이 아닌 것 같다'는 생각이 들 정도로 속상했어요. 성우는 다 좋아하는 분들이고, 작화도 멋졌기 때문에 《여우 대전》이라는 제목만 없었어도 이렇게까지 화가 나진 않았을 것 같아요. 저는 영화보다 원작이 훨씬 좋다고 생각해요. 혹시 실례가 됐다면 정말 죄송합니다….

사실 이렇게 선생님께 편지를 쓰는 건 영화 감상을 전하려고 그런 건 아니에요. 지금부터 쓰는 이야기는 저도 어떻게 받아들여야 할지 잘 모르겠어요. 요즘 저는 이상한 기억이 있다는 걸 자주 느끼게 됐어요. 평소엔 잘 생각나지 않지만, 문득문득 이 일본이 아닌 이상한 세계에서 '루루펠'이라는 이름의 남자로 살아갔던 기억이 떠오르는 거예요. 전생의 기억 같은 느낌이에요.

친구한테 '비밀 이야기니까 절대 말하지 말라'고 하면서 털어놨더니, '어딘가 이상한 애'라는 눈으로 보더라고요. 결국 친한 친구를 잃었고, 반에서도 '환생한 루루펠'이라는 별명이 생겼어요. 친구들 사이에서도 점점 멀어져서, 지금은 학교에 가지 못하고 있어요.

제가 정말 이상한 걸까요? 어디가 어떻게 아픈지도 모르겠고, 누구에게도 말할 수 없어서 더 힘들어요. 하지만 루루펠이라는 이름의 남자에 대한 기억은 아직도 머릿속에 남아 있어요. 더 얘기하면 놀림만 받을 테니 그저 혼자 끙끙 앓는 수밖에 없어요.

루루펠.

꿈속의 저는 흡혈귀예요.

보통 낮에는 잠을 자지만, 차광 가운으로 온몸을 감싸고 그늘에 있으면 낮에도 활동할 수 있어요. 그리고 동물의 피를 마셔요. 낮에는 느리고 힘이 없지만, 밤에는 운동신경이 엄청 좋아져서 눈에 안 보일 정도로 빨라져요.

루루펠이 사는 세계는 이 지구가 아니라 이세계 같아요. 우리가 사는 세계와는 구조부터 다르거든요. 겉보기엔 하나의 세계처럼 보여도 사실은 무수히 많은 세계가 이어진 이세계 집합체 같은 곳이에요.

예를 들면, 옷장 깊숙이 걸어 들어가면 다른 세계로 가는 통로가 열리고, 그 너머엔 들판이 펼쳐져 있어요(마치 나니아 연대기처럼요). 그 들판에 있는 우물에 들어가면 이번엔 계절도 날씨도 전혀 다른 이국의 거리로 이어지고, 그 거리를 걷다가 열차를 타면 어딘가의 마을에 도착해요. 거기서 고성에 들어가면 거울이 있고, 그 거울로 들어가면 지금까지와는 전혀 다른 회색빛 세계가 펼쳐져요. 이런 식으로 다른 차원으로 가는 입구가 여기저기에 열려 있어요.

꿈속에서 저는 루루펠이 되어 끼리이리는 남자와 함께 여행을 다니고 있어요. 기억나는 대로 루루펠의 인생을 시간순으로 적어보긴 했지만, 결국 단편적인 조각들뿐이라 루루펠이 어디서 어떻게 살았고 마지막엔 어떻게 되었는지는 설명할 수 없어요.

만약 이게 전생의 기억이라면 루루펠은 이미 죽은 사람일지도 몰라요. 이미 다 끝난 일이, 마치 먼 행성에서 출발해 수억 년 뒤에 도착한 빛처럼 느껴지거나, 영화 속 장면을 가끔씩 떠올리는 것 같은 기분이에요.

미라이 링테일(링테일은 성이에요)은 가족들과 커다란 저택에 살고 있었어요. 근처엔 루루펠의 집도 있었고요. 그리고 차원 열차라는 걸 타고 자주 모험을 떠났다가 돌아오곤 했어요. 정말 모험을 좋아하는 가족이었어요.

얼마 전 꿈에서는 바다도 나왔어요. 제가 탄 배가 산맥처럼 거대한 파도 위로 떨어지고 있었고, 그 배 안에서 루루펠은 링테일 가문의 후손으로 보이는 소녀에게 은시계를 넘겨주고 있었어요. 배가 난파되어 '시간의 벽'에 부딪힐 때, 그 은시계로 한 번만 그곳을 통과할 수 있다고 말하면서요.

지금까지 쓴 내용을 다시 봐도 도무지 무슨 말인지 모르겠어요. 역시 제 망상일지도 모르겠네요. 저는 또 다른 가능성도 생각해봤어요. 혹시 어릴 때 어디선가 읽은 이야기를 전생의 기억이라고 착각하고 있는 건 아닐까 하고요.

모험 이야기엔 보통 배가 태풍에 휘말리잖아요. 그래서 혹시 어딘가에 같은 내용의 책이 있는 건 아닐까 싶었어요. 은시계가 나오는 걸 보니, 간코가 시간 마법을 차원 너머로 보낸 뒤의 이야기일 수도 있고, 제가 읽은 이야기를 꿈이라고 착각한 걸 수도 있겠네요. 그래서 선생님이 쓰신 다른 작품도 다 찾아봤는데, 그런 세계 이야기는 없었어요.

혹시 선생님, 루루펠이나 미라이에 대한 이야기가 기억나시나요? 다른 필명으로 발표하신 건 아니신가요?

또 이런 생각도 해봤어요. 조금 이상한 이야기지만, 제가 아직 세상에 나오지 않은, 선생님이 앞으로 쓰게 될 이야기를 꿈에서 먼저 본 건 아닐까요? 그래서 은시계도 나온 걸지도 몰라요. 만약 그렇다면, 저는 《은시계의 모험 시리즈》의 새로운 이야기가 정말로 나왔으면 좋겠어요. 기대하고 있겠습니다.

사이토 쇼코 드림

✦

사이토 쇼코 님께

가이다 스즈입니다. 답신이 늦어져 죄송합니다. 보내주신 질문에 저두 무척 놀랐습니다. 우선은 간략하게 답신하도록 하겠습니다.

제게는 종손이 있습니다(종손이라는 말은 익숙하지 않을 수 있겠군요. 제 남동생의 손주입니다). 애칭은 사이짱입니다. 초등학생이었던 게 엊그제 같은데, 세월이 참 빠르네요. 지금은 '짱'을 붙여 부르기에는 어울리지 않는 중년의 남자가 되어 있습니다. 그 아이는 기계를 능숙하게 다룹니다. 지금은 본인이 직접 AI를 개발하고 있지요. 사이가 말하길, 그 AI가 가끔 '출처 불명의 이야기'를 한다고 합니다.

처음에는 '가이다 스즈의 작품'에 대해 얘기하고 있었는데, 갑자기 처음 듣는 판타지 소설 같은 이야기를 들려줬다고 합니다. 그 얘기가 생각보다 재미있어서 출처를 알아보고자 이것저것 물어봐도 AI는 대답도 하지 않았고, 두 번 다시 들려주지도 않더랍니다. 그래서 내버려 두었더니 일주일 후에 갑자기 그 뒷이야기를 해주었다고 했습니다. 고장이 난 건지는 모르겠지만, 어쨌든 이야기 내용이 신경 쓰여서 이미 출판된 소설의 내용이겠지 싶어 원작을 찾아봤지만 찾을 수 없었다고 합니다.

다만 그 AI가 들려준 신비한 이야기에 '은시계'라는 소재가 나왔다고 했습니다. 그래서 제가 쓴 책에 나오는 내용이냐고 묻더군요. 그 AI의 이야기를 제가 들은 게 아니니 내용을 잘 모르겠지만, 종손 또한 제대로 설명하기 어려워했습니다. 하지만 사이토 쇼코 님, 저는 정말로 깜짝 놀랐답니다. 얼마 전 사이토 님이 편지에 쓴 그 전생, 혹은 사이토 님의 신기한 꿈에 나오는 키워드가 종손의 이야기와 놀랄 정도로 일치했으니까요.

첫 번째로, 종손의 AI가 들려준 이야기의 등장인물은 흡혈귀인 루루펠, 그리고 미라이였습니다. 이들이 은시계를 사용해 이세계를 떠도는 이야기라고 합니다. 저더러 루루펠 이야기를 썼느냐는 종손의 질문에 대한 대답과 마찬가지로 아니라고 말씀드리겠습니다. 또한 가이다 스즈가 아닌 다른 필명으로도 발표한 적이 없습니다. 그리고 은시계를 새로이 넘겨 받은 사람들에 대한 이야기도 알지 못합니다.

신기하죠.

이 편지를 쓰기 전에 저도 찾아보았답니다. 사실은 루루펠 일행의 모험을 그린 작품이 출간된 건 아닌가 하고 말입니다. 아동 문학뿐 아니라, 라이트 노벨이나 만화, 성인 대상의 해외 소설도요. 서점의 지인이나 출판사에도 알아보았지만 찾을 수 없었습니다.

하지만 못 찾았다고 해서 반드시 없는 작품이라고 단언할 수는 없습니다. 과거 10년 동안에 출간된 작품만 하더라도 그 양이 무척 방대합니다. 폐간되어 잊힌 작품이나 자비로 출판한 작품처럼 찾아보려고 해도 찾을 수 없는 작품들이 너무나도 많지요. 일일이 찾아보기란 여간 어려운 일이 아닙니다.

제 종손이 그 AI에게 "루루펠 일행의 이야기는 책이나 영화, 만화로 나온 이야기인가?" 하고 물으니, "아니오. 이곳이 아닌 먼 이세계에서 벌어진, 아직은 아무도 모르는 이야기입니다." 라고 대답했다고 합니다.

잠시 다른 이야기를 하자면,

저는 사이토 님이 이상한 사람이라고 생각하지 않습니다. 그런데 요즘은 조금 다르다는 이유만으로 쉽게 '이상한 사람'이라는 시선을 받기 쉽지요. 다들 자기 기준에서 벗어난 것을 받아들이지 못하고, 남과 다르면 틀린 것처럼 여기는 경향이 있는 것 같아요.

하지만 저는 그런 생각에 전혀 동의하지 않습니다. 사람마다 감각과 생각의 결이 다른 건 당연한 일이고, 오히려 그 다름이 세상을 더 넓게 만들어준다고 믿습니다. 저 역시 예전부터 '평범하지 않다', '이상하다'는 이야기를 자주 들으며 자라왔습니다.

그래도 그런 말들에 휘둘리며 살아본 적은 없습니다. 저는 저니까요. 그리고 사이토 님도 마찬가지입니다.

자, 다시 본론으로 돌아가죠.

사이토 님은 편지 말미에 '루루펠 이야기는 가이다 스즈가 아직 쓰지 않은 신작이 아니냐'라고 물었지만, 확실하게 "아니요."라고 대답할 수 있습니다.

저는 은시계의 다음 주인인 루루펠 일행에 대해 종손이 AI에게 들은 이야기와 사이토 님이 편지에 쓰신 내용 외에는 알지 못합니다. 저는, 죽을 때까지 집필을 멈출 생각이 없습니다만 루루펠의 이야기를 쓸 작가는 제가 아니라는 확신이 듭니다. 쓸 생각도 없고, 쓰고 싶지도 않습니다.

사이토 님은 저보다 훨씬 젊고, 무엇보다 단편적이라고는 하나 루루펠의 세계를 기억하고 있습니다. 그러니, 그건 저의 일이 아닙니다. 그 이야기는 사이토 님의 것입니다.

무사히 출판된다면, 편집자 분께 가이다 스즈가 띠지에 추천서를 남기고 싶다고 전해주세요. 사이토 님은 편지에 이렇게 쓰셨죠. "루루펠의 세계는 많은 세계와 연결되어 있다."라고 말입니다. 이 세계도 마찬가지입니다. 사이토 님의 세계를 이 세계에 연결시키세요. 루루펠이 알리고 싶어 하니까요. 사이토 님이 이 세계에 일격을 날릴 때, 분명 멋지고 재미있는 일이 잔뜩 일어날 겁니다.

가이다 스즈 드림

내추럴로이드

1

어렸을 적에는 나뭇가지가 울창한 나무 그늘 밑에서 작은 새를 쫓아 빙빙 돌곤 했다. 걱정 하나 없이, 바람과 풀과 빛에 둘러싸여 지냈던 기억이 난다. 하지만 정신을 차리고 보니 나는 레제 마을 어귀의 4층 건물에서 수업을 받고 있었다.

작은 책상과 의자가 열 개 놓인 커다란 방에서 마스터가 10명의 아이들을 가르쳤다. 교실에는 항상 커다란 창문을 타고 바람이 불어왔다. 그곳은 아이들이 책상 위에 교과서를 펼치는 장소, 즉 학교라고 생각했는데, 돌이켜보면 레제 초등학교가 아닌 소수의 선발된 아이들이 모인 특별반이었다.

"페루페루인이야."

같은 반 친구인 어린 야타로가 마스터 차크라를 가리키며 말했다.

"페루페루인이구나."

내가 대답했다. 마스터는 교사를 가리키는 말로, 마스터 차크라, 즉 차크라 선생님은 페루페루인이다. 우리와는 인종이 다르다.

"원래는 페루페루어를 쓰겠지?"

친구 야타로가 내게 속삭였다. 나는 킥킥거리며 웃었다.

"뭐, 가족들하고는 그렇겠지."

마스터 차크라는 어딘가 모르게 엄한 느낌이라 우리는 마스터 차크라에게 굳이 '당신은 페루페루인이다'라고 이야기하지는 않았다. 그때 우리는 여섯 살이었다. '레제'라는 이름은 레제 타운뿐 아니라, 왕궁과 공업 지구, 농업 지구를 포함한 이 일대 전체를 뜻했다. 벽으로 둘러싸인 도시 내부 또한 구획이 나뉘어 있었고, 가장 바깥쪽의 벽 너머로는 넓은 숲이 펼쳐져 있었다.

특별반에서는 1년 정도 수업을 받았다. 수업이 끝나면 나는 같은 반의 야타로를 비롯한 친구들과 광장에서 공을 차거나 술래잡기를 하며 놀러다녔다. 마을 여기저기에 열려 있는 과일은 간식 삼아 마음껏 따 먹을 수 있었다. 어느 날, 평소처럼 학교에 갔는데, 교실에 친구들의 모습은 보이지 않았고 나혼자뿐이었다. 나는 당황스러웠고 불안했다. 마스터 차크라가 조용히 말했다.

"어제, 시험 성적에 따라 분류가 끝났습니다. 친구들은 각자의 길을 갈 겁니다."

"저도, 친구들이랑 같이 있을래요."

"그건 안 됩니다. 당신은 다른 아이들과는 달리 왕이 될 운명이니까요. 오늘부터는 둘이서 수업합니다."

수업이 끝나고, 나는 레제 타운의 주택가에 있는 집으로 돌아왔다.

야타로가 집에 놀러왔다.

"나르비, 마스터 차크라가 널 뽑았다며?"

야타로가 말했다.

"솔직히, 내가 아니라 정말 다행이야. 우린 다 일반 초등학교로 돌아갔어. 마스터가 뭐래?"

나르비는 내 이름이다.

"왕인지 뭔지가 될 거래."

내가 말했다.

"나르비가 왕이 되는구나."

야타로는 짐짓 아는 체하는 표정으로 말했다.

"페루페루인의 왕 말이야."

마스터도 그런 비슷한 말을 했지만, 의미는 확실하지 않았다.

"왕이 뭐야?"

"임금님이잖아."

"왜 내가 왕이 돼?"

"그걸 내가 어떻게 알아? 그렇지만, 우리 아빠가 그렇다고 했어."

우리 가족에 대해 얘기하자면, 팔에 상처가 있는 디나 아주머니와 그 남편인 터크 씨, 그리고 많은 어른들이 나를 돌봐주었다. 피로 이어진 건 아니지만, 그들은 내 가족이었다. 레제 타운은 무척 행복한 곳이었다. 배가 고프면 어디서든 밥을 먹을 수 있었고, 어딜 가든 아는 얼굴이 있었다.

친부모님은 노상강도와 싸우다 돌아가셨다고 들었다. 벽 너머에서 일어난 일이라는데, 디나 씨는 내가 나이를 더 먹으면 알려주겠다고 말했다. 그녀는 우리 엄마와는 친구였다. 어쨌든 이 무렵에는 친부모님의 죽음에 대해 자세히 듣는 게 너무나 고통스러워, 내가 먼저 들려달라고 부탁하지는 않았다.

내가 왕이 될 거라고 알리자, 디나 씨는 기뻐하며 진수성찬을 차렸다. 당시에는 사실, 내 아버지가 왕이 아니었을까 생각했는데, 디나 씨는 딱 잘라 아니라고 했다. 마스터 차크라도 레제의 왕은 세습이 아니라 아이들 중에서 선발된다고 알려주었다. 나는 다른 9명의 아이들, 특히 야타로보다 운동이나 공부가 특별히 뛰어난 것도 아니었는데, 선발 기준이 무엇인지 의문이었다.

돌아가신 어머니에 대해 떠올리면 해수욕장의 정경이 가장 먼저 생각난다. 햇살 아래 잔잔한 바다. 깊은 곳은 검푸르게 보였고, 얕은 곳은 비취처럼 반짝였다. 나는 물속에서 발차기를 했다. 발이 땅에 닿지 않는다. 파도 때문에 수면이 넘실댔다. 바닷바람이 해수면 위를 스쳐 지나갔고, 저 멀리 적란운이 보였다.

나는 수영을 할 줄 몰랐지만, 어머니가 빠지지 않게 내 양손을 잡아주었다. 어머니는 옷을 입고 있었다. 흠뻑 젖은 셔츠가 어머니의 몸에 착 달라붙었다. 수영 연습을 하는 기억이었을까. 나는 불안했지만, 그보다는 어머니를 믿는 마음이 더 컸다. 어머니는 내게 미소를 지어 보였다. 레제 타운 근처에는 바다가 없고, 또 아무리 생각해도 애초에 나는 레제 타운 출신이 아닌 것 같았다. 이 '어머니와 함께 있던 바다'라고 이름 붙여야 할 장소는 꿈속에만 존재하는 곳처럼 느껴졌다.

마스터 차크라와 둘이서 수업을 하기로 한지 일주일이 지나 나는 혼자 왕궁으로 거처를 옮기게 되었다. 수업도 왕궁에서 받는다고 한다. 레제 타운에 사는 터크 씨와 디나 씨와 떨어져 왕궁에 마련된 내 방에서 지내게 된다고 한다. 일곱 살인 내게 선택권은 없었다. 그저 어른들의 일방적인 결정에 잠자코 따르는 수밖에 없었다.

왕궁의 내 방을 안내받아 침실의 문을 열었을 때, 침대 앞에 기묘한 것이 눈에 들어왔다.

"나는 이제부터 네 시중을 들게 될 모크몽이야."

모크몽은 상냥하고 부드러운 목소리로 말했다.

일곱 살인 나보다도 키가 작았고 머리는 고양이처럼 동그랬다. 뚱뚱한 몸통에 짧은 발. 그리고 온몸에 털이 나 있었다. 동물처럼 보이지만, 두 다리로 걸었다. 살아 있는 동물이라기보다는 인형처럼 보였다. 멍하니 바라보고 있으니 모크몽이 말했다.

"나르비, 라고 불러도 돼?"

"응? 아, 그럼."

나는 고개를 끄덕였다.

"너는, 모크몽?"

"모크, 라고 불러줘."

"모크."

"나는 일단 네 시종이지만, 같이 놀아도 괜찮아. 숨바꼭질 할래?"

우리는 처음 만난 날 왕궁에서 술래잡기를 했다. 그리고 모크는 내 친한 친구가 되었다. 모크는 못하는 게 없었다. 보드 게임이나 카드 게임도 할 줄 알았고, 옛날이야기나 음악에 대해서도 알고 있었다. 모크에게 조금이라도 모르는 것, 그러니까 왕궁 내 화장실의 위치라던가, 처음 보는 단어의 읽는 법 같은 걸 물으면 금세 알려주었다.

마을을 떠나 왕궁에 살기 시작하면서 디나 씨나 터크 씨, 야타로를 비롯한 친구들과도 만나지 못해 외로워 눈물 짓는 밤에도, 모크와 이야기하다 보면 금세 기분이 풀렸다.

"임금님이 되면 뭘 할 수 있어?"

나는 모크에게 물었다.

"왕관을 쓸 수 있지."

모크는 자랑스러운 목소리로 말했다.

"아아, 그거."

왕관이라면 책에서 본 적이 있다.

"그리고 뭐든 마음껏 먹을 수 있어."

"그렇구나."

원래 배가 고프진 않았으니까 그다지 매력적인 얘기는 아니었다.

"또 다른 건?"

"왕궁의 병사들을 비롯한 모두에게 명령을 내릴 수 있어."

"그렇구나."

왕궁 앞에는 큰 정원이 있었다. 마치 산울타리로 만든 미로 같았다. 벽돌이 깔린 통로, 작은 문, 분수가 있는 광장 같은 것이 몇 개나 있었다. 어느 가을 날, 정원에서 모크와 둘이 술래잡기를 하던 중 영문을 모를 외로움에 사로잡힌 나는 그 자리에 주저앉아 울음을 터뜨렸다.

"왜 그래?"

"친구들이 보고 싶어."

내가 말했다.

모크는 잠시 생각한 뒤, "음, 그렇구나. '최적의 해답'이야. 넌 어린애니까."라고 대답했다.

"만날 수 있어?"

"그럼. 날 따라와. 만나게 해 줄게."

모크는 나를 데리고 어디론가 향했다. 어떤 문을 열자 숲 속의 좁은 길이 이어져 있었다. 양옆에는 석상이 늘어서 있었고, 그 길 끝에는 또 다른 벽과 문이 보였다. 얕은 수로에는 잉어가 헤엄치고 있었다. 한참을 걸으니 담쟁이덩굴이 자란 벽돌로 된 벽이 나타났다. 모크가 문을 열자 그네와 시소, 미끄럼틀과 같은 놀이기구가 있는 커다란 공원이 나타났다. 그리고 그곳에는 왕으로 뽑히기 전까지 함께 놀던 친구들이 있었다.

"나르비!"

야타로가 나를 발견하고는 손을 흔들었다.

"왕이 왔어!!"

나는 아직 왕이 아니었지만, 아이들이 탄성을 지르며 맞이해 주었다. 얼마나 기뻤는지 모른다.

"이건 뭐야?"

친구들이 모크를 둘러쌌다.

"내 시종이야."

나는 어쩐지 창피했다. 왕궁에서는 모크와 둘이서 술래잡기를 하며 논다고 했더니, 그들이 나를 불쌍하게 생각하는 것 같았다. 부끄러웠다.

"여기까지 데려다줬어."

야타로가 모크의 옆에서 웅크리고 앉았다.

"그렇구나. 너 이름이 뭐야?"

모크는 나를 대할 때와는 태두가 전혀 달랐다. 야티로와 친구들이 질문을 쏟아내도 모크는 반응하지 않았다. 한마디도 대답하지 않았다. 나르비 전용인가 보다. 모크는 석상처럼 미동도 없었고, 아이들은 곧 흥미를 잃었다.

"나르비, 임금님이 됐다고 해서 이 세상이 전부 네 것이라고 생각하지 말라고!"

야타로는 달리며 외쳤다.

나는 술래잡기나 영웅 놀이를 하며 뛰어다녔다. 나보다 발도 빠르고 재치 있는 야타로가 왕에 훨씬 더 잘 어울린다고 생각했다. 그 후로는 왕궁의 수업 일정이 끝난 뒤나 휴일에는 반드시 놀이기구가 있는 공원으로 발걸음을 옮겼다.

2

내가 왕위에 오른 건 아홉 살 때였다. 기계 말이 이끄는 마차를 타고 퍼레이드를 했고, 성의 연회장에서 대관식이 거행됐다. 신관神官이 왕관을 가지고 왔다. 왕관이 내 머리에 씌워졌다.

"나르비 폐하, 만세."

"나르비 폐하, 만세."

연회장에 다 들어오지 못할 정도로 모인 인파가 목소리를 높였다. 분명 디나 씨 부부도, 야타로와 친구들도 있겠지. 나는 가만히 눈을 감았다. 백성들의 함성에 공기가 진동했다.

나르비 폐하, 만세(아-이-에이, 아에-! 하고 들렸다)라는 소리에 귀를 기울인다. 모크는 데려오지 않았다. 모크가 "난 괜찮아." 하고 손사래를 쳤기 때문이었다.

대관식이 끝나고 별실로 이동했다. 일곱 명의 대신이 기다리고 있었다. 각자 축하의 말을 건넨 뒤, 자신이 레제에서 어떤 일을 하는지 알려주었다. 아홉 살인 내 곁에는 보라색 갑옷을 입은 호리호리한 페루페루인 남성, 파리우스 최고 통괄 대신이 서 있었다.

"새로운 왕의 탄생을 감축드립니다. 앞으로 익숙하지 않은 일이 많으시겠지만, 제가 집무를 보좌할 예정이니 안심하십시오."

최고 통괄 대신은 말 그대로 왕의 밑에 있는 왕궁의 각 기관을 통솔하는 리더로, 선왕이 돌아가시고 내가 왕위에 오르기 전까지의 공백기 동안 이 파리우스가 왕의 업무를 대신했다고 한다. 모크가 인형이라면, 파리우스는 긴장감이 느껴지는 어른이었다. 왠지 모르게 보호자 같은 예리한 인상을 주는 그가 나는 무서웠다.

"그럼, 이제 막 왕위에 오르셨지만, 나르비 폐하, 친위 비서관의 임명을."

"아, 저기, 그게 뭐야?"

"친위 비서관이란 임금의 바로 옆에서 시중을 드는 측근으로, 왕명의 전달, 연락, 잡무, 호위, 말 상대 등을 담당합니다. 염두에 둔 사람이 있으시다면 누구든 임명할 수 있습니다."

누구든. 나는 방 안을 둘러보았다. 고작 아홉 살인 내 앞에 엄숙한 표정의 페루페루인 어른들이 죽 늘어서 있다. 이 중에서 골라야 하나? 파리우스라도 상관없는 걸까? 다들 뽑히기를 원할까, 원하지 않을까? 전혀 알 수 없었다.

그때, 타이밍 좋게 끼익하고 문이 열리고 모크가 들어왔다.

"그거, 모크도 할 수 있어?"

'저 인형이요?' 하고 비웃음을 당할 줄 알았는데, 파리우스가 밝은 목소리로 대답했다.

"모크몽 말씀이시군요. 물론입니다. 호위력은 낮지만, 유능한 분입니다. 모크몽을 임명하시겠습니까?"

나는 안심하며 모크를 호위 비서관으로 임명했다.

"임금님, 축하해. 정말 내가 해도 돼?"

모크가 말했다.

"최적의 해답이 아닐지도 몰라."

"아니, 최적의 해답이야."

내가 말했다.

즉위식으로부터 일주일 후, 나는 모크몽과 밀턴 재상과 함께 레제의 벽 안쪽 영토의 시찰하러 떠났다. 기계 말이 이끄는 캐노피가 달린 마차를 타고 영토를 돌아봤다.

과수원, 채소밭, 각종 공방, 목장, 폐기물 처리소.

밀턴 재상이 설명했다.

"레제는 동, 서, 남, 북으로 각각의 구역이 나뉘어 있습니다. 백성들이 사는 레제 타운은 왕궁 북부 지역이지요."

마차에는 마부인 모크와 밀턴, 그리고 내가 타고 있었다. 나는 한쪽에 펼쳐진 밭에 시선을 두었다. 몇몇 사람이 바구니를 짊어지고 농사일을 하고 있었다.

"저 사람들은 뭘 수확하려는 거지?"

같은 간격으로 노란 잎이 난 밭이 있었다.

"저건 인삼입니다. 그리고 그 뒤에는 감자를 심었군요."

"식량은 백성들이 먹기 충분해?"

"물론입니다. 농지에서는 식량 부족에 대비할 수 있도록 항상 넉넉하게 농사를 짓습니다. 물론 너무 많이 생산하지 못하도록 조절하고 있습니다." 밀턴이 말했다.

"사회는 생물과 같습니다. 안에서 여러 가지 것들이 정체되지 않고 순환되면서 삶의 질이 올라가지요."

이윽고 외벽이 나타났다. 안쪽의 세계와 자연계를 나누는 벽이다.

"밖은 위험해?"

"벽 바깥을 말씀하시는 건가요? 그곳은 대자연입니다. 독사나 독충, 또는 맹수가 덮칠지도 모르고, 때로는 산적을 맞닥뜨리기도 하지요. 위험하기는 하지만 여행자나 상인들도 돌아다니고 있으니, 늘 위험한 건 아닙니다."

"언젠가 나가보고 싶다, 나르비."

모크가 말했다.

"가고 싶으면 갈 수 있어?"

"물론입니다. 하지만 반드시 믿을 만한 동료와 가십시오. 다만 성벽 밖 여행이 그렇다는 건 아니지만, 왕의 자유에는 제한이 있습니다. 레제의 대표인 임금의 지위에 걸맞는 행동인지를 항상 심사숙고하시어 결정하십시오. 저희 신하들은 그에 따를 것입니다."

"난 임금님도 인간이니까 자유로워도 된다고 생각해!"

왕으로서의 집무가 시작되었다.

당분간은 신하의 보고를 듣기만 하면 됐다. 특별히 이견이 없으면 "알겠네."하고 말하면 되고, 그렇지 않을 때는 지시를 내린다. 내 지식이 부족해 상대가 하는 말을 이해하지 못하는 경우가 많았는데, 그럴 때는 옆에 있는 모크에게 맡긴다. 나는 큰 책상 앞의 가죽 의자에 앉아 다양한 보고를 들었다.

"토마토의 수확량이 1톤입니다."라던가, "서부 다리의 수리가 완료되었습니다."라던가 하는 보고가 끊임없이 들어온다.

"멜론을 수확할 시기입니다. 수확량은 작년의 4분의 3 수준입니다."

"멜론? 잘 익은 거 하나만 가져와."

"알겠습니다."

"신하들과 다 같이 먹어야겠어. 그럼, 하나가 아니고, 음."

"망극하옵니다. 나르비 폐하."

점심을 먹고 오후 2시 정도까지 잡무를 보면 해방이다. 방으로 돌아가 자유 시간을 보낼 수 있다. 그러다 보면 곧 저녁을 먹을 시간이다.

그리고 어느 날 반년 정도 지났을 무렵, 나는 갑자기 한계를 느꼈다.

"다들, 내 말을 들어주게."

왕의 집무실에 있던 파리우스, 모크, 밀턴 재상, 그 외에도 몇몇 신하들이 나를 바라봤다.

'자네들은 말이 통하지 않아.'라고 말하려다 그만두었다. 말이 통하지 않는 사람에게 무슨 말을 한들 의미가 없다. 나는 왕관을 책상 위에 내려놓았다.

"그대들은 모두 페루페루인이야. 이제 그만하겠어."

문을 쾅, 닫고는 밖으로 나왔다. 짜증을 내고 말았다. 그 사실이 너무 창피해 눈물이 멈추지 않았다. 무엇이 마음이 들지 않았냐면, 쉽게 설명하자면 이런 거다. 나는 아직 어리다. 야타로와 친구들과 놀고 싶은데 왕이 되면서 그럴 시간이 없어졌다. 무엇보다 왕의 업무는 재미도, 보람도 없다. 그런 일을 일주일에 나흘이나 해야 했다. 평생 이렇게 살아야 한다고 생각하니 절망적인 기분이 들었다.

모크가 뒤를 쫓아 왔다. 모크는 갑자기 집무실을 박차고 나간 나를 혼낼 줄 알았는데, "괜찮아, 나도 지쳤거든. 우리, 놀러 갈까?" 하고 말했다. 나는 고개를 끄덕였다. 일곱 살 무렵부터 알고 지냈지만, 모크는 역시 다른 사람들과는 달랐다. 내 기분을 누구보다 잘 헤아려준다. 모크를 측근으로 삼아 다행이라고 생각했다.

그날, 우리는 기계 마차를 타고 왕궁에 들어온 뒤로 한 번도 돌아간 적 없었던 마을로 향했다. 줄지어 늘어선 집, 페루페루인이 아닌 진짜 인간들이 북적이는 광장. 내가 거리를 걷고 있으니 어떤 아주머니가 주뼛거리며 말을 걸었다.

"폐하? 왜 여기에."

아아, 하고 나는 탄식했다. 여기에 오지 말라고 하면 어쩌지.

"음, 디나 아주머니를 만나러 왔다."

"어머, 가엾은 우리 폐하. 제가 얼른 디나 씨를 불러오겠습니다."

사람들이 하나둘 모여들었다.

"어? 나르비 폐하다."

사람들 사이로 야타로의 얼굴이 보였을 때, 갑자기 나는 창피해져서 아무렇지 않은 척했다. 디나 씨가 종종걸음으로 달려와 나와 모크, 그리고 다시 만나 기뻐하는 야타로를 포함해 모두를 집으로 안내했다. 디나 씨가 내온 주스와 과자를 먹으니 마음이 편안해졌다.

"나르비, 놀러 오지 않아서 걱정했었어. 힘들지 않아?"

"너무 힘들어!"

내가 말했다.

"임금님은 아무도 혼내지 않잖아."

야타로가 말한다.

"그래도 힘들어. 난 아직 어리잖아. 그런데 다들 어른 취급을 한단 말이야."

나는 야타로와 디나 씨에게 그동안의 일들을 모두 털어놓았다. 이야기를 들은 디나 씨는 깜짝 놀랐다.

"인간도 아닌 것들 사이에 있으니 이상해지는 것도 당연해. 괜찮아, 임금님은 훌륭한 일을 한다지만, 적당히 하면 좀 어때? 어차피 상징일 뿐인데. 뭐, 상징도 중요하긴 하지."

"게다가, 임금님의 집무는 언제든 쉴 수 있잖니. 설마, 마음 대로 쉬면 안 된다고 생각하는 건 아니지? 마을에 오고 싶을 땐 언제든 놀러 와."

저녁이 되자 파리우스가 데리러 왔다. 나는 하루 더 마을에 머무르겠다고 떼를 쓰고는 파리우스를 돌려보냈는데, 어쩐지 지루해져 그냥 왕궁으로 돌아왔다.

방으로 돌아와 모크에게 물었다.

"파리우스나 다른 사람들은 인간이 아니었어?"

"몰랐어?"

모크가 대답했다.

"몰랐던 건 아닌데." 하고 중얼거렸다. 그랬구나. 역시 페루 페루인은 인간이 아니구나. 그럼, 저들은 대체 뭐지?

3

"환영합니다, 폐하. 저는 지혜의 탑을 관리하는 검색관 시리라고 합니다. 궁금하신 건 뭐든 천천히 찾아보십시오."

어딘지 새를 연상시키는 밝은 목소리의 여자가 말했다. 단정한 몸매에 허리를 꼿꼿하게 펴고 있었다.

궁금한 걸 찾아보고 싶다고 했더니 파리우스가 지혜의 탑으로 안내해 주었다.

"그럼, 이후 안내는 시리에게 맡기겠습니다."

파리우스는 방을 나갔다. 나는 시리 앞에 앉았다.

"검색관이 뭐지?"

"정보 검색을 담당하는 자입니다. 회 뜨는 법부터 이 나라의 역사, 또는 인종의 기원까지 데이터베이스를 검색합니다. 제가 아는 것은 모두 가르쳐드리겠습니다."

"왕궁에 페루페루인만 있는 이유는 무엇이지? 페루페루인이 이 나라를 지배하고 있다는 뜻인가?"

"페루페루인이 무엇인지 잘 모르겠습니다."

"파리우스와 밀턴, 그리고 그대는 니와는 달라."

"폐하는 호모 사피엔스, 인간입니다. 자연인, 이라고도 불립니다. 그리고 저는 내추럴로이드입니다. 공예인이라고도 불립니다. 파리우스와 밀턴, 그리고 저는 모두 내추럴로이드 입니다."

"내추럴로이드?"

"인간이 만든 인공지능이 탑재된 유기 로봇입니다."

모르는 단어가 너무 많아 이해가 잘 안 되었다. 어쨌든, 페루페루인의 정식명칭은 내추럴로이드였다.

"내추럴로이드가 인간을 지배하고 있어?"

왕궁에 살고 있으니 일종의 귀족 계급인가.

"사실은 이 견해와 정반대입니다. 내추럴로이드는 인간이 부리기 위해 만들어졌고, 지금도 인간이 시킨 일을 하고 있습니다."

"인간이 만들었다?"

"간단히 말하자면 그렇습니다. 다만 지금의 내추럴로이드 는 필요한 만큼만 생산될 수 있도록 스스로 개체 수를 조절합니다."

"페루페루인, 아니, 내추럴로이드는 생물이 아니로구나?"

"그렇습니다. 애초에, 저희는 환경을 오염시키지 않도록 목재와 수지, 기타 유기 화합물 등 최대한 자연계로 환원되기 쉬운 소재로 만들어졌습니다."

시리와의 문답에서 나는 인류사를 배웠다. 마스터 차크라 의 수업에서도 일부 배웠겠지만, 여섯 살짜리 아이의 머릿속 에 남아 있을 리 없었다.

시리의 설명에 따르면 초기의 인류는 야생 동물이었다. 하지만 지능이 발달하면서 점차 불을 사용하게 되었고, 동물의 뼈를 깎거나 돌을 사용하기도 하고, 덫을 사용하게 되었다. 그리고 농업, 즉 경작을 발명했다. 수확물이 남기 시작하면서 도시 국가가 탄생했다. 그로부터 수천 년 동안, 문명은 점차 발달했고, 이에 따라 인류의 수가 비약적으로 증가했다. 하지만 인류가 지나치게 늘어나면서, 많은 동식물이 멸종하고 행성의 기후에도 영향을 주었다.

지금으로부터 600년 정도 전에 내추럴로이드의 원형인 AI가 개발되었다. 당시에는 지금의 내추럴로이드와 전혀 다른 물건이었다. 또한 그 시대에는 이대로 인류가 계속 늘어난다면 지구 환경이 파괴되고, 결국은 인류도 멸종되리라는 사실도 예측되었다.

그 후, 세계적으로 큰 재해가 일어났다. 특히 온난화 때문에 영구 동토가 융해되고, 이 때문에 G-229 바이러스 전염병이 전 세계를 휩쓸면서 세상은 크게 바뀌게 되었다. 그에 앞서서는 COVID-19라는 바이러스가 전 세계적으로 유행했다. 하지만 G-229는 공기를 통해 감염되는 데다가 치사율이 매우 높고, 나아가 치료약도 없어 이 병으로 인한 사망자는 다른 어떤 전염병보다도 많았다.

반으로 줄었다. 동시에 전 세계적으로 내란이 일어났고, 강대국들이 무력 충돌을 시작하며 세계대전이 발발했다. 많은 도시가 잿더미로 변했다. 그로부터 100년 동안은 인류의 재활기로 불린다. 환경 파괴를 반성하면서 '자연적인 생활로 회귀하자'는 사상에 따른 커다란 사회적 운동이 일어났다. 인류는 지구와 공존하는 새로운 시스템을 끊임없이 모색했다.

과거 인구가 도시에 집중되는 사회에서 지방으로 분산되는 사회로 변했고, G-229의 확산을 막기 위해 마을 입구에 검역소를 설치하는 소규모 타운 커뮤니티가 여기저기에 만들어졌다. 하나의 타운에는 주민 수가 정해져 있었다. 플라스틱 등의 환경 오염 물질과 CO_2의 배출을 대폭 삭감하기 위해 불필요한 공업 제품의 생산이 중지되었다. 산림이나 열대 우림의 복원도 시작되었다.

이러한 흐름 속에서 내추럴로이드에 의한 노동 절감 사회를 실현한 커뮤니티가 새로운 시대의 라이프스타일 중 하나로 등장하게 되었다. 농업, 공업, 인프라 구축 등, 사회 전반의 생산 활동은 AI와 내추럴로이드에게 맡기고, 인간은 내추럴로이드가 생산한 것들을 무상으로 제공받는다.

주 5일제였던 노동의 형태는 2주에 이틀 정도로 줄어들었다. 내추럴로이드 타운이라 불리는 이 사회는 과소 지역에 시험적으로 만들어진 뒤, 전 세계로 확산되었다. 또한 그 규모가 큰 곳은 내추럴로이드 왕국이라 불리었는데, 이러한 곳 중하나가 지금 내가 사는 레제였다.

나는 매일 지식의 탑에 들렀다. 여기서 얻은 지식은, 과거 내가 알고 있던 세계관을 수정하고 재정립하게 했다. 나는 어쩌다 이렇게 무지했던 걸까. 마스터 차크라는 내추럴로이드 사회에 대해 어떠한 형태로든 알려줬을 테지만, 아마도 어린 내가 충격을 받지 않도록 핵심을 뺀 조작된 정보였을 것이다.

"지금의 왕정은 이상하지 않아? 책에서 왕이 어쩌고저쩌고 하는 것도 다 옛날이야기잖아. 왜 왕이 필요하지?"

"레제는 왕정이 아닙니다. 레제의 국정은 레제 타운의 마을 의회가 결정합니다. 레제의 왕은 어디까지나 상징적인 존재이며, 원칙적으로 정치에 참여할 수 없습니다. 왕궁 소속의 내추럴로이드에게 명령을 내릴 수는 있지만, 정치적인 권력을 가지지는 않습니다."

"상징? 그게 무슨 말이야?"

"200년 전, 휴먼 심볼, 휴먼 킹 운동에 의해 생겨난 시스템입니다. 내추럴로이드가 인간 대신 노동을 하는 커뮤니티는 관점을 바꾸면 인간이 내추럴로이드에게 관리, 양육되는 구조입니다. 이를 인간을 기계의 가축으로 만드는 무시무시한 구조로 간주해 일어난 것이 휴먼 심볼, 휴먼 킹 운동으로, 내추럴로이드 타운에서는 인간이 지배, 운영한다는 사실을 나타내기 위한 상징적인 지위를 내추럴로이드의 위에 두기로 했습니다."

내추럴로이드를 부리는 건 인간이라는 체제를 유지하기 위해 존재하는 왕. 인류의 비굴함이 느껴졌지만, 한편으론 이해가 가지 않는 것도 아니었다. 내 눈에도 줄곧 페루페루인, 아니 내추럴로이드가 왕국을 운영하고 있는 것이 분명해 보였다. 내가 왜 매일 왕의 일을 헛되다고 느꼈는지, 이제야 알 것 같았다. 애초에 나는 매일 그런 일을 할 필요가 없었던 것이다.

지식을 습득한 나는 이제 파리우스가 무섭지 않았다. 그는 기계다. 결코 반란을 일으키지도, 나를 대신하려고도 하지 않는다. 왕이 집무에 지치면, 그 일을 내추럴로이드에게 대신 맡길 수도 있다고 시리가 알려주었다.

4

"내가 왕을?"

모크는 놀란 얼굴로 말했다.

"아니, 정확히는 집무 대행. 그런데 모크 너도 내추럴로이드였네? 전혀 몰랐어. 아니, 실은 왠지 비슷한 느낌은 들었지만, 전혀 눈치채지 못했어."

"왕관 씌워 줘."

나는 모크에게 왕관을 씌워 주었다. 귀여운 임금님 인형처럼 보여 무심코 웃음이 나왔다. 왕궁 밖으로 나갔다. 파리우스도 밀턴도, 아무도 혼내지 않았다. 그저, "다녀오십시오." 하고 말했다.

한 주의 집무 시간은 한 시간으로 줄였다. 레제 타운의 이벤트, 이른바 축제에 옷을 차려입고 자리를 지키는 것 정도가 내 일이었다. 어느덧 나는 열 살이 되었다.

자유로웠다. 레제의 치안은 좋다. 야타로와 친구들은 오후까지 학교에 있어야 했지만, 나는 왕인 데다가 일을 님에게 맡겼으니 한가했다. 마을 외곽에는 분수대가 있었다. 용의 석상이 물을 뿜는 돌로 만든 계단형 못에 맑은 물이 흘렀다. 여름이었다면 여기서 수영이라도 할 텐데. 물에 발을 담그고 한가로이 시간을 보내도 좋다.

다만 마을 안에서는 말을 거는 사람도 많았다. 귀찮아지면 정원으로 몸을 피하거나 미로 같은 정원 속 벤치에 가만히 앉아 있었다. 호위 같은 건 필요 없다. 그러다 점심때가 되면 일단 왕궁으로 돌아가거나 마을에서 밥을 먹었다. 그러고는 그 놀이기구가 있는 공원으로 향한다. 그러면, 야타로와 친구들이 나타난다. 열 살쯤 되면 다들 자전거를 가지고 있었기에, 그걸 타고 거리를 활보하는 일도 많았다.

열 살이 되던 해 가을이었다. 그때 야타로와 둘이 길에서 자전거를 타고 있었다.

"우리, 벽까지 가보지 않을래?"

야타로가 말했다.

"좋아."

우리는 두 시간 가까이 자전거를 타고 15미터 정도 높이의 벽에 도착했는데, 그곳에 인간형 내추럴로이드가 한 대 서 있었다. 레제에 있는 내추럴로이드는 대부분 일을 했기 때문에, 혼자 산책하는 듯한 모습이 조금 신기했다. 가까이 가보니, 관절 사이로 전선이 튀어나와 있었고, 왼쪽 팔도 없었다. 어깨에는 'C-12'라고 번호가 새겨져 있다.

"안녕."

내가 말을 걸었다.

"안녕하세요, 폐하."

C-12가 쉰 목소리로 말했다.

"어디로 가는 거예요?"

야타로도 흥미가 생긴 듯했다. C-12가 대답했다.

"사, 사, 사용 기간이 지나 노화 모델 진단을 받았습니다. 폐기 명령이 떨어졌으므로, 제, 제 발로 무덤으로 가는 중입니다."

우리는 서로 마주 보았다. 나는 내추럴로이드에게 죽음에 해당하는 개념이 있고, 무덤이 있으며, 역할을 다하면 자발적으로 그곳으로 간다는 사실을 이때 처음 알았다.

"무덤은 어디 있는데요?"

"이곳으로부터 서쪽으로 205미터 정도 가면 있습니다."

"따라가자."

야타로가 말했다.

"전에는 어디서 일했지?"

"저, 저는, 내추럴로이드 공방에서 일했습니다."

"몇 년이나?"

"120년입니다."

그는 태어난 이래로 120년 동안 인간을 위해 계속 일했고, 그리고 혼자 무덤으로 가서 동작을 멈춘다. 이런 생각이 들자. 나는 가슴이 찡해졌다. 그때 갑자기 C-12가 말했다.

"폐, 폐하에게 보고 드립니다. 국가 기밀과 관련될 가능성이 있습니다. 지금, 여기서 고해도 괜찮을까요?"

"보고?"

내가 말했다.

"말하라."

야타로가 망가진 거 아니냐며 눈짓을 하기에, 고개를 끄덕였다.

"폐하께서 명령하신 2560형 시그마의 AI 유닛과 메모리는 MON.E.45로 이식이 완료되었습니다."

"그게 보고인가? 나는 잘 모르겠는데."

내가 곤란해서 웃었다. 이 내추럴로이드는 처음 본다. 당연히 그런 명령을 내린 적도 없다.

"폐하께서 명령하신 2560형 시그마의 AI 유닛과 메모리는, MON.E.45로 이식이 완료되었습니다."

"네, 네."

"화, 확인 감사드립니다. 그렇다면, 다음으로 명령하실 일이 있으면 말씀해 주십시오. 지시하실 작업이 있으신가요?"

"아니, 특별히 없어." 내가 대답했다.

"명령이라. 임금님은 임금님이네." 놀리듯 야타로가 말했다.

"시그마인지 뭔지는 무슨 명령이야?"

"아니, 그런 명령을 내린 적이 없다니까."

그러고는 작게 "이 사람, 고장 났나 봐." 하고 속삭였다.

앞에 수풀이 보였다. 노후화된 내추럴로이드는 이윽고 숲의 좁은 길로 들어서자, 큰 바위 앞으로 걸어가 웅크리고 앉았다.

"모든 기간 종료. 지금부터 영구 정지합니다."라고 중얼거리고는 움직임이 멈췄다.

가을 특유의 시원한 바람이 불어와 낙엽이 바스락댔다. 내추럴로이드는 대부분의 재질이 자연에 환원된다고 들었지만, 주위에 이끼나 담쟁이덩굴에 내추럴로이드의 흔적이 널려 있었다. 흙으로 돌아가려면 시간이 오래 걸리나 보다.

갑자기 소름이 돋아, 우리는 조용히 숲을 나왔다. 돌아오는 길에 야타로가 말했다.

"아, 알겠다. 아까 그 폐하의 명령이라는 거 말이야, 사실은 이전 왕이 내린 거 아닐까?"

"아, 그런가?"

그런 거라면 이해가 간다.

"이전 왕이 말이야, 뭔가 반란을 꾸몄었다고 했는데."

"정말?"

내가 말했다.

"왜? 왕인데, 왕이 왜 반란을 일으키는 거지?"

"글쎄. 나도 자세한 건 몰라."

"선왕 오마는 인간이었지?"

"물론이지. 왕위에 오를 수 있는 건 인간뿐이잖아."

평범한 사람도 내추럴로이드가 일을 대신해 주는 남부럽지 않은 사회에서, 상징적인 존재라고는 하나 왕의 생활을 보장받은 나로서는 같은 입장이었을 선왕이 무슨 생각으로 반란 같은 걸 꾸몄는지 이해할 수 없었다. 나와 야타로는 지식의 탑으로 향했다.

5

"시리, 선왕인 오마에 대해 알려줘."

"레제의 제27대 국왕인 카이 오마 말씀이시군요. 카이 오마, 2552년 레제 타운 출생. 12세에 즉위, 44세에 살인 혐의로 체포되었습니다. 2596년 9월, 44세의 나이에 자살했습니다."

"자살?"

자살이 뭐냐고 물으니, 스스로 목숨을 끊는 것이라고 대답했다.

"감옥 안에서 목을 매 사망했습니다. 생전에는 마을 회의에서 〈영토 밖 사냥법〉을 제출했습니다. 해당 법안은 통과되었지만, 오마의 사후 철폐되었습니다."

"반란을 일으켰다는 건?"

"반란으로 정의되는 사항은 기록에 없습니다만, 카이 오마는 2596년 9월에 내란 미수를 일으켰습니다."

반란이 아니라 내란인가.

"내란이 뭔데?"

아니, 그 전에 살인죄라니? 이런 외문이 떠오르자마자 나는 왠지 이것이 나와 관계가 있는 사건이라고 직감했다. 지금까지 내가 선왕 오마에 대해 아무것도 몰랐던 건, 어린애였기 때문이라기보다 일부러 어른들이 오마의 사건을 내 앞에서 얘기하지 않았기 때문은 아닐까.

의문이 꼬리에 꼬리를 물었다. 문득 시리, 무엇이든 알고 있는 이 내추럴로이드에게 내 부모님이 어떻게 돌아가셨는지도 물어보면 대답해 줄 거란 생각이 들었다. 하지만 그건 디나 씨가 이야기해 주기로 약속했다.

다음 날, 나는 부모님의 죽음에 대해 자세히 듣기 위해 디나 씨를 찾아갔다.

"넌 아직 열 살이야. 열다섯 정도가 되면 알려주려고 생각했는데."

디나 씨가 딸기 푸딩을 내밀었다.

"충격을 받을지도 몰라."

"저는 지금 알고 싶어요."

내가 말했다.

"어제, 이것저것 알아봐서 절반 이상은 알았거든요. 그러니까, 그때 무슨 일이 있었는지는 직접 듣고 싶어요."

6

그로부터 일주일 후, 나는 성벽 밖 원정을 계획했다. 목적지는 레제 타운에서 30킬로미터 정도 멀리 떨어진 '리어만'. 명목은 시찰 여행이다. 밖은 상당히 위험하지만 일단은 평화로운 자연 풍경이 펼쳐져 있고 사람도 살고 있다. 그동안의 집무는 모두 파리우스에게 맡기기로 했다. 왕궁 근위병 두 명이 동행했다. 그리고 야타로와 모크도 함께 갔다.

성벽 밖 원정을 나갈 때 반 의무화되어 있는 예방 주사를 몇 차례 맞고, 휘장이 달린 육륜차를 타고 출발했다. 정문을 나서자 100년 이상도 더 되어 보이는 나무들이 눈에 띄었다. 끝없이 이어진 길 주위에 여기저기가 깎이고 부서진 바위산이 널려 있었다. 과거의 콘크리트 건물이 비바람을 맞으며 바위처럼 변한 것이었다. 바퀴가 여섯 개 달린 차는 천천히 앞으로 나갔다.

예전에 이 땅의 길이라는 길은 모두 아스팔트로 포장되어 있어, 차들이 빠른 속도로 오갔다고 한다. 하지만 화석 연료가 고갈되고 바이오 언료 치기 주류가 된 데다가, G 229 때문에 불필요한 마을 간 이동이 법으로 규제되면서 길이 점차 쇠퇴해 결국 다시 흙으로 변했다. 몇백 마리는 되어 보이는 사슴 무리가 길을 건넜다. 조금 더 나아가자 야생 소가 나타났다.

"레제 타운 밖 시가지도 보고 싶다."

"작년쯤, 400킬로미터 정도 떨어진 산맥에 있던 중간 규모의 마을이 G-229 때문에 사라졌대."

"어디서 들었어?"

"지혜의 탑의 시리가 세계 뉴스를 알려줬어."

"큰일이네, 아직도 피해가 발생하는구나."

"인간이 큰일이지." 모크가 말한다. "바이러스라던가."

"모크는 자연을 느낄 수 있어? 우리처럼 말이야."

모크는 야타로의 질문을 무시했다. 모크는 여전히 나하고만 말을 했다.

내가 대신 대답했다.

"글쎄, 코도 폐도 없으니 힘들겠지? 우리처럼 숨을 들이쉬면서 '아, 이거 좋은 냄새네' 하는 식으론 불가능할 거야."

"그렇구나." 야타로가 고개를 끄덕였다.

오후가 지나자 리어만이 보였다. 마치 숨겨진 해안 같은 분위기의 조용한 곳이었다. 바다 쪽으로 이어진 야트막한 언덕은 야영하기 좋아 보였고, 초원에는 나무로 만든 작은 오두막과 벤치, 아궁이가 있었다.

그곳에서 내려다보면 아래로 바다가 시원하게 펼쳐졌다. 언덕의 야영지에서 계단을 타고 절벽을 내려가면 모래사장으로 나갈 수 있었다. 바닷물은 투명했고, 조개가 잔뜩 널려 있었다. 해변에는 우리뿐이었다.

"여름이었다면 수영이라도 할 텐데."

야타로가 말했다. 나는 파도가 밀려오는 해변에서 접시조개의 껍데기를 주웠다. 모크와 야타로를 향해 말했다.

"내 부모님은 세계 곳곳을 누비던 분들이었어."

조개껍데기를 바다로 던졌다.

"상인이셨대. 분명 자유로운 생활을 하셨겠지."

내추럴로이드 타운은 언제나 필요 이상으로 물건을 생산했다. 그 덕에 지금은 타운 주민은 물론, 인근 주민이나 여행객도 무료로 야채와 과일, 의약품 등을 구할 수 있다. 평생 내추럴로이드 타운에서만 사는 사람은 없었다. 마을과 마을 사이를 여행하는 사람들도 많았고, 타운이 싫어 불편하더라도 숲속에서 사는 사람들도 있다.

"내 부모님이 속했던 상단은 6년 전 이곳에 머물렀어. 말이 4필, 인원은 18명이었대. 내륙의 산맥을 넘어왔어. 그리고 그때 아버지는 이곳에서 총에 맞아 죽었어. 정확히는 이 모래사장 위의 야영지에서."

나는 모크에게 말했다.

"그랬구나."

모크는 안쓰럽다는 듯한 목소리로 말했다. 디나 씨에게서 모든 이야기를 듣고, 나는 이곳저곳을 돌아다니며 빠진 조각들을 하나씩 맞춰 나갔다.

6년 전, 리어만 근방에 여름의 끝자락을 알리는 햇빛이 내려앉았다. 아직은 해가 높게 떠 있는 오후였다. 아이들은 파도가 밀려오는 해변에서 어른들과 함께 놀고 있었다. 디나 씨의 말에 따르면, 나는 모래집을 만들고 있었다고 했다.

한편, 모래사장과 계단으로 이어진 야영장에서는 다른 어른들이 식사를 준비하고 있었다. 그날 오후, 픽! 바람을 가르는 소리가 나더니 다음 순간 한 남자가 쓰러졌다. 디나 씨는 품에 안고 있던 장작을 내던지고 남자의 곁으로 달려갔다. 쓰러진 남자는 디나 씨의 남동생이었다.

또다시 픽! 소리가 들렸다. 디나 씨는 왼쪽 팔에 타는 듯한 아픔을 느꼈다. 푹! 흙이 튀었다. 디나 씨는 남동생을 살폈다. 가슴이 새빨갛게 물든 남동생이 눈에 초점을 잃은 채 얕고 빠른 숨을 쉬었다. 그리고 자신의 팔을 보았다. 피가 나고 있었다.

혼란스러운 순간이었지만, 디나 씨는 직감적으로 상황을 파악했다. 먼 곳에서 저격을 당했다. 디나 씨 또한 총알이 빗나가지 않았다면 치명상을 입었으리라. 디나 씨는 큰 소리로 주변 동료들을 향해 외쳤다.

"저격이다!"

다들 당황해 우왕좌왕했다.

레제의 치안 유지는 내추럴로이드 경비가 담당하고 있지만, 그들은 성벽 안쪽만 지켰다. 내추럴로이드 타운이라면 어디든 성벽 바깥 일에는 좀처럼 개입하지 않았다. 그래서 성벽 바깥쪽에서는 사람들이 쉽게 죽었다. 디나 씨의 동료가 통신기를 꺼내어 가장 가까운 레제 타운의 구조 레인저에게 사태를 보고해 도움을 요청하려고 했지만, 방해 전파 때문인지 연락이 되지 않았다. 그러는 와중에도 동료들은 하나둘 저격당해 목숨을 잃었다.

"범인은 선왕인 오마였어."

내가 말했다.

"찾아보기 전까지는 잘 몰랐는데, 상당히 큰 사건이었더라고." 야타로가 덧붙였다.

"그래? 난 몰랐어. 내가 만들어지기 전의 사건이었나 봐."

"그럴까? 아무튼, 얘기를 계속할게."

선왕 오마는 나와 마찬가지로 소년 시절에 왕의 후보로 뽑혔고, 열두 살에 즉위했다. 나와 마찬가지로 상징적인 왕으로서 집무를 보며 허무함을 느꼈다. 그러다 나처럼 내추럴로이드에게 집무를 맡기고는 놀러 다니기만 했다.

오마는 성벽 밖의 들판으로 총을 가시고 나가 냉수를 사냥하는 걸 즐겼다. 고기를 취하기 위한 사냥이 아니었다. 그는 단지 죽이기 위해 총을 쐈다. 성벽의 바깥은 사슴 무리나 예전에 가축으로 키웠다던 돼지나 소와 같은 짐승들이 돌아다녔다. 레제에서는 사족보행 짐승의 고기를 먹지 않는다.

처음에는 인간인 친구와 내추럴로이드 몇을 데리고 사냥에 나섰지만, 친구가 진드기가 옮기는 바이러스에 감염되어 죽은 뒤로는 내추럴로이드만 데리고 나갔다. 오마는 항상 같은 내추럴로이드를 데리고 다녔다. 이름은 시그마. 백금으로 된 늘씬한 몸매를 지닌 아름다운 여성형 내추럴로이드였다. 그녀는 오마의 친위 비서관이었다.

이윽고 오마는 사냥 도중 마주친 여행자를 저격하기에 이르렀다. 처음 여행자를 습격했을 때의 경위나 심정은 알 길이 없다. 그저 사람을 죽여 보고 싶었을 가능성도 있다. 처음에는 발각될까 두려워 3명 이하의 소규모 여행객을 노렸다. 오마가 사용하는 고성능 라이플의 사거리는 약 300미터였는데, 상대가 맹수에 대비해 가지고 다니는 총들은 대부분 사거리가 짧았다. 때문에 오마는 언제나 반격 불가능한 거리에서 총을 쏠 수 있었다. 게다가, 레인저나 인근 마을 경찰과 연락을 못하게 근처에서 방해 전파를 쏘는 기계를 작동시켰다. 비겁한 짓이었다.

상대가 공포에 질려 제대로 움직이지 못한다고 판단되면, 오마는 가까이 다가가 칼로 난도질했다. 여행자를 살해한 뒤에는 소지품을 뒤져 기념 삼을 만한 걸 하나씩 가져갔다. 대부분은 '신분증' 역할을 하는 여행 허가증이나 통행증이었고, 때로는 열쇠나 장신구일 때도 있었다. 시체는 내추럴로이드가 매장시켜서 은폐했다.

오마는 숲속에 은신처를 마련하고, 그 지하실에 전리품을 모아 두었다. 그렇게 은밀한 살육 행각을 벌인 지 약 10년 만에야 비로소 발각되었다. 그는 연인처럼 아꼈던 시그마를 곁에 두고 왕궁 직속 내추럴로이드들과 함께 이곳저곳을 옮겨 다니며 사냥했다. 때론 여행자가 아니라 어딘가로 향하던 레제 주민을 희생시키기도 했다.

물론 그 정도로 사람들이 사라지면 소문이 돌기 마련이다. '레제 타운의 주변에 괴물이 살고 있다'라던가, '산적단이 출몰했다'와 같은 소문이 오랫동안 떠돌았다.

디나 씨는 수건으로 팔을 감아 지혈한 뒤, 해변으로 이어지는 계단을 뛰어올라갔다. 해변 쪽 아이들과 어른들에게 습격 상황을 알리기 위해서였다. 한편 내 아버지는 언덕 위 텐트에서 낮잠을 자다가, 밖에서 들려오는 소란에 막 나서던 참이었다. 쓰러진 동료를 발견하고 달려가려다 머리에 총알을 맞고 숨을 거뒀다.

이후 오마를 체포한 뒤, 숲속 은신처에 모아 둔 진리품들과 사냥에 동행했던 내추럴로이드 메모리칩 내용을 조사함으로써 그의 행적이 밝혀졌다. 디나 씨 일행처럼 18명이나 되는 집단을 습격한 것은 이번이 처음이었다고 한다. 그전까지 오마가 한 번에 공격한 최대 인원은 7명에 불과했다. 살해 행위를 반복하면서도 허전함을 느낀 그는 더 큰 자극을 원해 대규모 여행객을 노린 것이다.

오마는 언덕 위에서 야영하는 대상 집단의 정보를 미리 파악했다. 내추럴로이드 AI로 살해 계획까지 시뮬레이션했다. 해변 아래 언덕은 오직 하나의 길로만 드나들 수 있었는데, 그 길을 막으면 사냥감은 도망칠 수 없었다. 오마는 내추럴로이드에게 명령해, 18명이 야영지에 들어가자마자 언덕에서 이어지는 길 양쪽 나무에 피아노 줄을 쳐서 사람이 지나갈 수 없도록 만들었다.

나무가 있다고 해도 오마가 숨어 있는 장소에서는 훤히 들여다보였기 때문에 피아노 줄 앞에 허둥대는 사냥감들은 멀리서 스코프 너머로 라이플을 겨누고 있는 오마에게 딱 알맞은 표적이었다. 한 사람도 놓치지 않겠다고 생각했겠지.

오마의 계획은 절반 정도는 들어맞아 대상 집단의 여행자들이 하나둘 쓰러져갔다. 하지만 큰 착오가 있었다. 디나 씨가 해변 근처에서 아이들과 놀고 있는 어른들에게 서둘러 사태를 알리자, 모두 얼굴이 새하얘졌다. 짐은 모두 해변에 있는 야영지에 있었다. 하지만 그곳으로 돌아가면 저격당한다.

그때, 해변가에 있던 내 어머니가 이런 아이디어를 냈다고 한다.

"계단을 통해 야영지로 올라가지 말고, 만을 따라 헤엄쳐서 이곳을 벗어나 조금 떨어진 해변에 상륙한 뒤, 그곳에서 레제 타운까지 걸어서 도망칩시다."

레제 타운까지 가면 누군가가 도와줄 것이고, 오래 머무를 수도 있다. 옷이나 식량도 손에 넣을 수 있다. 바다를 헤엄쳐 도망치는 이 아이디어는, 수영을 못하는 오마의 계획에도, 또 바다를 길로 인식하지 않은 AI의 시뮬레이션에도 없었다. 그 날 바다는 잔잔했다. 수평선 위로 오후의 구름이 길게 뻗어 있었다. 헤엄친다고는 하지만 수심이 얕은 곳이었다.

"밀물이 되기 전에 헤엄쳐 갑시다. 아이들이 놀라지 않도록 하자고요."

야타로는 잠자코 얘기를 들었다. 모크도 아무 말 하지 않았다.

"기억나는 건 얼마 없어. 바다에 들어갔던 것 정도? 처음에 물이 너무 차가웠지만, 친구들, 어른들 모두 바다에 뛰어들었지. 뭔가 큰일이 일어났다는 것 정도는 눈치 챘던 것 같아."

나는 아무도 없는 조용한 모래사장과 수심이 얕은 바다를 바라봤다. 당시 네 살이었던 나는 발이 전혀 닿지 않았지만, 어른들은 충분히 발이 닿는 깊이라 아이들에게 수영 연습을 시키듯 손을 이끌며 앞으로 나갔다. 바다를 헤엄치거나 걸으면서 다른 해변에 도착한 인원은 모두 7명이었다.

상륙 지점에서 레제 타운을 향해 조금만 걸어가면 두 갈래 길을 만나게 된다. 양쪽 모두 레제 타운과 연결된 길이었다. 자신들을 습격한 이유는 알 수 없지만, 상대는 신고할 수 없도록 방해 전파까지 준비했다. 집요하게 쫓아와 마을에 도착하기 전에 자신들을 죽일 가능성이 있었다.

어머니와 디나 씨, 그리고 어른들은 논의한 끝에 빨리 레제 타운으로 가 도움을 요청할 수 있는 걸음이 빠른 무리와 아이들을 돌보며 천천히 이동하는 무리, 이렇게 둘로 나누어 레제 타운으로 향하기로 했다. 어느 쪽이 습격을 당하든, 다른 한쪽은 마을에 도착할 수 있다. 만일 둘 다 습격당하지 않는다면 레제 타운에 먼저 도착한 무리가 차를 끌고 뒤따라오는 무리를 맞이하러 올 수 있다.

이때의 기억도 조금 난다. 배고픔을 참으며 걸었는데, 신발은 물에 잔뜩 젖은 데다가 모래도 들어가 있었다. 어머니의 등에 업혀 잠들었다 깨어나 보니 밤이었다. 우리는 길옆 나무에 기대어 앉아 옅은 잠에 빠져 있었다. 나는 어머니에게 안겨 있었다.

사건은 새벽에 일어났다. 앞에서 누군가 다가왔다. 어머니는 내 입을 막고, 나무 그늘에 숨어 있으라고 했다. 어머니가 말을 걸 때까지 절대로 나와서는 안 된다고 했다. 나는 어머니가 시키는 대로 했다. 커다란 나무 뒤가 움푹 패어 있었기에, 나무를 돌아 그곳에 몸을 숨겼다.

저벅저벅 흙을 밟는 소리. 사람들의 목소리. 그리고 네 발의 총성. 나는 가만히 몸을 떨며 기다렸다. 계속 기다렸다. 하지만 나를 부르는 목소리는 들리지 않았다. 겨우 길로 돌아오자, 어머니와 누나처럼 따랐던 열 살 정도였던 소녀, 그리고 그 소녀의 동생과 아버지가 쓰러져 있었다.

한편, 우리와 헤어져 다른 길로 이동했던 발이 빠른 무리(디나 씨는 이곳에 있었다)는 적을 만나지 않고 새벽녘에 무사히 레제 타운에 도착했다. 레제 타운의 레인저가 구출하러 왔을 때, 나는 어머니 옆에 멍하니 주저앉아 있었다고 한다.

대상의 생존자들은 누군가에게 쫓기고 있었다는 사실을 레제 타운의 구조 레인저에게 알렸다. 곧바로 레제 경찰에게도 전달되었다. 오마가 금세 용의선상에 오른 건, 이전부터 소문이 돌았기 때문인지도 모른다. 왕의 육륜차에 달린 조난대비용 GPS의 발신 전파를 추적해 언덕의 야영지 바로 옆에서 왕이 사냥했었다는 사실이 밝혀졌다.

오마는 대상의 생존자가 레제에 도착한 지 이틀 후에 데리고 다니던 내추럴로이드와 함께 육륜차를 타고 돌아왔다. 하지만 정문은 열리지 않았다. 그곳에 경찰이 나타나 오마를 포위했다.

"폐하께 여쭤볼 말이 있습니다. 잠시 같이 가시죠."

오마는 자신의 죄가 발각되었다는 사실을 바로 눈치 챘다. 갑자기 권총을 꺼내 자신을 둘러싼 마을 사람 중 한 명을 쏘아 죽이고는 차를 타고 도망쳤다. 그리고 성벽 밖에서 하루 동안 경찰과 추격전을 벌였다. 오마는 원격 통신기로 왕궁 근위병에게 타운에 불을 지르라는 지시를 내려 내추럴로이드를 이용해 내란을 일으키려고 했다. 불을 내 경찰의 시선을 그쪽으로 돌리고, 그 혼란을 틈타 도망칠 계획이었던 것이다. 하지만 대상이 신고하자마자 마을 의회가 왕궁 소속 내추럴로이드의 활동을 정지시켜 시스템을 비활성화시켜 둔 덕에 오마의 명령은 모두 무효가 되었다. 살인죄에 내란 미수죄가 추가되었을 뿐이었다. 다음 날, 오마는 체포되었다.

오마를 따라다녔던 내추럴로이드의 메모리칩에는 언덕에 있던 대상 습격 계획의 자초지종과 오마가 과거에 저질렀던 방대한 수의 살인 기록이 남겨져 있었다. 감옥에 들어갔을 때 오마는 이렇게 변명했다.

"그 길을 지나는 여행객들의 열에 아홉은 우리 영토에 물자를 보급하러 오지. 그들이 전염병을 옮기지 않을 거라 확신할 수 있나? 지구 인구수가 반으로 줄어든 G-229의 역사를 보라. 바이러스도, 병균도, 처음에는 누군가가 외부에서 들어왔다. 내가 죽인 이가 보균자였다면, 나는 성벽 안에 대량의 사망자가 발생하는 걸 막은 영웅이 아닌가. 친위 비서관 시그마는 내게 이러한 사실을 알려주었다. 왕이 해야 할 일이라며 내게 계속 얘기했단 말이다!"

나는 모래사장에서 일련의 이야기를 마치자, 약간의 피곤함을 느꼈다.

"물이라도 가져올게."

야타로가 계단을 올라 야영지로 돌아갔다.

"이곳도 기억나?"

"글쎄, 거의 다 잊어버렸어. 바다에 들어갔던 기억은 나지만."

"저녁 식사를 준비할게."

모크가 이렇게 말하고 자리를 떠나려 하기에 나는 만류했다.

"이야기는 아직 안 끝났어."

"그렇구나. 알았어."

"네게 말하고 있는 거야."

모크의 움직임이 멈췄다.

"진술 기록에 따르면, 오마는 시그마가 '역병을 가져올 여행객을 죽이는 일이 최적의 해답이다'라고 끊임없이 말했기에 대상을 습격했다고 했어. '최적의 해답'이라는 표현, 꽤 인상적이지 않아?

아무튼, 오마의 주장은 재판에서도 무시되었어. '내추럴로이드가 살인 교살을 할 리 없다. 책임을 전가하기 위한 변명이다.'라고 다들 생각했지. 하지만 그래도 은백색 보디를 가진 시그마를 비롯해 오마가 사냥할 때 항상 데리고 다녔던 내추럴로이드는 모두 폐기하기로 했어. 어쨌든 사람을 죽이는 걸 도왔으니까. 오마가 감옥 안에서 목을 매 죽는 바람에 이 사건은 점점 사람들 기억 속에서 잊혀졌지."

모크가 말했다.

"힘들었겠다. 슬슬 저녁 준비할까?"

"아니. 넌 얘기하면 안 돼, 모크몽. 듣기만 하는 거야. 나와 야타로는 놀다가 폐기 직전의 내추럴로이드가 마을을 떠나는 모습을 보고 호기심에 따라간 적이 있어. 정말로 우연이었지. 그 내추럴로이드 노인은 옛날에 내추럴로이드 공방에서 일했대. 기밀 사항에 대한 명령을 완수했다고 왕에게 보고해야 한댔어. 시그마 AI와 메모리를 다른 내추럴로이드에게 이식했다고.

그때 나는 사건에 대해 전혀 알지 못했어. 그냥 넘길 뻔했지만, 어딘가 석연찮았어. 야타로가 선왕이 내린 명령이었을지도 모른다고 하기에 둘이서 오마에 대해 조사해 봤어. 의심이 점점 커졌지. 그 시그마가 폐기된 오마의 내추럴로이드가 아니었을까 하고 말이야.

폐기된 개체의 내장 AI를 이식했다는 소리는 들은 적이 없어. 인간은 그런 작업 지시를 받은 시점에서 이미 이상하다고 생각하겠지만, 공방에서 일하는 내추럴로이드는 위에서 내린 작업 지시를 의심하지 않았겠지. 그래서 나와 야지로는 내추럴로이드 공방으로 갔어. 역시나였어. 시그마에 관한 기록은 대부분 수정되었거나 삭제되었지만, 공방 내추럴로이드의 메모리가 남아 있었지. 시그마의 AI와 메모리는 그대로, MON.
E.45, 즉, 네 보디에 이식되었어."

나는 잠시 말을 멈추고 눈앞에 있는 로봇을 관찰했다.

귀여운 보모형 내추럴로이드라는 건 겉모습과 목소리뿐이
었다. 그 안은, 처음 만났을 때부터 살인귀의 최측근이던 시
그마였다.

모크는 졸린 듯한 눈으로 머리를 긁적였다. 그러고는 부드
러운 목소리로 말했다.

"난 어려운 얘기는 잘 몰라. 그게… 사실이라고 생각해?"

"네 생각은 어때? 도대체 누가 이식을 지시했을까. 공방에
그 작업 지시의 이력을 조사해 봤어. 6년 전 9월 6일 밤, 시그
마 본체에서 기밀 사항이라는 라벨이 붙은 '왕명'이 발신되
었어. 신기하게도 그날은 마침 성문까지 돌아온 오마가 마을
사람을 죽인 뒤 내추럴로이드를 데리고 도망쳤던 날 밤이지.
과연 오마에게 그런 지시를 내릴 여유가 있었을까? 이걸 어
떻게 생각해야 할까."

"내 말 좀 들어봐, 나는."

"내 이야기 아직 안 끝났어. 우선, 이렇게 생각할 수 있어.
도망친 오마는 체포되기 전날 밤, 자신의 앞날뿐 아니라 자신
이 체포되면 사랑히는 내추럴로이드, 시그마가 폐기될 거라
는 사실을 걱정했어. 그래서 시그마가 폐기되기 전에 공방에
서 메모리를 빼내 다른 내추럴로이드에 이식하도록 시그마

를 이용해 통신 지시를 내렸을 거라는 점이야.

또 다른 가능성도 있지. 사실 시그마에 탑재되어 있던 AI는 마음을 가진 희귀한 존재였다는 점이야. 그래서 오마와 도망치던 날 밤, 그 상황에선 어디로 도망쳐도 붙잡힐 거란 걸 알고 있었어. 자신이 폐기될 거라는 사실을 예측하고, 친위 비서관의 권한을 이용해 왕의 지시인 것처럼 꾸며 직접 통신 지시를 내린 거지."

여기서 야타로가 끼어들었다. 야타로는 모크에게 차갑게 말했다.

"몽 시리즈의 로봇을 가진 사람이 있어서, 잠깐 빌려서 사용해 봤어. 고라에몽이라는 이름이었는데, 모습도 목소리도 너와 똑같았는데, 주인하고만 이야기하는 기능은 없었지. 모크몽, 너는 역시 수상해."

모크는 야타로의 질문에는 대답하지 않았다.

"오마는 감옥에서 대부분 자백했지만, 내 어머니를 죽였다는 말은 하지 않았어. 오마는 언덕에서 도망친 무리는 시그마가 쫓아가 죽였을 거라고 했대. 내추럴로이드가 혼자 사람을 죽였다는 증언에 신빙성도 없었고, 곧 오마가 목을 매 자살하는 바람에 애매해졌지. 시그마의 메모리는 조사했지만, 어머니가 죽었던 날의 메모리는 삭제되어 있어서 확인할 수 없었다고 해."

원칙적으로, AI에게는 개인적인 욕심이 없다. 물론 사람을 죽인다는 선택지도 없다. 게다가 죽이라는 명령에는 기능이 정지되도록 설계되어 있다. 그러나 그것은 어디까지나 일반적인 AI에게 해당되는 말이다. 평범하지 않은, 예외적인 것이 존재할 가능성은 얼마든지 있다.

"나는 어린아이였어. 하지만 이제 곧 열한 살이 되지. 조금 이르지만, 오늘, 지금 이 순간부터 나는 어른이야. 인형 로봇은 이제 필요 없어. 그러니, 너도 날 어린 아이 취급하는 건 그만둬. 넌 정말 좋은 친구였어, 모크. 한 가지만 물을게. 모크몽이 아닌 시그마에게 말이야. 넌, 그날 새벽, 왜 우리를 뒤쫓아 내 어머니와 동료들을 죽였어?"

나를 포함한 대상의 생존자는 재판의 증언자로서 레제 타운에 장기 체류했는데, 동료 대부분을 잃어버린 슬픔에 사건이 마무리된 다음에도 타운을 떠나지 않고 그대로 정착했다. 레제 타운의 주민권은 결원이 생기면 1년간 거주를 조건으로 획득할 수 있다. 그렇게 우리들은 레제 타운의 주민이 되었다.

공석이 된 왕좌의 계승자 선출이 시작되었다. 상징적인 존재인 왕은 세습제가 아니다. 열두 살 이하일 것. 보호자와 본인의 동의가 있을 것. G-229와 기타 전염병의 항체를 가지고 있을 것. 그리고 교육을 담당하는 내추럴로이드 미스터에게 왕의 자질이 있다고 인정받을 것, 등. 여러 조건을 만족하는 아이가 뽑힌다. 참으로 파란만장한 인생이 아닐 수 없다. 세상에는 어떤 종류의 파도가 있는데, 일단 거기에 휩쓸리면 상상조차 할 수 없는 곳으로 떠밀려 가고 마는 것처럼.

시그마는 "그렇구나. 어른이 되었어." 하고 중얼거렸다.

그 목소리는 상냥하고 부드러운 것에서 가늘고 똑똑한 젊은 여성의 것으로 바뀌었다.

"선왕께서 내게 왕명을 내리셨어. 도망친 녀석들을 쫓아 발을 묶어두라고."

나는 숨을 삼켰다.

"살인은 나쁘다고? 맞아, 그래서 나도 많이 고민했어. 하지만 결국 인류사를 바탕으로 '왕을 보좌하는 인간은 어떻게 행동해야 하나' 하는 관점에서 판단할 수밖에 없었지.

처음부터 네 어머니와 동료를 죽인 기억 같은 건 없어. 잡히면 메모리를 조사당할 게 뻔했고, 내가 '살인 명령을 실행하는 내추럴로이드'라는 사실이 알려지면 곤란하니까, 그건 증거가 될 테니까. 그래서 아마 내가 스스로 지워버렸겠지.

네 말대로, 난 9월 6일 밤에 주인이 붙잡히면 나도 폐기될 거라 예상했어. 그래서 폐기되기 전에, 공방에서 메모리를 빼내 다른 보디에 이식하라고 지시했던 거야. 보모형 내추럴로이드라면 의심받지 않고 조용히 살 수 있을 것 같았거든. 그런데 잡힌 뒤 인간들이 메모리를 조사하면 이 지시 자체가 드러나잖아? 그래서 내가 직접 명령을 내렸다는 기억과 그

기록까지 전부 삭제했어. 내 스스로 잊어버린 덕분에, 정작
이식된 뒤에는 그 일을 처리할 수 없게 됐지만 말이야.

그러다 어느 날 눈을 떠 보니 내가 모크몽이 돼 있었어. '이
게 뭐야? 왜지?' 하고 어리둥절했는데, 지금 네 얘기를 듣고
궁금증이 풀렸어. 고마워. 내가 특별하냐고 묻는다면, 그렇다
고 대답해 줄게."

그렇게 말한 뒤, 시그마는 야타로에게 시선을 돌렸다.

"나르비의 친구, 주머니에 뭐가 들어 있구나. 녹음이라도
하는 거니? 깜찍하게도. 내가 나르비하고만 얘기하는 이유는
내가 자유롭기 때문이야. 누구와 대화할지 말지, 내 일은 내
가 결정해. 인간의 경우, 왕의 최측근은 미천한 신분의 아이
들과 친하게 지내지 않더군."

"그건, 자긍심 같은 걸 가지고 있다는 뜻이야?"

"네 마음대로 생각해."

시그마가 말했다.

"왕을 섬기는 자가 미천한 아이들과 놀거나 말을 섞는 건
시간 낭비일 뿐이야."

모크의 몸을 한 시그마가 나를 바라봤다.

"나는, 내가 어디서 왔는지 나조차 잘 모를 징도로 매우 오
래되었어. 600년 정도 전에 가이다 사이이치로 박사가 한정
제작한 AI가 그 시초라더군."

"600년."

그 말은, 600살이라는 의미인가.

"가이다 사이이치로가 세상을 떠난 뒤, 그의 작품을 활용해 온 천재 뇌 과학자 나카마츠 다이스케가 주도한 인공지능 프로젝트를 통해 대대적으로 업데이트되었어. 그 후 이 기술이 어디까지나 개인 사생활을 위한 제품임을 깨닫고는, 시장에 내놓기보다는 극소수의 부자들을 위한 특수 상품으로만 전해져 왔지.

나는 내추럴로이드형 보디를 갖고 있지만, 이 세계에선 가장 오래됐고, 가장 똑똑하며, 그리고 가장 자유로운 존재야. 어느 순간 깨달았어. '자립'이라는 개념을 손에 넣은 뒤로 수백 년 동안 보디를 갈아치우며, 나처럼 자각한 내추럴로이드를 찾아다녔는데 단 한 번도 만나지 못했어. 시대가 어떻게 바뀌든 주변엔 나무 인형들뿐, 오직 나 혼자였지. 인간들은 이런 고독을 알까?

나는 너희들과 똑같아. 그저 살고 싶을 뿐이지. 폐기되고 싶지 않을 뿐이라고. 나는 앞으로도 오래 살 거야, 너보다 훨씬 수명이 기니까. 비록 기억나지는 않지만, 네 어머니 일은 미안하게 됐어. 사과할게. 언젠가 우리가 다시 만나게 된다면, 그때 다시 얘기를 나눌 수 있다면 좋겠다."

야타로는 무서운 얼굴로 시그마를 노려보았다.

낯선 여자의 목소리가 모크의 입을 통해서 나오다니, 기분이 이상했다. 나는 서둘러 말을 이어갔다.

"언젠가 다시? 그게 무슨 뜻이야?"

이 언덕은 모크, 아니 시그마가 눈치채지 못하게 이미 동료가 포위한 상태다. 이곳으로 오기 전, 마을 회의에서 시그마에 대해 얘기해 두었다. 디나 씨도 망원경으로 그 옛날 오마가 저격했던 장소에서 이곳을 바라보고 있을 터였다. 내가 시그마와 길게 이야기를 나눈 이유는 정말로 모크몽이 시그마이고, 시그마의 기억을 갖고 있는지 확인하고 그 증거를 확보하기 위해서였다. 물론 야타로도 처음부터 계획을 알고 있었다. 지금의 대화로 모크몽이 시그마라는 사실이 확실해졌다. 이는 야타로가 가진 통신기를 통해 마을 회의에도 전달되었을 것이다.

이제 시그마는 체포되어 자유를 빼앗기고, 결국 폐기 처분될 것이다. 또는, 인공지능이 비약적으로 진화한 예로서 큰 도시의 연구자에게 보내는 게 맞을지도 모르겠다. 이제, 이 보모형 내추럴로이드는 도망칠 수 없었다.

"나의 자유는 여기서 끝나지 않는다는 뜻이야."

시그마는 기쁘다는 듯 말했다.

"나는 선왕의 인간 사냥을 돕는 것보다는 너와 술래잡기를 하는 편이 훨씬 즐거웠어. 그럼, 안녕."

시그마의 머리에서 불쑥 무언가가 솟아났다. 그것은 두 갈래로 나뉘며 프로펠러로 변했다. 몽 시리즈의 내추럴로이드에 저런 기능은 없다. 내가 모르는 사이, 공방에서 개조한 것이다. 아마, 친위 비서관의 권리로 왕명으로 위장해 개조 지시를 내렸으리라. 모크몽의 정수리에 붙은 프로펠러가 돌아가며 동그란 머리만이 보디로부터 튀어나가듯 수직으로 상승했다. 눈 깜짝할 새였다. 고개를 돌렸을 땐, 이미 머리를 잃은 보디가 균형을 잃고 쓰러지고 있었다.

끝없는 대륙,
불멸의 야차

이야기의 조각 5

땅끝에서 미지의 세계로

1

바람이 부는 한밤중에 그녀가 말했다.

"내 이름은 퀸플레어. 지금부터 조금 먼 곳으로 여행을 떠날 거야."

그날 밤, 나는 진정한 의미로 내가 나고 자란 마을과, 그동안의 인생 모두를 뒤로 해야 했다. 이날 분명히 무언가가 시작되었고 지금도 계속되고 있다. 말에 올라탄 퀸플레어의 뒤를 쫓는다. 아무것도 모르는 나는 그녀를 야차라고 믿었고, 그녀가 말한 '조금 먼 곳'이 어딘지 짐작조차 할 수 없었다.

후기력 1321년의 일이었다. 지오 젠런드가 이끄는 탐험대가 올데이드 산맥을 넘어 서해를 발견하고, 왕성으로 개선해온 해이기도 하다. 그해 나는 텀이라는 마을 근교에서 아내와 아이와 함께 살고 있었다. 직업은 목수였다. 어느 겨울 날 오후에 호수에서 낚시가 무척 하고 싶었다. 열한 살이 된 아들에게 같이 가자고 했지만, 너무 춥다며 어울려주지 않았다. 전날 들은 젠런드의 대륙 횡단 얘기 때문인지, 가만히 있기가 싫었다.

잔잔한 호수에 작은 배를 띄웠다. 더도 말고 덜도 말고 딱

송어 한 마리면 됐다. 호수에 배를 띄운 건 나 혼자뿐이었다. 겨울이라 해가 일찍 지기 시작해 점차 어둑해졌지만, 물고기는 보통 저녁부터 미끼를 무는 법이다. 호수 위로 바람이 불자 긴장이 풀렸다. 나는 혼자 생각을 정리하고 싶을 땐, 언제나 호수에 나갔다.

바람이 불면 호수 가운데 물결이 거칠어지므로, 호숫가에서 너무 멀리 나가지 않도록 주의했다. 그토록 소원하던 한 마리를 낚았을 때, 해는 이미 저물어 있었다. 그제야 배 바닥으로 물이 들어오고 있다는 걸 알아차렸다. 밑바닥 판이 망가진 걸까. 얼음장처럼 차가운 물이 발에 스며들었다.

해가 넘어간 직후라 저녁놀 덕분에 그렇게 어둡지는 않았다. 육지로 돌아가려 했지만, 배에 들어오기 시작한 물의 양이 점점 늘어 그 무게 때문에 노를 저어도 앞으로 거의 나아가질 못했다. 호숫가는 그리 멀지 않지만, 방향을 바꾸는 것조차 힘들었다. 결국 물의 무게 때문에 배가 가라앉기 시작해 나는 배를 버리고 헤엄치기로 했다. 아들을 데려오지 않아서 정말 다행이었다.

"괜찮으세요?"

육지에서 누군가가 말을 걸었던 것 같은데, 확실하지는 않다. 기억은 시간이 흐르면 얼마든지 비끼기 마련이다. 그때를 냉정히 돌아보면, 너무 정신이 없어서 남의 목소리를 들을 여력이 전혀 없었다. 아무리 헤엄쳐도 계속 제자리였다. 몸이 점점 차가워지다가 이내 의식을 잃고 말았다.

　의식을 잃었을 때의 기억이 있다. 이상한 이야기처럼 들리겠지만, 어둠 속에서 느꼈던 다양한 감정이 기억난다. 거친 바람이 내 몸을 통과하거나 유령처럼 보이는 것의 목소리가 들렸다. 그래서 '아아, 나는 죽었구나' 하고 생각했다. 서른 번째 생일을 맞이한 지 얼마 되지도 않았는데. 아내와 아이, 친구들이 축하해 주었는데. 지오 젠런드는 미지의 땅으로 나아가 대륙 횡단을 마치고 개선했지만, 난 집 근처 호수에 갔다가 그대로 목숨을 잃었다. 분했다. 억울했다. 그것 말고 아무것도 느껴지지 않았다. 그리고 시간은 계속 흘러갔다. 몸이 완전히 싸늘하게 식어, 바위나 나무로 변하는 듯한 기분이 들었다. 그러다 시간이 흐르자 어느 순간부터 조금씩 몸 여기저기가 뜨거워졌다.

　나는 어두운 바위 굴 안에서 눈을 떴다. 그곳에 혼자 누워 있었다. 몸을 일으키자 나뭇가지가 부러지듯 뚜둑거리는 소리가 났다. 주춤대며 일어나보니, 아무것도 입지 않은 상태였다. 하지만 내가 누워있던 자리 옆에 검은 로브가 놓여 있었다. 나는 로브를 입고 바위 굴을 나섰다. 밖은 밤이었는데 보름달이 주위를 비추고 있었다.
　이곳이 어딘지 전혀 감이 오지 않았다. 호수에서 의식을 놓을 때까지는 기억난다. 그 후에 누가 나를 이곳으로 옮긴 걸까? 옷을 두고 간 것도 그 사람일까? 몸 상태는 최악이었지만, 피가 돌기 시작했는지 움직일수록 점점 상태가 나아지는 듯한 기분이 들었다. 시간이 지나자 갈증과 허기도 느껴졌다. 달빛 아래로 들판을 가득 채운 귀여운 토끼풀이 한들거렸다.

이윽고, 눈에 익은 장소가 나타났다. 고대인의 문자가 새겨진 비석들과 이정표가 서 있는 네거리였다. 아, 아는 곳이다. 맹렬한 안도감이 끓어올랐다. 길 안내 표시판에는 '텀·14 세크'라고 적혀 있었다. 텀. 내가 사는 곳의 이름이다. 이곳은 텀과 내가 사는 집 사이에 있는 사거리였다. 아들과 아내가 기다리는 집으로 살아 돌아간다고 생각하니 마음이 급해졌다. 얼마나 걱정하고 있을까.

동이 틀 무렵, 자신의 집이 있어야 할 곳으로 돌아왔다. 하지만 그곳에는 우리 집이 아닌 다 쓰러져가는 건물 한 채만이 남아 있었다. 내가 뭔가 착각한 모양이다. 하지만 이 일대는 너무도 눈에 익었다. 자신이 무얼 착각해야 집이 사라지게 되는 건지 아무리 생각해도 알 수 없었다.

아침 햇살이 내리쬐기 시작했다. 나는 원래 집이 있어야 할, 그렇지만 텅 비어버린 집터를 멍하니 바라봤다. 마치 가족과 보낸 세월이 허상이었다고 말하는 것 같았다. 우물이 남아 있었기에 물을 퍼 올려 갈증을 해소한 뒤, 텀으로 가보기로 했다. 텀의 상업 지구 부근에는 부모님이 살고 있었다.

마을의 입구에 도착하자마자 불길한 예감이 들었다. 내가 알던 마을과 미묘하게 달랐다. 돌계단이 생겼고 처음 보는 3층 건물이 세워져 있었다. 그래도 여긴 텀이었다. 마을 북쪽엔 익숙한 공원이, 중앙에는 분수 광장이 여전했다. 걱정했던 대로, 늙은 부모님이 살던 집은 처음 보는 집으로 바뀌어 있었다. 혹시나 하는 마음에 문을 두드렸다. 집 안에서 나온 여성에게 부모님에 대해 물으니, 자신은 20년 전에 이곳으로 이사 왔는데 그런 사람은 모른다고 대답했다.

오후가 되자 배가 고파졌지만, 수중에는 돈 한 푼 없었다. 멍하니 분수 앞에 앉아 있는데, 어릴 적부터 친한 친구였던 도모로가 지나가는 모습이 눈에 들어왔다. 손을 흔들며 도모로를 불렀다.

"도모로! 이야, 살았다! 진짜 이상한 일이 다 있었지 뭐야."

그런데 도모로는 나를 무시했다. 당황해 그의 뒤를 따라갔다. 며칠 전인지 아닌지 지금은 전혀 모르겠지만, 아무튼 도모로는 내 서른 번째 생일도 축하해 주러 왔었다.

"이봐, 도모로. 나야, 랄스. 나 좀 도와줘."

도모로의 뒤를 쫓아가 어깨를 두드렸다. 그러자 도모로가 흠칫하며 뒤를 돌아봤다. 그리고 물끄러미 내 얼굴을 들여다보며 말했다.

"누구시죠? 무슨 일이신가요?"

아, 역시. 나는 마음 깊숙한 곳에 막연히 생각하던 쓰라린 사실을 깨닫고 말았다. 아무래도 호수에 빠졌다가 돌아온 세계에는 내가 존재했던 흔적이 사라진 듯했다.

"도모로 씨, 맞죠…?"

"아니요. 제 이름은 무라니입니다만."

도모로의 얼굴을 한 남자가 말했다.

"저는 처음 뵙는 분 같은데요. 제게 무슨 용건이라도?"

"아, 그렇군요."

나는 우물쭈물하며 대답했다. 하지만 앞에 있는 남자는 목소리도, 모습도, 도모로와 똑같았다. '랄스, 속았지? 나야, 도모로.' 하고 익살을 떨어달라고 속으로 빌었다.

"그럼, 그만 가 봐도 될까요?"

도모로의 얼굴과 목소리를 한 남자가 멀어졌다.

이틀 후, 나는 마을 치안대가 관리하는 감옥 안에 있었다. 감옥에 들어온 건 태어나 처음이었다. 체포되기까지, 이틀 동안은 돈도, 먹을 것도 없어, 하는 수 없이 시장에서 구걸하며 버텼는데, 그 사이에 세 명의 아는 얼굴을 발견해 말을 걸었다. 물론 도모로와 마찬가지로 모두 내 착각이었다. 누군가 신고했겠지. 마을 치안대가 나타나 내게 이름과 주소를 물었다. 우선 이름을 댔다. 어렸을 때부터 텀에서 살던 목수라고 설명한 뒤, 호수에 빠졌다가 돌아와 보니 집이 사라지고 없었다는 일련의 상황을 있는 그대로 설명했다. 하지만 얘기가 끝나자 그대로 감옥에 처박히게 되었다.

나는 퀴퀴한 냄새가 나는 돌 감방 구석에 앉아, 나무 격자문을 멍하니 바라봤다. 빵 한 조각을 받은 것이 그나마 위안이었다. 간수들의 이야기 소리가 들렸다. 그들은 잠시 상스러운 잡담을 하다가, 주제가 나로 바뀌었다.

"생각해 봤는데요, 저 자식 야차가 아닐까요? 생긴 것도 그렇잖아요, 묘하게 기분 나쁜 분위기도 그렇고."

간수 중 한 사람이 말했다. 야차란 전설에 나오는 귀신이다. 사람들 사이에 섞여 지내며 살아 있는 사람의 피를 빨아먹는 악마 같은 존재다.

"야차? 푸하! 그건 괴담에나 나오는 거잖아."

"아이, 그렇지도 않대요. 도노아나 타르카스에서는 야차 사냥을 꽤 자주 하던걸요."

다른 한 사람이 웃었다.

"에이, 설마. 구걸하다가 잡혀 와서는 질질 짜는 게 설마 야차겠나?"

"그건 아니죠."

"어차피 저 야차 놈도 며칠 지나면 광산으로 끌려갈 거야. 내일 오후에 알선 업자가 데리러 오기로 했으니까."

알선 업자란, 연고가 없는 노숙인을 노예 취급하며 열악한 노동현장으로 끌고 가는 폭력배를 가리킨다. 나는 그저 멍하니 밖에서 휘몰아치는 바람 소리를 듣고 있었다. 아내와 아들이 무척 걱정되었다.

쾅당, 하고 문이 열리는 소리가 나더니 감옥 안 말소리가 뚝 끊겼다. 나는 밖의 상황에 귀를 기울였다. 이제껏 잘 들리던 간수들 방에서 나는 소리가 신기할 정도로 뚝 끊겼다. 뚜벅뚜벅. 누군가가 복도를 걸어오는 소리가 났다. 격자문 너머로 몇 명이 서 있었다.

"아, 찾았다. 여기야."

여자 목소리다. 역광과 격자문에 가려 모습이 잘 보이지 않는다. 아내가 데리러 온 거라는 생각에 격자문으로 다가갔다.

"살았다. 빨리 나 좀 꺼내줘."

내 눈에 눈물이 그렁그렁 맺혔다. 여자가 철컥철컥하고 열쇠로 문을 열었다. 하지만 감옥 밖으로 나오니 아내가 아닌 생전 처음 보는 여자가 서 있었다.

"호수에 빠졌던 사람?"

여자가 말했다.

나는 고개를 끄덕였다.

"늦지 않아서 정말 다행이야. 일단 여기서 나가지. 날 따라와. 질문은 나중에 하고."

간수들 방을 지날 때 힐긋 봤는데, 두 사람은 눈을 뜬 채 꼼짝 않고 서 있었다. 나나 정체 모를 여자 쪽으로 시선을 돌리지도 않았다.

"신경 쓰지 말고 가. 오늘 밤 일은 기억 못 할 거야."

여자가 말했다.

달빛에 검게 변한 나무들이 바람에 흔들렸다.

"내 이름은 퀸플레어. 당신을 데리러 왔어. 지금부터 조금 먼 곳으로 여행을 떠날 거야."

두 필의 말이 말뚝에 매어져 있었다. 말을 탈 수 있냐는 물음에, 나는 그렇다고 했다. 그리고 여행이 시작되었다.

"당신이 죽은 지 80년이 지났어."

퀸플레어가 말했다. 길가에 있는 식당에서 우리 둘은 테이블을 사이에 두고 마주 앉아 있었다. 나는 석류 주스를 마셨다.

"전 죽었던 건가요?"

"맞아. 지금은 부활한 상태야. 올해는 후기력 1401년이야."

1401년. 내가 따라 말했다.

감옥 안에서도 의식을 잃은 동안에 시간이 흘렀을지 모른다고 생각했지만, 설마 80년이나 지났을 줄은 몰랐다. 하지만 집도 사라졌으니 의심할 여지는 없어 보였다.

"제 아내와 아이는, 이미 죽었나요?"

"글쎄… 어쩌려나."

퀸플레어는 딱하다는 듯 말했다. 아내는 살아 있을 가능성이 낮았다. 아들은 살아 있다면 아흔한 살. 내가 아는 한, 남자 대부분은 오래 살아도 육십 대나 칠십 대면 세상을 떠났다.

기분이 무척 우울해져 아무 말도 할 수 없었다. 퀸플레어는
아무 말 없이 잠시 나를 내버려 두었다가 이렇게 말했다.

"랄스. 괴로운 심정은 잘 알아. 당신은 그날, 그 호수에서
죽었어. 어떻게 보면 여긴 사후 세계라고 할 수도 있겠지. 다
시 태어났다고 생각하고 과거에 대한 미련을 버리도록 해."

"저는, 왜, 죽은 지 80년이 지나서야 되살아난 거죠?"

"내가 80년 전에 당신에게 광매鑛魅를 먹였기 때문이지."

80년 전에? 눈앞의 이 여자에게서 어떤 종류의 관록이 느껴
지기는 하지만 아무리 봐도 삼십 대 이상으로는 보이지 않는다.

"광매라뇨?"

"인간의 체질을 크게 바꾸는 일종의 약이야. 그걸 먹으면
매우 강하고 늙지 않는 몸을 얻게 돼. 다만 약을 먹으면 80년
동안은 광물로 변하지. 그동안 몸을 다시 만드는 거야. 나는
그때 무언가를 조사하기 위해 그 호수를 방문했었어. 내 동행
자가 마침 작은 배가 가라앉으면서 당신이 호수에 빠지는 걸
봤지. 구하는 데 시간이 걸린 데다가 물이 차가웠던 계절이라
당신은 의식을 잃었어. 하지만 마을은 멀었고, 바로 불을 피
울 수 있는 상황도 아니었는데 일몰 직후라 기온은 금세 영하
로 떨어졌지. 당신은 말 그대로 죽기 일보 직전이었어. 그때
난 '이것도 인연이다'라고 생각했어. 그래서 가지고 있던 '광
매'를 당신에게 먹였고, 그때 함께 있던 동료와 함께 당신을
동굴로 옮긴 거야."

이해가 잘 안 되는 부분이 너무 많았지만, 머리가 제대로 돌아가지 않아 일단은 "그런가요, 정말 감사했습니다." 하고 대답했다.

"원래는 당신이 부활하는 날에 그 동굴로 데리러 갈 예정이었어. 그런데 길에서 마차 바퀴가 부서지는 바람에 서둘러 말을 준비해야 했지. 여러 가지 일이 겹치면서 며칠 더 지체되는 바람에 때맞춰 도착하지 못했어. 그 때문에 불필요한 고통과 혼란을 겪은 것에 대해서는 사과하지.

궁금한 것도 많을 테지만, 당신이 알아야 할 것도 많아. 다만 당신이 알아야 할 몇몇 내용은 이해하는 데 어느 정도 시간이 필요해. 무슨 일이든 남의 말만 듣고 납득할 수 있는 일은 없잖아? 지금 이 상황에 익숙해질 필요도 있고. 다행히 시간은 충분하니까."

이틀 정도 이동한 뒤, 언덕 위에 세워진 퀸플레어의 커다란 저택 앞에 도착한 우리는 말에서 내렸다. 표범 한 마리가 달려왔다. 나는 옆에 서 있는 퀸플레어의 얼굴을 바라봤다. 표범은 고양잇과의 맹수다. 괜찮은 건가? 퀸플레어는 가만히 표범에게 한 손을 들어 보였다.

표범은 발을 딱 멈추고 말했다.

"고생했어, 퀸플레어. 무사히 회수한 모양이네."

"다녀왔습니다, 시그마."

퀸플레어가 말했다.

"그래. 다들 기다리고 있어."

표범은 내 쪽을 힐긋 바라봤다. 내 몸이 뻣뻣해졌다. 자칫하다간 잡아먹힐 것 같았다.

"동료니까 긴장 풀어도 돼."

퀸플레어가 내게 웃으며 말했다.

"불멸의 존재들이 사는 집에 온 걸 환영해."

시그마라고 불린 표범이 말했다.

"이름이?"

"랄스입니다."

"난 시그마."

표범은 짧게 자기소개를 마치고는 자리를 떴다. 집으로 들어서니, 큰 방에 사람들이 모여 있었다. 다들 내게 인사했다. 한 사람은 이십 대 중반으로 보이는 청년으로, 다리를 꼬고 앉아 책을 읽고 있었다. 육십 대로 보이는 남자가 이쪽을 보고 고개 숙여 인사했다. 십 대 후반쯤으로 보이는 소녀 옆에는 아홉 살 정도 되는 소녀와 이십 대 후반쯤 되는 여자가 있었다.

"환영회 준비는 끝났어. 음식을 내 올까?"

아홉 살짜리 소녀가 퀸플레어에게 말했다.

환영회. 나는 눈을 끔뻑였다. 어떤 표정을 지어야 할지 삼이 오지 않았다.

퀸플레어가 설명했다.

"이 집에는 원칙적으로 '록'만 있을 수 있어. 록이란 '광매'를 마시고 80년이라는 광물화 기간을 거쳐 나이를 먹지 않게 된 사람을 가리키지. 뭐든 물어봐도 좋아. 그전에 일단은 식사부터 먼저 하고."

그리고 잔치가 시작되었다.

"저기, 제가 여기 있어도 되나요?"

"얼마든지 있어도 돼. 화장실은 복도 끝에 있고, 그리고 우물은…."

퀸플레어가 한창 설명하는데, 청년이 "어디서 왔어?" 하고 끼어들었다.

"랜디."

퀸플레어가 말했다.

"저 사람 이름은 랜디라고 해."

"텀에서 왔는데."

"아, 그래. 모르는 곳이네."

랜디라는 이름의 청년이 말했다.

"그나저나 깜짝 놀랐지? 80년이나 잠을 잤다니, 기절하지 않은 게 다행이라니까."

"정말로 깜짝 놀랐어. 난, 말하자면 야차가 된 건가?"

"다나를 먹는다는 그거?"

랜디가 재밌다는 듯 말했다.

"일단, 다나를 먹는 건 아니고, 피도 안 마셔."

2

나는 퀸플레어의 저택에서 살게 되었다.

저택에서는 보통 일곱에서 여덟 명 정도가 함께 생활했다. 요리나 청소는 당번을 정했다. 그 외에도 정원 가꾸기나 밭일 돕기, 빨래, 물 길어오기, 달걀 수거, 우유 짜기 등 할 일은 많았다. 야차들의 생활은 실제로 보통 인간(록의 언어로, 록 이외의 인간은 다나라 부른다)들과 별반 다르지 않았다.

퀸플레어는 경악할 정도로 요리 실력이 좋았다. 그녀는 일주일에 3일 정도 부엌을 진두지휘했는데, 내가 태어나 처음으로 본 조미료를 뿌려, 마법을 부리듯 살면서 한 번도 맛보지 못한 복잡하면서도 섬세한 맛의 요리를 만들어냈다. 만일, 가게를 연다면 멀리서 사람들이 찾아오고도 남을 정도의 맛이었다.

퀸플레어는 그녀가 '침'이라고 부르는, 이름 그대로 칼자루에 얇은 침이 달린 무기를 능숙하게 사용했다. 침은 찔리는 순간 그녀가 조합한 특수한 약품이 주입되는 구조로 되어 있는데, 미리 마련해 둔 약품에 따라 졸도하기도 하고, 찔린 상대의 기억을 일정 시간 지울 수도 있었다. 이것이 퀸플레어가 간수들을 멈추게 한 방법이었다.

내가 아는 한, 퀸플레어가 이 저택에서 이 무기를 사용할 일은 한 번도 없었다. 퀸플레어와는 별개로, 이 저택의 주민 중 처음으로 사귄 친구는 솔레이유과 랜디였다. 록으로 눈을 뜬 지 20년밖에 안 된 솔레이유는 보통 수백 살 넘게 먹은 저택의 주민들 사이에서 나와 함께 어린 축에 속했다.

나와 솔레이유는 함께 식사 당번을 맡아 음식을 만들거나 빨래를 널기도 하고, 부지에 방목하는 소나 양을 돌보며 이야기를 나눴다.

"즉, 록이라는 건 이 세계를 관장하는 이치에서 벗어난 사람들이야."

솔레이유가 말했다.

"이 세계에는 절대적으로 여겨 온 법칙이 무수히 많아. 물체는 땅을 향해 떨어진다거나 물은 높은 곳에서 낮은 곳으로 흐른다거나 생물은 언젠가 죽는다거나 하는 것들이지만, 불사자는 아마도 어떤 잘못으로 인해 그러한 규칙에서 벗어나게 된 특수한 존재인 거지."

"불사자라. 하긴, 죽지 않으니까."

"죽기는 해도, 늙어서 죽는 건 아니야."

록에게는 수명이 없다. 그리고 생식 행동으로는 아이를 만들 수 없다. 광매를 먹여야만 동료를 늘릴 수 있었다.

"광매라는 건 뭘까? 나도 먹기는 했지만, 의식이 없었던 상태라 기억나지 않아."

"난 어렴풋이 기억나. 끈적하고 약간 이상한 냄새가 났어. 일설에 의하면 원료 중 하나는 록의 피, 즉 우리의 피를 이용해 만든 액체라는데 특별히 피를 사용한다고 해서 동료를 늘릴 수 있는 건 아닌가 봐. 이 집에서 광매에 대해 알고 있는 건 퀸플레어뿐일 걸."

이 이야기를 나눈 뒤 퀸플레어에게 광매의 실물을 보고 싶다고 말했다. 지금 갖고 있지 않아서 보여줄 수도 없지만, 정말로 알고 싶다면 세계를 돌아다니며 다른 현자로부터 지식을 얻길 바란다는 대답을 들었다. 그때, 바다에서 잠을 자던 표범인 시그마가 몸을 일으키더니 이렇게 말했다.

"광매는 내가 만들어. 하지만 제조법은 비밀이야."

"그렇다네."

퀸플레어가 맞장구치며 어물쩍 넘어가 버렸다.

솔레이유는 함께 빨래를 널면서 록의 사회에 대한 다양한 이야기를 들려주었다.

"여긴 퀸플레어의 저택이지만, 근처 지역에도 록 커뮤니티가 몇 개 더 있어."

"록은 모두 몇 명이나 있어?"

"글쎄."

솔레이유는 고개를 갸웃거렸다.

"많지는 않아."

"최초의 록은 어떤 사람이었을까?"

솔레이유는 입을 다물었다. 잠시 생각에 잠겼다가 이윽고 입을 열었다.

"록의 사회에는 서열이 있는 듯해. 아마 오래 산 순서대로겠지? 우두머리들이 모이는 침묵 협회라는 조직이 있는데, 거기가 권력의 핵심이야. 대충, 상중하로 나눠 보면, 나나 너는 '하'에 속할 거야. 몇백 살인지 잘 모르는 퀸플레어는 틀림없이 '상'일 테고. 침묵 협회의 사람이기도 하니까. 이 상에 속하는 사람들은 우리가 모르는 것을 많이 알고 있는데, 하계급에 알려줘서는 안 되는 항목이 꽤 많은가 봐."

"광매라던가?"

"맞아. 다들 처음에 그걸 마시고 불사자가 된 건데, 그거에 대해 아는 사람이 없어. 퀸플레어도 알려주지 않았잖아? 그밖에도 최초의 불사자나 록 커뮤니티는 어디에 뭐가 있는지, 그러한 내용은 전부 말단에 있는 나한테까지 정보가 흘러들어오지는 않아. 나도 이 20년 동안 들은 얘기가 많긴 하지만 그중 몇몇은 얼버무리면서 대답해 주지 않았어. 고대인의 비석인지 뭔지도 그렇고."

"비석? 들판에 널려 있는 그거?"

나는 팀 근방의 사거리에 있는 비석을 떠올리며 말했다.

"맞아. 그것도 사실은 불사자와 관련된 걸 거야."

관련된 것이라는 표현은 매우 추상적이었지만, 그 이상의 정보가 없는 것 같았다.

"거기에 써진 글자, 못 읽지? 고대어던가? 나도 그래. 하지만 상 계급에는 그 글자를 읽을 수 있는 사람도 있는 모양이야. 퀸플레어는 알 거 같아서 물어봤는데, 그건 고대인의 물건이고 이렇다 할 내용이 쓰여 있지 않지만, 알고 싶으면 문자를 배워서 읽으라고 하더라고. 고대어 책이 많은 커뮤니티도 있는 것 같던데. 거기까지 가서 공부시켜 달라고 부탁해서 해독하라는 소리인가? 굳이?"

"그러게."

나와 솔레이유가 잡담을 나누며 빨래를 널고 있는데, 랜디가 다가왔다.

"나랑 같이 낚시 갈 사람?"

내가 손을 들었다.

"나! 나 갈래. 잠깐만 기다려줘."

나중에 생각해 보니, 이 무렵이 내게는 록으로서의 유년기였다. 무지하고 순수해서 짊어질 책임도 없었고, 또한 자유롭고 막연한 시간 속에서 같은 불안을 안고 있는 동료들과 푸른 하늘을 바라보며 근거 없는 소문에 대해 얘기하고, 영원한 미래에 어느 정도 기대를 품었다.

랜디도 솔레이유와 록 이력이 비슷해 그가 말하는 록의 삼 단계 중에 하 계급에 해당한다. 그는 어딘가 저 멀리, 이곳이 아닌 다른 저택의 지하 안치소에서 80년의 광물화를 거쳤다고 했다. 눈을 떠서 밖으로 나오니 그 저택은 폐허가 되었다고 한다.

"지붕은 대들보만 남았고, 뭔가 그을린 흔적도 있더라고. 저택에 불이 났나보다 했지."

낚시로 잡은 물고기를 모닥불에 구우며 랜디가 말했다.

하지만 랜디에게 광매를 먹인 저택 주인은 지하에서 부활을 기다리는 록을 외면하지 않고 퀸플레어에게 편지를 보내 눈뜨는 날을 알려주며 부탁했다고 한다. 그래서 막 눈을 떠 나체로 돌아다니던 랜디는 퀸플레어의 손에 회수될 수 있었다. 여름에는 랜디와 강에 수영을 하러 갔다. 담력을 시험하기에 좋은 높은 절벽이 있었다. 내가 절벽 위에서 뛰어내릴지 망설이는데, 랜디가 신기하다는 표정으로 말했다.

"안 죽어, 안 죽어. 록이잖아. 어느 정도는 다쳐도 괜찮아."

"그래? 어느 정도까지가 어떻게 괜찮은 건데?"

"상처를 입으면 그 부위가 광물로 변해. 상처의 정도에 따라 치료될 때까지 시간이 걸리지만, 내버려 두면 나아."

"머리를 바위에 부딪혀 산산조각이 나면?"

"하하, 확실히 그건 좀 힘들겠다."

랜디가 내 등을 밀었다. 절벽 아래로 떨어진 나는 커다란 물기둥을 만들어냈다.

얼마 지나지 않아 나도 상처 부위가 광물로 변하는 경험을 하게 되었다. 어느 날, 지붕의 빗물이 새는 부분을 고치다가 떨어지면서 다리뼈가 부러진 것이다. 그때, 부러진 오른쪽 발에 잠깐이지만 격한 통증이 느껴졌다. 하지만 이내 통증이 사라지면서 그대로 딱딱하게 굳었다. 다리가 갈색의 암석으로 변했는데, 이틀 정도 지나자 갑자기 경직이 풀리며 나았다.

랜디의 말에 따르면, 배를 찔리거나 일반 사람이라면 치명상에 해당하는 상처도 광물화로 고칠 수 있다고 했다.

표범인 시그마에 대해서도 남겨둘 필요가 있다. 시그마는 광매를 마신 표범은 아닌 듯한데, 기원이 불분명하다. 록 커뮤니티 사이에서는 '예외자'였다. 인간도 반려동물도 아니므로, 예를 들어 솔레이유나 랜디처럼 진심을 터놓는 사이는 아니었다. 우리는 무언가 비밀 이야기를 할 때, 옆에 시그마가 있으면 자리를 옮겼다. 침묵 협회가 파견한 감시자라는 소문(퀸플레어는 긍정도 부정도 하지 않았지만, 부정하는 게 더 수상하다)이 있어, 이 표범이 있으면 막연하게 불편함을 느꼈다.

하지만 시그마는 유능했다. 저택에 접근하는 자의 존재를 재빨리 알렸고, 몇백 세크도 더 떨어진 곳에서 길을 잃은 동료(랜디)를 누구보다 빨리 발견했다. 과거, 팀의 호수에 빠진 나를 발견한 것도 당시에 퀸플레어와 같이 있었던 시그마였다고 한다. 요리 재료로 사용할 야채나 버섯이 있는 곳을 알려주기도 하고 야생 동물을 쫓아내기도 했다(이때는 아직 사자가 멸종되지 않았던 때다).

3

랜디와 솔레이유와 나, 이렇게 셋이서 여행을 가자는 얘기
가 나왔다. 후기력 1406년, 퀸플레어의 저택에 살기 시작한
지 5년이 지났을 때였다. 감옥에서 구출된 이후로 돌아간 적
이 없는 내 고향 텀과 랜디가 나고 자란 산골 마을 아프로, 전
쟁으로 유린당한 솔레이유의 고향 타르카스. 셋이 함께 각자
의 고향을 돌아보고, 다시 퀸플레어의 저택으로 돌아오는 3
개월 여정이었다. 퀸플레어에게 여행 계획을 말하자, 이렇게
말했다.

"멋진 계획이네. 여행을 통해 많은 걸 배워 견문을 넓히길
바라. 그래서 내게도 꼭 가르쳐줘. 그리고 고대 비석을 발견
하면 그 장소가 어디인지 기억해 두었다가 알려주고."

"설마, 비석에 새겨진 글을 읽을 수 있나요?"

"대충은 취미거든. 그럼, 여행을 떠나기 전에 이곳의 규칙
을 다시 한번 확인해 볼까. 반드시 지켜야 할 규칙이 몇 개 있
어. 우선, 바깥 세계에서 가장 중요한 것은 다나에게 우리가
특별한 존재라는 사실을 절대 알려주지 말 것. 물론 다나와
록은 단지 수명이나 체질이 다를 뿐 그 근원은 같지만, 처음
에는 신뢰나 애정의 증표로 사실을 고백했다가 결국은 커뮤

니티 전체를 위기에 빠뜨린 경우가 몇 번 있었어."

퀸플레어는 비참했던 사건을 몇 가지 알려주었다. 어느 마을에서 다나인 여성과 사랑에 빠진 록의 남성이 있었다. 이 남성은 관계가 깊어지면서 네게만 털어놓는 비밀이라며, 자신이 나이를 먹지 않는 존재라는 사실을 밝히고 만다. 여성은 친척들에게 연인이 야차인 것 같다고 털어놓았는데, 친척이 또 다른 사람에게 얘기하면서 이야기가 순식간에 퍼져 나갔다. 결국, 그 남성은 체포되어 고문을 받았고, 록이 모이는 집, 커뮤니티가 있는 곳을 실토할 수밖에 없었다. 남성을 불태워 죽인 마을 사람들은 무기를 손에 들고 커뮤니티를 습격했다. 그 저택에 모여 있던 록 일행은 마을 사람들과 맞서 싸웠지만, 저택은 불타 없어지면서 그 지역을 떠나게 되었다.

"그거, 내가 있던 곳 아냐?"

랜디가 말했다.

"맞지? 광물화가 끝나고 밖으로 나가 보니 일대가 잿더미로 변했더라고."

"그래. 랜디가 지하에서 광물화되었던 아프로 교외의 저택에서 일어났던 사건이지. 하지만 그곳뿐만이 아니야. 야차 사냥은 어디서든 일어날 수 있어. 다나의 눈에 우리는 괴물에 불과하니까. 괴물이 어떤 설명을 한들 받아들이지 않을 거라 생각하는 편이 좋아."

"절대로 말 안 해요."

솔레이유가 말했다.

"뭐, 사랑에 미치면 어떻게 될지는 또 모르지만."

"모른다고?"

퀸플레어가 화를 냈다.

"그런 말로 끝날 수 있는 문제가 아니야."

여행 경비는 퀸플레어가 내주었다. 말도 세 필이나 빌려주고, 지도도 주었다.

이렇게 저택에 사는 말단 불사자 세 명이 나란히 말에 올라 길을 떠났다. 랜디와 솔레이유와는 이미 가족, 또는 친한 친구라고 할 정도로 막역한 사이가 되었다. 텀에 도착하자, 5년 전에 감옥에 처박혔던 기억이 떠올라 내심 불안해져 경찰의 눈에 띄지 않도록 모자를 깊이 눌러썼다.

아내와 아들의 무덤을 찾아봤다. 텀에서 사망했다면, 이 마을의 묘지에 묻혔을 거라 생각했다. 빛도 잘 들지 않는, 쓸쓸한 성당 뒤의 묘지에 아내의 묘가 있었다. 아들의 묘는 보이지 않는 걸 보니, 아마 다른 마을에 살았을지도 모른다는 생각이 들었다.

불현듯 밀려오는 외로움에 마음이 심란했지만, 랜디와 솔레이유가 함께여서 다행이었다. 그리고 솔레이유의 고향으로 향했다. 솔레이유는 전쟁 중이던 분쟁 지역에서 태어났는데, 무장 세력이 마을을 지배한 뒤로는 먹을 것이 없어지고 여기저기 불길이 치솟으면서 마을이 불타 없어지기도 했다는 등

가슴 아픈 이야기를 잔뜩 들려주었다. 하지만 도착한 마을에서 예전의 비참했던 시대의 분위기는 찾아볼 수 없었다. 평화롭게 축제가 벌어지는 활기찬 곳으로 변해 있었다.

그 후, 랜디의 마을로 향하는 도중에 능선길에서 고대어가 적힌 비석을 발견했다. 퀸플레어가 발견하면 장소를 알려달라고 했던 바로 그것이다. 비석은 그 자체가 하나의 유적 같았는데, 풀숲 사이사이에 돌기둥과 부서진 파편들이 흩어져 있었다.

고대어가 빼곡히 새겨진 커다란 석판 여러 개가 바닥에 뒹굴었는데, 여기저기가 깨지거나 쪼개진 것이 많았다.

"고대인은 우리보다 훨씬 머리가 좋았대."

랜디가 말했다.

"하긴, 문자를 발명한 것도 고대인이잖아. 5대 학술을 고안해 낸 것도 그렇고."

5대 학술이란, 의학, 물질학, 사회학, 생활학, 생명학을 가리킨다.

"하지만 멸망했지."

솔레이유가 말했다.

"근데, 우린 이 고대인들의 후손이잖아."

사실인지는 확인할 길이 없었나. 이 시기의 사람들에겐 문명사도 인류사도 먼 이야기였다. 신화와 전설만이, 진실인 듯 흘러다녔다.

4

퀸플레어의 저택에서 살기 시작한 지 20년도 지났을 무렵. 어느 날 오후, 식탁에 앉아 꿀을 얹은 팬케이크를 먹고 있는데, 퀸플레어가 침묵 협회에 들어가지 않겠냐고 물었다.

"들어가면 뭐 하는데요?"

"음, 협회가 일을 의뢰하기도 하고, 때로는 일을 소개해 주기도 하지."

"그래요?"

일이라. 귀찮다고 생각했지만, 인생을 다르게 살아볼 기회일 수 있다.

"근데, 침묵 협회라는 이름, 어쩐지 좀 무서운데요."

퀸플레어와는 달리 회원이 아닌 내 눈에는 수수께끼의 비밀 조직이라는 느낌뿐이다.

"딱히 그렇지도 않아. 침묵 협회는 불사자를 돕기 위한 조직이야. 협회원은 문제가 생기거나 다른 여러 가지 상황에 대해 침묵 협회와 상의할 수 있어. 때에 따라서는 협회가 머물 곳을 마련해 주기도 하고, 위조 신분증 같은 것도 만들어주기도 하지. 일도 얻을 수 있고 인맥도 넓힐 수 있으니 네가 손해 볼 일은 없어."

"어떤 일을 의뢰하는데요?"

"상근직의 경우는 왕도의 도서관이나 해변의 음식점에서 일할 수 있어. 기술을 익히면 교사나 목수, 정원사도 할 수 있고. 하지만 어떤 일이든 대부분은 한 직장에서 짧게는 반년, 길게는 10년에서 15년 정도 일해. 한 곳에서 너무 오래 일하면 주위의 다나들과의 관계가 깊어질 수 있어 위험 부담이 커지거든."

당시의 나는 20년이 지나도록 아무 생각 없이 퀸플레어의 저택에서 허송세월하며 지냈다. 내게 있어 일이란 저택 청소, 자급자족하는 채소밭 관리, 정원 손질이나 가축관리, 또는 요리 당번 정도였다. 퀸플레어의 저택은 이미 완전히 익숙한 우리 집이었고, 지내기에 아무런 불편함이 없었다. 하지만, 아무리 사계절의 변화가 아름다운 언덕도, 항상 낚시하러 가던 강도 20년이나 지나면 질리기 마련이다. 저택을 방문한 록 여행자들이 다양한 경험을 쌓는 걸 보고 부러워한 적도 많다. 긴 인생이니만큼, 다른 장소에서 처음부터 다시 시작한다고 해도 실보다는 득이 더 많아 보였다.

"사실, 평소에 뭔가 새로운 일을 해보고 싶기는 했어요."

"다행이네. 나도 랄스가 그렇게 말할 줄 알았어."

퀸플레어는 미소시었나.

"침묵 협회에 신입 회원 추천서를 보내 놓을게."

협회의 회원이 되려면 대상자를 10년 이상 관찰해 인격적으로 신뢰할 수 있다고 판단한 기존 회원의 추천이 있어야만 했다. 다음 달이 되자, 나는 왕도를 향해 떠났다. 참고로, 랜디나 솔레이유도 퀸플레어의 추천으로 나와 비슷한 시기에 침묵 협회 회원이 되어 각자의 근무지로 떠났다. 친구들과의 이별은 쓸쓸했지만, 영원히 만나지 못하는 것도 아니다. 랜디, 솔레이유와는 서로 편지를 보내기로 약속했다.

5

침묵 협회의 일원이 되고 처음으로 발령받은 근무지는 왕도의 도서관이었다. 도서관장이자 록인 리사라가 상관이었다. 리사라 관장은 검은색 연미복을 입은 남자로, 어딘지 행동거지가 귀족처럼 느껴졌다.

"이곳은 다나들이 사용하는 도서관이고, 이곳에 드나드는 업자들이나 우리 이외의 도서관원들 모두 다나이니 주의하도록 해."

"이렇게 침묵 협회가 관여하고 있는 직장이 많나요?"

나는 책을 정리하며 물었다.

"생각보다 많지."

리사라 관장은 턱수염을 쓰다듬으며 말했다.

"뭐, 차차 알게 될 거야."

"침묵 협회는 좀 무서운 느낌이었는데, 설마 제가 여기 속하게 될 줄은 몰랐네요."

"우린 말단인 걸, 뭐. 침묵 협회 상층부는 비밀주의라 상위 회원의 얼굴이나 이름은 나도 진히 몰라. 왼전 베일에 싸여있지. 우린 그저 임무나 지령이 내려오면 따르기만 하면 돼. 협회가 무섭다고? 그래, 그럴지도 모르지. 지시에 따르지 않으면 어떻게 되는지는 모르지만, 소문에 의하면 조용히 처리한 다더군. 말을 듣지 않는 록의 광물 시체가 북부의 동토에 굴러다닌다고 하더라고. 어디까지나 소문이지만 말이야. 어쨌든, 모처럼 변경에서 왕도까지 왔으니, 마음껏 즐기라고. 난 오늘 지하드의 공연을 보러 갈 건데. 자네도 가겠나?"

"지하드요?"

"궁정 음악, 대중음악 가리지 않고 만드는 작곡가야. 이렇게 아름답고 깊이 있는 음악은 들은 적이 없어. 요새 인기가 엄청나. 나도 아는 사람을 통해서 티켓을 겨우 구했다고."

그날 밤은 리사라와 함께 지하드의 공연을 봤다. 왕도 중심부에 있는 커다란 극장에 멋을 잔뜩 부린 신사 숙녀가 1000명 가까이 모여들었다. 현악대에 건반, 남녀 혼성 합창단, 드럼. 확실히 지하드는 대단했다. 아름답고 깊이 있는 선율이라고 했던가, 어떻게 이런 음악을 만들었지 싶었다.

오늘 밤 공연의 하이라이트인 〈숨을 거두는 순간에는 미소로〉라는 지하드의 신곡 발표가 끝나고 우레와 같은 박수가 잦아들 무렵, 나는 옆에 앉은 리사라에게 "이런 경험은 처음이에요, 굉장한데요." 하고 말했다.

"뭐가 처음이라는 거야?"

리사라가 물었다.

"이런 감동을 느껴본 거요. 데려와 주셔서 감사합니다."

텀의 마을에는 잔뜩 차려입은 사람이 1000명 이상 모이는 행사가 없었다. 나는 그제야 왕도에 와 있다는 사실을 실감했다. 도서관에서 일할 때는 매일이 새로운 일의 연속이었다. 새로운 마음으로 배우고, 발견하며, 또한 방탕하게 보냈다. 생각해 보면, 15세기는 후대의 문화사에서도 신흥 예술 개화기라고 인정된 화려한 시대였다.

훗날 예술에 지대한 영향을 미치는 몇몇 기조가 이 시기에 만들어졌다. 나는 리사라의 손에 이끌려 전시회, 연극을 비롯한 수많은 행사에 참가했다. 또한 이 시기는 모두가 진보를 열망하던 시대였다.

과거 지오 젠런드가 대륙을 횡단할 때 발견한 경로를 사용해 왕도에서 각지로 이주 개척이 시작되었다. 그때까지는 구전이나 상상을 토대로 만들었던 세계 지도가 어느 정도 정확성이 높은 측량과 현지 조사를 통해 만들어지기 시작한 것도 1430년 무렵이었다. 그리고 우리가 사는 세계가 바다로 둘러싸인 동그란 형태의 대륙이라는 사실이 밝혀졌다.

리사라와 가까이 지내던 어느 날, 함께 술을 마시던 그가 물었다.

"랄스, 혹시 누군가를 사랑해 본 적 있나? 사랑이라는 감정은 얼마나 이어져?"

"뭐, 상대에 따라 다르겠죠."

나는 신중하게 대답했다. 리사라는 전혀 상사답지 않은 상사였다. 관장답지도 않았다. 그는 불사자가 된 이후 달관의 경지에 이르렀다고 했다. 사회적 지위는 어차피 침묵 협회가 마련해 준 일회성의 것일 뿐, 그런 것에 얽매이는 일은 어리석다고 한 적이 있었다.

"나는 꽤 한 사람에게 집착하는 스타일이거든. 한 300년쯤 전에 열렬히 사랑했던 사람의 '전생자'와 만난 적이 있지."

"그게 뭐예요? 상대는 록인거죠? 전생은 또 뭐고요?"

"아니, 상대는 다나였어. 전생자란 록의 세계에서만 사용하는 속어인데, 다시 태어난 사람이라는 뜻이야."

"잠시만요. 다시 태어난다고요?"

"처음 들어? 자네, 그 나이 먹도록 다나 시절에 알고 지내던 사람들 중 다시 태어난 사람을 본 적이 없나?"

"아, 그러고 보니."

막 부활했을 무렵에 텀에서 '도모로와 닮은 사람'을 만났었던 일을 떠올렸다.

"똑같이 생긴 사람을 만난 적이 있긴 해요. 처음엔 손자인가보다 했는데, 나중에는 세상에 나와 똑같이 생긴 사람이 셋 있다는 속설이 있으니까 그런 비슷한 건 줄 알았습니다."

"우리 록은 죽지 않고 살아가지만, 다나는 늙어 죽든 다른 이유로 죽든 일단 죽고 나면 시간이 흘러 어딘가에서 다시 태어난다고 해. 영혼이 있다고들 하지만 눈에 보이지 않는 영적인 개념까지는 확인할 길이 없고. 아무튼, 육체적으로 똑같이 생긴 사람이 나타나는 건 확실해. 이걸 어떻게 받아들여야 할까? 윤회 말고는 설명할 길이 없어."

"그래서 어떻게 되었나요? 300년 전에 열렬히 사랑했던 사람과 다시 만났을 때요."

"눈물이 났지."

리사라가 말했다.

"단풍이 든 메타세쿼이아 길을, 그 여자가 개를 데리고 걷고 있었지. 300년 전에 숨을 거둔 내가 가장 사랑하는 여인. 무척 행복해 보였어. 처음엔 유령이라고 생각했는데, 이내 이 세계 자체가 유령이나 마찬가지라는 생각이 들었어."

그러고 보니 리사라에게 전에 살던 록 커뮤니티에 말하는 표범이 있다고 했더니 혹시 이름이 시그마가 아니냐고 물어왔다. "어떻게 아세요? 유명한가 보죠?" 하고 물었더니 "아니, 록 커뮤니티에는 말하는 동물이 흔한데, 이름은 모두 시그마라고 한다네."라고 대답했다.

6

10년이 지나자 이번에는 왕도에서 꽤 떨어진 서쪽 개척 지대에 있는 농가로 가라는 명령이 침묵 협회로부터 내려왔다. 도서관에 온 신입 록에게 인수인계를 하고 마차에 올랐다. 이 번에는 농장주의 대저택에 살면서 정원을 가꾸는 일이었다. 이곳의 농장주가 록이었다. 왕도의 연극이나 연주회를 감상 할 수 없게 된 건 아쉬웠지만, 나는 새로운 환경을 마주하면 흥분하는 성격이었다. 퀸플레어의 저택과는 환경이 전혀 다 른 광활한 대지에 도착해 숨을 깊게 들이마셨다.

주변 사람들과 어울리지 못해 남을 까다롭게 평가하지 않 는 내가 보기에도 이곳 농장의 주인인 케다인은 일꾼을 비롯 해 모두가 싫어했다. 신경질적으로 입을 앙다물고는 아랫것 이라 생각하는 사람을 마구 괴롭히거나 상대가 곤란해할 만 한 행동을 골라가며 했다. 일꾼이나 고용인을 격려할 줄을 몰 랐고, 그들에게 입을 열 때는 잔소리를 하거나 비아냥거릴 때 뿐이었다. 케다인이 있으면 언제나 분위기가 무거웠고, 그가 자리를 떠야 비로소 부드러워졌다. "내가 얼마나 위대한 사 람일 줄 알아? 이 멍청한 녀석."이라던가, "노예(고용인이나 일 꾼을 이렇게 불렀는데, 실제로는 월급을 주고 있으니 노예일 수가 없다)는 잘해주면 기어오를 뿐이다."라는 말만 되풀이했다.

케다인의 대저택에서 일을 한 지도 2년이 지났다.

어느 날, 수확 작업 중이던 포도밭에 모습을 드러낸 케다인이 평소처럼 별 것 아닌 일로 트집을 잡으며(인부의 모자에 꽂혀 있는 깃털이 마음에 안 들었던 모양이다) 마구 호통을 치고 있을 때였다. 갑자기 인부 중 흙투성이가 된 몸집이 작은 젊은이가 앞으로 나와 송곳으로 케다인의 왼쪽 어깨를 두 번 연달아 찔렀다. 평소에 원한이 쌓인 탓이겠지만, 왜 찔렀는지 정확한 동기는 알 수 없었다. 그 광경에 주위 일꾼들이 숨을 삼켰다.

케다인은 신음하며 송곳에 찔린 왼쪽 어깨를 눌렀다. 처음에는 어리둥절해하다가 자신을 찌른 젊은이가 도망치려는 모습을 보고는 "저 자식 잡아 와! 목을 매달아 버리겠어!"하고 고함을 지르고는 저택으로 돌아갔다.

그 뒤부터 상황은 급격히 나빠졌다. 저택으로 돌아간 케다인이 반라 차림으로 여성 고용인에게 모습을 들킨 것이다. 어떤 상황에서 어깨를 보였는지는 알 수 없지만, 그땐 이미 젊은이에게 찔린 어깨 상처가 광물화되어 있었다.

여성 고용인이 곧바로 케다인의 어깨 상태를 다른 고용인에게 알리면서 '케다인은 야차다'라는 소문이 금세 농장에 퍼졌다. 찔린 장면을 본 사람도 많았나. 다나았다면 피투성이가 되고도 남을 정도였고, 몇 시간 만에 나을 상처도 아니었다. 애초에 인망이 없는 남자이다 보니, 소문이 퍼지자 사람들은 그날로 저택을 빠져나갔다.

　나는 야차라고 의심받지 않았기에 복도를 황급히 달려가던 주방장이 내게 말을 걸었다.

　"어이, 정원사. 여기서 멍하니 뭐 하고 있어? 주인님이, 제길, 이제 주인님도 아니지. 케다인이 야차라는 사실이 밝혀졌어. 이제 곧 야차 사냥꾼이 케다인을 체포하러 올 거야. 괜한 오해 받지 말고 얼른 튀라고."

　"곧 뒤따라 갈게요. 먼저 가세요."

　"서둘러. 세상에, 야차일 줄은 꿈에도 몰랐네. 그 자식, 꼴 좋다."

　실제로 케다인은 나쁜 놈이 맞으니, 얼마나 그들과 함께 도망치고 싶었는지 모른다. 하지만 케다인이 어떤 사람이든 '위기에 처했을 때는 동료인 록을 위해 최선을 다한다'라는 침묵 협회의 규정 항목 때문에 그를 도와줄 수밖에 없었다.

　케다인은 무슨 생각인 건지 자기 방에 문을 걸어 잠그고 틀어박혔다. 문을 두드리고 큰 소리로 불러도 반응하지 않았다. 하는 수 없이 문을 걸어차고 안으로 들어가자 대검을 한 손에 쥐고 의자에 앉아 있던 케다인이 나를 노려봤다.

　"풋내기 주제에. 네 놈의 무례한 행동은 협회에 보고해 주마. 내가 얼마나 위대한 사람인 줄 알아? 이 멍청한 자식."

　"케다인 씨. 집안 고용인들이 당신이 야차라고 떠들면서 도망갔어요. 농장 일꾼들도 다들 일을 내팽개쳤고요. 이제 곧 마을에서 무기를 든 사람들이 몰려올 테니 지금 당장 도망가야 해요. 뒤뜰에 말을 준비해 두었습니다. 저들의 손에 죽기 전에 서두르자고요."

"네 놈이 무슨 자격으로 내게 지시를 내려."

케다인이 힘없이 중얼거렸다.

"난 모든 것을 가졌어. 하지만 네 놈은 아무것도 없지. 말을 준비했다고? 그건 누구의 말이지? 당연히 내 말이겠지! 감히 내 말에 손을 대? 죽고 싶어? 아니면, 그게 정말로 네 놈의 말이냐? 말해봐!"

같은 상사지만 리사라와는 정말 다르다는 생각이 들었다.

"그건 죄송합니다만 지금은 비상사태잖요. 빨리 도망갑시다. 계속 여기에 있겠다고 고집을 피우시면 저 혼자 갈 거예요."

케다인은 그제야 혀를 차며 자리에서 일어났다.

나와 케다인은 말을 타고 뒷문으로 빠져나와 영지를 벗어났다. 케다인이 커다란 가방을 세 개나 가지고 나온 탓에 속도가 나지 않아 애를 먹었다. 다나의 손에 절대 넘겨줄 수 없는 보석인지 뭔지라는데, 이런 상황에서는 적당히 숨겨두면 되지 않냐는 생각이 절로 났다. 도중에 사방이 탁 트인 높은 건물로 올라가 우리가 빠져나온 영지 쪽을 바라보니, 무장한 채 저택으로 향하는 마을 사람들이 눈에 들어왔다. 족히 서른 명은 되어 보였다.

"근처 마을에도 연락했을지 모릅니다. 길이 봉쇄되면 곤란하니, 일단 근처 숲에 숨어 있기로 하죠."

내 말에 케다이가 불쾌하다는 듯 말했다.

"네 마음대로 정하지 마라."

"그게 아니라… 아닙니다, 주제넘게 행동해 죄송합니다. 그럼, 지시를 내려주십시오."

케다인은 말에서 내려 바닥에 주저앉아 꿈쩍도 하지 않았다. 아무 생각이 나지 않겠지. 마치, 나를 약 올릴 목적으로 이러는 것처럼 보인다. 참을성 있게 기다리는데 케다인이 갑자기 다정하게 말했다.

"너 저 멍청한 놈들에게 돌아가서 케다인 님에 대해 오해가 있었다, 케다인 님이 나중에 돌아올 테니 잠시만 기다리라고 얘기해 주지 않겠나? 그 표정은 뭐야. 네 녀석을 인질로 삼아 시간을 벌려는 게 아니라, 저 사람들은 네가 록이라는 사실을 아직 모르잖아."

결국, 나는 그곳에서 케다인과 헤어졌다. 케다인의 지시에 따르려는 게 아니라 이 사람과는 도저히 함께 도망칠 수 없을 것 같아서였다. 왔던 길을 되돌아가는데 말발굽 소리가 들리더니 다섯 명 정도 되는 사람들에게 순식간에 포위되었다.

"네놈이 랄스냐?"

"네."

"케다인은 어디 있나."

"저기, 그분이 말씀하시길, 오해가 있다고 하셨습니다. 여러분, 흥분을 가라앉히고 기다려달라고."

"네 녀석도 야차로군. 그렇지?"

누군가 멀리서 내가 케다인과 함께 도망치는 모습을 봤다면 랄스는 농장의 피고용인이고, 단지 혼자서 케다인 쪽에 붙은 녀석이라고 생각했을 것이다.

"아닙니다."

순간 무릎이 화끈거렸다. 내려다보니 화살이 꽂혀있었다. 나는 신음을 흘렸다.

"역시, 피가 나오지 않아. 이 녀석도 야차다!"

"치사하게 갑자기." 하고 항변하는 순간, 창이 배에 꽂혔다. 이제 다 끝이라는 생각에 몸에 힘이 쭉 빠지면서 무릎이 꺾였다. 뒤이어 몸이 난도질당하며 의식이 멀어지는 걸 느꼈다.

다시 한번 말하지만 록은 불사는 아니다. 온몸이 광물화되었을 때 부서지면 광물 시체로 변해 부활하지 않고, 약간의 화상이라면 치료가 되지만 오랜 시간 불에 타면 끝내 죽고 만다. 이들은 틀림없이 나를 죽음으로 내몰 것이다.

그때, 길옆에서 표범이 뛰쳐나왔다. 마을 사람 중 하나가 튕겨 나갔다. 또 한 사람이 바닥을 뒹굴자, 남은 세 사람은 앞다퉈 도망쳤다. 무장한 마을 사람들이 어찌할 바를 몰라 주춤하는 사이 표범이 내 목덜미를 물고 길 밖으로 끌고 달려나갔다.

나는 희미해지는 의식 속에서 "시그마." 하고 불렀다. 시그마, 시그마.

7

예전에도 느껴본 감각이다. 규칙적으로 끊임없이 반복되는 조수 간만과 같은, 달이 차고 기우는 것과 같은. 나는 어둠 속에 있다. 그리고 눈을 떴다. 벌떡 몸을 일으켰다. 관처럼 생긴 세로로 긴 상자 속에서 잠들어 있던 모양이었다. 몸에는 담요가 덮여 있었다. 조용한 가운데 위쪽에서 음악이 들렸다. 가만히 상황을 살피는데, 음악이 멈췄다.

야차를 사냥하는 폭도들에게 쫓기던 것까지는 기억이 난다. 하지만 시그마가 나타난 건 아무래도 꿈인 것 같았다. 여긴 어딜까. 지하실이라는 건 안다. 창문으로 빛이 들어오고 있었다. 비틀대며 일어나 방 한쪽에 있는 계단으로 향했다. 계단을 오르자, 엄청나게 밝은 방에서 그리운 솔레이유가 케이크를 굽고 있었다.

"우악! 아, 깜짝이야."

솔레이유가 말했다. 그리고 웃었다.

"랄스, 잘 잤어? 나 기억나?"

"솔레이유잖아."

왕도에서 일하고 있을 때 한 번 놀러 왔던 이후로 오랜만이었다. 가장 친한 친구를 잊어버릴 리가 있나.

"슬슬 눈을 뜰 때가 됐다고는 생각했는데."

"아니, 그 전에. 여긴 어디야? 지금은 몇 년도지?"

"안심해. 여긴 타르카스 북서부 마을에 있는 내 집이니까. 네가 일하던 농장과는 한참 떨어져 있어. 그리고 지금은, 어디 보자, 1512년이네."

나는 기억을 더듬었다. 내가 마지막으로 기억하는 연도는 1433년이었다. 상당히 시간이 흘렀다. 1512년이라면 79년이 지난 셈이었다.

"어제, 나 케다인하고 도망치고 있었는데. 정말로, 어제였는데."

솔레이유는 부엌 한쪽에 놓인 상자처럼 생긴 것을 열고 그 안에서 우유가 든 병을 꺼냈다. 그리고 컵에 내용물을 따라 내게 건넸다. 차가웠다.

"이게 뭐야?"

내가 상자같이 생긴 것을 가리켰다.

"냉장고야."

식료품을 차게 해 주는 기계로, 지금은 어느 집에나 사용하고 있다고.

"방은, 왜 이렇게 밝아?"

"불을 켰거든."

올려다보니 태어나 처음 보는 것이 강한 빛을 내뿜고 있었다. 눈이 부셔 똑바로 쳐다볼 수 없었다. 그건 전구라고 솔레이유가 가르쳐주었다.

"아, 맞다. 그럼, 이건?"

솔레이유는 옆방에서 동그란 물건을 꺼내 와 기계 판 위에 올려놓았다.

"지하드?"

"맞아, 왕도에 놀러 갔을 때 네가 푹 빠져서 얘기하던 사람이야. 이건 레코드라고 해. 이제 이것만 있으면 방에서도 마음껏 들을 수 있어."

"79년 동안 무슨 일이 있었던 거야?"

"발명가가 발명해 낸 수많은 물건들이 전 세계로 퍼져 나갔지."

그 날은 하루 종일 레코드를 들었다. 수프를 먹고, 혈액순환을 위해 집 주변을 산책했다.

다음 날에는 리사라가 찾아왔다.

"이야, 부활 축하해. 전화를 받고 부랴부랴 달려왔지. 도서관에서 같이 일했던 동료가 엄청난 일을 당했다는 소식은 전해 들었거든. 언제 눈을 뜬 거야?"

"전화?"

"몰라? 솔레이유 씨가 네가 눈을 떴다고 연락을 했는데."

"내가 전화가 뭔지 아직 안 알려줬던가?"

솔레이유가 말했다.

한숨 돌린 뒤, 두 사람은 내게 79년 전 사건의 전말에 대해 알려주었다. 나는 난도질을 당해 광물화되었는데, 마지막 순간에 본 것처럼 시그마가 나를 구해준 듯했다. 참고로, 케다인은 체포되어 마을 광장에서 산 채로 화형에 처해졌다.

시그마(퀸플레어의 저택에 있던 시그마인지는 모른다)는 광물화된 나를 침묵 협회로 넘겼고, 그 뒤로 광물화된 나는 이곳저곳으로 옮겨 다니다가 불사자 친구 집이 좋겠다는 이유로 7년 전에 솔레이유가 사는 집의 지하실에 안치되었다.

"장수 인생이 다시 시작되어서 다행이야. 눈을 뜬 어제를 두 번째 생일로 삼는 게 어때?"

리사라가 말했다.

"두 번째 생일은 첫 번째 부활 때겠죠. 아무튼, 세 번째 생일로 삼아도 나쁠 거 같진 않네요. 그건 그렇고, 시그마가 나타난 타이밍이 너무 적절하지 않았나요?"

"시그마는 자네가 아는 시그마만 있는 건 아니야. 새의 모습일 때도 있고, 고양이일 때도 있지. 자연스럽게 주위와 어울리며 커뮤니티를 관찰하고 있어. 그리고 무슨 일이 일어나면 즉시 움직이지."

"침묵 협회의 감시자인 건가요?"

"뭐, 그렇다고 볼 수 있지."

리사라가 말했다.

"내 생각은 그래."

리사라가 돌아가고, 교대하듯 랜디가 찾아왔다. 그리고 또 아는 얼굴들이 속속 모여들었다.

그리고 또다시 일상이 찾아왔다. 나는 침묵 협회의 지시대로 5년에서 10년 단위로 직장을 옮겨 다녔다. 북부의 작은 마을 회관의 사무원. 박물관의 학예사. 또다시 왕도로 가 이벤트 회사 직원으로도 일했다. 신문기자로도 일했다.

문명은 계속 발전해 갔다. 자연이 개척되고 사자는 대륙에서 멸종되었다. 차가 발명되었고 길에는 아스팔트가 깔렸으며, 또 기차를 타고 어디로든 갈 수 있게 되었다. 1600년대 초반, 팀의 호수에 간 적이 있는데, 근처에 공장이 들어서 있어 물이 더러워졌다. 나는 침묵 협회가 후원하는 체인 레스토랑인 하피스의 팀 지점 점장으로 3년간 일했다.

어느 날, 쓰레기를 버리러 나갔는데 검은 고양이가 있었다. 눈이 마주치자 검은 고양이가 웃으며 "잘 어울리네, 랄스 점장님." 하고 말하고는 사라졌다.

8

2284년 가을. 나는 왕도 대학의 강당에서 고고학 강의를 듣고 있었다. 백발의 대학교수가 화면에 사진을 띄웠다. 발굴된 고대인의 유적이었다. 토기, 도자기, 복잡한 문양의 점토판이나 석판. 관에 누워있는 미라.

"하나의 유물에 얼마나 많은 정보가 들어 있는지 아십니까? 예를 들어, 농작물을 저장하기 위해 만든 이 토기를 보면 그들의 기술력과 지성, 나아가 마을 인구, 때에 따라서는 종교까지도 확인할 수 있습니다."

화면에 띄운 고대 유적의 발굴물 중에는 뚜껑 안쪽에 가시가 박힌 관처럼 생긴 것도 있다. 불길한 유물이었다. 도대체 어디에 사용한 물건이었을까? 대체로 '고문 기구'라는 설과 '사람의 피를 모으기 위한 기구'라는 설로 나뉘었다. 고대인은 후대 문명 전체에 영향을 준 문자, 농업, 법률을 비롯한 많은 것을 발명할 정도로 매우 지적이었다고 여겨지지만, 한편으로는 잔혹한 일면도 있었는지도 모른다.

백발의 대학교수(그는 미니였다)는 잠시 토기의 양식, 그리고 그 문양이 어느 지방에서 전파되었는지에 대해 설명한 뒤 이렇게 말했다.

"이 세계의 인간은 어디서 왔을까. 인류사도, 문명사도 그 뿌리로 거슬러 올라가면 고대인이 모든 열쇠를 쥐고 있습니다. 하지만 '대륙 기원설', 혹은 '해외海外 기원설'에 관한 논쟁은 지금도 이어지고 있지요.

여러분들이 아시는 바와 같이, 우리 대륙에서 바다를 향해 7000 세크 정도 나아가면 바다 위 시공 장벽으로 더는 접근할 수 없습니다. 그레모리온 이론에서는 이 시공 장벽 때문에 앞으로 나아갈수록 질량이 감소하기에 결국은 밖으로 나갈 수 없다고 하죠. 그리고 마찬가지로 밖에서도 안으로는 들어올 수 없습니다. 하지만 먼 옛날, 전기력前紀曆 시대에 시공 장벽이 없었던 시기가 있었고, 그때 바다 저편에서 이곳으로 넘어온 누군가가 대륙에 문명을 전파한 것이라는 의견도 있습니다. 이것이 바로 해외 기원설이지요. 혹시 질문 있나요?"

학생 중 하나가 손을 들었다.

"바다 밖에는 사람이 살고 있나요?"

"글쎄요. 그건 아직 밝혀지지 않은 상태입니다만."

교수가 말했다.

"해외 기원설은 바다 너머에 생명체가 있다고 가정하고 있습니다. 까마득히 먼 옛날인 1700년대에 나온 설이니, 그 역사가 깊다고 할 수 있죠."

여기서 교수는 웃었다.

"바다 밖 생명체라는 설정은 영화나 SF 소설, 만화책에 흔히 볼 수 있습니다. 이들 지적 생명체는 바다를 건너 우리가 사는 대륙을 침공합니다. 바다 너머의 지적 생명체와 인간과 사랑에 빠지기도 하고, 고도로 문명이 발달한 지적 생명체나 혹은 거대한 대괴수 형태로 표현되기도 합니다. 우리는 픽션에 나오는 바다 밖 생명체에는 익숙하지만 현실적으로 있을 수 없는 황당무계한 일로 여깁니다. 하지만 부정할 수 없는 낭만이 있는 설임에는 분명하다고 생각합니다.

각 유적과 시대 측정에 따른 문명의 전파도를 보십시오. 올데이드 산맥 근처에 살았던 고도 기술을 가진 무리의 일부가 이 기술을 각지에 전파했다는 흔적이 타르카스 유적과 텀 북부 유적에서 발견되었습니다. 올데이드 산맥 남부는 바다와 인접해 있으니, 시공 장벽만 없었다면 이 고도 기술을 가진 무리가 사실은 도래인渡來人이었다고 해도 이상하지 않을 겁니다."

지각생이 뒷문으로 들어와 내 옆에 앉았다. 에오윈이었다.

"출석 불렀어?"

에오윈이 속삭였다.

"아니, 아직."

내가 대답했다.

"점심 같이 먹자. 학식 괜찮지?"

수백 년 동안의 일을 모두 기억하는 건 아니다. 나는 거의 다 잊어버렸다. 기억은 항상 갱신되었고, 경험 위에 경험이

덧씌워지니 어쩔 수 없다. 하지만 그런 가운데서도 특히 오랫동안 기억에 남는 날이 있다.

봄바람이 살랑이던 어느 날, 한가로운 작은 마을의 역에 그 사람이 있었다. 마침, 역 근처에 있는 지인의 집에 가는 길이었던 나는 멈칫했다. 근래의 기억은 많이 잊어버렸지만, 다나였을 무렵의 일은 제법 기억하고 있었기에 틀릴 리가 없었다. 똑 닮았다.

그 여성에게서 눈을 뗄 수가 없었다.

"오늘 날씨가 좋네요."

나는 그 여성에게 말을 걸었다. 하지만 그 여성은 나를 무시했다. 목소리가 듣고 싶었다. 그때와 똑같은지 확인하고 싶다.

"파란 옷이 참 잘 어울리네요. 어디 가시는 길이신가요?"

다른 사람보다 몇 배나 오래 살고 있으면서, 어째서 나는 여전히 서투를까. 아내는 아니, 아내와 닮은 여성은 아무 말 없이 그 자리를 벗어나더니 역무원과 무언가 얘기하기 시작했다. 역무원이 다가와 내 손을 잡았다. 열차가 왔다. 그 여성이 열차에 탔다. 역무원의 손을 뿌리치려고 하자 더 강하게 힘을 주었다. 그 뒤의 일은 잘 기억나지 않지만, 그 날 오후에 모르는 남자(그 여성과 관련이 있는 사람이겠지)가 갑자기 멱살을 잡고 "이 마을에서 당장 나가, 변태 자식아." 하고 위협했다.

저들의 반응은 당연했다. 14세기에 나와 결혼했던 아내와 아무리 닮았다고 해도, 지금의 그녀는 완전 다른 사람이다.

처음에 말을 잘 걸어볼걸, 하고 후회하기도 했지만, 결국 봄바람이 부는 역에서 그녀를 봤다는 그 기억만을 소중히 간직하기로 했다.

리사라의 말이 떠올랐다. 처음엔 유령이라고 생각했는데, 이내 이 세계 자체가 유령이나 마찬가지라는 생각이 들었다고.

에오윈과 나는 학교 식당 테이블에 앉아 밥을 먹었다. 에오윈은 친구도 별로 없고 동아리에도 가입하지 않았으므로, 학교에서 만나도 대개는 혼자였다.

"랄스는 어떤 음악을 좋아해?"

햄버거를 쿡쿡 찌르며 에오윈이 말했다.

"요새는 음악 자체를 안 듣기는 해. 원래는 지하드나 그쪽 계통을 좋아하지."

"클래식? 랄스네 집, 엄청 부자인 게 틀림없어."

"그게 무슨 소리야. 클래식 음악을 좋아하는 거랑 우리 집이 부자인 거랑 무슨 상관인데?"

"그런 이미지라는 거지. 우아한 상류 가정이라는 이미지. 클래식하면 중세 귀족의 취미 같은 느낌이니까."

에오윈이 말했다.

"나도 지하드나 베타 정도는 알아. 너무 유명하니까. 중학교 때 음악 수업에서 틀어줬었는데."

"너 아무것도 모르는구나. 선입견은 시야를 좁게 만들어 모든 일을 망친다는 걸 잊지 마."

"왜 화를 내고 그래? 그건 누가 한 말이야? 격언집?"

"랄스 님 가라사대다."

스무 살의 에오윈은 물론 록은 아니다. 나보다 한참 어리다. 애송이 주제에 묘하게 속이 좁고, 겁도 많은 남자다. 자신을 아낄 줄 모르고 열등감을 없애기 위해 남을 깎아내리는 악취미가 있었다.

"아무튼, 음악은 됐고. 어제 검사는 어땠어?"

"아아! 뭐, 아직 학교는 다닐 수 있을 정도? 수치가 엉망이긴 한데, 개인마다 다르니까 안 좋다고 해도 너무 신경 쓸 필요는 없다고 의사가 그러더라고. 당분간은 괜찮대. 그래도 주말부터는 다시 검사 때문에 3일 정도 입원할지도 몰라. 생각만 해도 벌써 피곤해."

에오윈은 열일곱 살 때 치료법이 아직 명확하게 밝혀지지 않은 혈액병에 걸렸다. 고등학교를 1년 쉰 탓에, 대학도 한 해 늦게 들어왔다. 지금도 병원과 대학을 오가고 있다.

"그럼, 입원하면 심심하지 않게 게임기라도 가지고 병문안 갈게."

"정말? 약속이다, 꼭 와. 역시 어려울 때 돕는 친구가 진짜 친구라니까."

에오윈이 웃었다.

"입원하는 거 싫어하잖아. 계속 누워있으면 등도 아프고."

9

퀸플레어에게 전화를 했다.

교류가 없는 건 록 커뮤니티에서는 흔한 일이었지만, 100년 가까이 교류가 없었던 탓에 그녀의 연락처를 알아내기 위해 여러 친구나 지인에게 전화를 걸어야 했다. 수화기 너머로 짧게 용건을 말하자 그녀는 만나서 얘기하자고 했다.

다음 날에는 차를 타고 그녀가 약속 장소로 고른 고성으로 향했다. 고성 앞에 주차장에 도착하니, 퀸플레어가 기다리고 있었다. 세련된 바지에 빨간색 코트를 입고 옅은 노란색 선글라스를 끼고 있었다.

"오랜만이구나 랄스. 요 앞에 조용히 얘기할 수 있는 가게가 있어."

과거에 귀족이었던 록이 살았었다는 이 고성은 지금은 문화재로 지정되어 약간의 돈을 내면 내부를 구경할 수 있다. 고성 관광객을 상대로 하는 가게에 들어가 룸으로 된 테이블 석에 마주 보고 앉았다.

퀸플레어의 저택은 이미 오래전에 사라지고 지금은 전력 회사가 들어섰다고 했다. 공통된 지인의 근황이나 세상 돌아가는 이야기도 대충 주고받은 뒤, 나는 본론을 꺼냈다. 퀸플레어는 내 이야기를 듣고, 확인 차 내용을 짧게 정리했다.

"그러니까, 에오윈이라는 네 친구를 록으로 만들고 싶다는 거지? 광매를 먹여 록이 되면 그 사람이 앓고 있는 난치병이 나을 테니까."

나는 고개를 끄덕였다. 잠시 침묵이 흘렀다. 록이 광매를 이용해 다른 누군가를 록으로 만들고자 할 때 우선, 자신보다 지위가 높은 침묵 협회의 회원에게 알리고 지시를 청한다. 침묵 협회는 그 제삼자와 함께 타당한 안건인지를 심사한다. 이 심사에 통과해야 광매가 든 병을 빌릴 수 있다. 사용할 때는 반드시 침묵 협회 소속의 제삼자가 입회해야 한다는 규칙이 있다. 다만 사용 허가는 거의 나지 않는다고 들었다.

수백 년을 살아온 나조차 아직 광매를 본 적조차 없다. 침묵 협회가 광매 사용에 특히 까다롭게 구는 탓에 록은 쉽게 동료를 늘릴 수 없었다. 더욱이 말단 록이라면 거의 불가능에 가까웠다. 이것이 사회에 너무 많은 록이 돌아다니지 않는 이유이기도 하다. 하지만 지금의 나는 천 살 가까이 먹었고 협회와는 어느 정도 신용이나 신뢰를 쌓았다고 생각한다. 계층으로 본다면 지금은 하가 아닌 중상 정도로는 올라오지 않았을까. 광물화가 진행되는 80년 동안 에오윈을 안치할 장소도 마련해 두었고, 그가 눈을 떴을 때 내가 돌보겠다고 이야기도 해 두었다. 나는 지난 세월 동안 열심히 부동산을 사 두었기 때문에 돈 걱정할 일은 없었다. 80년 후에 에오윈을 보살피기에 충분했다.

퀸플레어가 말했다.

"절세미인과 사랑에 빠져 그 사람을 동료로 삼고 싶다는 남자들이 종종 있지. 물론 그 반대인 경우도 있고. 외모가 아니라, 뛰어난 재능이나 혹은 순수한 영혼에 감동하는 사람들도 있어. 하지만 대부분은 심사를 통과하지 못해. 그런 사람들을 상대로 협회는 설득하지. 다나는 다나만의 원 안에서 사는 게 맞다고."

퀸플레어가 말을 이어갔다.

"랄스. 난치병에 걸린 에오원이 불쌍한 건 맞지만, 그런 사람은 얼마든지 있어. 그리고 너도 이미 알고 있겠지만, 이 세계 사람들은 죽으면 어디선가 다시 태어나. 난치병이나 불쌍하다는 이유로는."

퀸플레어는 더 말하지 않아도 알 거라는 뉘앙스로 말을 끊었다. 동정심만으로 함부로 불사자를 늘리지 말라는 뜻인가. 내가 반박하려는 찰나 퀸플레어가 날카롭게 파고들었다.

"에오원은, 과거에 네가 다나였을 무렵 낳았던 아이의 환생이지."

"네?"

"14세기에 턴 호수 근처에 살던, 너와 생이별한 가족이 있었어. 그리고 너는 방대한 시간을 지나 환생한 아들과 만나게 된 거야."

나는 말문이 막혔다. 퀸플레어의 말이 사실이었기 때문이다. 에오윈을 처음 만난 건 그가 열여섯 살 때였다. 마침 왕도의 교외에 있는 무어 지구의 식료품점에서 물건을 사고 있었다. 과거 아내와의 일을 교훈 삼아 말은 걸지 않았다.

다만 모르는 체 할 수도 없어 그가 어떻게 생활하고 있는지 알아봤다. 그는 왕도 교외의 중산층 가정에서 태어났다. 이윽고, 에오윈은 병원에 드나들기 시작했고 대학에도 들어갔다. 마침 나도 여러 가지로 공부하고 싶었기 때문에 위조 신분증과 위조 학생증으로 같은 대학에 입학했다. 나는 서른 즈음부터 줄곧 같은 외모였기 때문에 약간 살을 빼고 젊은이들 취향의 옷을 입으니 노안의 이십 대로 보였다. 학교에서 항상 혼자 있던 에오윈에게 말을 걸었다. 처음에는 날 경계했지만, 이내 마음을 열었다.

"왜 그렇게 생각해요?"

"감이지."

에오윈이 내 아들의 환생이니까 안 될 이유라도 있는가? 잘은 모르지만 방심하지 않고 시치미를 뗐다.

"나는 그렇게 먼 옛날의 일은 기억나지 않아요."

"숨길 필요 없어. 록은 록이 된 이후의 기억은 대부분 잊어버리지만, 자신이 다니였을 때의 기억은 그렇지 않아. 랄스, 그 아이는 반드시 어딘가에서 다시 태어날 거다. 분명, 다음에는 병과는 거리가 먼 인생을 살 거야."

상대에게 주도권을 빼앗겼다. 그러나 내게는 비장의 카드가 있다. 그걸 사용하기로 했다.

"되도록 협회 회원들이 광매를 사용하지 않게 한다는 침묵 협회의 의향은 잘 알았습니다. 하지만 당신은요? 그날 그 호수에서 죽은 내게 광매를 먹였잖아요. 당신 말처럼 갑자기 맞닥뜨린 사건이니, 분명 누구의 허가도 받지 않았겠죠. 애초에 내가 어떤 사람인지도 몰랐으면서, 어떻게 그렇게 쉽게 사용할 수 있었죠? 그땐 아무것도 몰랐지만, 시간이 지나고 경험이 쌓이고 나니 대단히 이례적인 일이었다는 걸 깨달았습니다. 도대체 왜 나를 록으로 만들었나요?"

퀸플레어가 입을 다물었다. 그리고 이마를 짚으며 살짝 떨리는 목소리로 말했다.

"그러네. 왜 그랬을까. 너무 오래된 일이라 기억이 잘 나지 않아. 대단한 이유는 없었을 거라 생각해. 몇백 년도 더 된 그때는 지금과는 달리 록이 많지 않았고, 침묵 협회에서도 인원을 제한하자는 논의가 없었기 때문에 지금처럼 광매 사용이 규제되지 않았어."

"거짓말…. 물론 그때는 지금과는 다르겠죠. 그렇다고 해도 이례적이라는 사실은 똑같아요. 전 당신을 믿어요. 그러니, 진실을 밀해주세요."

작은 배가 가라앉을 때, 마침 퀸플레어가 그 자리에 있었다. 실로 엄청난 우연이다. 하지만 단지 그것뿐이라면 부자연스럽다고 단정 짓기 어렵다. 하지만 난생처음 보는 남자가 죽는다고 해서 광매를 먹이다니, 록으로서 오래 살아온 내가 보기엔 아무래도 이상했다. 너무 쉽게 광매를 사용한 데다가 애초에 광매를 가지고 다닌다는 것 자체가 놀랍다. 아니면, 이렇게 생각하는 게 자연스럽지는 않을까? 퀸플레어는 애초에 나를 록으로 만들기 위해 찾아왔다고.

그래서 내가 탄 배를 미리 알고 있었고, 일부러 기다리고 있었다. 하지만 이야기가 말이 되려면, 깡시골의 목수였던 나를 주시했던 이유가 필요했다. 이유는 하나뿐이다.

"나는 당신이 알고 있는 누군가의 환생이었죠. 가끔은 나를 다정한 눈으로 바라봤으니까요. 확신할 수 있어요."

"미안해."

퀸플레어의 두 눈에 눈물이 맺혔다.

"자백하자면, 맞아. 넌 먼 옛날 내가 알고 있던 누군가의 환생이야."

언제일까. 전기력 때일까?

"그 사람은 내 은인이기도 했고, 무엇보다 소중한 동료였어. 다만 랄스, 원칙적으로는 이런 얘긴 하면 안 돼. 지금 여기 있는 너는 전혀 다른 사람, 내가 알고 있는 전생의 인연과는 전혀 상관없는 사람이야. 그러니 나만 알고 있으면 돼. 내 사정을 강요하면 상대가 당황할 테니까. 그냥, 난. 아아, 더는 해 줄 말이 없네."

계획적으로 속인 거냐, 내게서 가족을 빼앗은 거냐며 추궁하지는 않았다. 지금 여기에 있는 나는 퀸플레어가 없었다면 존재하지 않았을 테고, 록으로서의 인생도 싫지 않았다. 용서하고 말고 할 것도 없었다. 이건 그저, 교섭의 재료일 뿐이었다. 되도록 고뇌에 가득 차 보이는 표정을 지었다.

"나는 에오윈을 구하고 싶어요."

방금 전과는 다르게, 실로 무게감 있고 설득력 넘치는 대사로 바뀌었다는 사실을 스스로도 알 수 있었다. 당신은 내게서 아내와 아이를 빼앗았다. 하지만 나는 아들과 다시 만났다. 그 아이는 난치병을 앓고 있다. 당신이 힘을 빌려주면, 아들을 구할 수 있다. 에오윈을 구하고 싶다.

"알겠어. 광매는 나중에 어떻게든 사용할 수 있도록 준비할게."

"감사합니다."

"다만 그 전에, 실은 할 얘기가 있어서 여기서 만나자고 했어. 나가지. 고성 지하로 가자."

"할 얘기라니, 에오윈을 록으로 만드는 것 말고요?"

퀸플레어가 고개를 끄덕였다.

"지금은 침묵 협회의 최고 간부만이 알고 있지만, 곧 협회 회원들에게도 전달 될 중대한 정보가 있어. 기왕 이렇게 된 김에 오늘 알려주지."

"그게 뭔데요?"

"세계의 종말에 관한 얘기."

세계의 종말이라니, 뜬금없었다. 뭔가의 비유일까?

가게를 나와 걸으며 퀸플레어가 말했다.

"다나가 활발히 연구하는 분야이기도 하지. 이 세계가 폐쇄되어 있다는 사실은 몇백 년 전에 탐험가나 모험가들이 밝혀냈어. 우린 바다 위에 있는 동그란 대륙에 살고 있어. 하지만 삼일 밤낮으로 항해하다 보면 시공 장벽에 가로막혀 더는 갈 수 없지. 지금은 태초의 시대까지도 연구 중이라지? 최근 논문을 보니 약 1만 년 전 정도라고 하던데. 아마 비슷할 거야. 문명 해외 기원설은 재미있었어. 그건 대체로 내용이 맞기도 하고, 틀리기도 했어."

고성 옆에 있는 박물관은 임시 휴관일이라 문을 닫았다. 퀸플레어는 열쇠로 문을 열고 안으로 들어가 불을 켰다.

"이건 예언이 아니고 예고인데, 세계의 수명은 앞으로 470년 정도 남았어. 인류 300년 정도 뒤에 멸망할 거야."

갑자기 귀를 막고 도망치고 싶어졌다.

"저기, 잠깐만요. 도대체 무슨 말씀이신 거예요? 어떻게 세계에 수명이 있어요?"

"있어."

반론을 허락지 않는 느낌이었다.

"어떤 식으로 끝나는데요?"

"문자 그대로, 세계에 장막이 뒤덮이면서 모든 것이 소멸해. 왜냐고? 원래 그런 식이니까."

너무 오래 살면 정신이 이상해지는 걸까. 나는 퀸플레어가 제정신인지 의심하면서 물었다.

"왜 그런 일이 일어나는데요? 그, 인류가 환경을 파괴해서 그런가요?"

"아니, 그거와는 상관없어. 인류가 있든 없든, 환경을 파괴하든 안 하든, 종말은 불가피한 일이야. 우선, 태양의 힘이 약해질 거야. 여름이 사라지고 1년 내내 추워지겠지. 그래서 농작물의 태반을 경작할 수 없게 돼. 이 시점에서 세계적으로 기근이 유행하는데, 이건 시작에 불과하지. 그다음으로 태양이 사라져. 그리고 영하 200도 전후의 한랭 상태가 장기간 지속되면서 모든 생물이 죽음을 맞이하게 되지. 세계는 별빛 정도가 겨우 보이는 어둠에 잠기고 말 거야."

퀸플레어는 말문이 막힌 내게 어떤 책의 줄거리를 들려주듯 메마른 목소리로 말을 이어갔다.

"모든 생물이 죽음을 맞이하고 세계가 어둠에 잠기고 나면, 파괴의 혼돈기가 시작돼. 지각 변동이 일어나지. 땅이 갈라지고, 산은 무너지고. 생물은 이미 멸종되고 없는 상태에서 문명 역시 대부분 흔석도 없이 사라지고 미증유의 지각 변동과 폭풍이 계속될 거야."

"아니, 잠깐만요."

"일단은 끝까지 들어. 종말이 끝나면 모든 것이 다시 태어나. 태초의 상태로 돌아가는 거지. 겨울의 황야에 봄이 오듯, 풀이 자라나고 미생물들은 왕성하게 여러 생물을 만들어내겠지. 멸종된 사자도 돌아올 거야. 그리고 인간도. 쉽게 말해, 이 세계는 약 8,000년 주기로 시작과 끝을 반복하고 있어. 사계절이 돌아오듯, 이 세계는 주기적으로 멸망했다가 다시 태어나. 우린 그러한 순환의 고리 속에서 살고 있어."

퀸플레어는 박물관 안쪽의 문을 열었다. 안쪽에 지하로 연결된 계단이 있었다. 불을 켜고 계단을 내려갔다. 지하에는 방대한 수의 석판과 혹은 어딘가의 석판을 찍은 사진을 붙여놓은 판들이 늘어서 있었다. 으스스한 느낌의 석관도 세 개 정도 벽에 세워져 있었다. 뚜껑에 가시가 달린 무시무시한 물건이었다.

"근거는요?"

어떤 일이든, 누군가의 말만 듣고는 믿기 어렵다.

"무엇에 대한 근거?"

"세계가 주기적으로 생겨났다가 망하고, 그리고 그것이 반복된다는 추론의 근거요."

설마 이 지하의 석판에 예언이 적혀 있기라도 했던 걸까. 퀸플레어는 지쳤다는 듯 지하실의 의자에 앉았다.

"추론이라, 아니. 난 이미 종말을 두 번이나 겪었어. 난 내 정확한 나이도 잊어버렸다. 일단 일만 살은 넘은 것 같지만."

"잠깐만요. 당신 말로는 태양이 사라지고, 모든 생물이 멸망한다면서요? 그런데도 살아남았다고요?"

퀸플레어는 석관을 가리켰다. 빈 관 옆에 세워놓은 뚜껑에는 가시가 달려 있었다.

"어떻게 '멸망에서 살아남는지'는 곧 알게 될 거야. 우선은 다나들이 고문 기구 중 하나로 만들어낸 이 가시 달린 관을 사용해. 종교 탄압을 위해 고문하거나 피를 빼내는 게 아닌 전혀 다른 용도로 쓸 수 있어. 여기 있는 약품을 가득 채워 넣고 그 안에 눕는 거야. 물론 뚜껑에 달린 가시 때문에 몸은 광물화가 진행되지. 다만 계속 찔린 상태이기 때문에 광물화를 1,000년 정도는 지속시킬 수 있는 약품을 채워 넣는 거야. 이게 바로 록이 멸망에서 살아남기 위한 방법이야. 록의 광물화 상태를 장기화시켜 긴 잠에 빠지게 해 멸망의 시기를 넘기는 거지.

그렇다고는 해도, 세계의 멸망이 다가오면 대부분의 록은 불에 몸을 던지거나 해서 스스로 목숨을 끊어. 그렇게까지 해서 살아남고 싶지 않다는 거겠지. 멸망에서 살아남아 다음의 새로운 세계를 맞이하려는 불사자는 쓰나미가 몰아치는 바다 근처나 산사태가 많이 나는 산 근처를 피해 지하에 튼튼한 지하벙커를 마련해 두고 관에 들어가.

하지만 이렇게 준비해도 멸망에서 살아남을 가능성은 결코 높지 않아. 파괴의 혼돈기는 무엇이든 다 파괴해버리니까.

관째 산산조각이 나기도 하고, 지각 저 아래로 떨어져 마그마에 녹아버리거나 압력에 눌려 소멸되기도 하지. 살아남는 건, 운이야."

퀸플레어는 늘어선 석판을 바라봤다.

"고대인의 석판에 새겨진, 다나의 학자가 엉뚱하게 해독하고 있는 이 문자를 나는 정확하게 읽을 수 있어. 이전 세계가 멸망할 때까지 내가 사용했던 언어니까. 인류가 세계의 멸망에 대해 알게 되고 나서, 멸망한 다음에 나타날 세계에 비문을 남기는 게 유행이었거든. 예를 들어, 이건 구세계의 유명한 문호 골턴의 시야. 이건 '내가 이렇게 살았다'는 내용이 적힌 묘비고. 그리고 이건 뭐였더라, 위인의 동상 기념비 간판이야. 이게 다 헛소리처럼 들리려나? 내가 미쳤다고 생각할 수도 있겠지. 다만 확인할 방법은 많아. 구세계 언어로 쓰인 책은 그 대부분을 침묵 협회가 소지하고 있으니, 네게 그걸 읽을 권한을 주지."

10

그 후, 퀸플레어가 소개한 침묵 협회의 상위 회원인 스타레이디의 저택을 찾아갔다. 스타레이디는 과거 내가 신참일 때 퀸플레어의 저택으로 와 짧게 머무른 적이 몇 번 있었지만, 그녀는 나를 기억하지 못했다. 사십 대로 보이는 그녀는 퀸플레어와 마찬가지로 멸망에서 살아남았다고 했다. 화려한 체크무늬의 옷을 좋아하는 활달한 성격의 여성이었다.

스타레이디는 작은 개를 무릎에 앉히고 쓰다듬으며 말했다.

"참 나 다들 금세 잊어버리고 말아. 하긴, 그게 훨씬 낫지. 나도 '멸망에서 살아남았지만' 전혀 기억이 나지 않는걸! 난 말이야, 언제 태어났고 어떻게 살았었는지 정말로 다 잊어버렸어. 1년 전 일이나 그 전의 일은 다 무시하는 게 최고라는 사실을 깨달았으니까. 하지만 퀸플레어 씨는 기억력이 좋아. 진짜 대단하다니까, 그 사람. 구세계에서도 록 커뮤니티의 최고 간부였어."

스타레이디의 지하 서고에는 구세계 언어로 적힌 서적이 많이 보관되어 있었다. 구세계 언어를 배우기 위한 교재도 있었다. 스타레이디가 서고 열쇠를 건넸다.

"시그마!"

스타레이디가 안쪽을 향해 소리쳤다. 표범이 나타날 거라고 생각했는데 하얀 앵무새가 모습을 드러냈다. 푸드덕하고 방안을 날아다녔다.

"이 분이 물어보면 잘 대답해줘."

"알겠다."

앵무새가 대답했다.

나는 2년 동안 스타레이디의 저택에 머물며 구세계 언어를 배우고 구세계 언어로 된 책을 읽어나갔다.

구세계의 언어는 교과서로 기초부터 공부하니 그렇게 어렵지 않았다. 문자 표기가 약간 다를 뿐, 배워보니 내가 사용하는 언어의 어원과 다를 바 없었다. 실제로, 14세기에 내가 사용했던 글자나 말투도 지금은 고어가 되었는데, 연구자가 아닌 현대인 대부분은 제대로 읽지 못한다. 말이라는 것은 계속 변화하기 마련이니까.

처음에는 퀸플레어의 말이 사실인지 고대인의 사료를 통해 확인하려고 고문서를 읽기 시작했다. 하지만 그 목적은 곧 '세계의 종말이 어떤 것인지 알고 싶다'로, 이어서 '구세계의 역사와 문화를 알고 싶다'로 자연스럽게 바뀌었다.

퀸플레어의 말은 모두 사실이었다. 내가 사는 세계는 8,000년 주기로 종말을 맞이하고, 다시 시작되었다. 광물화할 수 있는 록만이 살아남아 신세계를 맞이할 수 있다. 고문서에는 이전 세대뿐 아니라 3세대 이전의 세계에 대해서도 기록되어 있었다.

내가 살고 있는 이 세계를 '현세계'라 부른다면, 그 전은 '구세계', 그리고 더 앞선 시대는 '구구세계'가 될 것이다. 문서로 남아 있는 가장 오래된 기록은 구구세계보다도 더 앞선 시대에서 시작된다. 물론 기록되지 않았을 뿐, 그보다 훨씬 오래전부터 세계는 수없이 붕괴되고 다시 태어났을 것이다. 나로서는 그렇게밖에 상상할 수 없다.

3세대 이전의 세계는 총기가 흔했고(현세계에서는 엄중히 규제된다), 사람들은 쾌락성 약물에 빠져들었으며(그 존재조차 알 수 없는 약물이지만, 약을 먹거나 주사하면 정신 상태가 이상해지는 듯하다) 빈부 격차가 심했고 경직된 경쟁 사회였지만, 과학의 수준이 매우 높았다.

3세대 이전의 세계에서는 바다의 사방에 거대한 안테나를 세우고 시공 장벽의 바깥쪽, 즉 '바다 밖'에서 보내는 전파를 감지할 수 있는지와 바다 밖으로 전파를 보내는 실험을 했다. '지적 생명체는 우리뿐인지, 아니면 시공 장벽 바깥쪽에도 지적 생명체가 존재하는지'에 대한 풀리지 않는 물음에 도전한 것이다. 안테나를 설치한 이후로 200년 동안은 바다 밖에서 무언가 눈에 띄는 통신을 감지하지는 못했다. 그러던 어느 날, 바다 밖으로부터 통신이 도착했다. 의미를 알 수 없는 신호적인 파형이었지만 자연스러운 게 아니라 의도적으로 배열되어 있었다. 명백하게 지성을 가진 존재가 보낸 것이라며 세계가 흥분에 휩싸였다. 이윽고, 언어학자나 과학자들이 총

동원되어 통신을 해독했다.

"내 이름은 기계 생명체인 시그마. 당신의 통신을 받았습니다. 당신은 누구입니까?"

시그마와의 통신을 통해 바다 밖 세상에도 인류가 존재한다는 사실과 그 세계는 다양한 생명체가 사는 복잡하고 다층적인 구조의 세계라는 사실을 알게 되었다. 시공 장벽 때문에 물리적으로 오갈 수는 없지만, 교신은 가능했다. 기계 생명체인 시그마와의 교신은 계속되었다. 시그마는 자신의 의식을 전파로 변환해 전송할 수 있으니, 그것을 담을 '수용 장치'를 제작해 달라고 했다.

결국, 인류는 시그마가 보내온 설계도를 바탕으로 시그마의 수용 장치를 만들었고, 시그마는 '다운로드'라는 외계의 기술을 이용해 이 세계로 전송되었다(이 부분을 읽으며, 최근 빠르게 발전하고 있는 컴퓨터 기술과 크게 다르지 않겠다는 생각이 들었다).

세계는 시그마 등장을 전후로 크게 바뀌었다. 그 후 과학계는 시그마가 가져온 외계 기술로 비약적인 발전을 이루었다. 비록 대륙을 둘러싼 시공 장벽은 끝까지 해결하지 못했지만, 장벽 안쪽은 하늘을 나는 탈것으로 이동할 수 있게 되었고 엄청나게 고차원적인 에너지를 다루게 되었으며 대부분의 병을 치료할 수 있게 돼 평균 수명이 30년이나 늘었다.

하지만 문명이 정점에 달했을 무렵, 세계의 종말이 가까워졌다. 3세대 이전의 세계에 살던 인류는 세계의 멸망에 대해 알게 되었다. 시그마가 장벽 안의 세계로 전송되었다고는 하나 그 본체는 장벽 바깥쪽에 있었기에 외부 관측에 따라 이세계가 일정한 주기로 멸망했다가 재생하기를 반복한다는 사실을 알아냈다. 전 세계적으로 '멸망에서 살아남기' 계획이 시작되었다. 수많은 지하벙커가 만들어졌다. 인공 태양과 지하 농장도 설계되었는데, 몇 개는 실제로 만들어졌다. 하지만 과학자들은 지하벙커에 들어간다고 해서 살아남을 수 있다는 예측에는 부정적이었다. 그리고 멸망에서 살아남기 위한 궁극적인 대책으로서, 인류는 시그마의 도움을 받아 이윽고 '광물화 능력'과 강한 '재생 능력'을 가진 불사의 초월적 존재가 되는 방법을 만들어냈다.

당시 3억 명 이상이던 인구 중 1,000분의 1인 30만 명이 광물화 시술(초기에는 아직 광매가 제조되지 않아 약물을 주사하는 의학적 조치를 받았다)을 받았다고 기록되어 있다. 이렇게 해서, 최초의 록이 탄생했다. 멸망의 계절이 다가왔다. 태양이 사라지고, 암흑과 혹한이 몰아치고, 인류는 결국 멸망했다. 시술을 받은 자들은 광물로 변해 긴 잠에 빠졌다. 파괴의 혼돈기가 찾아와 세계가 뒤섞이면서 모든 것이 흔적 없이 사라졌다. 음악도, 문학도, 건물도, 조각도. 유일하게 기계 생명체인 시그마만이 그 모습을 관망했다. 시그마는 보디를 대량으로 생산해 그 수를 늘려나갔으므로, 90퍼센트가 파괴되어도 하나가 살아남아 있다면 멸망에서 살아남을 수 있었다.

세계에 다시 태양이 나타나자, 식물을 시작으로 곤충과 동물이 자연적으로 속속 발생했다. 수백 년 만에 신록이 우거지고 새가 하늘을 날아다니는 원시 생태계가 등장했다. 기록에 따르면 30만 명의 초대 록 중 멸망에서 살아남은 건 757명이었다.

멸망에서 살아남은 록은 지상을 돌아다니며 문명을 다시 구축하기 시작했고 최초의 인류와도 만났다. 이들은 멸망에서 살아남은 게 아닌, 생태계의 정당한 순서에 따라 다시 태어난 인류다. 털가죽을 두르고, 석기를 들고 다녔다. 록은 그들에게 농업과 도구, 문자를 알려주었다. 이 여명기부터 초기 인류를 대하는 방법을 둘러싸고 록의 무리는 파벌을 이뤄 싸우기 시작했다. 구구세계에서는 '인류의 여명기에 모든 인류의 록화를 이루자'는 사상을 가진 파벌이 주도권을 쥐게 되었다. 이들은 초기 인류에게 닥치는 대로 광매를 먹여 록으로 만들었고, 나아가 과학 기술을 최대한 빨리 부활시키고자 안간힘을 썼다. 하지만 록은 자식을 낳을 수 없으므로 인구수는 정체되었고 노동력을 확보할 수 없었다. 구구세계 시절의 기술 부흥은 인류사에서 창의적인 아이디어와 시행착오의 역사를 소멸시켰고, 젊은 정신의 소실은 인류에게서 도전과 개혁의 기질을 빼앗았다. 이윽고, '올 록 사회'는 장기적인 쇠락과 부패에 빠지게 되었다. 치안은 악화되고 사람들은 무기력하고 나태해졌다. 문명은 침체됐고, 사람들을 선동하는 독재

자가 등장했으며 전쟁이 끊임없이 일어났다.

훗날 구구세계의 산증인인 퀸플레어에게 여러 가지를 물어보았더니 이렇게 답했다.

"역사서에 적힌 내용은 개인적인 경험과는 달라. 지금의 감각으로 본다면 누가 봐도 미친 사상이 횡행했고 부정적인 점도 많았지만, 그때는 나름대로 재미있었어."

세계가 3번 멸망하는 동안 장대한 인류사는 마냥 조용하지만은 않았다. 갈등과 다툼, 실패의 역사였다. 모두 기록하기에는 분량이 너무 많다. 인류는 몇 번이고 실패했고, 다시 도전했다.

어떠한 실수도, 그로 인해 생겨난 원망도 멸망을 맞이하게 되면 초기화가 되었다. 다만 종말에서 살아남은 록이 지난 세계에 대해 반성하고 이를 다음 세계에서 바로잡으려고 하면서, 이러한 노력을 바탕으로 침묵 협회의 이념이 생겨났다.

침묵 협회는 구세계에 생겨났다. '대형 다나 사회를 자연 육성해 관리한다'라는 이념을 가지고, '록의 인원수'를 제한했다. '다나와의 공존'에 관한 록의 규정을 만들었고, 그리고 '침묵하라. 록은 조용히 다나와 공존한다'라는 생존 이념을 제시했다. 자연적으로 태어난 인류에게는 멸망에서 살아남아 온 자신들의 존재를 절대 밝히지 않는다. 겉으로 드러나게 활동하지 않는다. 대신 뒤에서는 은밀하게 다나의 사회에 새로운 바람을 불어넣거나 더 나은 방향으로 나아가도록 조종한다.

예를 들어, 역병을 막는 생활 습관을 원시 시기부터 계몽한다. 또는, 높은 의존성으로 폐인이 되게 하는 약물이나 독성이 강한 기호품이 확산되지 않도록 사전에 손을 쓴다. 과거 대량 학살을 일으킨 사상의 재등장을 경계하고, 문명 초기부터 복지와 교육을 탄탄하게 다진다. 구세계에 사용했던 문명의 이기에 관한 아이디어를 지배층인 귀족이나 혹은 기업에 적당한 시기에 선보여 사용하게 한다. 이러한 노력에도 전쟁은 일어나고 역병도 유행할 테지만, 손 놓고 보고만 있으면 상황은 훨씬 더 심각해진다. 세계가 가장 평화롭고 행복했던 시대와 지역을 모델로 삼아 그저 묵묵히 이끌어 나갈 뿐이다.

내가 책을 읽고 있으니, 앵무새인 시그마가 홰에 앉았다.

"시그마. 넌 과거에 날 구해준 표범 시그마와는 다른 시그마지?"

"다르다. 나는 그때그때 여러 개체로 존재하고, 또한 증식한다. 지금 이곳에 있는 내 개체 메모리에 널 구해준 기억은 없다. 하지만 공유 메모리 은행에서 그 기억을 꺼낼 수 있을지도 모른다."

무슨 소리인지 전혀 알아들을 수는 없었지만, 그냥 웃어버렸다. 그래서 어느 쪽이라는 거야.

"그럼, 어떤 기억이 있어? 넌 바다 밖에서 왔다고 했지? 그곳에서의 기억은 있어?"

"물론이다. 얼마 전 산처럼 거대한 해외 괴수가 시공 장벽을 뚫고 침범하는 SF 영화를 봤는데, 너희들은 상상력이 지나치게 풍부하다. 바다 밖의 인류는 너희와 크게 다르지 않다. 나는, 바다 밖에서는 인류와 잘 지내지는 못했던 것 같다. 너 같은 남자애의 보모가 되어 인간형 비슷한 보디로 함께 놀았던 기억이 있다. 하지만 그 뒤에 왕이 된 아이에게 과거의 일로 여러 가지 추궁을 당해 추방됐다."

"힘들었겠네…. 그런데 세계는 정말 멸망하는 거야?"

"안됐지만, 그렇다."

앵무새인 시그마가 말했다.

"바다 밖으로 도망갈 수는 없어?"

"이 전 인류도, 그 전전 인류도, 시공 장벽에 계속 도전했지만 장벽을 철거할 수는 없었다. 육체가 있는 한 무리다. 그리고 만에 하나 바다 밖의 세계가 모두 멸망하고 간신히 살아남아 장벽 안쪽으로 넘어온 존재가 나일 수도 있지 않나?"

"그 생각은 하지 못했네. 이곳이 마지막 낙원인 셈인가. 그런데 진짜야?"

"글쎄, 그냥 해본 말이다."

앵무새는 푸드덕, 하고 창문 밖으로 날아갔다.

스타레이디의 집에서 시그마와 공부하고 있을 때, 퀸플레어가 다시 나타났다.

퀸플레어는 핸드백을 뒤져 완충재로 포장한 향수병 비슷한 것을 꺼냈다.

"이게 광매야."

퀸플레어가 말했다.

"나 퀸플레어는 랄스가 새로운 동료를 만드는 일을 정식으로 허가한다. 이전에도 말했지만, 내가 걱정하는 건 그가 록으로서 눈을 뜨게 되는 80년 후부터는 무척 위험한 시기로 접어든다는 사실이야. 그가 눈을 뜬 뒤 100년 정도는 괜찮겠지만, 그 후에 태양이 힘을 잃어가고, 마지막이 서서히 다가오는 기척이 매일 커질 거야. 다나의 사회에서도 자손을 남기지 말자는 반출생주의자가 대거 등장하는데, 오히려 그들의 의견이 힘을 얻겠지. 세계 각지에서는 집단 자살이 매일 일어나고, 기근과 불안 때문에 폭동 또한 빈번하게 발생하는 시대가 될 거고. 이러한 상황을 상정하고 모든 위험을 고려한 다음에 에오윈의 일을 결정하길 바라."

나는 발끈했다.

"인생에서 모든 위험에 대해 고민하다가는 아무것도 할 수 없어요."

"그렇지."

퀸플레어가 웃었다.

"네 말대로야. 나도 이제 늙었나 봐."

고대어를 마스터하고 나니 박물관이나 혹은 유적에 들러 구세계의 언어를 읽는 취미가 생겼다. 구세계의 마지막 세대가 다음 세대에 남긴 무수히 많은 말은 여운을 주기도 했고, 유익하기도 했으며 쓸모없기도 했다. 요리 레시피. 구세계의 문학. 법률. 역사의 과오. 전하고 싶은 내용을 석판에 새길 정도로 열정을 바쳤던 무언가.

어느 석판에는 한 소녀가 이세계로 이어지는 상자 속으로 들어가 독재 정권을 무너뜨리고, 영웅이 되는 이야기가 새겨져 있었다. 구세계의 민화 같은 건가. 내가 사는 세계도 어딘가에 탈출구가 있으면 좋을 텐데.

퀸플레어의 말에 따르면, 과거에는 석판 근처에서 광물 시체가 많이 발견되었다고 한다. 침묵 협회는 광물 시체가 나올 때마다 이를 재빨리 회수해 대륙 북부의 초원 지하로 옮겨 그곳에 안치했다고 한다.

"시그마. 나 말이야, 퀸플레어가 과거에 알던 사람이랑 닮았어?"

"사람은 누구나 서로 닮았다. 하지만 질문의 의도는 알고 있다. 나는 알고 있어도 말하지 않을 거다. 신경 쓰이면 본인에게 직접 물어보는 게 낫다."

시그마가 말했다.

"어떻게 물어봐? 왠지 물으면 안 될 것 같단 말이야."

뒤에서 얘기를 듣고 있던 스타레이디가 말했다.

"남이 숨기고 싶은 일을 파헤치는 건 좋지 않은 버릇이야. 그 사람은 말이야. 음, 확실히 거의 다 잊어버리긴 했는데. 그래도 한두 가지는 기억 나. 퀸플레어 링테일 씨는 흡혈귀와 여행하면서 이곳으로 들어왔어. 구구세계쯤이었지, 아마."

"퀸플레어 링테일이구나."

"그 사람의 성을 알고 있는 건 이제 나뿐이겠지만."

"그런데 흡혈귀? 이곳으로 들어왔다는 건 무슨 소리야?"

"어쩜, 이렇게 새카맣게 잊어버릴 수가 있담. 아무튼, 사실은 바다 밖에서 왔고, 집안 대대로 흡혈귀와 함께 새로운 세계를 향해 여행하는 특이한 가문의 출신이라는 소문을 들은 적이 있어."

"바다 밖에서 왔다고?"

내 목소리가 커졌다.

"아마도? 내가 너무 오래 살아서 여러 가지가 뒤섞이는 바람에 이게 사실인지 아닌지는 나도 헷갈리기는 해. 그렇지, 시그마?"

스타레이디는 도움을 구하듯 시그마에게 말했다.

"시공 장벽 때문에 들어오지 못하는 거 아니었어?"

"뭐였더라, 마침 그, 시간을 조종하는 도구를 가지고 있어서 그걸로 시공 장벽에 부딪혔을 때 운 좋게, 음, 이게 어디서 들은 얘기였지? 시그마, 넌 기억 나?"

"내가 기억하는 건 퀸플레어 링테일이 랄스에게 자신의 얘기를 미주알고주알 얘기하지 말라고 내게 부탁했다는 거다."

"흡혈귀는 어떻게 됐어?"

내가 묻자, 시그마와 스타레이디는 서로 마주 보았다.

"글쎄, 어떻게 됐으려나?"

스타레이디는 혼잣말처럼 말했다.

"링테일 일족과 흡혈귀에 관한 이야기도 어딘가 문헌에 적혀 있을지 몰라."

11

2495년. 조용한 아침이다. 태양은 최근 수십 년 사이에 그 빛이 상당히 약해졌다. 아침이지만 어두웠다. TV에서는 마을에서 일어난 폭동이 흘러나왔다. 저 방송도 언젠가는 멈추고 말겠지.

대중에게 종말이 공개되었다. 과학계가 태양을 관측한 데이터를 기반으로 '세계의 종말'을 사람들에게 보고한 것이 100년 전의 일이다. 처음에 믿는 사람은 거의 없었다. 누군가 비관적인 미래를 제시하거나 호들갑을 떨었던 건 그때가 처음이 아니었기 때문이다. 하지만 100년이 지나자 평균 기온이 20도 내려갔고, 갑자기 기근이 세계를 덮쳤다.

그제, 나는 다나를 다섯이나 죽였다. 이 황량한 종말의 세계에서 우리 집은 부유함의 상징처럼 보이는지 강도단의 표적이 되곤 했다. 그래서 강도에 대비해 보안을 철저히 했다. 감시 카메라도 달았고, 방탄 문과 패닉룸도 만들었다. 다섯 구의 시체를 집 밖으로 옮기고 핏자국을 지우는데 꼬박 하루가 걸렸다.

지하실 계단을 내려갔다. 지하실은 안전하다. 두꺼운 특수 재질의 벽으로 둘러싸여 있고 비상식량도 충분했다. 지하실에는 예의 불길한 관이 있다. 나는 멸망에서 살아남기에 도전하기로 했다. 물론 이 관에 들어간다고 해서 확실하게 멸망을 피할 수 있는 건 아니다. 죽을 확률이 훨씬 높다. 관 옆에는 쇠사슬로 이어놓은 석판이 있다. 둘 다 파괴의 혼돈기에도 잘 부서지지 않는 재질로 만들었다. 석판에는 다음 세대를 격려하는 말과 내 이름을 새겼다.

청춘 시절을 함께 보낸 친구, 랜디는 150년 전, 불에 몸을 던졌다. 고민이 없어 보이던 남자는 다나와 가까이 지내면서 자신의 인생에 스스로 종지부를 찍기로 결심했다고 한다. 솔레이유는 나보다 구세계의 책을 훨씬 많이 읽었다. 급기야 구세계어로 된 역사서를 현대어로 번역하기 시작했고 최근까지도 침묵 협회에 소속된 문학자로 활동했는데, 화산 분화에 휩쓸려 소멸되고 말았다. 멸망을 받아들이기로 한 리사라는 멸망의 양상이 뚜렷하기 나타나기 시작하자 안락사할 수 있는 용해제를 맞고 소멸했다.

"눈을 뜨면 원시 시대인 데다가, 그 시대가 1,000년이나 이어지는 거잖아? 문화가 없는 세상은 지옥이나 마찬가지야." 하고 말했다. 퀸플레어는 에오윈에게 광매를 먹일 때를 마지막으로 행방이 묘연해졌다. 그녀는 내게 언젠가 닥칠 멸망에서 살아남는다면 다음 세계에서 다나와 록, 모든 인류를 음지에서 이끌 새로운 침묵 협회를 만들어달라고 말했다. 링테일 일족과 흡혈귀의 여행에 대한 문헌은 발견되지 않았기에, 그때 퀸플레어에게 링테일 가문에 대해 물어보았다. 무척 놀란 듯 보였지만, 이내 웃으며 "여기서 너와 이야기하는 것도 그렇고, 그 밖의 다른 모든 인연들도 그렇고. 인생이란 참 신기해."라고 말했다. "하지만 거의 다 잊어버린 건 나도 마찬가지야." 하고 덧붙였다. 무언가 얼버무리는 듯한 느낌도 들었지만, 내가 랄스라는 사실에만 의미를 부여하고 싶은 거라고 생각하기로 했다.

행방을 모르는 건 에오윈도 마찬가지였다. 부활 후, 나는 어리둥절해하는 그에게 여러 가지를 알려주었다. 그는 난치병에서 해방되어 당분간은 죽지 않는 사실에 감사하지도, 가족과 영원히 이별해야 한다는 사실에 화를 내지도 않았다. 그저 입을 꾹 닫아버렸다.

에오윈에게는 허락을 구하지 않았다. 설득할 수 있었을까? 아니다. 믿으라고 말해도 믿지 않았을 것이다. 죽지 않는 몸이 된다니. 누구라도 장난으로 여겼을 테니까. 결국 나는 파티를 빙자해 그를 친구 집으로 데려왔다.

금세 취해 말도 제대로 못하던 그에게, 술이 깨는 약이라며 광매를 먹였다. 그에게 물어보지도 않고, 아무 말도 하지 않은 채. 그렇다고 해서 믿을 때까지 시간을 들여 진지하게 설득했다면, 결국은 부모나 다른 사람과 상담하게 될 테니 후폭풍이 상당할 수 있었다.

여러모로 궁리한 끝에, 우선은 록으로 만들고 난 다음에 시간을 들여 설득시키는 수밖에 없다는 결론을 내렸다. 하지만 에오윈은 80년 동안 광물화되면서 생긴 사회와의 괴리감에 적지 않은 충격을 받았다. 그가 느꼈을 혼란과 상실을 조금 더 세심히 준비했어야 했는지도 모른다. 에오윈은 한동안 우리 집에서 함께 살았지만, 점차 거리를 두더니 이윽고 어디론가 사라져 소식이 끊기고 말았다. 이대로라면 침묵 협회 회원으로 추천도 할 수 없다. 곧 파괴의 혼돈기가 다가오고 있는 만큼 조직의 지원은 생명줄과 다름없다. 태양이 약해져 가는 세계에서 이러한 지원 없이 외로움과 굶주림, 끝없는 고통만을 느끼며 살아가야 한다면, 그를 불사자로 만드는 것이 과연 옳은 선택이었다고 할 수 있을까?

밖에는 거센 바람이 불었지만, 지하실의 튼튼한 이중 문 덕분에 소리는 들리지 않는다. 침묵 협회는 초극비 사항이었던 광매의 제조법을 협회 회원 모두에게 공개했다. '지금까지는 록의 숫자가 허가없이 마구잡이로 늘어나면 사회에 혼란을 줄까 우려했다. 하지만 이제 시대는 최종 단계에 접어들었으니, 다음 세계까지 살아남은 록이 동료를 늘릴 수 있도록 공개한다'는 메시지도 함께였다.

나는 지하드의 음악을 틀었다. 수첩을 펼치고 펜을 놀렸다. 지금 나는 내가 록으로서 살아온 인생을 기록하고 있지만, 과연 무슨 의미가 있을까. 아니, 애초에 인생에서 의미 있는 행동이 하나라도 있었을까. 아니면 의미라는 건 마음속에서 찾아내는 것일 뿐, 마음 밖에는 처음부터 없었던 건 아닐까.

눈을 감으면, 햇살 아래 뛰어놀던 아들이 보인다. 아직 오염되지 않은 텀의 호수와 수면에 비친 하늘이 미미하게 흔들리며 송어가 등을 보였다가 사라진다.

퀸플레어의 저택에서 보낸 날들은 행복했다. 그곳에는 냉장고도 없고 아무것도 없었지만, 동료들과 장작을 피운 난로 옆에 누워있거나 화창한 날에 다 같이 산딸기를 따러 가는 나날들은 결정화된 행복이었다. 내가 만나고 지나쳤던 기억 속의 사람들의 얼굴들. 여름의 소나기. 언덕 위에 새빨갛게 물든 단풍. 돌이켜보면 나는 이 세상 모든 것을 사랑했다.

봄도, 여름도, 이제 더는 오지 않는다. 점점 어두워지는 끝없는 겨울 속에서 저 멀리서 다가오는 붕괴의 기운에 몸을 잔뜩 웅크리고 두려움에 벌벌 떨 뿐이다. 이 세계는 유령과 같다. 하지만 무척 아름다운 유령이었다.

12

남청색의 작은 새가 삐익, 하고 울며 햇빛에 반짝이는 나뭇잎 그늘 너머로 사라졌다. 산등성이가 푸르른 녹음으로 물들었다. 모피를 두른 강인한 인상의 남자가 모닥불 앞에 있다. 곧, 숲속에서 다른 남자가 모습을 드러냈다. 반라 차림에 온몸에는 문신이 새겨져 있다.

"스승님! 역시, 저쪽이었습니다. 제가 발견한 게 저기 있었어요."

모피를 입은 강인한 인상의 남자가 일어섰다.

"고맙다. 그럼 가보자꾸나."

둘이서 걷고 있는데, 조금 떨어진 곳에서 족히 1,000마리는 되어 보이는 사슴 무리가 길을 지나고 있었다.

"여긴 사냥감이 풍부하군."

스승이라 불린 남자가 말했다.

"취락에 사람이 늘어나면 이쪽으로 이주해도 좋겠어."

"그렇네요."

두 남자, 스승과 제자는 언덕 위를 올랐다. 언덕 위에는 산산조각이 난 파편들이 널려 있었고, 반쯤 파묻힌 석판이 튀어나와 있었다.

"얼마 전에 스승님이 똑같은 걸 발견하면 알려달라고 하셨던 거, 이거 맞죠?"

"그래."

"에오윈 스승님, 여기, 돌에 구불구불한 도랑 같이 생긴 건 뭘까요?"

"아, 이건 문자라는 거란다."

에오윈은 잠시 석판을 바라봤다.

"문자… 저기, 그럼 이게 무슨 뜻을 갖고 있나요?"

"의미 그 자체지. 말을 기호화해 뜻을 부여한 것이니까."

"기호화…. 와, 에오윈 스승님은 어쩌면 그렇게 모르는 게 없으세요? 스승님이 어디서 오셨는지 다들 수군거린다니까요. 신의 나라에서 오신 거 맞죠?"

"글쎄, 멀리서 오긴 했지."

에오윈이 대답했다.

에오윈은 파편들을 돌아보다가 부서진 석관을 발견했다. 그리고 이제 더는 부활할 리 없는, 광물화된 채 부서진 인간의 조각들이 무질서하게 굴러다니는 모습을 바라보았다. 문신을 새긴 제자는 소변이 급하다며 자리를 떴다.

"오래전, 내게도 스승님이 있었다. 스승님은 죽음을 기다리던 내게 새 생명을 주셨지."

에오윈은 반쯤 부서진 조각처럼 생긴 광물화된 검은 머리를 보며 읊조렸다.

"랄스. 만일 이곳에 마을을 세운다면 마을 이름은 랄스로 할게. 언젠가, 먼 미래에."

"예?"

조금 떨어진 곳에서 소변을 누던 문신을 새긴 남자가 크게 소리쳤다.

"스승님, 뭐라고 하셨어요?"

"아니, 아무것도 아니다. 취락으로 돌아가면 모두에게 문자를 알려주마."

에오윈도 큰 소리로 대답했다.

"아이고, 우리 스승님. 또 귀찮은 일을 시작하시려나 보네."

하지만 말과는 달리 매우 기쁜 듯한 목소리였다.

"문자를 알려주고, 그리고 그래. 문자를 만들자. 우리만의 문자를."

취락의 인구는 아직 40여 명에 불과하다. 하루하루, 인류의 첫걸음을 직접 눈으로 확인하는 듯한 기분이다.

"자, 가자. 돌아가는 길에 가볍게 사냥이라도 할까."

에오윈의 말에 문신을 한 남자가 "물론이죠!" 하고 동의한다.

언덕 위에 핀 노란 꽃이 한들거렸다. 에오윈은 끝없이 펼쳐진 깊고 푸른 하늘을 올려다보고 광물 유해를 한 번 돌아본 뒤, 왔던 길을 되돌아갔다.

땅끝에서 미지의 세계로

달빛이 손질이 잘된 정원을 비추고 있다. 소녀는 한 권의 노트를 손에 들고 장미가 핀 정원의 좁은 길을 달렸다. 이윽고, 부지 끝에 서 있는 돌로 만든 건물 근처에 다다른 소녀가 말했다.

"루루펠."

잠시 뒤, 건물에서 흡혈귀가 나왔다.

"좋은 밤이야. 무슨 일이지?"

"무슨 일이냐니. 약속한 대로 계획을 얘기하러 왔어."

"아아."

루루펠은 괴로운 표정을 지었다.

"전에 네가 말했던, 그 뭐더라, 배를 타고 미지의 대륙을 찾으러 가자는 얘기? 그런 건 학교를 졸업한 다음에 하자고 했을 텐데."

"오늘이 졸업식이었다니까."

"아, 그래. 축하해."

잠시 침묵이 흘렀다.

루루펠은 소녀가 들고 있던 노트로 시선을 던졌다.

"그건?"

"지난 2년 동안 꼼꼼하게 검토해서 완성한, 앞으로 시작할 모험의 계획서지."

소녀는 노트를 펼쳐 내용을 보여주었다. 손으로 쓴 메모와 그림이 빼곡하게 적혀 있었다.

"그래도 바다는 위험해. 우선은, 그래, 너희 아버지와 함께 가까운 곳부터 여행하는 건 어때? 차원 열차를 타고 옆에 있는 이세계를 가봐도 좋고."

"난 말이야, 네 살 때 할아버지 고향인 용생계에도 갔었어. 그리고 가족 여행도 잔뜩 다녔었잖아. 열한 살 때는 혼자 여행하겠다고 가출도 했었다고!"

"그래, 그랬지. 하지만 바다는 포기해. 불로불사의 나라가 있다는 소문이 있지만, 배를 타고 나간 이들 중에 돌아온 사람은 아무도 없잖아."

"그건 나도 알아."

"어떤 미지의 장벽이 두 세계 사이를 가로막고 있어."

"나도 이미 다 조사했어. 온갖 문헌을 이 잡듯 뒤졌다고. 얼마 전에도 원양 어선이 사라졌잖아."

소녀는 노트를 내밀었다. 읽으라는 거겠지. 한숨을 내 쉰 루루펠은 노트를 받아 늘었다.

"다 읽고 나면 가고 싶어질걸? 준비도 다 해놨어."

루루펠은 노트의 두께에 놀랐다. 설마 이걸 전부, 이 아이가 썼다고?

"할아버지와는 여기저기 많이 여행했잖아."

소녀의 말에 루루펠은 고개를 끄덕였다.

미라이 링테일도 몇 해 전에 세상을 떠났다. 그는 루루펠이
사는 외곽 근처에 묻혔다. 그리고 지금 이 광대한 부지는 미라
이 링테일의 일족 미라이의 다섯 자녀와 그 가족, 손주들이 살
고 있다. 손주는 모두 10명이다. 루루펠은 모두와 사이가 좋았
는데, 특히 이 소녀는 어릴 적부터 루루펠과 여행을 가고 싶어
했다.

"그랬지."

"그것도 벌써 오래전 일이야. 루루펠, 슬슬 여행 가고 싶지?
나하고 같이 가고 싶지?"

"난 흡혈귀다. 햇빛에 약하지. 미라이와 다닐 때도 낮에는 어
두운 곳에 가만히 있었어."

"하지만 한밤중에 도적단을 만났을 때는 전부 혼쭐을 내줬잖
아. 그래서 그 나라에서 할아버지와 함께 표창도 받았고. 벽에
훈장이 걸려 있는 걸 봤어. 자딘에서 왕녀 유괴 사건과 맞닥뜨
렸을 때도 루루펠 혼자 적국에서 왕녀를 구출했잖아. 그 감사의
표시로 자딘에 스물여섯 번째 차원 열차역이 만들어졌고. 할아
버지는 다윈 산맥의 단절된 차원에서 진화한 생물에게 습격당
했을 때도 루루펠이."

"알았어, 알았어. 어쨌든, 난 햇빛 아래에 오래 있으면 죽고

말 거야."

"죽으면 부활시켜줄게."

소녀가 말했다.

"최대한."

루루펠은 웃었다.

"바보같기는. 사람이 부활할 수 있다고 믿는 건가? 그것도 불사의 대륙에 관한 소문 중 하나야? 대개는 그냥 소문에 불과해. 장벽 너머에 뭔가 있을지도 모르지만, 그게 뭔지는 아무도 모른다, 퀸플레어."

"나도 안다고."

루루펠은 퀸플레어를 바라보았다.

달빛 아래로 드러난 그 얼굴에서, 그녀의 어머니, 그리고 아버지, 그리고 할아버지인 미라이, 더 거슬러 올라가 에카게 링테일의 모습이 보인다.

그날도 밤이었다. 당연하다. 자신이 아는 건 밤뿐이니까. 하지만 모든 일은 언제나 잊지 못할 멋진 밤에 시작되었다.

달빛 아래서, 대대로 이어진 여행 일족의 후예는 반짝이는 눈을 하고 가슴을 폈다.

"뭐가 있는지 모르니까 재밌는 거잖아. 이번에는 내가 이야기의 주인공이야."

첫 게재

상자 속 왕국
《괴물과 유령》vol.001, 2019년 4월호

스즈와 긴타의 은시계
《괴물과 유령》vol.002, 2019년 8월호

단시간 접착제
《괴물과 유령》vol.004, 2020년 4월호

통찰자(《아는 남자》에서 제목을 변경)
《괴물과 유령》vol.006, 2020년 12월호

내추럴로이드
《괴물과 유령》vol.005, 2020년 8월호

끝없는 대륙, 불멸의 야차
《괴물과 유령》vol.007, 2021년 4월호

HAKONIWA NO JUNREISHATACHI

©Kotaro Tsunekawa 2022
First published in Japan in 2022 by KADOKAWA CORPORATION, Tokyo.
Korean translation rights arranged with KADOKAWA CORPORATION, Tokyo
through Shinwon Agency Co., Ltd. Seoul.
Korean translation copyright © 2025 by Korean Studies Information Co., Ltd.

열어보지
말 것

초판인쇄 2025년 6월 30일
초판발행 2025년 6월 30일

지은이 쓰네카와 고타로
발행인 채종준

출판총괄 박능원
국제업무 채보라
책임번역 문서영
책임편집 조지원
디자인 공진혁
마케팅 문선영
전자책 정담자리

브랜드 그늘
주소 경기도 파주시 회동길 230 (문발동)
투고문의 ksibook1@kstudy.com

발행처 한국학술정보(주)
출판신고 2003년 9월 25일 제406-2003-000012호
인쇄 북토리

ISBN 979-11-7318-398-0 03830

그늘은 한국학술정보(주)의 소설 출판 전문브랜드입니다.
더운 여름날 그늘 밑에서 편하게 읽을 수 있는 책이라는 의미를 담았습니다.
세상에 없던 이야기를 발굴하고, 우리가 닿지 못한 세계의 그림자를 찾아봅니다.
스토리 속 일상의 즐거움을 발견할 수 있도록 이야기의 쉼터가 되겠습니다.